EN LETTRES **D'ANCRE**

DU MÊME AUTEUR

Aux éditions Grasset

La Figurante, 2016.
Rétrospective, 2012, en coédition avec Calmann-Lévy, 2012, prix Médicis étranger et prix du Meilleur Livre étranger, 2012.

Aux éditions Calmann-Lévy

L'Amant, 1979.
Au début de l'été, 1970, 1980.
Un divorce tardif, 1983.
L'Année des cinq saisons, 1990.
Monsieur Mani, 1992.
Shiva, 1995.
Voyage vers l'An mil, 1998.
La Mariée libérée, 2003.
Le Responsable des ressources humaines, 2005.
Israël, un examen moral : Essais, 2005.
Un feu amical, 2008.

Aux éditions Denoël

Trois jours et un enfant, 1974.

Chez d'autres éditeurs

Pour une normalité juive, éditions Liana Lévi, 1992.
Comment construire un code moral sur un vieux sac de supermarché : Éthique et Littérature, éditions L'Éclat, 2004.

AVRAHAM B. YEHOSHUA

LE TUNNEL

roman

Traduit de l'hébreu
par JEAN-LUC ALLOUCHE

BERNARD GRASSET
PARIS

L'édition originale de ce texte a été publiée en 2018
par Hakibbutz Hameuchad, Tel-Aviv, sous le titre :

HAMINHARA
המנהרה

Illustration de couverture : © Andrea Calisi

ISBN 978-2-246-81826-7

À mon Ika (1940-2016),
infiniment aimée

Chez le neurologue

« Bon, résumons la situation, dit le neurologue.

— Oui, résumons, murmurent-ils tous les deux.

— Vos plaintes ne sont pas purement imaginaires. Incontestablement, une atrophie apparaît dans le lobe frontal indiquant une légère dégénérescence.

— Où précisément ?

— Là, vous voyez, dans le cortex cérébral.

— Désolé, je ne vois rien. »

Sa femme se penche sur la radiographie.

« Oui, je vois là quelque chose de sombre, mais tout petit.

— En effet, c'est minuscule, confirme le neurologue, mais ça peut s'élargir.

— Ça peut seulement, fait-il avec un tremblement dans la voix, ou ça aurait aussi tendance à…

— Ça peut et ça a tendance aussi à…

— À quelle vitesse ?

— Il n'existe pas de règles absolues concernant une évolution pathologique, et sûrement pas dans le cortex cérébral. La vitesse dépend aussi de vous-même.

— *De moi ?* Comment ça, de moi ?

— De votre attitude. En d'autres termes, comment vous allez lutter, comment vous allez vous battre.

— Me battre contre mon cerveau ? Comment ça ?

— Votre esprit contre votre cerveau.

— Et moi qui ai toujours cru que c'était du pareil au même.

— Sûrement pas, pas du tout, tranche le neurologue. Quel âge avez-vous, monsieur ?

— Soixante-treize ans…

— Pas tout à fait, le corrige son épouse, il fonce toujours, tête baissée… droit dans le mur.

— Eh bien, voilà justement, bougonne le médecin, cela n'est pas bon… »

Le patient remarque maintenant une minuscule calotte dissimulée sous les boucles du neurologue. Pendant qu'il examinait en position couchée, il avait dû l'ôter de peur qu'elle ne tombe sur son visage.

« Tenez, ces noms qui vous échappent…

— Surtout les prénoms, s'empresse de préciser le patient, parce que les noms de famille surnagent encore assez facilement, mais les prénoms ont l'air de s'évaporer dès que j'essaie de les formuler.

— Très bien, le voilà, votre petit champ de bataille. Ne vous contentez pas des noms de famille, ne renoncez pas aux prénoms…

— Je ne renonce pas mais, quand je m'efforce de m'en souvenir, *elle* se hâte toujours de me devancer.

— Ce n'est pas bien, la réprimande le praticien, en agissant de la sorte, vous ne l'aidez pas.

— C'est vrai, avoue-t-elle, mais c'est que, parfois, ses efforts pour se remémorer des prénoms sont si lents qu'il en oublie ce qu'il leur voulait.

— Néanmoins, vous devez le laisser fouiller sa mémoire, ce n'est que comme ça que vous l'aiderez.

— Vous avez raison, Docteur, je vous promets de le laisser faire.

— À propos, vous travaillez toujours ?

— Non. Je suis retraité. Depuis cinq ans.

— Retraité de quelle entreprise, si je puis me permettre ?

— Des Voies d'Israël.

— Les Voies d'Israël ? C'est quoi ?

— Ce qu'on appelait autrefois le DETP, le Département de l'équipement et des travaux publics, j'y ai travaillé pendant quarante ans à la planification de routes et de chaussées.

— Routes et chaussées, répète le médecin, un rien amusé. Où ça ? Dans le nord ou dans le sud du pays ? »

Alors qu'il s'efforce de se montrer précis, sa femme intervient de nouveau :

« Dans le Nord. Docteur, vous avez devant vous l'ingénieur qui a été désigné par l'entreprise Voies d'Israël afin de concevoir les deux tunnels de l'autoroute 6. »

Elle n'a trouvé que ces tunnels ? songe son mari stupéfait, car, à ses yeux, ils sont loin d'offrir l'exemple le plus éclatant de ses exploits. Mais le neurologue tombe déjà sous le charme de ces tunnels. Du reste, il a tout son temps : c'est son dernier patient de la soirée, la secrétaire de l'accueil a déjà encaissé le prix de la consultation et s'en est allée, et son appartement privé l'attend au-dessus de son cabinet.

« Je n'ai jamais remarqué de tunnels sur l'autoroute 6…

— Parce qu'ils ne sont pas très longs, chacun d'eux ne fait tout au plus que quelques centaines de mètres.

— Tout de même, j'aurais dû y faire attention au lieu

de rêvasser au volant, se fustige le médecin. Après tout, d'autres ingénieurs des chaussées pourraient venir me consulter.

— Ils viendront, et comment qu'ils viendront, mais uniquement s'ils ne parviennent pas à cacher leur démence sénile au milieu des échangeurs… », tente de plaisanter le patient.

Le neurologue le coupe net :

« Pardonnez-moi, pourquoi dites-vous démence ? Nous n'y sommes pas encore. Ne vous hâtez pas d'endosser quelque chose dont vous n'avez aucune idée et n'attisez pas de craintes inutiles… Et, surtout, ne vous laissez aller ni à la passivité, ni au fatalisme. D'ailleurs, la retraite n'est pas une fin de parcours, et c'est pourquoi vous devez trouver une occupation dans votre métier, ne serait-ce que partielle, à votre compte personnel.

— Une occupation privée dans mon domaine, ça n'existe pas, Docteur. Des personnes privées ne construisent pas des routes et ne planifient pas des chaussées. Les routes, c'est du ressort du service public, et là, il y en a beaucoup d'autres, des jeunots…

— Sinon, que faites-vous de vos journées ?

— En principe, je reste à la maison. Mais je me promène aussi : je fais de la marche un peu partout. Et nous allons souvent à des représentations. Théâtre, concert, opéra, parfois même à des conférences. Et, bien sûr, j'aide mes enfants, je veux dire, surtout mes petits-enfants, que je dois prendre chez leurs parents pour les conduire à l'école et les ramener chez eux. Et aussi, un peu de ménage à la maison, des démarches, des courses au supermarché, au marché, et parfois…

— Il adore se balader au marché, sa femme s'empresse d'abréger l'inventaire.

— Au marché ? s'étonne le neurologue.

— Vous avez quelque chose contre ?

— Au contraire ! Si vous vous y connaissez, c'est parfait.

— C'est parce que je cuisine.

— Oh, oh, vous cuisinez aussi !

— Pour être plus précis, en fait, je coupe, je mélange et je ressuscite des restes car, en principe, je suis responsable de la préparation du déjeuner avant son retour de l'hôpital.

— L'hôpital ?

— Je suis pédiatre, murmure sa femme.

— Parfait, lâche le médecin, d'un air soulagé. Dans ce cas, me voilà désormais pourvu d'une assistante. »

Bien que l'épouse soit plus âgée que le neurologue de presque vingt ans, ce dernier la questionne sur son travail, ses études, son expérience médicale, comme si elle n'était pas un médecin chevronné dans le service d'un grand hôpital, mais une jeune candidate à l'embauche et destinée à lui servir d'assistante dans la lutte contre l'atrophie suspecte de son époux, qui menace de s'étendre.

« Quels somnifères lui donnez-vous ? »

Elle pose une main affectueuse sur l'épaule de son époux.

« Je ne lui donne pas de somnifères car, le plus souvent, il dort bien sans cachets, mais, occasionnellement, quand il ne trouve pas le sommeil, il prend… au fait, qu'est-ce que tu prends ? »

Le patient ne se souvient pas du nom du somnifère mais uniquement de sa forme.

« Ces petits triangles, tu vois…

— Il veut dire du Xanax.

— Du Xanax, ça va, dit le neurologue, mais prenez garde à ne pas lui donner un comprimé plus puissant, car la zone cérébrale distinguant le jour de la nuit va devenir plus sensible dorénavant, et il vaut mieux ne pas la bousculer avec des cachets comme, disons… »

D'un trait de plume, le médecin couche sur une ordonnance la liste des comprimés interdits.

Elle jette un œil sur la liste, plie l'ordonnance et la glisse dans son sac à main. Le médecin ne la libère pas pour autant.

« Y a-t-il ou y a-t-il eu des antécédents de ce genre dans la famille ? »

Elle lance un regard interrogateur à son mari, mais lui se tait pour la laisser témoigner à sa place.

« Aucun antécédent… ni chez ses parents, ni chez sa sœur.

— Et dans les générations précédentes ?

Maintenant, il ne peut plus se dérober.

— Je n'ai connu ni mon grand-père ni ma grand-mère paternels, précise le patient avec une pointe d'amertume. Ils étaient plus jeunes que mon âge aujourd'hui quand ils ont été exterminés en Europe, et donc comment savoir ce qui se dissimulait en eux… je veux dire… cette chose… que vous avez diagnostiquée en moi. Quant à ma famille maternelle, tous natifs de ce pays, ils possédaient tous leur esprit jusqu'au dernier moment, pour autant que je le sache, à part… minute… peut-être, seulement peut-être… une parente éloignée de ma mère, elle a immigré d'Afrique du Nord à la fin des années soixante et, justement ici, en Israël, la dépression l'a murée dans le silence… ou peut-être dans la colère… ou peut-être que, chez elle aussi, qui sait ? c'était… je dis seulement peut-être… cette démence ? »

Cette fois, de manière étonnante, le neurologue ne proteste pas contre le vocable explicite exprimé de nouveau par son patient, mais il reprend la radiographie et l'examine longuement avant de la glisser précautionneusement dans une enveloppe et d'inscrire en gros caractères *Zvi Louria* et, afin d'éviter une confusion possible, ajoute son numéro d'identité. Mais au moment où il veut remettre la radio à l'épouse, désormais promue son assistante, Louria se hâte de saisir l'enveloppe et de la plaquer contre sa poitrine. Un bref moment, le médecin semble vouloir ajouter quelque chose, mais l'écho de pas précipités dans son appartement au-dessus de sa tête refrène son intention, et il se lève pour les reconduire. Le patient se hâte de se lever, prêt à s'en aller, mais son épouse hésite encore, comme si elle craignait maintenant de rester seule en compagnie de la maladie.

Le verdict tombe, abrupt : « Par-dessus tout, l'activité ! Il ne faut pas éviter les gens, même si vous avez du mal à les reconnaître. Interdit de fuir la vie, mais, au contraire, vous devez la rechercher, vous y frotter ! »

Sans se hâter de rejoindre son appartement, éteignant au passage les lumières, le neurologue les raccompagne jusqu'à la porte d'entrée de l'immeuble, allume les lampes de son vaste jardin pour les aider à trouver la sortie sur la rue. Avant de les quitter, il souhaite ajouter quelques mots, d'une voix différente, plus douce et plus affectueuse :

« Tous les deux, vous êtes des intellectuels, des gens ouverts, et on peut vous parler franchement, sans détour. Quand j'ai dit qu'il ne fallait pas fuir la vie, j'avais à l'esprit toutes ses facettes, y compris les plus intimes. Entre vous, bien sûr. Je veux dire, il ne faut pas renoncer au désir, ne pas en avoir peur. Malgré l'âge et la situation. Parce que le désir est très important pour l'activité cérébrale. Non seulement à cause de ce qu'on a découvert aujourd'hui, mais pour votre bien à tous les deux. Vous me comprenez, docteur Louria ? Je veux dire, non seulement il ne faut pas y renoncer mais, au contraire, l'accroître. C'est utile, croyez-moi, je vous parle d'expérience. » Soudain, il hésite, comme s'il était allé trop loin. Toutefois, son patient hoche la tête, en signe d'approbation et de gratitude, tandis que son épouse bredouille, affolée : « Oui, Docteur, absolument, je comprends, et je vais faire tout mon possible, je veux dire, tous les deux… »

Mais qu'est-ce qu'il a dit au juste, le médecin ?

Ce n'est que lorsque le neurologue les quitte pour remonter chez lui qu'ils sentent qu'un léger voile de pluie, mais bourré d'énergie, se déploie au-dessus de leurs têtes ; aussi propose-t-il à sa femme de l'attendre sous l'abribus jusqu'à son retour avec la voiture. Mais elle refuse.

« Surtout, ne me dis pas, ricane-t-il amèrement, que tu crains que je ne retrouve pas la voiture.

— Je ne l'ai pas dit et je ne l'ai pas pensé, mais je ne veux pas attendre seule ici, au milieu de nulle part.

— Mais il pleut ! Et ta nouvelle coiffure qui ne date que d'hier ?

— Si tu me donnes la grande enveloppe, je pourrai me protéger la tête.

— Tu veux donc que le peu qui me reste de mon cerveau soit effacé sous la pluie ?

— Comme tu es bête, s'esclaffe-t-elle. La pluie ne va rien t'effacer du tout. Viens, dépêchons-nous. »

Saisie d'une ardeur désespérée, elle s'accroche à son bras et le tire en avant.

« Pourquoi tu lui as parlé des tunnels de l'autoroute 6 ? Pourquoi justement ceux-là ?

— Parce que j'ai eu l'impression qu'il commençait à te regarder de haut quand tu as dit que tu ne travaillais plus et que tu te contentais de te balader au marché. J'ai voulu préserver ta dignité.

— Me mépriser ? Pourquoi ? Et même s'il me méprisait, pourquoi les tunnels ? Ce n'est pas ce que j'ai fait de plus marquant.

— Parce que je me souviens que tu en parlais beaucoup.

— Des tunnels de l'autoroute 6, vraiment ?

— Oui.

— Puisque tu as évoqué les tunnels, pourquoi as-tu dit deux et non pas trois, parce que, justement, le tunnel du sud, à l'embranchement avec l'autoroute 1 en direction de Jérusalem, était le plus complexe.

— Il y en avait trois ? Je ne m'en souvenais plus, la prochaine fois, je dirai : trois tunnels.

— La prochaine fois, tu ne diras rien du tout, la rabroue son époux. Ces tunnels n'ont aucune importance à mes yeux. Et je me passe du respect des autres. Voilà, nous nous sommes garés dans cette ruelle.

— Tu te trompes, la voiture se trouve dans la rue suivante.

— Non, ici exactement. Tu as confondu. »

En effet, du fond de la ruelle, la voiture clignote loyalement.

Il jette l'enveloppe mouillée sur le siège arrière et se hâte de mettre le contact afin d'actionner le chauffage. Tandis qu'il attache sa ceinture, l'accablement le saisit : devra-t-il dépendre dorénavant des bonnes grâces de son épouse, et elle, se voir prisonnière de ses divagations ?

« Cela dit, je te remercie de ne pas avoir raconté au médecin l'incident au jardin d'enfants.

— Pourquoi me remercier ?

— Parce qu'il aurait eu vite fait de suggérer une hospitalisation.

— Tu es ridicule.

— Pourquoi ? Un grand-père qui vient prendre son petit-fils au jardin d'enfants et repart, sans s'en rendre compte, avec un autre enfant, ne mériterait pas d'être hospitalisé ?

— Non, parce que tout n'était pas ta faute. Et ce gamin-là, comment il s'appelait déjà ?

— Névo…

— Oui, ce Névo, l'éducatrice me l'a avoué, a déjà essayé de s'accrocher à un autre grand-père. Il a peut-être honte de la Philippine qui vient le chercher, ou elle lui fait peur. »

Mais, dans la pénombre de l'habitacle, Louria s'obstine à se torturer :

« Qu'il ait essayé ou pas, là n'est pas le problème. Le problème, c'est que je n'ai pas saisi que j'échangeais mon petit-fils contre un enfant inconnu, car si la Philippine n'avait pas poussé ses hurlements et ne s'était pas précipitée pour me l'arracher, j'aurais bien été capable de l'amener chez nous et même de lui donner à manger…

— Sûrement pas, tu te serais ressaisi bien avant. De toute façon, comme l'a reconnu Avigaïl, ce Névo ressemble un peu à notre Noam qui s'était endormi dans le bac à sable à ton arrivée au jardin. S'il te plaît, Zvi, ne va pas te jouer un mélodrame, tu étais juste un peu confus, rien de plus.

— Rien de plus ?

— Rien de plus. Crois-moi. Comme le médecin t'en a averti, ne commence pas à t'affoler et à fuir la vie par peur de commettre des bêtises. Je m'en porte garante parce que j'ai confiance en toi. »

Soudain, elle est agitée de frissons…

Tandis que le moteur tourne dans l'attente de ses instructions, il détache sa ceinture pour associer plus commodément, par une étreinte venue de la nuit des temps, la déprime de sa femme à sa propre déroute.

Ensuite, chez eux, conscient que le diagnostic neurologique a démoralisé sa femme, il se dispose à préparer lui-même le dîner afin qu'elle puisse apaiser sa détresse sous une douche chaude. Et, comme à son habitude ces derniers temps, il délaisse le micro-ondes et le four au profit des brûleurs de la cuisinière ; le sifflement bleuâtre des flammes lui redonne un peu le moral, et c'est pourquoi il les laisse brûler tout leur soûl après avoir achevé la friture. Tandis que tous les deux assouvissent leur faim, au bout de cette longue journée médicale, avec des œufs brouillés au beurre et mélangés à des pommes sautées, plat dont Louria maîtrise à la fois la préparation et le goût, le portable, trop vite ressuscité, sonne, et aussitôt leur fille Avigaïl exige de savoir si on a trouvé quelque chose de concret dans l'encéphalogramme de son père. Conscient qu'il n'a pas la capacité de restaurer, par ses propres moyens, la confiance perdue au jardin d'enfants, Louria préfère passer la communication à la nouvelle assistante du neurologue afin qu'elle témoigne, en tant que médecin, que l'atrophie repérée est encore insignifiante, et qu'il n'y a donc aucune raison, pour le moment, de ne pas restituer au grand-père la charge honorifique de l'astreinte-scolaire-du-mardi dont il a été privé.

Cependant, devant l'inquiétude de Yoav, leur aîné, qui leur parvient rapidement en provenance du nord du pays, il s'offre le luxe de se mettre au défi en se berçant de l'illusion qu'il peut se moquer des premiers symptômes de démence. Avec une légèreté factice, il dit à son fils : « Rien de grave, je peux encore te reconnaître, fiston, mais va savoir si ça va durer longtemps, c'est pourquoi, si tu as besoin de quoi que ce soit de ma part, il vaut mieux te dépêcher ! » Mais ce ton badin, tolérable en temps normal, s'effondre devant une radiographie. Au cours de l'année écoulée, son fils a essayé, par respect pour son père et pour lui-même, de balayer d'un revers de main les signes de confusion et autres bizarreries que le regard critique d'Osnat, sa femme, avait remarqués. Mais, à cette heure, le déni laisse place à l'affolement et, au lieu de consoler son père et de lui promettre sa loyauté indéfectible, advienne que pourra, il exige de parler à sa mère afin d'obtenir une réponse claire et définitive, car tout ce que vient de dire son père de façon espiègle est non seulement nul et non avenu, mais susceptible aussi d'être interprété comme un premier symptôme de sa démence.

Après avoir remis l'appareil à sa femme, Louria s'éloigne pour s'épargner une nouvelle description médicale que la pédiatre débite avec précaution et délicatesse à leur fils. Non seulement à cause de sa frayeur devant cette chose minuscule qui « peut et même aurait tendance » à s'élargir, mais aussi parce qu'il a du mal à être le témoin de la tristesse et de la souffrance de son fils, qui comprend que, de toute façon, non seulement la vie de ses parents risque d'être perturbée, mais aussi la sienne. Et du Nord galiléen, où il est à la fois le patron et l'esclave d'une entreprise prospère de composants informatiques, Yoav ne cesse de demander ce que le médecin a dit au juste, et lorsqu'il entend que l'esprit est capable d'enrayer ou, du moins, de ralentir l'atrophie cérébrale, il s'empare de cette vague remarque et exige de sa mère de prendre une initiative concrète afin de mettre en branle l'esprit de son père qui, selon lui, s'est rabougri après sa retraite.

Ainsi, au lieu d'être mélancolique et songeuse, la conversation de la mère avec son fils devient émotive et irritée. À la fin, elle se tourne vers Louria, furieuse :

« Comment se fait-il que tu lui aies dit que nous avons renvoyé la femme de ménage ?

— Qui a dit qu'on l'a renvoyée ? J'ai dit : nous avons réduit ses heures de travail.

— Parce que maintenant il m'accuse : Tu n'as pas le droit de faire de Papa ta femme de ménage.

— Ta femme de ménage, s'étonne Louria, il a vraiment dit ça ? Qu'est-ce qui lui prend ? Il a l'air tellement affolé par ma démence qu'il se met à chercher des coupables dans tous les coins ?

— Non, non et non, fulmine-t-elle, ne répète pas ce mot de démence. Le médecin t'a interdit de l'utiliser.

— Alors, qu'est-ce que je dois dire ?

— Dis : troubles, étourderie, confusion… On va trouver des mots meilleurs. »

Il lance un regard affectueux à sa femme. Dans son peignoir de bain, une serviette nouée en turban autour de sa chevelure, malgré son âge, elle ressemble à une danseuse indienne ou turque. Pourra-t-elle supporter sa démence, même si on lui donne d'autres noms ?

La voiture

L'assoupissement l'arrache à son époux avant même qu'elle ait réussi à lui trouver des mots réconfortants. Épuisée par sa journée entamée dans son service pédiatrique, et affolée par un cabinet médical où on lui a imposé une « assistance » aux fins d'une guérison impossible, elle s'écarte de son époux ; le sommeil s'empresse de la consoler. Il recouvre ses pieds, qui n'ont pas encore trouvé leur place sous la couverture, et, avant même de s'abandonner au réconfort du sommeil, il souhaite tout de même étudier méticuleusement la radio de son cortex cérébral afin de décider si cette atrophie, qui a échappé à sa vigilance, est réelle ou uniquement virtuelle. Or, la radiographie est restée dans la voiture garée dans le parking souterrain de l'immeuble. Il descend donc, en pantoufles et en petite tenue, jusqu'à sa voiture que des perles de pluie continuent à rafraîchir.

Cette voiture est plutôt de moyenne gamme en comparaison du véhicule robuste et spacieux, qui faisait des merveilles pour avaler les kilomètres et foncer sur les chemins de terre, que les Voies d'Israël avaient mis à sa disposition en tant qu'ingénieur de haut rang. Certes, après son départ à la retraite, il avait gardé la guimbarde contre une somme symbolique. Mais quand elle se révéla encombrante dans l'écheveau des magasins du centre-ville, et que sa couleur grise la rendait invisible dans les parkings souterrains, il la troqua contre une voiture neuve, plus petite mais plus haute, dans laquelle monter et descendre était plus facile, et dont la couleur rutilante se hâtait de signaler sa présence, même à un regard un peu terni par les années. En outre, dernièrement, Louria avait commencé à échanger parfois, mais en secret, un mot ou deux avec elle.

En fait, c'est la voiture qui a pris les devants. Après qu'il se fut familiarisé avec ses accessoires et son mode d'emploi, il lui semblait qu'au moment de tourner la clé de contact, au grincement de l'arbre à cames et des pistons, s'ajoutait un bref et léger murmure, l'écho japonais ou coréen d'une voix de jeune femme ou de fillette, peut-être greffée sur le système d'alimentation électrique, comme une sorte de souhait de bonne route au conducteur ayant choisi le véhicule adéquat. Il va de soi qu'il n'avait jamais évoqué cette voix féminine devant son épouse, afin de ne pas ajouter une nouvelle inquiétude à ses angoisses, mais, seul dans l'habitacle, il chuchote parfois à la donzelle : « Oui, ma chère, je t'entends mais je ne comprends pas un mot… »

Toutefois, à cette heure tardive, il n'a aucune raison de faire tourner le moteur et de troubler le silence du parking. Il éclaire l'habitacle, ramasse sur le siège arrière l'enveloppe sur laquelle la pluie a brouillé son nom et son numéro d'identité, et retire prudemment la radiographie pour examiner enfin si l'atrophie, dont sa femme s'est empressée de reconnaître l'existence, est bien réelle, et, dans ce cas, sur quoi débouchera-t-elle ? Mais où se trouve-t-elle ? Comment la repérer ? Sur la radio, toutes sortes de zones sombres apparaissent, pour la plupart propices, voire nécessaires, puisque le neurologue ne s'en est pas soucié. Mais alors, comment distinguer une tache obscure et bonne d'une autre, funeste ?

Il rejette la tête en arrière et ferme les yeux. Si les prénoms commencent à s'engloutir précisément dans cette nouvelle atrophie, il peut craindre que ceux de son épouse, de ses enfants et de ses petits-enfants disparaissent dans ce trou noir. Sa déconvenue au jardin d'enfants n'était-elle due qu'à un moment d'inattention, ou un caractère inné venu de loin chez ce gamin a-t-il identifié quelque chose de familier en Louria, raison pour laquelle l'enfant s'est collé à ses basques ? Certes, dorénavant, il sera commode d'imputer chaque erreur et chaque anicroche à son cerveau défaillant, mais l'esprit, que le neurologue a dissocié du cerveau, aura-t-il la force de lutter contre sa raison vacillante ou, au contraire, de collaborer avec elle ?

Il décide de vérifier si sa mémoire a conservé le code de démarrage de la voiture. Sa mémoire ne le trahit pas, mais il remarque que, au milieu du grincement des pignons, le murmure de la jeune fille de l'industriel a disparu. Très bien, murmure Louria, plus les hallucinations diminueront, plus l'esprit aura de facilité à muscler son cerveau ratatiné. Surtout, faire attention au volant. Car si son permis de conduire lui était retiré à cause d'une erreur ou d'un accident, il en perdrait le goût de vivre. Aussi, afin de vérifier sa maîtrise du véhicule, avance-t-il doucement de quelques centimètres avant de toucher le mur. Ensuite, il enclenche la marche arrière et, avec un sifflement cadencé, il recule jusqu'au milieu du parking en direction d'une voiture garée du côté opposé. Soudain, un flot de lumière inonde son visage, et un véhicule pénétrant dans le parking à vive allure freine brutalement pour permettre à la voiture rouge d'achever son virage vers la sortie. Or, Louria n'a aucune intention de sortir, mais uniquement de vérifier sa conduite, aussi veut-il ramener son véhicule à son emplacement, tandis que l'autre conducteur, qui attend en vain, commence, semble-t-il, à s'inquiéter de ces manœuvres sans objet et, en bon voisin, se sent obligé de demander au vieillard s'il a besoin d'aide. « Non, tout va bien », répond Louria au jeune homme qui toque à sa vitre, « J'ai oublié quelque chose dans ma voiture et j'en ai profité pour vérifier quelque chose dans le moteur. » Le regard du jeune voisin est attiré par l'encéphalographie gisant sur le siège, puis s'attarde sur les pieds dépassant des pantoufles usées. « Bonne nuit ! », lance Louria pour écarter le curieux. « Bonne nuit ! », bredouille le voisin, tout en demandant de nouveau à Louria s'il est certain de ne pas avoir besoin d'aide.

Il va falloir faire attention en public, même dans un parking d'immeuble. Des clichés médicaux visibles de tous, une tenue négligée et des pantoufles peuvent provoquer le soupçon que la raison, elle aussi, est un peu déguenillée. Même si le neurologue se refuse à diagnostiquer la démence sénile, et que sa femme recherche des mots plus lénifiants, il lui faut veiller à une apparence correcte et propre. Aussi glisse-t-il de nouveau la radio dans l'enveloppe et, avant qu'un autre voisin ne surgisse, se hâte de regagner son appartement où il s'aperçoit que, dans le maelström de ses émotions, l'endormie a laissé glisser la couverture, et qu'il faut même allumer une lampe, la plus faible possible, pour remettre de l'ordre. Dina ouvre déjà les yeux.

« Où étais-tu passé ?

— Je suis descendu au parking, j'étais inquiet à cause de la radio que j'avais oubliée dans la voiture.

— Pourquoi te faire du souci, puisque chaque radio est sauvegardée sur ordinateur et, de toute façon, on va te faire bientôt une nouvelle radio pour voir comment ça évolue ?

— Mais comment saurais-je si quelque chose a changé, si je ne comprends toujours pas ce qui est déjà là ?

— Il n'y a pas grand-chose à comprendre. Et même ce qu'on t'a découvert est à peine consistant.

— Au fait, comment s'appelle-t-il, le neurologue ? Ça m'échappe brusquement.

— Docteur Laufer.

— Non, son prénom ?

— Pour quoi faire ?

— Il m'a bien dit qu'il ne fallait pas renoncer aux prénoms.

— Je crois qu'il s'appelle Nadav, ou Gad. Mais quelle importance maintenant ?

— Parce que tu te souviens sûrement de ce qu'il a dit à propos du désir.

— Bien sûr.

— Qu'il est aussi capital pour lutter.

— Important ou pas, de toute façon, nous n'allons pas y renoncer.

— Tout de suite ?

— Non. Maintenant, non seulement ça va être difficile

pour moi, mais aussi pour toi. Pas de panique ! Tu sais bien que je serai toujours là, à tes côtés. »

Les tomates

Au matin, il annonce à sa femme : « Aujourd'hui, tu peux prendre la voiture. Il nous manque un tas d'articles indispensables, et aussi des denrées et des produits de nettoyage, je vais devoir faire un saut pour commander la grosse livraison du supermarché. Regarde la liste, vérifie ce qui manque et ce qui est en trop.

— Tu n'iras pas au marché ?

— Si j'y fais un tour, ce sera juste pour un fruit ou un légume particuliers.

— À condition qu'ils soient frais et beaux. Ne lésine pas sur le prix, regarde d'abord la qualité. Et, au passage, dans le coin des fleurs, demande à Iris un bouquet d'anémones.

— Iris ?

— L'adulte, pas la jeune, elle te reconnaîtra elle-même, mais, là-bas aussi, vérifie que les fleurs sont fraîches.

— Mais la maison déborde de fleurs.

— Ces fleurs-là sont fatiguées, elles ont besoin d'un surcroît de fraîcheur. C'est pourquoi n'oublie pas de rapporter seulement des anémones. C'est leur saison, qu'ils ne te refilent pas une autre fleur.

— Compris.

— De mon côté, je serai de retour vers quatorze heures au plus tard. Patiente et ne déjeune pas sans moi.

— Jusque-là, je tiendrai le coup. Mais tu ne crois pas

qu'il vaudrait mieux montrer ma radio à quelqu'un de ton service, sans révéler mon nom, bien sûr ?

— Il n'y a rien à montrer. Tout est clair. Et il vaudrait mieux que, toi aussi, tu sortes ta tête de la tête. Ce qu'on a découvert est si minuscule et si vague qu'un non-spécialiste en radiographie serait incapable de remarquer quoi que ce soit.

— Mais, excuse-moi, pardon, pourquoi toi, qui n'es pas une spécialiste en radiographie, et sûrement pas des adultes, tu t'es empressée de confirmer le diagnostic ?

— Parce que je suis l'experte en *toi*.

— Là, tu commences à finasser…

— Minute, je ne suis pas experte en Zvi Louria ?

— En partie… en partie seulement. Et lorsque la démence se présentera dans toute sa majesté, tu seras totalement perdue.

— Encore ce mot !

— Eh bien, propose donc un autre mot, et nous verrons s'il fait l'affaire. »

Le centre commercial n'est pas éloigné et, à cette heure matinale, pas du tout bondé. Comme la distance est courte, Louria préfère prendre son temps et déambuler dans les allées du parc municipal où une meute de chiens s'ébat, les uns gambadant attachés à leur laisse autour de leurs maîtres, et les autres folâtrant en toute liberté. Le regard de Louria s'attarde sur eux avec tendresse, tentant de repérer, dans cette horde, un dogue ressemblant au chien-loup grisâtre, le chien fidèle de la famille, qui, trois ans plus tôt, a été transféré dans le Nord afin d'agrémenter ses derniers jours de la quiétude et de la liberté que lui offriront son fils et ses petits-enfants dans leur nouvelle maison à la campagne. Hélas, les vastes horizons ruraux ont éperonné son humeur nostalgique jusqu'à tenter de regagner le centre du pays et, sur le chemin de son retour au foyer, il s'est volatilisé – qui sait où sa dépouille est abandonnée. Le ramassage d'animaux – chiens, renards, loups, moutons et vaches, écrasés, morts ou blessés, sur les voies interurbaines – est du ressort des Voies d'Israël, et Louria connaissait même le vieux vétérinaire chargé de cette mission. Mais sur l'autoroute 6, voie à péage, la responsabilité en revient au concessionnaire qui se gave de profits juteux. Or, comme le Nord regorge d'animaux sauvages dont la route large, débordant d'échangeurs et de glissières de sécurité, a brutalement morcelé leur écosystème, la Direction de la nature et des parcs a exigé de forer une petite portion de chaussée sous la montagne et d'enterrer un tronçon sous un tunnel. Et ce, non seulement afin de protéger des espèces végétales rares, mais surtout afin de permettre aux gazelles et aux sangliers, aux renards et aux chacals, de même qu'aux porcs-épics et aux lièvres, de traverser en sécurité, surtout la nuit, au-dessus du trafic intense. En fait, c'est l'un des trois tunnels à la construction desquels Louria a participé, et il faut rappeler à Dina, qui, pour on ne sait quelle raison, s'en est glorifiée, sa vocation originelle et éthique, et tout de même limitée.

Il pousse son chariot d'un pas décidé dans le gigantesque supermarché, mais comme il obéit à sa liste en main, et non à l'agencement des rayonnages afin de ne pas être tenté d'entasser des produits superflus, il doit passer d'une allée à l'autre, puis revenir régulièrement sur ses pas au point que certains clients, et surtout clientes, auxquels son visage devient familier, le prennent pour un employé du magasin à qui on peut demander un renseignement, voire un conseil judicieux. Les fruits et les légumes ayant l'air frais, Louria décide de renoncer au marché et d'ajouter quelques-uns de ces comestibles à la livraison des courses, et il fait le tour des étals de fruits et légumes, à plusieurs reprises, procède à un choix méticuleux, puis charge généreusement son chariot. Au rayon boucherie, il lui avait semblé avoir exprimé ses commandes clairement et précisément mais, dans la queue devant les caisses, il s'aperçoit à temps qu'au lieu de cuisses de poulet, pour on ne sait quelle raison, ce sont des cuisses d'oie qui ont échoué dans son chariot, et avant que le tintement de la caisse ne les ajoute à ses dépenses, il saisit l'emballage et l'enfouit au milieu des friandises censées calmer les enfants turbulents de la queue.

L'adresse est rédigée soigneusement, et comme la livraison doit partir dans une heure au plus tard, rien ne s'oppose à y adjoindre les produits nécessitant d'être placés au réfrigérateur. C'est pourquoi Louria quitte le supermarché d'un pas léger, libre comme l'air, avec uniquement un sachet de sucettes glacées pour lesquelles le règlement de l'établissement refuse d'assumer la moindre responsabilité, au cas où la chaîne du froid viendrait à être rompue. Louria se retrouve donc à flâner dans le magnifique parc, et les parterres de fleurs bordant les pelouses lui rappellent qu'il doit rapporter à son épouse les anémones qui la raviront, bien qu'à son avis la flore, chez eux, n'eût pas épuisé ses promesses. Il aime bien le marché, mais, hélas, les sucettes glacées ne résisteront pas ; c'est pourquoi, avant d'être obligé de les jeter, il se hâte de lécher une sucette, puis une autre. Il en propose aussi aux passants, ici ou là, mais surtout pas aux fillettes ni aux gamins, ni même à des personnes âgées qui pourraient suspecter ses intentions, mais uniquement à une Philippine à la mine sévère et à un Soudanais élancé, et aussi à un couple de vieillards, plantés là à rêvasser sur leur banc. Et, ainsi, le voilà parvenu chez la fleuriste, mains libres et légères, mais, hélas, les anémones que lui assemble en bouquet la vendeuse chevronnée, qui l'a identifié par son patronyme et son prénom, lui paraissent fatiguées et même bizarres, et, malgré les protestations et le dépit de la fleuriste, il répugne à les acheter. Et afin de ne pas revenir du marché les mains vides, il se dirige vers un étal des fruits et légumes.

La livraison qui l'a devancé bloque l'entrée de l'appartement, et il doit l'enjamber prudemment pour ne pas écraser les produits, qui pénètrent l'un après l'autre rapidement dans la maison à la recherche de leur stockage. Louria a un faible pour le rangement et il l'effectue avec l'espoir que cet exercice fortifie son cerveau, non moins que l'obstination à se rappeler les prénoms d'individus interchangeables. Soudain, il s'aperçoit à sa grande stupeur que, par inadvertance cette fois, les tomates ont été achetées, autant au supermarché qu'au marché, en une quantité impossible à épuiser pendant de nombreux jours.

Doit-il se hâter de jeter à la poubelle une partie des tomates pour brouiller l'humiliation de sa confusion ? Option possible, mais douloureuse, parce que ces tomates ne sont pas seulement de différentes variétés, elles excellent aussi par leur qualité et leur beauté. Il lui faut trouver une solution ingénieuse plutôt qu'une échappatoire : aussi téléphone-t-il à sa sœur, un véritable cordon-bleu, pour qu'elle lui donne un conseil. « Comment vous avez fait pour accumuler autant de tomates ? s'étonne-t-elle. — Non, pas nous, c'est moi, avoue-t-il. Je me suis rendu au centre commercial où j'ai acheté des tomates, de là, je suis parti au marché pour acheter des anémones à Dina, mais elles m'avaient l'air fanées et, par ailleurs, les tomates étaient si belles… »

Silence au bout du fil. Au cours de l'année écoulée, sa sœur a déjà remarqué les troubles de mémoire de son frère plus âgé qu'elle de deux ans, mais elle se garde bien de toute allusion qui l'attristerait autant qu'elle-même. À la fin, elle le questionne :

« Combien de tomates as-tu achetées ?

— Au marché, deux, trois kilos.

— Tant que ça ? Pourquoi ?

— Eh bien, j'ai pensé…

— Qu'est-ce que tu as pensé ? »

Maintenant, sa voix ne trahit aucune tristesse mais une légère remontrance.

« Je crois que je n'ai pas vraiment pensé… peut-être parce que les anémones qu'on m'a proposées étaient fanées, et que les tomates étaient si belles, j'ai oublié que j'en avais déjà acheté au supermarché. Il me semble que j'ai cru que ça remontait à une semaine.

— Et combien en as-tu acheté au supermarché ?

— Quelque chose comme deux, trois kilos. Mais pourquoi tu t'énerves ? Après tout, je peux jeter le tout, combien ça va me coûter ? des broutilles… si tu as une idée, donne-la-moi, on ne va pas en faire toute une tragédie.

— Attends, ne jette rien… Voyons ce que tu es capable d'en faire…

— C'est ce que je te demande. Au lieu de me retourner sur le gril, donne-moi une idée. Par exemple, une soupe ou une sauce.

— Tout de même, minute, Zvika, tu ne veux pas

essayer de comprendre ce qui t'est passé par la tête, exactement ? »

Pourquoi lui dissimuler la vérité alors qu'elle-même leur fait part, avec une franchise épuisante, de tous ses déboires ?

« C'est là, le problème... il n'y a pas grand-chose à expliquer. Dans mon cerveau, un petit vide est apparu, une sorte de trou noir comme ça, qui aspire, ces derniers temps, les prénoms des gens, je veux dire, de simples connaissances, et quand ils sont avalés, il semble que ça laisse de la place libre.

— Libre pour quoi ?

— Disons même pour ces tomates.

— Tu blagues ou quoi ?

— Non, sérieusement, parce que je n'ai pas encore eu le temps de te raconter qu'hier soir nous avons consulté un spécialiste, un neurologue, un certain Dr Laufer, un gars sérieux qui a examiné la radiographie de mon cortex cérébral et, écoute-moi bien, prépare-toi, car bientôt ton frère va se diluer, disparaître... ha, ha, ha... non dans son corps, mais dans son esprit... il ne reconnaîtra plus sa sœur... Dina t'expliquera mieux que moi comment ça va se produire. Mais, pour le moment, donne-moi une recette gastronomique avant que je jette les tomates.

— Attends ! hurle-t-elle brusquement, laisse tomber les tomates un instant, et dis-moi ce que le médecin a pensé exactement.

— Ce que le médecin a pensé exactement, Dina te l'expliquera. Bien sûr que j'exagère, juste pour t'effrayer et plaisanter un peu. Mais ne t'en fais pas, ce n'est pas contagieux, bon, ce neurologue a tâtonné du côté génétique, nous a demandé si nous avions quelque chose de ce genre dans la famille, mais malgré tous nos efforts pour lui fournir quelques ramollis de la cervelle, nous n'avons pas réussi, parce que nous n'avons pas voulu… ha, ha, ha… te dénoncer. Mais, sérieusement, toi aussi tu sais que nous sommes une famille possédant toute sa raison. Souviens-toi, le matin de sa mort, Maman discutait passionnément avec moi qu'il n'y aurait jamais la paix dans ce pays et, dans l'après-midi, elle s'est envolée vers un monde meilleur en nous laissant nous dépêtrer avec toutes les guerres.

— Tout à fait son genre.

— De sorte que, personnellement, tu n'as pas à t'inquiéter. Pour le moment. Quant aux générations futures, les miennes et les tiennes, en cas de besoin, que la science s'efforce, par bonté d'âme, d'inventer de nouveaux médicaments. De toute façon, la génétique, c'est sujet à caution. Et c'est seulement parce que le neurologue s'est entêté à trouver dans la famille quelqu'un qui lui offre un fil conducteur, que je me suis souvenu de cette parente de Maman, arrivée ici après la guerre des Six-Jours. Comment s'appelait-elle déjà ? Mimi ?

— Phiby, pourquoi tu estropies les noms ?

— Oui, Phiby, qui, au bout d'un an en Israël, est tombée en dépression et a été internée dans cet établissement, à Kfar-Saba…

— Mishan…

— Exactement. Et tous les mois ou tous les deux mois, à tour de rôle, toi ou moi, nous conduisions Maman pour lui rendre visite. Mais je n'ai jamais bien compris nos liens de parenté avec elle.

— C'est une cousine au deuxième ou au troisième degré, mais Maman se sentait responsable d'elle.

— S'il ne s'agit que du deuxième ou du troisième degré, la menace n'est pas si terrible, je n'ai qu'un vague souvenir d'elle, parce que, la plupart du temps, je préférais attendre dehors. Au fait, quand est-elle décédée ? Avant ou après Maman ?

— Qui t'a dit qu'elle est morte ?

— Minute, si Maman est morte il y a plus de quinze ans, pourquoi cette cousine tiendrait encore le coup ? De toute façon, pourquoi s'en occuper ? Tout ça, c'est parce que le neurologue s'est acharné à trouver une origine génétique que je lui ai déniché cette piste fragile. Mais, ne t'en fais pas, ma sœur, il me reste suffisamment de temps pour me balader dans le monde avec toute ma raison, vous n'allez pas me liquider si facilement. Et laisse tomber l'histoire des tomates, je vais me débrouiller par mes propres moyens.

— Attends, ne te hâte pas de les jeter. En plus, n'aie pas honte à cause de ta confusion. Laisse-moi jeter un œil dans mon livre de recettes, je vais peut-être te trouver une idée pas trop compliquée. »

Au bout d'un long moment, sa sœur le rappelle et lui dicte une recette compliquée de tomates grillées au four, dont Louria sait qu'elle est au-dessus de ses forces mais, tandis qu'il tente de clore la conversation, sa sœur lui lâche une information surprenante : la parente éloignée, qui a plongé dans la démence après son immigration en Israël, et dont le prénom est bien Mimi et non Phiby, tient toujours le coup dans le même établissement. Elle a déjà 95 ans, vit en solitaire et paisiblement. Et on peut lui rendre visite sans aucune crainte car, de toute façon, elle ne reconnaît plus personne. « Si elle t'est indispensable, mon frère, pour planifier ton avenir, le nargue sa sœur, tu pourrais faire un saut et aller la voir.

— Pour quoi faire ? », s'étonne Louria, saisi d'effroi.

L'insignifiance de l'atrophie de Louria ne rassure, pour le moment, que sa fille qui, de toute façon, n'a pas réussi à trouver un remplaçant à son père pour l'« astreinte-du-mardi » et ramener son petit-fils du jardin d'enfants. Mais son aîné, Yoav, ne se résigne pas. Malgré sa confiance en sa mère, médecin expérimenté et de haut rang, cet individu rationnel, âgé de 47 ans, estime que l'esprit, et non le cerveau, est à l'origine de la confusion, et, par un matin de tempête, il annonce son arrivée depuis le Nord, afin d'aiguillonner l'esprit de son père et le mettre à la tâche.

« Mais, ce matin, Maman travaille à l'hôpital, elle sera désolée de t'avoir raté.

— Au contraire, je préfère qu'elle ne soit pas dans nos pattes. Je viens te voir *toi*, uniquement toi. »

Louria, qui connaît bien son fils et devine sa détresse, se montre plutôt satisfait de son affolement – en fût-il assommé de réprimandes –, et bien que la maison soit déjà rangée après le sommeil de la nuit, il se met à la nettoyer et à l'astiquer, comme une sorte de leçon administrée à son rejeton dont le foyer villageois est plongé dans un chaos permanent. Or, leur fils arrive toujours chez ses parents l'estomac dans les talons, peu importe d'où il vient et où il va. Dès son entrée, il se précipite sur le réfrigérateur qu'il ouvre à deux battants, tels les vantaux de l'Arche sainte, puis se plante devant à fureter d'un regard perçant pour y trouver, semble-t-il, la nourriture qui ne l'a pas assez rassasié dans son enfance. Aussi son père s'empresse-t-il de prévenir l'assaut prévisible et dispose sur la table des fromages, des pâtes à tartiner et des petits pains, des fruits secs et des biscuits, et pose sur un brûleur la grande marmite de *chakchouka*, vestige irréductible de l'offensive des tomates, avec l'espoir qu'un allié entreprenant accélérera la liquidation du témoin de sa confusion.

Le voilà donc, trempé jusqu'aux os mais frais et dispos, vêtu d'un coupe-vent militaire antédiluvien ; il étreint son père sur le seuil, et son étreinte est si vigoureuse qu'il semble vouloir aussi lui faire mal, mais sans autre intention que de le secouer. Après quelques nouvelles des petits-enfants et quelques mots sur l'entreprise, dont le succès grandissant ne fait qu'asservir un peu plus son patron, le visiteur dit à son père : « Minute, avant de parler de l'avenir, permets-moi, à moi aussi, d'examiner la radio de ton cortex cérébral. »

Louria éclate de rire.

« Même si tu la regardes, qu'est-ce que tu vas comprendre là-dedans ? Moi-même, je n'ai pas encore saisi en quoi consiste la nouveauté.

— Et Maman a compris ?

— C'est ce qu'elle prétend.

— Mais elle aussi peut se tromper.

— N'oublie pas qu'elle est médecin.

— Et alors ? Une fois, en classe de 4e, elle s'est obstinée à m'envoyer à l'école alors que j'avais un début de rougeole.

— C'est parce que nous t'avons toujours soupçonné de vouloir faire l'école buissonnière, mais, pour moi, mon chéri, il ne s'agit pas seulement de l'interprétation d'un cliché médical mais des choses de la vie.

— Ce qui veut dire ?

— Je te l'ai raconté. Non seulement les prénoms d'amis, ou de gens connus m'échappent brusquement, mais je commence à confondre les dates.

— Ce n'est pas à cause d'un cerveau rabougri mais d'un esprit ramolli.

— Un esprit rabougri ?

— Ramolli, tu m'as bien compris…

— Ah, s'esclaffe Louria, tu débarques avec un mot d'esprit tout prêt. C'est charmant.

— C'est pour ça qu'il vaut mieux que Maman ne soit pas là, car elle aurait accaparé la discussion et nous aurait menés par le bout du nez, comme elle sait le faire.

— Mais tu sais que je ne lui cache rien.

— Raconte-lui plus tard tout ce que tu voudras mais, au moins, moi, écoute-moi patiemment.

— Non seulement avec patience, mais encore avec amour et gratitude. Tu dis toi-même que tu es venu exprès pour moi, et, en plus, par cette tempête.

— Et bien qu'Osnat m'ait averti de ne pas te tarabuster. Moi, tu me connais, je ne décroche pas facilement. Mais d'abord, s'il te plaît, montre-moi la radio de ton cerveau.

— D'abord, tu dois goûter la chakchouka qui t'attend avant qu'elle refroidisse.

— Une chakchouka dans une marmite aussi grande ?

— Tiens, voilà encore un exemple. Tu vas comprendre comment même la chakchouka dans une grande marmite a un rapport avec ce qui t'a fait accourir ici. Mais, ne t'inquiète pas, la chakchouka est savoureuse et, chaque jour où je la réchauffe, son goût s'améliore. »

Le père verse dans deux profondes assiettes blanches la ratatouille rouge sur laquelle surnagent deux jaunes d'œuf et, entre les assiettes et les fromages, il dégage de la place pour la radio de son cortex cérébral. Et comme dehors la tempête fait rage et que la lumière hivernale décline, il ajoute celle d'une lampe de lecture afin que son fils puisse se concentrer sur les circonvolutions du cerveau paternel, comme sur les entrailles d'un ordinateur dernier cri. Le fils se garde de poser les doigts sur le cliché, comme si le cerveau était vivant, se contentant d'aiguiser son regard. À la fin, il lâche un soupir et conclut : « Pardonne-moi mon culot, mais, à mon humble avis, ce cerveau, je veux dire, le tien, du moins tel que je le comprends sur cette radio, est tout à fait normal. Ça ne m'étonne pas que tu n'aies pas réussi à repérer un défaut quelconque. »

Louria baisse la tête, un sourire aux lèvres.

« Merci, ton avis me fait plaisir, tu es gentil, pourtant, on n'y peut rien, le médecin et ta mère…

— Bon, bien sûr, mais à supposer qu'une minuscule atrophie se dissimule là-dedans, qu'est-ce que ce neurologue suggère de faire ? »

Louria éprouve l'envie fugace de lui parler de l'ardente obligation du désir, au lieu de quoi, il glisse le cliché dans l'enveloppe et l'écarte de la table.

« La recommandation du neurologue est simple : lutter pour la mémoire. Par exemple, ne pas renoncer aux prénoms.

— Parfait. Mais comment ?

— À l'aide de l'esprit et de la volonté, voilà la surprise, mon cher fils : l'avis du neurologue que tu dédaignes est plutôt proche du tien.

— L'esprit, rugit Yoav, c'est exactement ça, et c'est précisément pour lui que je me trouve ici. Après tout, ce n'est pas pour rien qu'on parle de "fatigue cognitive" et non de "faiblesse d'esprit" à propos des maladies de démence. Alors, voici ce que j'ai à dire et, s'il te plaît, ne te vexe pas : Tu es un ingénieur chevronné, riche d'une ample expérience technologique et, pendant de nombreuses années, en tant que directeur, tu as tracé et construit des routes grâce à ton savoir-faire et à ton intelligence. C'est pourquoi je m'insurge contre le fait que toutes ces capacités, dont j'ai hérité ma part, tu les gaspilles et te confines à de vulgaires et médiocres tâches ménagères comme des courses, des rangements superflus de l'appartement ou la préparation de chakchoukas gigantesques.

— Nous allons en parler de ces chakchoukas. Mais continue, je t'écoute.

— Parce que j'ai l'impression qu'après avoir licencié la femme de ménage, tu as décidé de servir de bonne à tout faire, de domestique à Maman. Et c'est comme ça que ton esprit commence à se recroqueviller…

— Encore une fois, tu remets sur le tapis cette bêtise, que nous aurions renvoyé la femme de ménage…

— Mais vous l'avez bien renvoyée.

— Non, non, pas du tout, laisse tomber, nous lui avons juste réduit ses heures de travail.

— À combien ?

— Qu'est-ce que ça peut te faire ? se rebelle Louria. Tu me soumets à un interrogatoire ?

— Exactement. L'interrogatoire d'un fils qui s'inquiète pour ton avenir et pour celui de nous tous. Alors, s'il te plaît, je veux la vérité, toute la vérité : à combien de fois par mois avez-vous réduit le travail de la femme de ménage ?

— Il n'y a pas de règle. Disons, à une fois par semaine.

— Ça ne suffit pas. Ce n'est rien du tout, explose Yoav en haussant la voix. Et Maman continue de travailler à son service et, même quand elle se trouve à la maison, elle déteste les travaux ménagers, et tout le fardeau retombe sur tes épaules.

— Tout d'abord, ce n'est pas un gros fardeau, nous ne sommes que deux, et à part ça, ce fardeau me plaît bien.

— Evidemment que c'est agréable, très agréable… surtout pour justifier cette fuite devant la réalité qui te conduit à commencer à te montrer…

— Pourquoi t'interromps-tu ?

— Peu importe…

— Commencer à me montrer quoi ?

— Aucune importance. Fuir la réalité.

— Quelle réalité, au juste ?

— La réalité de ce que tu as accompli pendant toute ta vie, et avec une belle réussite.

— Comme c'est étrange, mon chéri. Je crois entendre mon neurologue. De sa part, admettons. Lui qui ne sait rien de ce que j'ai fait est libre de m'abreuver de conseils bizarres, mais toi, tu es censé savoir à la perfection que ce ne sont pas des individus qui planifient les routes. Les routes, c'est un domaine réservé à la puissance publique. Et les Voies d'Israël grouillent désormais d'une nouvelle génération de jeunes gens talentueux qui n'ont ni la possibilité ni une raison quelconque d'employer, même à temps partiel, un vieux retraité comme moi.

— Et alors, se rebelle son fils, il existe des cabinets privés qui dispensent des services d'ingénierie à l'État, ou aux conseils régionaux, et là, on a besoin d'ingénieurs expérimentés. Ne serait-ce que dans un emploi à temps partiel, avec un salaire modique et sans droits sociaux particuliers. Juste pour que tu ne restes pas tout le temps à la maison à cuisiner des chakchoukas.

— Tout doux, la chakchouka, je vais t'expliquer, parce qu'elle a quelque chose à voir avec tes inquiétudes, et à juste titre. Mais l'éventualité de trouver un emploi dans un cabinet privé est purement chimérique. Car précisément, dans ces cabinets-là, des retraités travaillent déjà et ils ne laisseront pas un nouveau venu fouler leurs plates-bandes de crainte qu'il ne les évince. En outre, dans ces sociétés, s'est incrustée une deuxième génération, parfois même une troisième de fils et de petits-fils destinés à hériter de leurs pères. Et dis-moi franchement : Tu penses qu'il serait honorable de ma part de m'asseoir à côté d'un novice et d'en recevoir des ordres ?

— Et tous tes amis de travail ? Eux aussi sont dans la même situation, alors, pourquoi éviter des relations avec eux ? C'est précisément avec des amis comme eux que tu pourrais inventer quelque chose de nouveau.

— Dis-moi, Yoav, c'est quoi "tous ces amis" ? Ceux qui ont travaillé avec moi n'étaient pas, en général, des amis, et si j'ai eu des amis dans d'autres endroits, où veux-tu que j'aille les chercher maintenant ? Certes, parfois on organise au bureau des conférences ou des réceptions auxquelles les retraités sont conviés afin de prouver qu'on ne les a pas oubliés. Ah, bien sûr, il y a aussi les défunts, et nous nous rendons à leurs funérailles ou aux visites mortuaires auprès de leurs épouses, mais dès que j'ai compris que j'avais des problèmes avec les prénoms des ingénieurs avec lesquels j'avais collaboré de manière très étroite pendant des années, j'ai commencé à paniquer. Je préfère un film, un concert, un restaurant, où je me sens plus à mon aise. Et s'il faut rencontrer des amis, autant qu'ils soient médecins, je veux dire des collègues de ta mère, ceux-là, je suis dispensé de me souvenir de leurs prénoms…

— Avec eux, il faut juste te rappeler les noms de maladies…

— Non, pas de maladies, mais d'autres confrères

concurrents qui se sont trompés dans leur diagnostic et dont les soins ont échoué. Or, tous ceux-là, je ne leur dois rien, comme ça je peux me tenir dans mon coin à écouter tranquillement des histoires de décès de gens en bonne santé ou de résurrection de morts-vivants, sans être responsable d'aucun oubli.

— Minute, s'obstine le fils, tout de même, pourquoi as-tu besoin d'énoncer un prénom, contente-toi du nom de famille ou, mieux encore : ne prononce aucun nom.

— Souvent j'ai esquivé de cette façon, mais ce n'est pas toujours possible, il arrive que le prénom soit obligé, naturel, il te cherche et s'impose à toi, et quand tu te trompes, cela ne provoque aucune pitié, uniquement de l'humiliation et de l'animosité. Car comment peux-tu oublier le prénom d'un homme avec qui tu as travaillé pendant des années, non seulement au bureau mais au cours des visites de terrain et des arpentages ? Comment se fait-il, et pourquoi, par tous les diables, s'indignera Untel, que ce Zvi Louria veuille m'effacer brusquement ? Tous les autres, on les nomme, y compris leurs femmes, par leur patronyme. Mais des personnes de ce genre ne sont pas légion, si je les croise par hasard, je n'ai aucun problème, je tiens encore le coup sur les noms de famille. Mais, dans ma génération, non dans le premier cercle mais dans le deuxième, j'ai des collègues dont je n'ai jamais connu le nom de famille, juste leur prénom, et alors, si tu les croises pendant une rencontre amicale, tu es sur tes gardes, tendu, de crainte de laisser échapper une bourde.

— Si j'ai bien compris, s'enflamme son fils, c'est la raison pour laquelle tu as décidé d'éviter la moindre réception ou conférence à ton ancien bureau ? Pas même le pot de départ de Tsahi Divon, ton fidèle adjoint pendant tant d'années ?

— Minute... comment as-tu eu connaissance de cette fête ? Ça vient de Maman, hein ?

— Oui, Maman. Et alors ?

— Et peut-être que ta mère t'a demandé aussi de venir de Galilée pour me parler ?

— Supposons. Et alors, elle n'a pas le droit ? Tu as dit toi-même que tu n'avais pas de secrets pour elle...

— Mais je constate que, de son côté, elle en a pour moi.

— C'est quoi, ce grand secret, là ? Qu'elle m'ait demandé de te convaincre de ne pas éviter les gens ? Tes amis ?

— Ça fait un bail que Divon n'est plus mon ami.

— C'était ton proche collaborateur, ton partenaire, même pour les tunnels que tu as creusés sur l'autoroute 6.

— Oh ! là, là ! mon Yoav, alors toi aussi comme ta mère, tu es émoustillé par ces misérables tunnels ? Ces tunnels que nous avons été obligés de creuser, non à cause de la topographie de l'autoroute, mais pour permettre aux animaux désorientés par cette route de traverser en toute sécurité.

— Pourquoi ne devrais-je pas m'émouvoir de ces tunnels, s'écrie Yoav avec un sourire, chaque fois que je les emprunte, je me souviens que tu m'as demandé de t'accompagner, par une nuit de pleine lune, pour vérifier si des gazelles ou des sangliers comprenaient réellement que le tunnel avait été creusé à leur intention.

— Pour être franc, avoue Louria, je ne suis pas persuadé que les animaux, là-haut dans le Nord, comprennent ce que la Direction de la nature et des parcs souhaite qu'ils comprennent.

— Eh bien, sache pourtant que cette nuit-là, pendant que tu somnolais, j'ai aperçu une gazelle, ou un sanglier énorme, en train de grimper au-dessus du tunnel nord et de traverser d'est en ouest puis, au bout de quelques minutes, revenir sur ses pas pour je ne sais quelle raison.

— En effet, je me souviens que tu me l'as raconté mais, jusqu'à maintenant, je ne suis pas sûr que tu n'aies pas eu la berlue.

— Pardon, moi aussi tu me soupçonnes déjà d'avoir des hallucinations ?

— Nous n'avons pas le choix, mon chéri, écoute le neurologue : un fil génétique relie les générations entre elles.

— Reste à mesurer la longueur et la solidité de ce fil, mais, pour l'instant, explique-moi, à la fin, pourquoi tu te défiles du pot de départ de celui qui a été ton bras droit pendant des années ?

— Tu as raison, c'était un collaborateur efficace et loyal mais, quand j'ai pris ma retraite il y a cinq ans, au lieu de prendre ma place et de prolonger notre travail, il a tout plaqué pour diriger au Kenya je ne sais quel projet contre un salaire juteux. Et ce n'est que maintenant, alors que son boulot est terminé au Kenya, ou peut-être parce qu'on l'a expulsé de là-bas, qu'il organise son pot de départ justement chez nous, et non en Afrique où il s'est enrichi.

— Mais qu'est-ce que ça peut te faire ? Il y aura à cette fête d'autres amis, des retraités comme toi. Des idées vont peut-être germer. Vas-y. C'est l'occasion de renouer des contacts. Après tout, tu étais aimé et populaire, et personne ne va défaillir si tu oublies son nom.

— Finis ta chakchouka, elle refroidit.

— Je n'ai plus faim.

— Écoute-moi, mon Yoav, tu es un bon fils, j'apprécie et je respecte ton inquiétude. Mais toi et ta mère, vous refusez de vous rendre à l'évidence : si c'est le début de la démence, la situation dépasse de beaucoup un banal oubli de noms. Même la grosse marmite de chakchouka a un rapport avec ce qui est en train de se tramer en moi. »

Du coup, Louria lui raconte sa journée de courses. D'abord, les gros achats au supermarché, ensuite la fleuriste du marché, enfin les six kilos de tomates qui ne lui ont laissé que la solution de les transformer en cette chakchouka.

« Mais pourquoi ? maugrée Yoav. Tu pouvais tout aussi bien jeter les tomates en trop avant le retour de Maman.

— Non, non et non, tempête le père, c'est exprès que je n'ai rien jeté, pas même une tomate. La chakchouka qui a survécu pendant de longues journées en est la preuve. Elle sert à me méfier de moi-même, et vous-mêmes de moi.

— De toi ?

— Oui, de mes erreurs, voire des catastrophes que je suis capable de faire pleuvoir sur cette maison, sur moi et sur vous. »

Yoav garde le silence, tête baissée. La mine sombre. Et lorsque, à la fin, il relève le visage vers Louria, ce dernier remarque soudain dans son regard l'ancienne lueur affolée qu'il avait quand son père le langeait.

« Toutefois, ne sois pas triste, le réconforte Louria, tu n'es pas venu pour rien. Pour toi, je vais me rendre au pot de Kobi Divon.

— Tsahi, le corrige son fils à voix basse.

— C'est vrai, Tsahi, reprend Louria en souriant.

— Et Maman m'a promis de t'accompagner.

— Je n'ai pas besoin d'elle là-bas. Il n'y a aucune raison pour qu'après une journée épuisante dans son service, elle doive rester debout pendant un temps interminable, un verre de jus de fruits à la main, à écouter les papotages fastidieux d'ingénieurs de l'Équipement. Je vais affronter tout seul cette altération de mon cerveau, et je ne doute pas de surmonter cette épreuve honorablement. Et si l'envie me prend, je vais leur balancer un bref laïus d'adieu. Tu vois, tu m'as corrigé et tu as dit Tsahi au lieu de Kobi, et, dans ce cas, en chemin vers la fête, je vais inscrire sur ma paume le nom correct afin de ne vexer personne. »

Le fil génétique

Après le décès de leur mère, plus de quinze ans auparavant, Louria et sa sœur s'étaient dispensés des visites auprès de cette parente au troisième degré qui, au lieu de déménager naturellement d'Afrique du Nord en France, avait choisi, à l'instigation de la mère de Louria, d'immigrer en Israël et, au lieu de se réjouir de vivre au milieu d'une majorité juive dans la patrie ancestrale, s'était enfoncée rapidement dans la mélancolie et la dépression et avait commencé à se recroqueviller sur elle-même.

La mère de Louria, qui s'estimait coupable de l'immigration ratée de sa cousine, s'était imposé le devoir d'aller rendre visite, toutes les quelques semaines, à « l'immigrante non acclimatée » et d'essayer d'égayer un peu son humeur – et de le faire en français, la langue maternelle de l'immigrante. Au début, Louria accompagnait sa mère jusque chez la cousine et, ignorant le français, tentait d'engager la conversation anodine en hébreu avec les quelques pensionnaires séniles qui, d'aventure, s'intéressaient à lui. Mais, très vite, il en avait eu assez de stimuler des individus dont la personnalité avait sombré et qui n'avaient pas encore trouvé la force d'élaborer une nouvelle identité, et c'est pourquoi il préférait attendre sa mère dans le hall, voire dans la voiture où il écoutait une excellente musique entrecoupée de flashes d'informations. Au début, après ces visites, il s'enquérait encore de l'état de l'immigrante alitée, s'il s'améliorait ou, hélas, empirait, et si quelque espoir était permis, et alors sa mère se contentait d'un marmonnement, suivi, dans la foulée et avec force, de sa litanie préférée : « Si vous sentez, toi ou ta sœur, que je commence à perdre la raison, je vous prie de verser du poison dans mon café. » Louria l'asticotait rituellement : « Mais quel genre de poison ? Doux ou amer ? Tu dois décider, afin que nous puissions le concocter dès maintenant. »

Le voilà donc en route vers l'établissement et, cette fois, non en accompagnateur mais en visiteur volontaire : vérifier la réalité et la nature de ce fil génétique ténu que le neurologue s'obstine à dénicher en lui. Certes, plus de quinze ans se sont écoulés depuis sa dernière visite, les routes ont changé et se sont élargies, des échangeurs et des bretelles ont été ajoutés, les anciens feux tricolores ont disparu, mais Louria n'a nul besoin d'une application quelconque sur son portable car son intuition et son expérience l'acheminent sans embarras jusqu'à sa destination.

Non seulement la fluidité du trafic s'est améliorée, mais l'établissement ancien du réseau Mishan s'est, lui aussi, agrandi et a prospéré avec ses deux étages supplémentaires et le hall d'entrée recouvert d'un marbre somptueux. Jadis prélevés sur les entrepôts de l'Agence juive, le mobilier et les équipements aussi ont été remplacés par des matériaux offerts par un philanthrope qui y avait hospitalisé son épouse. Et bien que Louria, contrairement aux allégations de sa sœur, doutât encore que la parente éloignée soit toujours de ce monde, il lui apporte, à l'instar de sa mère, un modeste cadeau, de grosses et belles dattes *medjouls* disposées dans une boîte de couleur foncée, avec l'espoir qu'elles adoucissent un peu sa démence. Et si toutefois elle avait déjà rejoint un monde meilleur, l'équipe qui s'était occupée d'elle avec dévouement jusqu'à son dernier jour en profiterait. Mais où-elle, cette équipe ? Dans quel service et à quel étage ? Certes, cette fois il est sûr du prénom mais ignore totalement le nom de famille. C'est pourquoi il grimpe d'un étage à l'autre et erre, s'efforçant de se souvenir de quelqu'un qui l'aurait soignée jadis. Il n'a guère besoin de se démener car, dès le troisième étage, il reconnaît une belle et délicieuse infirmière qui avait alors attiré son regard, et le temps écoulé depuis n'a pas seulement amélioré son statut mais aussi blanchi sa natte.

Bien sûr, affirme-t-elle en accueillant affectueusement le visiteur inopiné, elle se souvient de sa mère et même de sa sœur qui, contrairement à lui, n'avait pas peur de se retrouver au milieu des malades…

« Je n'avais pas peur, s'insurge Louria devant ce reproche voilé, je ne voulais tout simplement pas déranger. Et comme je ne parlais pas français, ça n'avait aucun sens d'être présent pendant la visite de ma mère.

— Même sans connaître le français, vous auriez pu rester.

— C'est vrai… au fait, quel est son nom de famille ? »

Il apprend ainsi qu'à la fin de années soixante quelque chose de bizarre s'était produit : au lieu que son patronyme, comme c'est l'usage, l'emporte sur son prénom, ce dernier avait absorbé son nom de famille sans laisser de trace.

« Mimi, c'est tout ce que nous avons, avoue l'infirmière devenue infirmière en chef du service. Nous ne nous expliquons toujours pas où son patronyme a disparu. Lorsque votre mère l'a inscrite ici, elle n'a donné que son prénom, et sa carte d'identité s'est contentée de ce prénom qui lui est resté. Comme cela, elle vit ici paisiblement, d'humeur toujours égale, avec son seul prénom. Je vois que vous vous êtes souvenu de lui apporter des dattes, comme votre mère, oui, elle les mangera avec plaisir, mais n'espérez pas qu'elle vous reconnaisse grâce à elles.

— Je n'ai nul besoin qu'elle me reconnaisse, s'empresse de protester Louria. Simplement, il y a quelque temps, je me suis souvenu d'elle, alors que j'étais persuadé qu'elle était morte depuis longtemps. Mais je ne sais pourquoi, ma sœur s'est entêtée à affirmer qu'elle était toujours vivante, et j'ai décidé de vérifier pourquoi elle en était si certaine, et si son état était toujours stable. Vous savez, notre mère se considérait en quelque sorte comme sa tutrice.

— Son état n'a pas empiré de manière significative, mais ne s'est pas amélioré non plus, répond l'infirmière avec un sourire d'une grâce éclatante. Je vous invite à aller la voir et à lui offrir vous-même les dattes. »

Louria est surpris de constater que la blancheur qui s'est répandue sur sa natte rend sa beauté encore plus gracile.

« Des dattes *medjouls* », précise-t-il en désignant du doigt le mot imprimé sur le carton.

Pris d'un zeste de superstition, Louria ne révèle pas la véritable raison de sa visite. Il ne manquerait plus que ce fil génétique ténu s'avère un filin d'acier qui le transformerait, dans un avenir proche, en candidat à l'installation dans ce lieu. Mais il piaffe d'impatience de rencontrer sa parente.

« Très bien, je vais lui donner les dattes, dit-il d'un ton cérémonieux, et comme cela, elle se souviendra peut-être de ma mère qui ne l'a jamais abandonnée. »

L'infirmière en chef le conduit à une chambre assez exiguë, mais propre et lumineuse, contenant deux lits larges, séparés par un rideau tiré à demi. Deux vieillardes, imposantes et replètes, se redressent dès son entrée, et Louria se perd en conjectures : laquelle des deux détient-elle son fil génétique ? L'une est ceinte d'un tablier rouge, avec, près d'elle, un instrument de musique bizarre, oblong et noirâtre, évidé aux deux extrémités, et il semble que le tablier rouge l'identifie vaguement, peut-être à cause de sa ressemblance avec sa mère, ou alors, à cause de la boîte de *medjouls* dans sa main. Louria lui tend gentiment les dattes : « Tenez, je vous en prie. »

Elle accepte volontiers le cadeau, mais avec l'air d'ignorer qu'elle doit ouvrir la boîte, aussi l'infirmière la lui prend-elle des mains et dévoile les rangées de dattes brillantes qui provoquent aussitôt l'envie de les goûter. Avant de restituer le carton à sa destinataire, l'infirmière prélève trois dattes, la première pour la compagne de chambre, qui sourit comme si elle retrouvait une vieille connaissance, la deuxième pour le visiteur lui-même, et elle déguste la troisième en recueillant le noyau dans sa main délicate, qu'elle tend ensuite pour recevoir les deux autres.

« Quel âge a-t-elle ? chuchote Louria.

— Quatre-vingt-quinze ans.

— Elle a l'air magnifique pour son âge et dans son état. On dirait qu'il faut que l'esprit batte la campagne pour tenir le coup de cette manière. »

Dans le beau regard de l'infirmière, une légère ironie perce, elle balaie d'un « Pas toujours », la remarque étourdie.

Mais Louria ne renonce pas.

« Sait-elle qu'elle vit encore en Israël ou croit-elle qu'elle séjourne déjà dans un monde meilleur ?

— Difficile à savoir, répond l'infirmière avec un sourire, mais si elle s'imagine dans le monde futur, elle doit être satisfaite parce que, vous aussi, vous lui fournissez une preuve supplémentaire que la vie est agréable dans le monde futur.

— La vie…, ricane Louria.

— Ne soyez pas si dédaigneux ! Car, hormis les soins dévoués que nous lui prodiguons, elle profite aussi de sa musique.

— Sa musique ?

— Eh oui, une année après le décès de votre mère, un de vos parents est venu ici de France pour régler les affaires financières de Mimi. Et, avant de repartir en France, il lui a acheté cette grande flûte, ça s'appelle un kaval. Au début, elle l'a ignoré, elle refusait même de le toucher, malgré notre insistance. C'est un instrument guère commode. Moi-même, je suis incapable d'en tirer le moindre son. Il faut aspirer en éloignant l'instrument de la bouche et moduler le souffle avec les lèvres. Mais, un beau jour, elle s'en est saisie soudainement, et, à notre stupéfaction, nous nous sommes rendu compte qu'elle le maîtrisait. Depuis, elle en joue parfois, surtout avant les repas, quand elle a faim.

Peut-être qu'elle va accepter de jouer un morceau en votre honneur, pour vous remercier des dattes que vous lui avez apportées. »

L'infirmière en chef soulève la flûte et la dépose dans les mains de la vieille femme, ajuste le bec à ses lèvres, et une mélodie monotone commence à bercer la chambre, dont l'origine est vraisemblablement nord-africaine, mais dont la mélancolie est indubitablement israélienne.

Le pot de départ

La plupart des étages de l'immeuble des Voies d'Israël sont plongés dans l'obscurité, mais le hall de la salle de réunion du rez-de-chaussée est éclairé *a giorno* et grouille d'invités au pot de départ que Divon a organisé pour lui-même. Louria ne coupe pas encore le contact mais défait sa ceinture de sécurité et pose une main affectueuse sur l'épaule de sa femme.

« Vraiment, oui, je te le dis, tu n'as aucune obligation, aucune raison de m'accompagner. Il vaut mieux que tu sois auprès des petits-enfants avant qu'ils aillent se coucher. Cela fait déjà cinq jours que tu ne les as pas vus, et ils seront tout contents d'écouter l'histoire véridique d'un enfant malade guéri dans ton service. Si tu as envoyé notre Yoav pour me convaincre de ne pas renoncer à cette réception, il vaut mieux que je me débrouille par mes propres moyens.

— Mais…

— Mais quoi ? Si tu ne crains pas que je commette une bourde ou que je me fasse honte quand je vadrouille tout seul au marché et au supermarché, tu n'as nul besoin de t'inquiéter quand je vais me présenter dans l'endroit où j'ai travaillé pendant tant d'années au milieu d'amis et de collègues. Et sûrement pas de me déranger.

— Mais en quoi je vais te déranger ?

— Par ton existence même, par ta présence, parce que, lorsque tu te trouves en ma compagnie, je suis là, tout tremblant, entièrement accaparé par toi, à quêter ton regard. Et lorsque des amis et des connaissances s'approchent, seuls ou avec leurs conjoints, c'est toi qui les attires, et non moi. Et puisque, au cas où j'ouvrirais la bouche, tu redoutes que j'estropie des noms ou que je trahisse mes troubles de mémoire, tu monopolises la conversation et l'orientes sur nos enfants et ceux des autres afin que nous puissions fondre de plaisir, sans parler des anecdotes médicales que les gens t'incitent à débiter. Car tu sais bien qu'aujourd'hui il y aura de vieux amis qui n'ont pas oublié que tu es un médecin expérimenté, et ils ne renonceront pas à te soutirer un conseil ou le nom d'un médicament. Ce n'est pas pour ça que vous m'avez expédié ici, toi et Yoav. Oh, oh, oh, regarde, des Noirs… des Noirs… sur ma vie, des Noirs tout ce qu'il y a de noirs… je veux dire, de respectables Africains de l'équipe de Divon au Kenya, et peut-être de leur ambassade dans notre pays. Il les a conviés eux aussi afin d'accroître l'éclat de sa fête. Et si l'un d'eux se met en tête de prononcer un discours en son honneur, il se peut que moi aussi je demande la parole pour raconter quelques-unes de ses turpitudes. Après tout, il a été mon collaborateur et mon adjoint pendant presque sept ans. Tu n'as rien à craindre, son prénom est déjà inscrit sur ma paume… tiens, regarde…

— Tout de même, fais attention à ce que ta langue ne fourche pas, lui conseille sa femme en éclatant de rire, parce qu'il y aura sa famille. Et, à en juger par la foule et la musique, je suis sûre que le buffet sera somptueux.

— Mais un buffet dont tu n'aurais pas profité parce que, lorsque tu es tout émue par les gens qui t'entourent, tu as honte de jouer des coudes devant le buffet.

— Et toi, au lieu de m'apporter quelque chose à déguster, tu ne te soucies que de ta petite personne et me laisses affamée... D'accord, d'accord, cette fois, mange aussi pour moi, mais modérément, et souviens-toi de me décrire ce qui était particulièrement savoureux. Et même si tu ne déniches aucun projet routier, rapporte au moins une idée pour varier un peu ta tambouille.

— Alors, ça, ce n'est pas du tout honnête de ta part, tu sais à quel point je fais des efforts !

— Oui, mais tes efforts ne sont pas toujours couronnés de succès, mais, je te jure, je ne me plains pas, inutile d'accorder à la nourriture une importance qu'elle ne mérite pas. Maintenant, décidons de l'heure où je viendrai te prendre.

— Pourquoi veux-tu venir me prendre ? Il y aura suffisamment d'amis trop heureux de me raccompagner. Reste chez Avigaïl, et c'est moi qui te rejoindrai. Fais seulement attention, ne rêvasse pas au volant et ne roule pas trop vite, parce que cette pluie qui a l'air tout à fait innocente a déjà beurré l'asphalte. »

La spacieuse salle de réception est décorée avec un soin dont Zvi Louria n'a jamais été témoin durant toutes ses années dans l'entreprise, et au son de tambours et de flûtes qui s'échappe d'une source dérobée, il constate que sa femme avait vu juste : le buffet autour duquel s'agglutinent déjà vieux et jeunes, est abondant et recherché. Au lieu de l'unique table typique de ce genre de pot de départ portant quelques plateaux de chaussons et de petites pizzas, de tranches de fromage et, à l'occasion, de pâtes au goût fade, ce soir, trois tables ont été dressées en un large éventail afin d'offrir un accès généreux, sans bousculade ni tumulte, et, à en juger par les piles d'assiettes vides, un véritable repas l'attend et non une banale collation. Au seuil de la salle, près d'une petite estrade, l'hôte de la fête, en costume-cravate, présente ses deux invités africains, vêtus de boubous bariolés, aux directeurs de la société dont il a démissionné depuis de nombreuses années. Et, malgré le vacarme, il repère Zvi Louria, son ancien mentor, et lui fait signe de loin, tandis que sa femme, en tailleur brodé ajusté à la taille, se joint à son salut.

Louria le leur rend, tout en se gardant d'approcher d'eux avant d'avoir testé, une fois encore, sa mémoire. Il referme fortement son poing droit et murmure le prénom du maître de cérémonie, puis il la rouvre pour vérifier que le nom chuchoté est le même que celui griffonné.

Mais la femme de Divon ? Soudain il s'effraye : comment s'appelle-t-elle ? Il ferme les yeux et baisse la tête pour picorer son nom dans son cerveau, mais rien ne surgit des ténèbres. Se peut-il que l'atrophie ait avalé le nom de cette femme « tragique » ou que son esprit soit coupable de cette amnésie ? Pour autant, il empêche des noms possibles de rouler dans sa mémoire avec l'espoir que le véritable en jaillisse. Non, cette fois, il doit prendre garde : si un nom facétieux se faisait passer pour le nom approprié, comme cela arrive parfois, l'affront que subirait cette femme risquerait d'être très cuisant.

Il la fixe du regard à la dérobée avec l'espoir que sa silhouette lui restitue son nom, mais aucune lettre n'accepte de se révéler. Faute de mieux, le voilà obligé de soutirer son nom à un vieil ami. Voilà sa bande, certains, chauves et pataudds, s'esclaffent bruyamment, les autres, tristes et émaciés ; les uns, escortés de leurs épouses, les autres, solitaires ; tous sont agglutinés, assiette en main, autour du buffet. Quelques-uns font signe à Louria, l'ingénieur efficace et doué, populaire auprès de tous, ouvert aux idées des autres – mais Louria demeure prostré sans même prendre une assiette vide, tenant à examiner d'abord ce qui est proposé sur la table la plus proche, afin de planifier sa dégustation et de ne goûter que le meilleur. À sa grande surprise, il découvre des ramequins d'une chakchouka raffinée sur laquelle luit un jaune d'œuf minuscule, peut-être un œuf de caille, tel un petit soleil du soir plongeant dans des flots rougis. Brusquement, le voilà qui se languit de la pantagruélique chakchouka familiale, liquidée définitivement quelques jours plus tôt, et ces ramequins lui apparaissent comme autant de rejetons engendrés par la sienne ; aussi, avec une bonhomie paternelle, se saisit-il d'un ramequin, en goûte le contenu, et, stupéfait de sa saveur et son parfum, pense qu'ils ont surgi de la matrice de la grande génitrice dorlotée dans sa marmite. Hélas, quel dépit de ne pouvoir rapporter chez lui un ramequin afin de prouver à sa femme que, malgré la monotonie qu'elle dénigre, sa cuisine s'élève à un niveau professionnel…

Un serveur chargé d'un grand plateau propose à Louria de déguster des petits snacks qu'une main d'artiste a truffés de goûts différents, voire opposés, doux et pimentés, et d'une texture à la fois croustillante et friable. Louria commence à grignoter un snack, sa main se tend déjà vers un deuxième, et le serveur lui jette un bon regard et suggère, avec un sourire, un autre snack, comme pour lui dire : Quelle pitié que celui-ci ne rejoigne pas ses compagnons ! Louria ne se le fait pas dire deux fois et, tandis que le snack fond dans sa bouche, il rugit de plaisir en s'essuyant le coin des lèvres. « En effet, dit-il, ils sont vraiment merveilleux, mais ne me tentez pas davantage parce que d'autres bouches affamées attendent leur tour. » Le serveur ne se démonte pas pour autant et désigne un snack de viande rosâtre digne d'être croqué. Louria soupire et l'ingurgite, tout en protestant : « Pourquoi me gâtez-vous autant ? » Et ce n'est qu'à ce moment-là que le serveur, en nœud papillon et veste noire, révèle son identité : Havilio, l'ancien conducteur de la grosse pelleteuse, l'engin mis à la retraite en même temps que son opérateur. Aussi, en l'honneur des jours heureux d'antan mais sans retour, Havilio propose-t-il un autre snack. Louria se montre tout heureux de retrouver l'ouvrier vétéran qui, quelques années auparavant, avait défoncé sur son ordre toute une colline basaltique, entre les routes 85 et 866, afin d'aplanir le passage entre les deux voies. Et, tout à sa joie de retrouver le conducteur de tracteur travesti en serveur, il se souvient aussi de son prénom, tout en refusant un nouveau snack – ça suffit, les snacks, d'autant que, sur la table opposée, d'autres mets attendent, au risque d'infliger des regrets à quiconque les bouderait. « C'est vrai, l'approuve Havilio, et il faut garder un peu de place pour les desserts succulents qui vont arriver avec des pétards…

— Des desserts avec des pétards ? » Louria en reste bouche bée. « C'est quoi, cette fantaisie ? — Eh bien, ma foi, Divon veut vraiment que sa réception demeure inoubliable ! »

Tout en se dirigeant vers la table opposée, avec l'espoir qu'au milieu des nourritures et des convives surgisse une esquisse de projet d'ingénierie qui aiderait son esprit à lutter contre sa raison en capilotade, voilà que le jeune futur directeur général des Voies d'Israël, destiné à accéder bientôt officiellement au sommet de la hiérarchie à la suite du licenciement de directeurs corrompus, l'agrippe au passage en exigeant qu'il honore l'hôte de la fête de quelques mots.

« Un discours ?

— Mais bref, parce que nous n'allons pas manquer d'orateurs. »

Deux ingénieurs africains qui ont travaillé avec lui à Nairobi évoqueront, de bonne source, les idées et les projets que l'Israélien a apportés dans leur pays, et ils vont étayer leur témoignage par des diapos. Un représentant du ministère des Affaires étrangères est venu spécialement de Jérusalem pour dire aussi quelques mots sur l'importance de l'assistance israélienne apportée aux pays dans l'impasse. Lui-même, le futur directeur général, prononcera quelques mots. Et Divon répondra aux hommages. Mais ce dernier a laissé entendre qu'il lui importait beaucoup que quelqu'un de la maison, bref, l'ex-directeur du département Nord, évoque quelques souvenirs à propos de certaines initiatives importantes menées à bonne fin avant même son départ en Afrique. Ce n'est pas en vain que Divon a insisté pour que sa réception se déroule dans l'entreprise, là où il a travaillé la majeure partie de sa vie.

Néanmoins, Louria, qui avait déjà deviné qu'on lui demanderait un discours, tergiverse :

« C'est vrai, nous avons pleinement collaboré et nous avons réalisé quelques projets réussis dans le Nord, dont Tsahi Divon a été la cheville ouvrière. Et c'est pourquoi non seulement j'ai été déçu, mais même irrité qu'il ait refusé de me remplacer après mon départ à la retraite, et qu'il ait quitté l'entreprise.

— Bien sûr, on peut toujours avoir des regrets, mais pourquoi lui en tenir rigueur ?

— Pourquoi ? ricane Louria, tout en jetant un œil sur sa paume au cas où, par miracle, le nom du nouveau directeur général y serait inscrit, parce que je l'ai formé pour me succéder et que je comptais sur lui pour prendre les rênes après mon départ, et là, à cause d'un salaire bien juteux, il a déserté pour l'Afrique et a laissé notre département partir à vau-l'eau... Comme si, je ne sais pas, une sorte de confusion mentale, de démence, l'avait saisi... rien de moins. »

Comme le jeune directeur général a accepté la demande de Divon d'organiser son pot de départ dans la société qu'il a quittée cinq ans plus tôt, il s'efforce de le disculper. L'expatriation en Afrique n'était pas due à sa soif de lucre, explique-t-il, mais à cause de son benjamin handicapé, un attardé mental, à qui il fallait assurer un avenir honorable après le départ de ses parents dans l'autre monde.

« Minute, s'écrie Louria, connaîtrais-tu, par hasard, le prénom de la mère ? Son prénom m'a brusquement échappé. »

Son prénom ? En fait, le DG en exercice la rencontre pour la première fois ce soir, mais si Louria souhaite inclure dans son laïus les prénoms de la famille, il va vérifier immédiatement.

« Non, non, non, ne questionne personne. Si j'ai besoin de son prénom ou de celui d'autres personnes, ils vont me revenir d'eux-mêmes. À condition que j'abreuve mon atrophie d'un café noir afin qu'elle ne m'embrouille pas.

— Ta quoi ?

— Aucune importance. Ce n'est rien, ce mot m'a échappé. »

Entre-temps, la puissance invitante les rejoint avec son escorte. Tandis que Tsahi Divon étreint son ex-patron à l'étouffer, son épouse s'avance, l'arrache à son mari et se campe devant lui, en silence, sans un sourire, et le dévisage, avec un regard implacable, comme si elle désirait se rendre compte si Louria remarquerait le changement intervenu en elle. Oui, elle a minci, la chevelure hirsute et rebelle de la femme « tragique » a été effilée et apprêtée par une main d'artiste qui n'a pas lésiné sur les mèches rougeâtres ; les rides de son visage ont été lissées, et son tailleur bleu brodé s'est comme amouraché de sa sveltesse. La manne africaine de son époux et les domestiques qui l'entouraient sur le continent noir ont adouci quelque peu son humeur renfrognée. Louria se perd en conjectures sur son prénom qui pourrait jaillir maintenant de ses yeux étrécis, vipérins, mais leurs deux enfants plus âgés sont déjà priés de faire la connaissance de l'ingénieur qui a servi, de nombreuses années plus tôt, de cicérone et de mentor à leur père aux Voies d'Israël. Derrière ses deux frères, dans un fauteuil roulant poussé par un vieil Africain, apparaît le troisième garçon, grand et tout tordu, au visage d'ange déchu, et l'adolescent agrippe brusquement la main de Louria comme pour l'embrasser ou la mordre. Et au moment où Louria, affolé, retire sa main, les lumières baissent tandis qu'une pénombre bleutée inonde la salle.

Les Africains ne se sont pas contentés d'apporter du Kenya des diapos, mais une vidéo en bonne et due forme d'une durée de vingt-cinq minutes. Pendant la projection, se déroulent sur l'écran des routes, des ponts et des tunnels, voire un minuscule échangeur, isolé et incongru, émergeant de nulle part au milieu d'une savane désolée, et le regard exercé de Louria note aussitôt sa ressemblance avec celui que lui-même et Divon avaient projeté de construire en Haute-Galilée, mais dont le budget n'avait pas été avalisé. Une vidéo riche, certes, mais sans doute réalisée dans la précipitation, car elle est dénuée d'une bande-son et de sous-titres, et même Divon, qui apparaît de temps à autre campé, le visage radieux, devant un pont ou un tunnel, demeure sans voix, le visage extatique. Afin de combler les lacunes, un ingénieur africain se place près de l'écran et, dans un anglais irréprochable et châtié, accompagne les images de commentaires et d'éloges à l'égard du planificateur et maître d'œuvre qui l'a invité ainsi que ses camarades en Israël à sa réception.

Toutefois, à la fin de la projection, la lumière n'est pas rétablie dans la salle car, maintenant, les convives sont priés de goûter, mais avec une avidité honteuse, aux desserts époustouflants, décorés de feux de Bengale crépitants, qui commencent à affluer de tous côtés. Prudent et tendu, assis à côté du directeur général en exercice, non loin de la famille à l'honneur, Louria renonce aux desserts et, de toutes ses forces, essaie de tendre l'oreille afin de saisir au vol le prénom de la femme « tragique » – le surnom dont son époux l'avait affublée, devant lui, une unique fois et, vraisemblablement, par inadvertance.

Le représentant du ministère des Affaires étrangères est invité à prononcer quelques mots. C'est un jeune homme fluet, à la calvitie précoce et à la tournure éminemment intellectuelle, qui ne craint pas de proférer, dans son allocution écrite, des idées audacieuses devant une assemblée d'inconnus :

« Hélas et à ma grande honte en tant que citoyen israélien, et surtout en tant que fonctionnaire du ministère des Affaires étrangères, au cours des dernières années, l'essentiel de l'exportation et de l'aide d'Israël aux pays en voie de développement d'Afrique et d'Asie porte sur des systèmes d'armes et une expertise militaire sophistiquée. Des officiers supérieurs, retraités à un âge relativement jeune, ne se contentent pas des pensions confortables que l'appareil militaire leur verse, mais ils sont saisis par la fièvre de gagner, et le plus rapidement possible, un véritable pactole. Ils profitent du savoir-faire accumulé pendant leurs années de service militaire, pas forcément sous le feu des champs de bataille, mais, le plus souvent, en manipulant confortablement des ordinateurs et des systèmes électroniques secrets dans des bunkers protégés. Et pour quelle haute mission ? S'aboucher avec des marchands douteux, des trafiquants d'armes internationaux qui proposent à des dirigeants tyranniques et corrompus d'accroître leur emprise sur leurs peuples et de réprimer d'une main de fer leurs opposants, grâce au savoir-faire et à l'expérience militaires israéliens.

« Or, mes chers amis, salariés et retraités des Voies d'Israël, qui mieux que vous sait que, dans les années cinquante et soixante du XXe siècle, nous entendions chanter d'autres rengaines dans notre cher petit pays d'alors ? Et l'État d'Israël, pauvre mais imbu d'éthique, tendait une autre main, civile celle-là et non militaire, aux jeunes pays africains qui venaient de secouer le joug du colonialisme exploiteur. Pendant ces merveilleuses années, ce n'est pas l'art de la guerre que Israël exportait, mais une formation dans des domaines aussi variés que l'agriculture, les transports, la distribution d'eau, l'éducation. Les employés des sociétés comme Mékorot, Programme d'infrastructures hydrauliques et Département de l'équipement d'Israël, ont ouvert des routes en Afrique et bâti des usines, tandis que Solel Boneh édifiait une université entière en Éthiopie dans le but de favoriser le progrès de toute la population.

« C'est pourquoi, mesdames et messieurs, en cette journée pluvieuse, je suis accouru de Jérusalem jusqu'à la plaine côtière, non comme émissaire du Centre de coopération internationale, mais de mon propre chef, afin de participer au pot de départ de M. Yitzhak Divon et d'exprimer mes encouragements à un ingénieur accompli qui a quitté, de son plein gré, un poste important aux Voies d'Israël pour prodiguer au peuple kenyan son savoir-faire d'ingénieur créatif et original. Et, au nom de cette mission essentielle, il n'a pas hésité à s'adjoindre toute sa famille, son épouse et ses trois enfants, afin qu'ils adoucissent sa solitude dans un pays difficile et lui offrent la tranquillité d'esprit vitale afin de l'aider à réussir sa mission de la meilleure manière possible.

« Et vous êtes témoins, mesdames et messieurs, que je ne suis pas le seul à être venu de loin pour le saluer. Des citoyens du Kenya et des représentants de leur ambassade de Tel-Aviv ont fait le voyage pour célébrer son départ à la retraite. Aussi, voici le souhait que je formule : puissent de jeunes ingénieurs et planificateurs œuvrant aux Voies d'Israël ou dans d'autres entreprises suivre les traces de Yitzhak. Et bien que je sois encore considéré comme un novice de la diplomatie israélienne, je fais le serment, ici, devant vous, de leur accorder, du mieux que je pourrai, toute mon aide pratique et morale ! »

« Si ce "bleu" persiste à tenir ce genre de propos, je parie qu'il restera novice des Affaires étrangères pendant de nombreuses années », ironise à voix basse le jeune directeur général à l'oreille de Louria, tout en applaudissant le discours. Louria se lève et s'avance afin de féliciter le « bleu » pour son discours critique et lui demander son discours écrit, avec le faible espoir que les prénoms de la famille Divon seront couchés sur les feuillets. Non, l'orateur a prononcé ses notes mot à mot.

Louria ne peut plus s'en remettre qu'au discours du nouveau DG, pour voir pointer le prénom envolé de la femme dont le regard ne le quitte pas. Sauf que le nouveau directeur général, comprenant qu'il ne sait pas grand-chose de l'ex-salarié qui a quitté le service depuis cinq années et n'y retournera jamais, et afin d'éviter de s'humilier par des compliments foireux ou de s'égarer dans des détails erronés, décide au débotté de renoncer à son laïus et d'inviter Louria à prononcer quelques mots à l'intention de son successeur qui a renoncé à son héritage.

Mais, entre-temps, l'hôte de la réception donne l'instruction aux serveurs d'allumer un cycle supplémentaire de feux de Bengale pour accompagner le café et le thé. Et, afin de ne pas ternir la splendeur pétillante jusqu'à l'extinction de l'ultime étincelle, l'éclairage crépusculaire s'attarde sur la salle. Les derniers feux de la fête planent encore sur les crânes déplumés des amis retraités de Louria, déjà un peu assoupis, et ce sont justement ces silhouettes estompées de collègues oubliés qui provoquent chez le nouvel orateur l'impulsion de ne pas se contenter de propos éculés et lénifiants mais, au contraire, d'oser proférer des paroles personnelles à propos de cet ingénieur doué qui a déserté son poste pour un continent lointain, avant même que ne sonne l'heure prévue de la retraite.

Louria jette d'abord un regard sur sa paume de main afin de vérifier que le prénom quelque peu brouillé est toujours le bon, et avec l'espoir que, pendant son discours, le prénom du mari réussisse à extraire des abîmes de l'oubli celui de son épouse, il se tourne vers ses amis.

Le discours

Dans cette salle, Louria a déjà eu plusieurs fois l'occasion de prononcer des discours ou, plus exactement, de modestes hommages, le plus souvent lors du lancement de projets en coopération avec des ministères, le Fonds national juif, le Département d'implantation agricole de l'Organisation sioniste mondiale, la police routière, l'association Feu Vert, et, bien sûr, les représentants de conseils régionaux, pour la plupart membres des minorités de la région Nord, bénéficiant, quoique très sporadiquement, de la construction de routes dans leurs localités ou, à défaut, de réparations. Mais parfois, Louria se voyait requis de dire quelques brefs mots d'adieu à l'occasion du départ à la retraite de collègues, subalternes ou de haut rang, soumis à son autorité. Ces speeches étaient préparés par écrit, agrémentés d'un hébreu rigoureux par son épouse qui ajoutait, sans même connaître les destinataires, quelques jolies métaphores à même d'insuffler un zeste de chaleur et d'émotion à la prose abrupte de son époux. Une fois, à la fin du chantier d'élargissement compliqué d'un grand carrefour équipé de feux tricolores, en collaboration avec la police routière, elle avait introduit dans le laïus de son époux quelques strophes d'un poète nommé Avraham Shlonsky, dont Louria ignorait totalement à la fois l'existence et la célébrité...

Mais, ce soir, Louria ne dispose pas d'un feuillet rédigé avec une métaphore ou un poème égayant et ravivant son mot d'adieu. Certes, depuis quelques jours, il sait intuitivement que, s'il se rendait à cette fête, il serait tenu, à la fin, de débiter une allocution, mais il ne lui était pas venu à l'esprit qu'il devrait se munir d'avance du prénom de l'épouse de Divon.

De toute façon, aujourd'hui, Louria doit parler, pour la première fois, en étant conscient que la démence diagnostiquée par le neurologue fait désormais partie intégrante de sa personnalité ; aussi convient-il de manœuvrer prudemment entre cette composante nouvelle qui s'est fichée en lui et son identité originelle imbue de raison. Et c'est ainsi que, dans la salle plongée dans la pénombre où les feux de Bengale des desserts continuent à étinceler gaiement au milieu des légers tintements des tasses à café et à thé disséminées sur les tables, Louria choisit de se placer à mi-distance de la famille et du public :

« Mon cher Tsahi, mon cher adjoint fidèle et efficace pendant près d'une décennie au département Nord, le candidat naturel à me remplacer au poste de directeur, je souhaite te féliciter, ainsi que ton épouse, ta chère partenaire si dévouée, et vos trois enfants dont je n'ai pas oublié les prénoms pour la simple et bonne raison que je ne les ai jamais connus. Et vous, mes amis et collègues, vous vous demandez sans doute comment il est possible que le directeur n'ait pas connu, ni souhaité connaître, les noms des enfants d'un homme qui a travaillé à son côté pendant tant d'années, non un simple quidam mais son adjoint de tous les instants destiné à lui succéder le jour venu, l'explication, qui paraîtra peut-être étrange et même décourageante aux plus jeunes d'entre vous, passe à mes yeux, au contraire, pour l'explication irréfutable, car je crois qu'elle offre la base des relations de travail dignes de ce nom, en tout lieu mais, à plus forte raison, dans des organismes publics et gouvernementaux comme le nôtre. Mes chers amis, j'ai soixante-dix ans et des poussières, mais, dès mon premier jour de travail ici, en tant qu'ingénieur débutant, j'ai décidé de poser des limites claires dans mes relations avec mes collègues, mes supérieurs et, tout spécialement, mes subordonnés. J'ai pris la résolution de tout faire afin d'éviter de mêler des sujets privés, familiaux ou politiques et divers, à mes relations de travail. Et cela, bien sûr, sans renoncer en rien à l'ouverture d'esprit et à la transparence totale sur le plan professionnel. Car, avouons-le en toute franchise, on peut toujours craindre que l'intimité entre les salariés, les opinions politiques de droite ou de gauche comme les différends entre religieux et laïcs, n'entravent le jugement professionnel *ad hoc* et ne favorisent des incuries et des erreurs dans le travail, voire n'encouragent des actes frauduleux, tels des appels d'offres falsifiés ou des passe-droits accordés à des proches. Aux Voies d'Israël, ce sont des millions, voire des milliards, qui sont dépensés dans différents projets. C'est pourquoi, autant étions-nous, Tsahi Divon et moi-même, très liés dans notre travail, que ce soit au bureau ou lors de nos visites de chantier pendant de longs trajets, autant nous n'avons jamais abordé de sujets privés ou familiaux, et nous sommes cantonnés aux routes et échangeurs, aux approches optimales d'entrée et sortie des carrefours, à la conception idéale de l'éclairage nocturne et à l'emplacement précis des feux de signalisation. De même, nous nous consultions sur la manière de nous orienter, de manière éthique et légale, cela va de soi, au cœur du dédale des directives budgétaires afin d'améliorer routes et chaussées dans des lieux écartés. Et comme mes relations avec Tsahi Divon étaient fondées sur un professionnalisme pur, sans interférence des affaires privées, bonnes ou mauvaises, ne vous étonnez pas, messieurs, que je n'aie jamais eu l'idée de l'inviter à la circoncision de mon premier petit-fils, pas plus que lui à la bar-mitsva de son deuxième fils, et que nous nous soyons gardés de nous raconter nos malheurs domestiques, les maladies du conjoint, des enfants ou des proches, qui nécessitent, parfois, de s'absenter. Entre lui et moi, comme avec tous mes subordonnés, une confiance totale régnait d'emblée, partant du principe que l'absence d'un salarié était justifiée sans nul besoin d'une ordonnance médicale. Pendant toutes les années de notre collaboration, Tsahi n'est jamais venu chez moi, ne fût-ce que pour une brève discussion professionnelle. Quant à moi, si je me suis rendu dans sa maison, ce fut en une unique occasion, et cela, après son départ de l'entreprise et son installation en Afrique, la fois où il me demanda d'apporter à son épouse, la chère madame Divon, qui ne l'avait pas encore rejoint, quelques plans et clichés archivés, devenus caducs. »

Entre-temps, même si les feux de Bengale se sont consumés jusqu'au dernier, le chargé de l'éclairage craint d'allumer toutes les lumières d'un seul coup et, ce faisant, d'affoler l'orateur et le public attentif. Aussi laisse-t-il la pénombre accompagner la suite de son discours.

De son côté, Louria sent qu'il n'a pas encore livré l'essentiel de son laïus. Il scrute donc la famille Divon, assise en un bloc compact, réduit à des ombres, et fait quelques pas dans leur direction avec l'espoir que le prénom de dame Divon brasillera telle une ultime étincelle. Le bruissement de la pluie adoucit, à cette heure, la pénombre agréable dans laquelle il puise le courage de s'adresser à l'hôte de la fête de façon plus directe :

« En effet, Tsahi Divon, malgré la liberté que nous nous accordions l'un à l'autre, et le refus absolu de nous immiscer dans nos affaires privées, je confesse que j'ai été irrité d'apprendre, au moment de ma propre retraite, que tu avais accepté de partir en mission en Afrique au lieu de me succéder. J'en ai conçu du dépit parce que je savais qu'avec ma retraite et ton départ, quelques beaux projets audacieux, que nous avions planifiés tous les deux pour la route 754, seraient jetés aux oubliettes, et que plus personne ne s'obstinerait à réparer et tracer une nouvelle voie sur la 879. Je savais aussi que mon remplaçant ne pourrait même pas comprendre les idées que nous avions partagées à propos de l'échangeur entre la 96 et la 989 où les accidents étaient si nombreux. J'étais convaincu que notre départ à tous deux laisserait derrière nous le chaos et la paralysie, et bien que tu n'aies jamais entendu un mot de ma part, la colère m'a longtemps rongé à cause de ta défection pendant les nombreuses années où tu ne résidais plus en Israël, au point, oui, je l'avoue, que j'ai hésité à venir à cette fête impressionnante que tu as organisée en ton honneur.

« Mais, mais, mais, en écoutant, à l'instant, ce jeune homme, le représentant téméraire de notre ministère des Affaires étrangères, vanter la contribution humanitaire, civile et non militaire, que toi et d'autres Israéliens avez déversée sur des pays pauvres et déboussolés ; en voyant des ingénieurs qui ont travaillé avec toi au Kenya venus de loin pour nous expliquer et nous montrer, concrètement, à quel point ton œuvre était importante à leurs yeux ; et lorsque j'ai compris que cela n'avait pas été facile pour ta famille et, surtout, pour ton épouse, ma très chère madame, de quitter Israël et de vivre dans un pays africain étranger et lointain, le courroux que je ressentais encore à mon entrée dans cette salle a faibli et s'est même envolé. Et je suis content, Kobi, pardon, Tsahi, Tsahi, Tsahi, non seulement d'être venu, mais encore d'avoir accepté la demande du jeune et brillant nouveau directeur général, dont je ne connais pas encore le nom et que je n'ai pas noté par-devers moi, de te complimenter en mon nom et en celui de tous les retraités que tu rejoins aujourd'hui. Et comme je suis persuadé qu'avec ton talent, et l'expérience accrue que tu rapportes du continent noir, tu ne resteras pas les bras croisés dans notre petite patrie, je me permettrais de faire un geste à ton égard et de t'informer que, si tu me proposais, à moi, retraité vétéran, d'être ton assistant ou ton conseiller dans un nouveau projet, privé ou public, j'ai l'impression que je ne refuserais pas… »

Louria se demande s'il doit en rester là ou improviser une idée supplémentaire, car il sent que la pénombre dans la salle s'harmonise à merveille au clair-obscur régnant dans son cerveau. Mais les applaudissements et l'étreinte rapide de Tsahi Divon lui enjoignent de céder la place.

Dis-moi mon prénom, et je te lâche

Les lumières ne sont pas encore rallumées car l'hôte de la fête continue à surprendre ses invités et, au lieu de les accabler par un nouveau discours, il leur projette une autre vidéo, non un témoignage supplémentaire de ses exploits technologiques, mais un documentaire spectaculaire sur la nature, truffé de paysages et d'animaux étranges, qu'il a filmés au cours d'une excursion familiale dans le pays voisin du Kenya, le fameux Ouganda qu'au début du siècle dernier des juifs candides avaient osé proposer, certes à l'insu de ce pays, comme un substitut à l'antique terre ancestrale. Toute l'assistance est consciente que le nouveau retraité se démène pour magnifier le pot de départ qu'il s'est concocté, afin de laisser le souvenir non d'un adieu dans les règles, mais d'une sorte d'expiation pour son abandon de poste anticipé. C'est pourquoi il montre aux Israéliens ce qu'ils ont perdu et peut-être aussi ce qu'ils ont gagné en refusant d'avance la patrie hypothétique.

Mais Zvi Louria n'a que faire de ces chimériques bilans de pertes et profits, et, à pas de loup, il s'éloigne de la famille en liesse afin de tenter de trouver, parmi les retraités, un ami ou une connaissance qui le raccompagnerait chez son épouse. Toutefois, une main féminine, délicate et ferme à la fois, l'agrippe au collet et l'attire vers le coin boissons, et la femme lui susurre sur un ton intime : « Merci d'avoir accepté de dire quelques mots, et encore merci d'avoir renoncé à ta colère parce que, même en Afrique, Tsahi était désolé que tu ne sois pas avec nous pour constater l'ampleur et l'importance de son travail et comprendre pourquoi il a refusé de te remplacer après ta retraite.

— Oui, répond-il avec une légère émotion, j'ai décidé de renoncer à cette colère obstinée et superflue.

— Sauf que la colère que tu as laissée tomber s'est reportée sur moi ce soir.

— Sur toi ? Pourquoi ?

— Parce qu'au lieu de citer simplement et naturellement non seulement son nom mais aussi le mien, tu t'es tortillé et empêtré avec une sorte de réserve tout ce qu'il y a de plus protocolaire. Qu'est-ce que ça signifie, ce "partenaire dévouée", ce "madame Divon", ce "ma chère madame", alors que tu pouvais simplement prononcer mon prénom ? »

Elle darde sur lui un regard inflexible. Et Louria se demande si, sous son allure retapée par l'existence confortable en Afrique, il serait encore possible de la définir comme une « femme tragique ».

Avec un faible sourire circonspect, il tente de se défendre. Pourquoi aurait-il dû ajouter le prénom d'une femme que la majorité de l'assistance ignorait, surtout après qu'il eut insisté, à plusieurs reprises, sur ce point : l'ardeur professionnelle et la réussite d'un partenariat de plusieurs années avec son époux avaient été maintenues grâce à leur décision commune d'éviter de mêler des sujets privés et familiaux à leurs rapports.

Mais elle n'en démord pas : ce n'est pas un hasard s'il n'a pas mentionné son prénom, il l'a fait exprès.

« Exprès ? Pourquoi ?

— Pour me prouver que tu l'as effacé en toi.

— Pourquoi l'aurais-je effacé en moi ?

— Si tu n'as aucune raison, alors, vas-y : Zvi Louria, prononce maintenant mon prénom, je te prie.

— Le prononcer devant qui ?

— Devant moi ! »

Il la dévisage avec une curiosité effrayée, souhaitant que le prénom envolé jaillisse par miracle de la détresse de cette femme.

« Pourquoi te dire quelque chose de si évident et connu de toi ? essaie-t-il de finasser.

— Parce que ce n'est que comme ça que tu pourras prouver que tu n'as pas occulté mon prénom, disons, à cause de…

— À cause de quoi ?

— Peut-être d'un désir qui t'a consumé, un jour… »

Louria frémit.

« Si jamais il y a eu du désir, il a été aussitôt freiné sec, repoussé.

— Mais qui t'a demandé de le repousser ? », murmure-t-elle avec une voix étrange. « Qui t'a demandé de le repousser ? »

Le regard de Louria erre sur les membres de sa famille : son époux va-t-il remarquer leur conciliabule et les rejoindre ? Il prend délicatement le bras de la femme et l'attire vers la porte d'entrée. « Ne pas repousser le désir ? En quel sens ? », lui demande-t-il à voix basse.

Maintenant, elle trépigne presque.

« Ce qu'il y a à comprendre ou pas, Louria, on va le repousser à plus tard, Louria, rends-moi mon prénom, et je te lâche. »

Lui rendre son prénom ? Il est estomaqué, c'est insensé ! Est-ce que l'Afrique a ajouté la folie à la « tragédie » israélienne ? Comment lui restituer un prénom évaporé ? Afin d'apaiser sa fureur, devrait-il confesser la minuscule atrophie rongeant les prénoms ? Mais s'il avouait, allait-elle le croire ? Et si elle le croyait, elle serait bien capable de se venger du désir avorté en avertissant son mari et les autres de ne pas s'encombrer d'un vieillard gâteux en quête d'emploi.

Ses yeux furètent à la recherche de quelqu'un ou de quelque chose qui le débarrasse de cette femme mais, tous, autour de lui, sont fascinés par la randonnée familiale en Ouganda, et, mon Dieu, quand le diable s'en mêle, la voilà maintenant à l'écran, belle et attirante dans sa tenue de safari et en casque colonial, nourrissant d'un épi de maïs un animal quelconque, une sorte de gazelle, ou d'oryx, qui a l'air en fait d'une nouvelle espèce de chameau autochtone avec des cornes dorées poussées sur le crâne.

« Regarde, regarde, fait-il en montrant l'écran, là, maintenant, c'est toi ! Regarde ! Mais comment s'appelle cet animal stupéfiant ? Tu n'as pas eu peur de le nourrir ? »

Avant même qu'elle essaie de répondre, il esquisse une tendre caresse sur sa chevelure et chuchote : « Une minute, attends-moi ici une minute, je vais tout de suite te rendre le prénom que je t'ai pris. » Il tourne les talons brusquement, se précipite dans le couloir, gravit les escaliers jusqu'au premier étage. De ses années de travail, il a gardé le souvenir de toilettes luxueuses destinées aux visiteurs étrangers ou aux membres du directoire. Et bien que l'étage soit plongé dans l'obscurité, il n'a besoin d'aucun éclairage pour trouver la porte qui se révèle, à son grand dépit, verrouillée de l'intérieur, sans doute par un vieux retraité qui connaît, comme lui, cet endroit. Mais il n'a pas l'intention d'attendre que la porte s'ouvre, il s'engouffre dans l'ascenseur qui le propulse jusqu'au dernier étage où sont installés les bureaux du département Nord où travaillaient tous ses subordonnés. Là aussi, la pénombre règne, mais elle ne peut rien pour dissuader un individu qui, grâce à ses nombreuses années de travail dans ce lieu, est capable de reconnaître chaque porte devant laquelle il passe et chaque dalle qu'il foule. De loin, Louria remarque un fin rai de lumière léchant le bas de la dernière porte, celle de son ancien bureau. Mystère.

Plans archivés

Quelques années avant son départ à la retraite des Voies d'Israël, une demande du ministère de la Défense avait été transmise à Louria : planifier une voie de contournement dans le nord de la Samarie, afin de renforcer la sécurité et la quiétude des habitants d'une petite colonie, étant donné que la route y conduisant passait à proximité d'un village palestinien. Il avait confié le projet à Divon, et, très vite, il s'avéra qu'à cause des conditions topographiques le coût de cette voie de contournement serait supérieur à celui du transfert de toute la colonie sur un autre site. C'est pourquoi Divon dut vadrouiller dans le secteur afin de trouver un moyen de « contourner le contournement », et donc, de s'abstenir d'ouvrir une nouvelle route mais d'améliorer une antique piste, dont l'archéologue de l'entreprise affirmait qu'elle remontait à l'ère du Deuxième Temple de Jérusalem. Certes, cette voie n'était pas éloignée du village palestinien, mais du fait de sa localisation sur une crête, elle était censée protéger les automobilistes contre d'éventuels jets de pierres ou de cocktails Molotov. Divon avait travaillé d'arrache-pied, photographié, arpenté, dessiné des cartes et évalué les budgets, puis présenté un projet original et peu onéreux au ministère de la Défense. À ceci près que cet antique chemin traversait un cimetière non moins antique, datant peut-être du Premier Temple, et au lieu de s'étriper avec la Sainte Confrérie funéraire à propos de chaque os vénérable, il fut décidé de renoncer au projet routier et, en lieu et place, d'ériger une muraille de pierres le long des maisons du village palestinien jouxtant la route, de sorte que les Palestiniens seraient dérobés aux yeux des juifs, et les juifs à ceux des Palestiniens. Ainsi chaque partie pourrait ruminer son identité sans craindre le regard de l'autre. Le projet ingénieux de Divon, avec ses photos, ses croquis et ses cartes, avait été archivé, mais Divon lui-même ne l'avait pas oublié, et, quelques semaines après son départ au Kenya, il avait surpris Louria, affairé à régler les derniers détails de sa retraite, en lui demandant de retrouver le projet archivé et de le lui envoyer, à toutes fins utiles. L'épouse de Divon étant retenue en Israël par la location de leur appartement, Divon avait estimé que le moyen le plus sûr et le plus rapide était de lui remettre les plans par un coursier du bureau.

Certes, après que la muraille bouchant la vue du village palestinien eut pris de la hauteur et que le nom du village se fut effacé de la mémoire des habitants de la colonie en extension, le besoin de conserver, ne fût-ce que dans les archives, un projet audacieux qui souhaitait ressusciter une piste antique n'avait plus d'objet. Mais, afin de couper court aux ragots et aux médisances superflues concernant des programmes publics subtilisés par des mains privées,

Louria avait préféré accomplir en personne, plutôt que le confier à un coursier bavard du bureau, le dernier souhait d'un homme qui avait travaillé si longtemps à son côté. « Confirme-moi seulement l'adresse exacte de ta maison, avait-il demandé, et si possible, rappelle-moi le prénom de ton épouse. »

Ainsi, quelques mois avant sa retraite, Louria avait-il extrait, de ses propres mains, le plan archivé et l'avait-il glissé dans une grande enveloppe et, sous un ciel couvert, avec l'accord de l'épouse, s'était-il retrouvé sur le seuil d'une demeure où il n'avait jamais mis les pieds – une grande maison de campagne, plus ancienne qu'il n'imaginait, et qui, sans doute à cause des préparatifs de déménagement, avait l'air négligée et désolée. Sur une pelouse jaunissante, entre des arbres fruitiers flétris, des cartons étaient dispersés, des monceaux d'ustensiles de cuisine usagés et quelques meubles bancals jonchaient un coin de la cour. Mais, près de la porte d'où le panneau « À LOUER » n'avait pas encore été ôté, il avait aperçu, surpris, une jeune fille à la beauté éclatante dont les traits et la forme des yeux trahissaient une origine asiatique. Sa main délicate était posée sur l'épaule d'un adolescent assis dans un fauteuil roulant, dont le visage, celui d'un ange souffrant, regardait au loin. Le fils attardé mental de Divon dont Louria avait entendu parler. Un casque en cuir protégeait son crâne afin de lui permettre de cogner sa tête contre les murs mais, à cette heure, en l'absence de murs autour de lui, il battait des mains deux, trois fois, en cadence, pour se donner du courage. Et avant même que Louria ne pose une question, la jeune fille l'avait étonné en s'adressant à lui par son patronyme et son prénom et lui avait annoncé, d'une voix mélodieuse, que la porte était ouverte et qu'il pouvait entrer.

« Elle n'a pas fermé l'œil de la nuit, lui avait-elle expliqué, et maintenant, elle dort enfin. S'il vous plaît, ne laissez nulle part votre enveloppe. La maison est tellement sens dessus dessous que même une enveloppe aussi grande pourrait disparaître là-dedans. Je vous en prie, ne craignez pas de la réveiller et de la lui remettre en main propre, c'est elle qui l'a demandé. »

Sa beauté gracile, d'origine manifestement extrême-orientale, en harmonie avec son hébreu précis sans l'ombre d'un accent étranger, avait suscité la sympathie du messager. Et comme il était peu enclin ni à pénétrer dans une demeure inconnue et en plein chaos ni à réveiller une femme à laquelle il s'était toujours gardé de s'intéresser, il avait proposé à la garde-malade de lui confier l'enveloppe, certain qu'elle parviendrait en bonnes mains. « Car je suppose, avait-il ajouté avec une légère nuance d'amertume, que, vous aussi, ils vous emmènent en Afrique. — En Afrique ? s'était écriée la jeune fille, pourquoi donc ? Pour ma part, je ne quitte pas Israël. De toute façon, ils auront là-bas suffisamment de domestiques bon marché pour s'occuper du nécessaire et du superflu. Non », avait-elle répété avec ardeur, le visage tendu telle une bannière flamboyante, « je ne suis déjà plus dans le coup, et c'est même mon dernier jour de travail. Son grand-père et sa grand-mère vont venir l'emmener, il restera chez eux jusqu'au départ, au début de la semaine prochaine. C'est pourquoi vous n'avez pas le choix, monsieur Louria, vous devez lui remettre l'enveloppe en personne, parce que c'est son souhait, et elle vous a autorisé d'avance à la réveiller. »

Pour autant, cette invitation personnelle à s'immiscer dans l'intimité de l'épouse endormie d'un ancien collègue ne l'incitait toujours pas à entrer. Il était ébahi devant l'hébreu châtié et dénué d'accent de la jeune fille et il voulut savoir quand elle était arrivée en Israël. Mais, en fait, l'adorable créature n'était pas du tout arrivée, elle était née là, et, avec un geste de triomphe, elle avait redressé la tête et lui avait raconté l'histoire de ses parents, des réfugiés du Vietnam ayant erré, à bout de désespoir, sur des canots ; en pleine mer, ils avaient été hissés à bord d'un navire israélien, alors qu'aucun pays n'était disposé à les accueillir, avant qu'un Premier ministre généreux les invite en Israël pour en recevoir la citoyenneté. Mais ses parents, qui n'avaient jamais pu chasser la nostalgie de leur terre natale, étaient retournés, au bout de quelques années, dans leur patrie. « Et vous, l'avait gentiment questionnée Louria, vous n'avez pas souhaité les accompagner ?

— J'ai essayé, ne serait-ce que pour comprendre pourquoi une guerre aussi cruelle et aussi effroyable s'était déroulée là-bas.

— Et vous avez compris ? »

Il ne pouvait détacher son regard de la beauté de la jeune Asiatique.

« Non, je n'ai rien compris », s'était-elle esclaffée, ses prunelles étincelant comme deux perles, « et croyez-moi, monsieur Louria, les Vietnamiens, qu'ils soient du Nord ou du Sud, ne comprennent toujours pas aujourd'hui pourquoi et à propos de quoi ils se sont entre-tués avec une telle cruauté. Mais ce n'est pas parce que je n'ai rien compris là-bas que je suis revenue en Israël, qui connaît aussi bon nombre de coups de folie. Je suis revenue parce que mes parents avaient arrangé un mariage avec un parent quelconque. Dites-moi, monsieur Louria, en quoi une citoyenne israélienne telle que moi aurait intérêt à épouser, dans un pays lointain et pauvre, un proche de seconde main, si, ici, tant de soupirants lui font la cour ? »

Cette franchise avait accru le désir de Louria de lui soutirer d'autres détails sur la maison où il s'apprêtait à pénétrer. Et avant l'arrivée des grands-parents qui interrompraient la conversation, il s'était empressé non seulement de connaître ces soupirants mais, en une sorte de vertige téméraire, s'était même pris à plaisanter : s'il n'avait pas été un vieux grand-père en pleins préparatifs de sa retraite, il aurait pu se laisser tenter à faire partie de ses soupirants. La Vietnamienne *sabra* avait incliné son visage en signe de profonde gratitude, avec une mimique mi-solennelle, mi-moqueuse, mais l'adolescent dans son fauteuil roulant, qui perdait patience, avait rompu le tête-à-tête par un soupir de détresse. D'un mouvement de son petit pied soigné, la garde-malade avait libéré le frein du fauteuil, mais Louria s'était hâté de bloquer la roue – minute, encore une petite question avant de se séparer. Avec l'intelligence de sa beauté, la jeune fille avait senti qu'il valait mieux que l'adolescent n'entendît ni la question, ni la réponse, même s'il n'y eût rien compris. Elle avait donc libéré le fauteuil des mains de Louria et l'avait poussé légèrement afin d'encourager l'adolescent à se déplacer tout seul et, tandis que le fauteuil roulant s'éloignait lentement, Louria avait cherché à vérifier, à voix basse, si elle savait, par hasard, ou même si elle avait entendu de ses propres oreilles que Divon surnommait parfois son épouse « la femme tragique ». « C'est vrai, c'est comme ça que le maître de maison appelle parfois sa femme, et même en présence d'étrangers, mais n'y voyez pas de la méchanceté, parce qu'elle-même se décrit comme ça depuis qu'elle a été obligée, contre son gré, à mettre au monde cet adolescent, leur troisième enfant.

— Obligée ?

— C'est comme ça qu'elle m'a dit, et pas qu'une fois.

— Mais qui l'a obligée ? s'était récrié Louria, choqué. Et pourquoi ?

— Alors, ça », avait lâché brusquement la jeune fille sur un ton agacé, avec une once de mépris, « ça, monsieur Louria, vous devrez l'éclaircir vous-même. Je vous l'ai déjà dit, la porte est ouverte, et elle n'attend que vous, même si elle se trouve encore au lit, n'hésitez pas, elle vous attend vraiment. »

La maison sens dessus dessous

Malgré la porte ouverte, il sonne longuement au carillon, et à plusieurs reprises, espérant que la sonnerie le libérera de l'obligation de faire sortir une femme inconnue de son lit. Mais pas le moindre bruissement humain ne répond à la sonnerie. Aussi doit-il pousser la lourde porte et pénétrer dans la maison dans laquelle le chaos sous ses yeux est pire que celui qu'on vient de lui décrire. Les meubles ont été déplacés et regroupés au centre du grand salon, sans doute pour pouvoir lessiver les murs. Dans un coin, des cartons sont entassés, débordant d'objets et de livres qui, à en juger par leur état, sont destinés plutôt à la décharge qu'à être donnés. Des cartes routières de Voies d'Israël, désormais périmées, sont amassées sur un fauteuil, peut-être dans l'attente que Louria les rapporte aux archives. Quelques objets des futurs locataires, ayant sans doute perdu patience, ont devancé leur arrivée et sont regroupés dans un coin. Divon a quitté Israël dans la précipitation afin de ne pas rater le poste convoité proposé par le Kenya, emmenant avec lui ses fils valides afin qu'ils puissent commencer leur année scolaire déjà entamée dans ce pays, et les démarches de location à longue durée ont été laissées à une femme chargée d'un fils malade, venu au monde malgré elle.

Mais où peut-elle bien se trouver à cette heure ? Cette maison de campagne est vaste, agrandie sans doute plusieurs fois et, maintenant, elle est relativement sombre car les cartons posés jusqu'en haut des fenêtres dissimulent la lumière. Bien sûr, Louria pourrait crier son prénom, qu'il connaît désormais, pour la réveiller et la faire venir sans avoir besoin de la voir dans son lit et de la secouer peut-être, mais ne serait-il pas ridicule de se planter au milieu de ce capharnaüm et de claironner le prénom d'une femme qu'il s'est abstenu de connaître jusque-là ? Ce matin-là, son épouse s'était étonnée, voire agacée, en apprenant qu'il devait transmettre l'enveloppe de ses propres mains, mais, à cette heure, justement à la veille de sa retraite, il brûle de connaître quelque chose d'intime sur son proche et talentueux collègue qui vient de décliner le poste que Louria lui destinait. En fait, malgré le chambardement régnant dans cette maison étrangère, il ne regrette pas d'être venu.

Mais lorsqu'il pénètre dans la cuisine gigantesque, le chaos a laissé place à un vide vertigineux. Les placards, aux battants grands ouverts, ont été vidés de toute la vaisselle, et dans le réfrigérateur ouvert et sombre il ne reste plus qu'un pack de lait. Le départ est donc imminent. Il s'engage dans le couloir menant aux chambres, passe devant deux pièces vides, sans doute celles des deux garçons, puis devant la porte de la chambre du benjamin, où, près du lit défait, un autre fauteuil roulant est placé, puis il poursuit son chemin en direction d'un autre couloir qui le renvoie au chaos d'une chambre à coucher plongée dans l'obscurité, jonchée de couvertures et de vêtements. Trois valises vides et, dans le large lit, une femme est pelotonnée.

N'a-t-elle vraiment pas entendu ses coups de sonnette et ses pas dans la maison ou est-ce qu'elle feint de dormir au moment où il pénètre dans la chambre ? Dès lors que l'heure de sa visite a été fixée d'un commun accord, il est probable qu'elle joue là une comédie censée prouver l'ampleur de la « tragédie » qu'elle a endossée pour elle-même. Or, Louria n'est pas un coursier anonyme qui s'adresserait à elle avec un « Madame », quoiqu'il ait l'impression que ce serait une privauté que de la réveiller à l'aide de son prénom, qu'il n'a appris que l'avant-veille, et n'étant pas censé connaître l'emplacement de l'interrupteur, il préfère, lui dont la retraite est proche, effleurer la couverture moelleuse et dire : « Je suis désolé, mais votre auxiliaire de vie a exigé que je vous remette l'enveloppe en main propre. »

À en juger par son réveil immédiat et son sourire instantané, il n'est pas impossible qu'elle ait entendu ses coups de sonnette et ses pas, et qu'elle ait préféré rester pelotonnée dans son lit mais, maintenant, elle s'abstient d'allumer la lampe, se contentant de tendre une longue main blanche vers l'enveloppe qu'elle pose sur l'oreiller voisin, là où son époux pose habituellement sa tête, et d'une voix faible et enrouée, où surnagent peut-être des lambeaux de rêve, elle dit : « Merci, Zvi Louria, mais pourriez-vous m'expliquer ce que ces vieux plans ont de si important pour qu'il décide de vous faire tourner, vous aussi, en bourrique à cause d'eux ? »

Cela paraît étrange à Louria de discuter avec une femme

totalement étrangère en train de dénigrer son époux, toujours recroquevillée dans la pénombre de son lit. Mais il se penche un peu et lui raconte l'ancien projet de voie de contournement afin de protéger la quiétude d'une petite colonie, et donc, même si ce plan n'est plus d'actualité depuis des lustres, sans doute recèle-t-il une étincelle qui pourrait inspirer son époux en Afrique. « Une étincelle ? Encore une ? », lâche l'épouse de Divon avec un soupir de désespoir. Certes, elle connaît à la perfection cet individu sans cesse en quête d'étincelles, surtout dans ses propres travaux – cette maison regorge de ce genre de projets poussiéreux, mais, brusquement, la voilà qui raille avec une légère ironie : « Dites-moi, est-il possible que là-bas aussi, en Afrique, nous ayons l'intention de fonder des colonies ? — J'espère bien que non », lui répond Louria avec un sourire, et il commence à se demander, avec une légère frayeur, si elle a l'intention, ou la capacité, de quitter son lit ou alors, en s'incrustant de cette façon sur sa couche, lui suggère-t-elle de faire ses adieux et de rebrousser chemin. Pas du tout. Avec une sorte de tyrannie féminine, elle lui ordonne de débarrasser un fauteuil de ses vêtements afin qu'il puisse s'asseoir en face d'elle et ne pas rester planté là. « Étincelle ou pas, conclut-elle avec dédain, je vous remercie, Zvi Louria, de ne pas avoir envoyé un coursier mais d'être venu vous-même. Du coup, j'ai enfin le privilège de connaître l'homme dont Tsahi n'arrête pas de me chanter les louanges, depuis des années, non seulement à cause de son professionnalisme hors pair mais encore de sa patience et de sa générosité. Et bien que vous soyez connu, parmi nos amis, pour répugner à mêler les affaires privées aux relations de travail, maintenant que Tsahi a quitté définitivement les Voies d'Israël, et que vous, vous êtes à deux doigts de la retraite, pourquoi ne vous autoriseriez-vous pas à rester en ma compagnie pendant quelques minutes, après tout, il se peut que nous n'ayons plus jamais d'autre occasion de nous rencontrer. »

Il semble que « l'air tragique » assumé par cette matrone ait accru sa confiance en elle-même. Le regard de Louria tente de la déchiffrer dans la pénombre de sa chambre à coucher : elle affiche un visage au masque livide et âpre, couronné par une chevelure en désordre. Avec un élan de pitié qui l'étonne lui-même, il acquiesce à son invitation, « mais juste pour quelques minutes », la met-il en garde, car l'auxiliaire lui a parlé de sa nuit d'insomnie pénible et, avec une révérence sacrée, il se dégage un petit coin au milieu de ses vêtements éparpillés sur le fauteuil, tandis qu'elle ramasse l'enveloppe sur l'oreiller de son mari et la glisse sous le sien, afin de lever le regard en direction du visiteur assis en face d'elle.

« Je comprends que notre auxiliaire a eu le temps de vous briefer avant votre entrée.

— Oui, elle s'est montrée exquise.

— Exquise n'est pas le mot qui lui convient précisément, dit-elle avec un léger sarcasme. Et, de toute façon, sa beauté attire les hommes, mais elle n'ira pas loin, parce qu'elle ne veut pas étudier, elle veut tout au plus dénicher un mari qui étudie à sa place. »

Louria s'obstine à défendre la Vietnamienne *sabra*.

« Mais j'ai l'impression que votre jeune fils lui est très attaché.

— Non, vous vous trompez, cet enfant ne s'attache à personne, peut-être un peu à son grand-père et à sa grand-mère, auxquels son père veut l'arracher cruellement. »

Louria hoche doucement la tête, essayant de lui

témoigner sa sympathie et sa compassion, tout en s'étonnant de lui-même : comment lui, un individu qui s'est toujours gardé de relations privées avec ses camarades de travail, se retrouve-t-il coincé à cette heure dans ce dialogue intime avec l'épouse d'un proche collègue, couchée sous ses yeux dans une chambre en désordre, ses épaules dénudées luisant dans leur tendre pureté au bord de la couverture ?

« Tout de même », il s'obstine maintenant à prendre la défense de l'adolescent, « cet enfant m'a l'air, au contraire, lié au monde, j'ai scruté son visage, et il me semble aussi pur que celui d'un ange. Certes, un ange de souffrance contemplant les lointains, mais, oui, un ange.

— Non, vous faites fausse route, ce n'est pas un ange, il est si inconscient de son état que, parfois, je le soupçonne de prendre plaisir à son handicap. Non, Zvi – Je peux vous appeler par votre prénom ? – là, ce n'est pas l'enfant qui souffre, mais uniquement moi, sa mère, parce que, moi, avant même sa naissance, je sentais la catastrophe approcher. Je ne voulais pas de cet enfant. À mon âge et dans ma situation, deux enfants sains et doués me suffisaient amplement, et je voulais interrompre ma grossesse. Mais votre ami, qui a travaillé avec vous pendant tant d'années, s'est entêté à avoir un troisième enfant, parce qu'il imaginait une fille mignonne et, au lieu de quoi, la tragédie nous a rattrapés. Je me suis trompée, je ne me suis pas suffisamment battue pour me protéger. »

Comme sa femme avait raison, songe Louria… Des plans archivés, il faut les faire déposer par un garçon de bureau et non par un ingénieur de haut rang à la veille de sa retraite. Maintenant, il lui faut s'éclipser en douce. Et, afin de faciliter son départ, il adopte un ton paternel et amical :

« Ne vous levez pas, c'est inutile, et ne vous inquiétez pas, je vais informer Tsahi que les anciens plans sont désormais en votre possession, et vous, continuez à dormir afin d'avoir la force de maîtriser le chaos qui règne autour de vous. »

Or, elle se rebiffe devant une séparation aussi précipitée. « Non, minute, attendez, le prie-t-elle, ne partez pas, il faut vous offrir quelque chose, mais vous me croyez si je vous dis que le réfrigérateur est vide ?

— Bien sûr, confirme-t-il avec un léger rire, j'ai déjà vu qu'il n'y avait rien dedans, aucune importance, rendormez-vous. »

Toutefois, elle se tortille dans son lit : « À défaut d'un rafraîchissement, et si je vous donnais un cadeau, un joli objet quelconque ? Tsahi m'a dit que vous avez eu besoin de vérifier – après tant d'années de travail en commun – notre adresse et mon prénom.

— C'est vrai. »

Il écarte les bras en un geste d'impuissance, comme pour dire : Qu'y puis-je ? Je suis comme ça.

« Eh bien, dans ce cas, s'enflamme-t-elle, maintenant que vous n'avez pas le choix et que vous avez dû venir jusqu'ici et aussi connaître mon prénom, j'ai le droit de vous accompagner jusqu'à la porte, et peut-être vous donner une rétribution pour le dérangement. »

D'un geste décidé, elle rejette la couverture, se lève, dans une nudité totale, à portée de main et éclatante dans la pénombre, plus plantureuse que celle de son épouse, mais aussi plus juvénile et rayonnante et d'une vigueur ardente. Il baisse la tête, avec une gêne bon enfant. Serait-ce qu'elle entend se venger maintenant de son mari qui l'a forcée à mettre au monde un enfant non désiré ou est-elle incapable, dans sa candeur, de deviner la force du désir qui submerge cet homme bientôt retraité ? Malgré sa confusion, il continue de la fixer du regard, même s'il s'efforce de lui imprimer un semblant d'indifférence. Elle en devient presque obséquieuse : « Puisque je n'ai rien à vous offrir à boire ou à manger, prenez au moins un souvenir pour vous ou votre femme, je dois jeter tellement de choses.

— Non, pas question, dit-il en gardant son sang-froid, je n'ai pas besoin d'un souvenir, juste de savoir que vous allez bien jusqu'à ce que vous rejoigniez celui qui vous attend. »

Elle arrache le drap et en couvre sa nudité et, telle une momie, au milieu de son capharnaüm, elle l'accompagne pieds nus jusqu'à la porte. Il prend soin de ne pas la toucher, ne fût-ce que du petit doigt, et se contente d'une révérence profonde d'adieu, à la manière qu'il vient d'apprendre de l'auxiliaire de vie, et pour lui prouver que, dorénavant, il retiendra son prénom, il le prononce, puis le répète.

L'ancien bureau

Attiré par le rai de lumière jaunâtre qui s'échappe sous la porte de son ancien bureau, d'un seul coup, l'atrophie lui restitue le prénom de cette femme, ce prénom simple et évident qui lui avait été fourni avant qu'il ne se rende chez elle, à la demande de son époux. Il détient donc le prénom, mais il se met en garde : même si ses années au Kenya ont métamorphosé son ancien « air tragique » en une étrangeté inquiétante, il courrait un véritable danger à se frotter à elle, dans son nouvel état atrophique. Après tout, dernièrement encore, alors que sa mémoire fourrageait dans cette maison de campagne où il était accompagné, entre chaos et vide, par une momie aux pieds nus, n'avait-il pas émis l'hypothèse que, lors de ce matin pluvieux, les graines de la démence avaient peut-être commencé à germer dans son cerveau ?

Mais, à cette heure, malgré le grondement accru de la pluie, pourquoi renoncer à un coup d'œil dans ce bureau où il a travaillé si longtemps, ne serait-ce que pour vérifier si on a oublié d'éteindre la lumière ou si, à une heure aussi tardive, un employé zélé travaille encore sur ses cartes. À sa grande surprise, la porte s'ouvre en grand après une légère poussée, et, devant sa table, un jeune homme est assis, tandis que l'éclairage d'un ordinateur géant illumine son visage agréable, orné d'un bouc charmant. Avec le regard furtif d'un ancien occupant, il s'aperçoit que le bureau a très peu changé, car même la photo du deuxième président de l'État est toujours accrochée au mur.

« Zvi Louria ? », s'étonne le jeune homme en redressant la tête, que me vaut cet honneur ?

— Je n'avais pas l'intention, vraiment pas, proteste le visiteur, tout réjoui d'être reconnu. On m'a demandé de prononcer un discours d'adieu à l'occasion du pot de départ d'un vieil ami, et je n'ai pas pu résister à la tentation de monter jeter un œil sur l'endroit où j'ai passé tant de belles années plutôt utiles. Et voilà que, par chance, la porte s'est ouverte facilement, et j'aperçois à ma table un jeune homme cordial qui sait qui je suis et me reconnaît. Du coup, la question se pose : Suis-je capable, de mon côté, de le reconnaître ?

— Lui, non, mais son père, sûrement, répond le jeune homme, souriant jusqu'aux oreilles, je veux dire, le conseiller juridique qui a collaboré avec vous pendant de nombreuses années.

— Mimouni ? Tu es le fils de Yossef ?

— Yohanan.

— Bien sûr, Yohanan, Yohanan Mimouni. Mais avant de m'expliquer ce que tu fais, en pleine nuit, dans mon ancien bureau, dis-moi comment va ton père.

— Mon père est malade, monsieur Louria, il ne cesse de faire des aller et retour à l'hôpital. Mais je suis certain qu'il vous a parlé lui-même de sa maladie, parce qu'il n'a que ça en tête, tout le temps.

— Il m'en a parlé ? Quand ça ? Je n'en ai jamais entendu parler.

— Mais, il y a quelques semaines, vous vous êtes croisés dans la rue, et je ne peux pas croire qu'il ne vous ait pas parlé de cette maladie qui le terrorise. Vous ne l'avez pas reconnu ?

— Mimouni ? Comment est-ce possible ?

— Pour une raison ou une autre – il s'en est plaint –, il a eu l'impression que vous n'aviez pas saisi qui il était.

— Impossible !

— Peut-être à cause de la maladie ?

— La maladie de qui ? s'effraie Louria.

— Papa a beaucoup maigri, il a perdu ses cheveux…

— Tout de même, impossible que je ne le reconnaisse pas. Pendant de nombreuses années, son bureau était situé ici, au septième étage, et, parfois, il nous accompagnait dans nos expéditions afin de repérer *de visu* les champs et les maisons que nous lui demandions d'exproprier au profit de l'État.

— Exact, s'empourpre le jeune homme, et il aimait beaucoup ces visites : se libérer de la paperasse et se rendre sur le terrain pour affronter des individus, sans doute mal dégrossis, mais au moins réels. Et vous vous souvenez, monsieur Louria, que moi aussi, adolescent, je vous accompagnais parfois ?

— Toi ? Pourquoi ?

— Parce que, après que Maman nous a abandonnés, Papa et moi, il m'emmenait parfois dans ses visites afin que je ne vadrouille pas dans les rues.

— L'épouse de Mimouni l'a quitté ? Bizarre, il n'y a jamais fait allusion devant moi.

— Parce que Papa savait, comme tout le monde dans votre entourage, que vous ne vouliez vraiment pas connaître la vie privée de vos subordonnés.

— Ni même celle de mes supérieurs, s'empresse-t-il de compléter, parce que ce n'est que comme ça que j'ai pu, en tant que directeur du service, me préserver des embrouillaminis et des problèmes sur lesquels je n'exerçais ni contrôle ni influence.

— Mais, maintenant », le fils joue les naïfs, « maintenant qu'aucun de nous n'est le subordonné de l'autre, est-ce que je vous complique la vie si je vous dis que mon père est malade, très malade ?

— Non. Maintenant, en tant qu'homme libre, sans contrôle ni responsabilité, je suis même intéressé à savoir ce qui se passe chez des amis qui ont travaillé à mes côtés pendant de nombreuses années, c'est pourquoi, au contraire, dis-moi comment je peux retrouver ton père.

— Le mieux, c'est à l'hôpital. Il va bientôt être hospitalisé, et pour une longue durée, et si quelqu'un qu'il respectait et aimait s'asseyait à son chevet aujourd'hui, ne serait-ce que brièvement, cela l'encouragerait.

— Parfait, nous allons procéder ainsi et, s'il te plaît, ne m'oublie pas.

— Vous oublier ? Impossible de vous oublier. Regardez, ce bureau est encore couvert d'attestations de reconnaissance que vous ont décernées les conseils locaux pour lesquels vous avez ouvert et élargi des routes, et de la Compagnie d'électricité, et de la police routière. Même à la Direction de la nature et des parcs, on garde un bon souvenir de vous, et ils envoient chaque année à votre nom un calendrier avec la photo d'une belle plante plutôt avenante et adepte de la nature. Non, comment serait-il possible de vous oublier, alors que même le président de l'État en exercice de l'époque trône encore sur le mur ?

— Là, tu fais erreur, jeune homme. Le président Ben-Zvi n'était déjà plus de ce monde quand on m'a attribué ce bureau, mais, comme je savais qu'il n'était pas seulement un père qui avait perdu son fils pendant la guerre d'Indépendance, mais un homme humble et droit, dont la résidence à Jérusalem n'était, tout au plus, qu'une annexe du baraquement où il logeait, j'ai laissé cette photo pour m'offrir une source d'inspiration et, surtout, une mise en garde contre la corruption dont je redoutais les premiers méfaits autour de moi.

— Et moi aussi, à votre exemple, je ne l'ai ni décrochée ni troquée contre un président quelconque, surtout parce que j'ai appris dans ma jeunesse que, dès les débuts du sionisme, lui-même et son proche compagnon Ben Gourion considéraient les fellahs et les Bédouins comme des descendants de juifs demeurés fidèles à ce pays, même si, au fil des générations, ils avaient été contraints de changer de religion.

— Cela, je ne l'avais jamais entendu, ricane Louria,

mais je me souviens que ton père était attiré par ce genre de légendes bizarres et sans aucun fondement.

— Peut-être bizarres, peut-être sans fondement, mais, au moins, elles donnent de l'espoir.

— L'espoir de quoi ?

— Si tous ceux qui nous entourent ne sont que des juifs à l'identité oubliée, dans ce cas, nous, sans avoir à faire un effort particulier, nous représentons déjà une majorité naturelle et solide dans ce pays tourneboulé. »

Louria dévisage le jeune homme, tentant de vérifier s'il se moque de lui mais, devant sa mine agréable, un éclair jaillit en lui : il sait que le personnage déguenillé, qui l'avait arrêté en pleine rue, quelques semaines plus tôt, et l'avait contraint à lui témoigner quelque sympathie n'était pas, comme il l'avait cru, un contremaître oublié, ou un vieil opérateur de rouleau-compresseur, mais son conseiller juridique qu'il avait eu du mal à reconnaître, en dépit de leurs nombreuses années de collaboration.

Malgré les traînées de pluie serpentant sur les vitres et le pressant de descendre pour dénicher un retraité qui le ramène à sa femme, Louria souhaite expier d'une manière ou d'une autre son indifférence à l'égard du père, par le biais d'une attitude amicale à l'égard du fils, qui n'est pas conseiller juridique comme son géniteur, mais un ingénieur des ponts et chaussées dynamique, à qui on a prescrit de planifier une route clandestine à l'usage de l'armée.

— Une route clandestine ? Ça existe, une chose pareille ?

— Clandestine, au moins, dans une première étape.

— Où ça ? Je connais comme ma poche le système routier dans le Nord, là-bas, tu ne pourrais dissimuler aucune route. »

Il ne s'agit pas du Nord mais du Sud – du Sud profond.

Et le jeune ingénieur invite le retraité à regarder sur l'écran les environs du Makhtesh Ramon, un cratère entre les routes 40 et 171, dans un désert sans une trace de localité, ni une ferme, ni même un avant-poste. Ne règnent là que des collines, des cratères désolés et des ruisseaux à sec, se glorifiant de noms antiques : Saharonim et Harérim, Ardon et Harout, Darga et Nikrot, Mahmal et Kippa, Mish'hor, et Raaf, Guéled. Et tels les serpents du jeu *Serpents et Échelles*, se déroulent là et zigzaguent des sentiers et des oueds à sec et, au milieu, tel un invité impromptu, surgit aussi, incongrue, une voie datant du Mandat britannique, si courte qu'au bout de deux, trois kilomètres, elle succombe, orpheline. La seule trace de vie dans cette étendue aride est la figure minuscule, symbolique, d'un randonneur dynamique marchant le long du Sentier trans-Israël. Et sous les yeux du vieil ingénieur, perplexe quant au tracé de la future route secrète, le jeune abat au milieu du document le curseur, qui frémit au début tel un moustique drogué avant de s'arrêter au milieu de nulle part, et de commencer à laisser échapper de sa queue un trait bleu, épais et intense, le tracé théorique de la route projetée.

Jamais Louria n'a examiné une carte aussi vide, mais le jeune homme, dont le débit surpasse celui de son père, a l'air excité par le projet qu'on lui a imposé.

« Cela fait de nombreuses années que je ne suis pas descendu au Néguev, avoue Louria, mais, sur un plan professionnel, il ne m'a jamais attiré. Ton père non plus n'avait pas de quoi exproprier parce que, là-bas tout appartient de toute façon à l'État.

— Cela, il faudra le vérifier », marmonne le jeune homme comme pour lui-même, et avec la souris dissimulée dans son poing, il commence à serpenter sur la carte, agrandissant et réduisant le désert à sa guise.

Il s'écoule un certain temps avant que Louria ne se détache des pirouettes de l'ordinateur et, au moment de quitter son ancien bureau, interroge le nouvel occupant : « Quel est ton prénom ?

— Assaël. »

Louria en est satisfait. C'est un prénom qui donnera du fil à retordre à son atrophie avant qu'elle l'engloutisse. Avant de se séparer de cet Assaël, il lui rappelle de ne pas oublier de l'informer de la prochaine hospitalisation de Mimouni père.

Mais, en descendant débusquer un ami ou une connaissance qui le ramène à son épouse, il se voit plongé dans un silence absolu, comme s'il avait dormi pendant soixante-dix ans depuis le moment où il avait échappé à la femme qui exigeait de lui son prénom. L'obscurité règne dans la salle, l'écran de projection a été enroulé, les assiettes et les coupes débarrassées, les nappes ôtées, les chaises empilées sur les côtés, et de tous les mets savoureux, il ne reste pas une miette. La porte d'entrée est verrouillée, et le vigile envolé. Toutefois, le retraité se souvient encore de l'issue de sortie vers le parking, désert à cette heure, hormis un unique véhicule tapi sous les nuées du soir, telle une étrange bête grise. La démence lui ronge-t-elle non seulement les prénoms mais aussi les grains de sable du temps ? Il craint de téléphoner à sa femme pour qu'elle vienne le chercher. Certes, c'est une bonne conductrice, mais, pour s'orienter, elle a besoin de ses instructions, et dans ce brouillard pluvieux elle court le risque de se perdre en chemin. Au fait, surprenant qu'elle n'ait pas encore téléphoné… se montre-t-elle à ce point indifférente à son état ou, alors, lui est-il commode et agréable de se débarrasser un peu de sa présence ? Maintenant, il comprend qu'il a eu tort de l'empêcher de se joindre à lui. Non seulement sa solitude, pendant la fête, ne lui a valu aucun projet, mais la présence de son épouse aurait dissuadé la momie de lui réclamer son prénom.

Oui, un désir repoussé – il s'accroche fiévreusement à sa mémoire tout en se hâtant vers l'ascenseur qui le hissera jusqu'à son ancien bureau. Et sans même frapper à la porte, il fait irruption dans la pièce, et sûr du prénom dont il se souvient, il lance : « Écoute, Assaël, j'ai un petit problème, pourrais-tu m'exfiltrer d'ici ? » Le jeune ingénieur, qui entre-temps a quitté sa table de travail, a ôté ses chaussures, s'est enveloppé dans une couverture et a entamé une pause dans le vieux fauteuil qu'un jour Louria a trouvé au rebut, devant la mairie de Hourfeich. Il rejette aussitôt sa couverture et se met au garde-à-vous, tel un conscrit. « Vous exfiltrer, monsieur Louria, bien sûr. Mais vers où ? »

L'assistant bénévole

La pluie faiblit, et la lune, apparue dans toute sa splendeur, sautille avec agilité d'un échangeur à l'autre, mais Louria se félicite de ne pas avoir fait venir sa femme. Décontracté, l'âme en paix, il s'est installé dans la vieille américaine, large et silencieuse, semblable à celle naguère à son service, et il suit, avec plaisir, la conduite intelligente et précise du jeune ingénieur qui le ramène à son véhicule rouge, près duquel l'attendent non seulement son épouse et sa fille, mais un bébé qui espère un « Bonne nuit » de son grand-père.

« Essaie de deviner qui m'a évacué de la fête après qu'elle s'est achevée à mon insu ? », lance-t-il à sa femme, tout en prenant contre son cœur son petit-fils assoupi pour l'embrasser et sentir de près son odeur de bébé. Dina sourit de bon cœur au sauveteur, qui ne se contente pas de faire un signe de la main, mais coupe le moteur et sort de son véhicule pour lui serrer la main. « Tu te souviens de Yaacov Mimouni ? Eh bien, je te présente son fils, Assaël. Lui n'est pas conseiller juridique mais ingénieur des ponts et chaussées, et figure-toi que je l'ai trouvé en train de travailler, en pleine nuit, afin de planifier une route secrète pour l'armée dans les environs de Mitspé Ramon.

— Yohanan Mimouni », le corrige Dina qui tend une main chaleureuse au beau jeune homme, en s'étonnant qu'il n'ait pas ramené son père de la fête avec lui.

« Mon père est malade, docteur Louria, il n'est plus capable de participer à ce genre de réception.

— Il est malade ? De quoi ?

— Un cancer, répond simplement le fils, sans craindre d'utiliser le mot redoutable.

— Cancer de quoi ? insiste-t-elle.

— Du pancréas…

— Aïe, soupire-t-elle, ajoutant : J'imagine que certains médecins suggèrent à votre père de renoncer à tout espoir.

— En effet, s'enflamme le jeune homme qui semble très lié à son père. Mais Papa s'obstine à lutter, comme toujours.

— C'est comme ça qu'il faut réagir », affirme la pédiatre encourageant la lutte du vieux malade. « S'agissant même d'un cancer du pancréas, il reste parfois de l'espoir, et je vous prie de le transmettre de ma part à votre père.

— Bien sûr, de votre part. Mon père a toujours parlé de vous avec admiration, bien qu'il n'ait jamais osé vous aborder.

— L'aborder pour quoi faire ? », s'étonne Louria, mais le jeune continue de s'adresser à son épouse :

« Par exemple, après que ma mère nous a quittés, j'ai eu une éruption de boutons et des démangeaisons qui me rendaient fou, et Papa, qui savait que vous étiez une pédiatre expérimentée, voulait vous consulter, vous interroger, mais, au bureau, tout le monde savait que votre époux n'aimait pas mêler les affaires privées et les relations de travail.

— Oui, je le savais parfaitement, répond l'épouse, la mine courroucée, et je tiens à vous dire que Zvi exagérait beaucoup cette séparation des pouvoirs.

— J'exagérais ? », se rebelle Louria, tandis que le gamin assoupi pèse de plus en plus sur ses bras. « Et supposons que tu aies donné un diagnostic erroné et que tu lui aies prescrit un remède nocif, pourquoi un ingénieur des ponts et chaussées comme moi aurait-il dû assumer la responsabilité, même indirecte, d'un sujet dont il n'avait aucune notion ?

— Personne ne te demande d'assumer la responsabilité d'un diagnostic ou d'un médicament, le sermonne-t-elle d'une voix irritée. Ta prudence et tes appréhensions t'ont parfois rendu aveugle aux détresses des autres. »

Sans doute à cause de cette réprimande, elle ne laisse pas le jeune homme s'en aller. « Minute, vous avez dit : une route secrète ? se rappelle-t-elle, est-ce vraiment possible ?

— Oui, mais dans le désert.

— Ah, dans le désert », fait-elle, comme rassurée. Pour autant, elle prolonge l'interrogatoire, comme elle le fait avec ses patients, même avec les moins atteints, et le questionne sans fin : « Et c'est à cause de ce caractère ultra-secret que vous travaillez pendant la nuit ?

— Non, s'esclaffe joyeusement Mimouni, juste à cause d'un planning chargé.

— Et cette route secrète, vous la planifiez tout seul ? »

Louria souhaite mettre fin à la discussion, mais le petit-fils qu'il tient dans ses bras, à la recherche de l'oreiller perdu, a laissé retomber sa lourde tête sur la poitrine de son grand-père.

« Pour le moment, je suis seul.

— Et vous ne souhaiteriez pas que quelqu'un vous aide ?

— M'aider ? Comment ça ?

— C'est très simple : un autre ingénieur, confirmé, qui serait à vos côtés, et que vous pourriez utiliser pour votre route.

— Qui refuserait un assistant ? s'écrie le jeune homme en riant. Mais à condition que quelqu'un d'autre le rémunère ! »

Elle adresse un sourire furtif à son mari : « Je pense à quelqu'un qui n'exige pas de salaire, qui n'en a pas besoin, quelqu'un qui désire apporter son aide.

— Ça existe, une telle créature ?

— La voilà sous vos yeux », et d'un geste ample et gracieux, elle désigne son époux, qui est non seulement capable mais encore avide de participer à un nouveau projet – route, échangeur, pont, tunnel, peu importe, secret ou non, dans le désert ou ailleurs, une aide pour les cartes, les croquis, les calculs, voire les visites sur le terrain, au besoin. Un assistant non rémunéré mais riche d'une expérience énorme. « Êtes-vous capable de refuser une pareille proposition ? »

Surpris, Mimouni tourne la tête du côté de Louria, qui fuit son regard et rend, avec une prudence extrême, le gamin endormi à sa mère. Et ce n'est que lorsque Louria est certain que le relais de giron à giron s'est effectué sans troubler le sommeil de l'enfant, qu'il adresse un sourire à son futur employeur, ce jeune homme de toute beauté, arborant un bouc très bohème, à la signification énigmatique.

« Vous, murmure Mimouni stupéfait.

— Oui, moi, susurre doucement le retraité. Mais à temps partiel. Certes, sans rémunération, mais uniquement à temps partiel. »

Qu'as-tu dégusté de bon à la réception ?

Il recule le siège conducteur jusqu'à la position qu'elle avait en début de soirée, boucle sa ceinture de sécurité et, sans attendre que son épouse épuise ses adieux avec sa fille et son petit-fils, il tape les chiffres du code de démarrage, puis appuie sur le starter, mais le moteur demeure muet. Il recommence l'opération, le véhicule s'insurge devant la répétition de l'erreur, et les cadrans clignotent en guise de protestation. Il éclaire l'habitacle pour vérifier la place exacte de chaque numéro et reprend lentement l'opération, dans l'ordre qu'il a toujours connu, mais l'allumage continue à l'ignorer. Son épouse qui, entre-temps est montée dans la voiture et s'est attachée, le scrute, l'air inquiet. « Ne me dis rien, l'avertit-il, je dois me rappeler tout seul. » Maintenant, l'allumage rebelle émet non seulement des clignotements mais aussi des sifflements agacés. « J'espère que tu ne m'as pas changé le code pendant que je me trouvais au pot d'adieu », ricane-t-il d'un ton amer, et tandis que sa femme ravale sa perplexité devant cette accusation absurde, brusquement, le grondement du moteur résonne, que ses doigts obstinés ont déclenché à l'aveuglette et par mégarde, et s'y s'ajoute le chuchotement vague de la jeune fille japonaise.

Aussitôt, sa conduite se fait assurée et précise, encouragée par le visage rayonnant de sa femme bien-aimée qui a appréhendé, ce soir, le véritable sens de la vie grâce à son petit-fils. Et avant même qu'elle émette un mot sur l'éventualité qu'une route militaire, quelque part dans le désert, aide quelque peu l'esprit de son époux à lutter contre le ramollissement de ses méninges, elle exige la description par le menu de la collation offerte à la fête. « Quelle importance ? », tente-t-il d'esquiver, mais elle n'en démord pas, ne serait-ce qu'en manière d'exercice de mémoire. De toute façon, puisqu'il a préféré qu'elle ne l'accompagne pas, qu'il autorise au moins l'imagination de son épouse à partager une partie de son bon temps. Mais ce bon temps était réduit et chétif, se défend Louria : à cause de l'émotion du discours d'adieu, il a dû se rabattre sur quelques snacks, certes d'une texture merveilleuse, mais minuscules.

« Pourquoi étais-tu ému ? Après tout, tu avais prévu que tu ne pourrais pas échapper à l'obligation de dire quelques mots, tu as même pris soin d'écrire son prénom sur ta main.

— Pourtant, j'espérais me l'épargner. Mais dès mon entrée dans le hall, le nouveau directeur général m'a abordé pour m'annoncer que Divon insistait pour que je prenne la parole. Il lui importait que, malgré ma colère et ma déception à son égard, je vante ses mérites pendant notre si longue collaboration. Et dès que j'ai su qu'il ne renoncerait pas à mon laïus, je me suis concentré tout le temps sur une seule idée : comment allais-je louvoyer entre l'éloge et le dépit.

— Et c'est pourquoi tu t'es contenté de snacks et que tu n'as pas touché aux plats de résistance…

— Des plats qui avaient l'air magnifiques, à en juger par la meute autour des buffets.

— Bon, au moins, décris-moi les desserts, ils ont dû sûrement arriver après ton discours…

— Un instant, tu ne veux pas connaître le contenu de mon discours ?

— Tout de suite, mais d'abord parle-moi des desserts.

— Des desserts très recherchés en l'honneur desquels on a plongé la salle dans l'obscurité parce qu'ils étaient décorés de feux de Bengale.

— Mais qu'est-ce qu'il y avait dans ces desserts ? Fais un effort. C'est important de faire fonctionner ta mémoire.

— Je n'y ai pas touché.

— Pourquoi ?

— Je ne sais pas. J'y ai renoncé. Eux aussi ont été apportés avant mon discours et d'autres pendant mon laïus que j'ai prononcé dans la pénombre. Tu ne veux pas savoir ce que j'ai dit ?

— Et après ton discours, il restait des desserts ?

— Peut-être, mais, à ce moment-là, la femme de Divon

a commencé à me torturer parce que je l'ai appelée, dans mon discours, madame Divon, sans son prénom.

— Tu ne t'es pas souvenu qu'elle s'appelle Rachel ?

— Exact, Rachel, comment le sais-tu ? C'est bizarre, tu ne l'as jamais rencontrée. J'ai l'impression que ta mémoire pique les prénoms dans la mienne.

— Dans ce cas, protège-la bien, s'esclaffe-t-elle. Bref, nous t'avons envoyé à une fête somptueuse, et tu nous reviens le ventre vide.

— Ne t'en fais pas, les snacks m'ont suffi.

— Tu viens de dire qu'ils étaient minuscules.

— Oui, mais extraordinaires, et j'en ai ingurgité d'un seul coup, sept, huit, plus deux chakchoukas.

— Quoi ? Des chakchoukas ? s'écrie-t-elle, je ne peux pas le croire…

— Oh oui, c'est la pure vérité, répond-il en riant aux éclats, des chakchoukas dans des ramequins avec un mignon petit soleil au milieu, sans doute un jaune d'œuf de caille.

— Là, tu commences à m'effrayer.

— Pourquoi ?

— Renoncer à une collation exceptionnelle pour deux petites chakchoukas !

— Qu'y puis-je, mon amour, mon cerveau semble désormais attiré par des choses similaires à ce qui se mitonne en lui.

— Ne parle pas comme ça, ne parle pas comme ça, je te l'interdis.

— Pourquoi pas ? Toi-même, tu viens de constater que je me suis trompé trois fois sur le code de démarrage. Et malgré ça, tu veux m'expédier dans le désert. Là-bas, si j'oublie le code, on me retrouvera à jamais déshydraté.

— Personne ne t'expédie dans le désert, et certainement pas dans cette voiture. De plus, je n'accepterai jamais que tu sois seul là-bas. Quant au code, moi aussi je me trompe de temps en temps, mais si tu continues à t'embrouiller, eh bien, note-le sur un bout de papier.

— Un bout de papier ? réagit-il dédaigneusement. Si j'oublie le code, j''oublierai aussi où j'aurais mis ce papier.

— Eh bien, écris-le sur ta paume, comme…

— Sur ma paume, il ne tiendra pas longtemps.

— Dans ce cas, fais-le tatouer.

— Le tatouer ?

— Pourquoi pas ? Quatre chiffres, tout au plus, après tout, tu adores conduire et tu ne voudras pas t'en passer.

— Je ne veux me passer ni d'elle ni de toi, sauf qu'avec toi, pour le moment, c'est plus facile parce que le code du désir est gravé dans l'esprit et non dans la raison. »

Ils arrivent au parking à une heure tardive. Dans l'ascenseur, elle daigne s'intéresser enfin à son discours, mais lui l'enlace et l'embrasse, lâchant : « Laisse tomber, je l'ai déjà oublié. Comme je m'y attendais, quand j'ai aperçu son jeune fils dans son fauteuil roulant, toute ma colère et toute ma déception sont retombées et je me suis cantonné aux louanges et aux félicitations. »

Le code du désir

Alors que la main de sa femme se tend vers l'interrupteur du couloir, il arrête son geste : il ne laissera pas la lumière contrarier son désir, ce désir qu'il doit à lui-même et à son médecin. Si, avec sa vive intelligence, elle lui a trouvé un projet dans le désert qui aiguillonne son esprit, pourquoi ne pas y associer le désir négligé jusqu'ici ? Il attire son épouse contre lui et l'étreint doucement et, dans la pénombre, à la lumière des gratte-ciel et des grues lointaines, ruisselant sous la pluie qui se remet à tomber, il écarte un peu sa chevelure et embrasse sa nuque, là où le baiser d'un homme peut être encore interprété comme purement amical.

Cette fois, elle ne se dérobe pas ; au contraire, avec un geste émouvant, elle incline davantage la tête afin que la chaleur de ses lèvres se répande jusqu'à ses épaules, et ce n'est que lorsqu'il lui semble que ses baisers ont apaisé sa faim, qu'elle tente de se dégager. « Pardon, chuchote-t-elle à son mari, je suis épuisée, il est tard, et je n'ai même pas eu le temps de me doucher aujourd'hui. » Mais, avec l'expérience d'une longue vie conjugale, il sait qu'en allant d'abord se doucher puis, comme à son habitude, s'attarder longtemps sous le jet d'eau chaude, elle en sortira si repliée et si murée dans sa pureté, qu'il serait impensable ne serait-ce que de la toucher. C'est pourquoi il lui refuse cette dérobade, et tandis qu'une main maintient son emprise, l'autre, preste, lui ôte l'imperméable que lui a prêté sa fille et déboutonne sa veste et son chemisier à l'aveuglette mais avec une dextérité obstinée.

« Non, mon chéri, non, mon amour », murmure-t-elle en protégeant en vain ses boutons, « pas maintenant, de toute façon, ça ne va pas marcher, il vaut mieux attendre demain, je te le promets. » Or, à cette heure, Louria ne lutte pas pour son désir égoïste mais pour le désir médical que le neurologue leur a prescrit à tous deux. Et avec une détermination peu habituelle chez lui, il ne la lâche pas et, debout dans le salon, il se surprend à dénuder ses seins, qui se révèlent comme plus purs et plus magnifiques encore qu'à la lumière du jour, et afin de ne pas les effrayer dans leur soudaine nudité, il se penche pour les rassurer du bout de la langue et lâche : « Demain ? Qui sait si je saurai encore qui tu es demain ? » Puis il pousse un soupir.

Au lieu de se révolter, voire de l'humilier à cause de sa remarque hypocrite, la résistance de son épouse cède, et elle se raidit, comme si le soupir de son mari validait l'absurdité qu'il venait de lancer. Et, comme aux premiers jours de leur relation, quarante années plus tôt, alors qu'elle était en troisième année de médecine, aujourd'hui encore, malgré leur amour éprouvé si longtemps, il lui vient la crainte que quelque chose puisse la faire souffrir ou la déstabiliser. Au début de leurs amours, lorsqu'elle venait parfois chez lui, même après ses cours d'anatomie où elle apprenait à affronter une dépouille humaine offerte à la science, il attribuait sa crainte non à la réticence devant son esprit mais à la peur devant son corps, et c'est pourquoi il s'efforçait d'adoucir et de maîtriser son désir avant l'acte d'amour. Mais cette fois, après que son corps eut réussi à exprimer et à concrétiser ses plaisirs pendant des années, il sait que son corps n'incarne pas le motif de sa réticence, mais bien son cerveau et, avec des mots prudents, logiques et réalistes, animé d'un amour infini, il l'attire délicatement vers la chambre à coucher. Pour lui prouver que son « désir thérapeutique » ne sera pas moins tendre que son désir normal, il lui ôte doucement ses vêtements et allume la lampe, afin que l'obscurité ne noie pas la gravité de l'amour. Son épouse qui, malgré son âge, a conservé toute sa grâce, repose maintenant nue sous ses yeux, et il a l'impression que son espoir va se réaliser avec une facilité et une rapidité surprenantes, mais il sent qu'il n'éprouve pas encore assez de fièvre pour se livrer à son désir impérieux. Navré, afin de surmonter la faiblesse qui s'empare de lui, il se hâte de revenir à la fête qu'il a quittée affamé, et à la momie qui a exigé qu'il lui restitue son prénom, et tandis que ses mains et ses baisers font les délices de son épouse, il n'en erre pas moins au milieu du chaos et du vide des chambres dans la maison de campagne abandonnée, et une femme nue apparaît, là-bas, dans son lit, son corps brille dans la pénombre, et ainsi il conjugue le désir resté dans les limbes à celui qui s'enflamme maintenant avec des râles qui s'élèvent jusqu'à un cri qui illumine son cœur. Avec un frisson devant sa propre libido, il songe : Eh bien, en plus, je suis un patient discipliné, et il éteint la lumière, recouvre sa femme, puis se pelotonne pour une longue nuit de sommeil.

Une heure s'écoule, et le retour de la lumière heurte violemment ses yeux. Son épouse à son côté, purifiée et parfumée, tient un roman dans les mains, sur lequel elle s'acharne depuis quelques semaines avec une lenteur infinie.

« Pourquoi te torturer à ce point sur ce roman ennuyeux ?

— Parfois, l'ennui a son importance.

— J'aimerais bien savoir ce qui arrivera quand je ne serai plus capable de lire.

— Je te ferai la lecture.

— Et si je ne comprends pas ce que tu me lis ?

— Je t'expliquerai.

— Et si je ne comprends pas ce que tu m'expliques ?

— Alors, nous ferons l'amour, parce que ça, tu le comprends parfaitement. »

Il cherche sa main sous la couverture, l'attire à lui et y dépose un baiser ; elle lui caresse la tête et dit : « Et quant au désert, ne t'en fais pas, je ne te laisserai jamais te retrouver seul là-bas.

— Bêtises ! Il n'y a aucune chance que ce jeune homme ait besoin de moi. Pourquoi accepterait-il qu'un ingénieur expérimenté lui déboule dans les pattes ? Moi-même, j'aurais hésité à prendre un assistant de ce genre. Il a un programme dans son ordinateur qui lui fera tout le travail, et il n'a aucun besoin de mes services.

— Sauf que tu peux lui faire sauter des étapes. Ta signature sur son plan peut lui épargner un débat devant la Commission de planification préalable.

— Quoi ? s'étonne-t-il. D'où tu connais l'existence de la Commission de planification préalable ?

— De toi, uniquement de toi. Je t'écoute toujours, et c'est pourquoi je suis la meilleure experte de toi. »

Deux enfants

Mardi midi, lorsque Louria vient prendre son petit-fils, comme d'habitude, l'éducatrice lui dit : « Aujourd'hui, grand-père de Noam, vous allez emmener deux enfants au lieu d'un.

— Comment ça ? Cela ne suffit pas que je me sois embrouillé il y a deux semaines, pour que vous vouliez m'infliger un nouvel embarras ?

— Non, cette fois, aucune confusion, au contraire, c'est nous qui vous remercions. Vous vous souvenez peut-être de l'enfant que vous avez emmené par erreur, il y a deux semaines ?

— En fait, c'est lui qui s'est un peu collé à moi…

— C'est possible.

— Névo.

— Parfait. Vous vous souvenez même de son prénom.

— Parce que, pour des prénoms aussi étranges, mon cerveau garde un coin spécial.

— Excellent. Eh bien, la mère de Névo a demandé que vous l'emmeniez aujourd'hui chez vous, avec Noam, et, dans une heure, maximum deux, elle viendra le récupérer. Elle s'est mise d'accord avec Avigaïl, qui lui a donné votre adresse.

— Mais pourquoi moi ?

— Parce que Névo et Noam sont de bons copains et qu'ils s'entendent à merveille. Et je crois bien qu'ils se sont vus plusieurs fois l'un chez l'autre.

— Et la Philippine qui m'a poursuivi en hurlant ?

— Elle se trouve en ce moment au ministère de l'Intérieur à se démener pour son permis de séjour, et la mère de Névo a une répétition.

— Une répétition de quoi ?

— Une répétition d'orchestre.

— Dans ce cas, Névo devra déjeuner chez moi.

— Absolument. Mais pas de viande.

— Pourquoi ?

— Parce qu'il est végétarien.

— Qu'est-ce que vous me racontez, si petit et déjà végétarien !

— Aujourd'hui, cette nouvelle génération est sûre

d'elle, et il faut s'habituer au fait que ces gamins ont des principes qu'il faut respecter.

— Et contre les œufs, il est opposé par principe ?

— Des œufs ? Aucun problème.

— Eh bien, je vais peut-être lui donner une charmante chakchouka. Qu'en pensez-vous ?

— Posez-lui la question. C'est un garçon intelligent et facile à vivre. »

Entre-temps, une auxiliaire amène les deux bambins propres et peignés, coiffés d'une casquette de base-ball multicolore et munis de petits sacs à dos.

« Prenez-vous la main, ordonne l'éducatrice, et suivez tranquillement et poliment le grand-père de Noam. »

Eh bien, se dit Louria, il y a deux semaines on me soupçonnait de kidnapper un enfant, et maintenant on me remet facilement deux enfants. Il suit affectueusement les deux camarades, qui continuent à se tenir par la main, même quand ils pénètrent dans l'ascenseur.

Après leur avoir ôté leurs sacs à dos et veillé à ce qu'ils se lavent les mains et le visage, il les installe autour de la table de cuisine et proclame : « Maintenant, mes bons enfants, vous voilà au restaurant Louria, qu'est-ce que vous commandez ? » À sa grande joie, le petit invité connaît non seulement la chakchouka mais se montre disposé à en goûter. En attendant, jusqu'à ce qu'il finisse de réchauffer la chakchouka, préparée d'avance cette fois encore, il apporte aux enfants du papier et des crayons et les incite à dessiner et, enfin, devant la chakchouka que Névo ingurgite avec une lenteur suspecte, Louria scrute longuement cet enfant qui l'a induit en erreur, deux semaines auparavant. Et si ce gamin s'était accroché à lui parce qu'il voulait échapper à sa Philippine ?

« Comment s'appelle la jeune fille qui vient te prendre au jardin d'enfants ?

— Yolanda.

— Et tu l'aimes aussi ? »

L'enfant laisse tomber sa fourchette et jette un regard soupçonneux autour de lui, comme s'il cherchait le piège. Répugnant à mentir, il garde bouche cousue. Mais Louria s'entête. Il est de plus en plus persuadé que ce n'était pas par erreur qu'il a été attiré par ce bambin. Quelque chose dans son expression, dans la douceur de ses fossettes, lui était non seulement familier mais l'avait captivé de nombreuses années plus tôt. « Comment s'appelle ton père ? », l'interroge-t-il à mi-voix.

Le gamin est tétanisé.

« Grand-père, se hâte d'intervenir Noam, Névo n'a pas de papa ! » Et pour que son grand-père ne s'empêtre pas dans la poursuite de son interrogatoire, il se lève et attire à lui son grand-père, murmurant dans son oreille : « Névo est un enfant monoparental. »

Mais le monoparental capte le murmure et se recroqueville de douleur, les premières larmes d'humiliation perlent à ses yeux : « Pas vrai, pas vrai ! », crie-t-il, désireux de conjurer l'anomalie que son camarade lui impose. « Je ne suis pas monoparental. J'ai un père.

— Dans ce cas, il est où, ton père ? », insiste Noam, dont l'affreux sourire sardonique épouvante son grand-père. Devant la question à laquelle il ne peut pas donner de réponse, le gémissement d'une bête blessée retentit, la fourchette vole dans les airs, et la chakchouka se renverse et s'étale sur la table et, tel un épileptique, l'enfant chute à terre brusquement, couché sur le sol qu'il cogne de ses poings : « Pas vrai, pas vrai, j'ai un père ! »

D'une main ferme, Louria se hâte de clore la bouche de son petit-fils afin de couper court à une nouvelle provocation, puis il s'agenouille près du petit invité et essaie de le faire lever. Le gosse se défend et, de ses deux mains, s'agrippe au pied de la table puis, soudain, sans aucune raison, se décrispe, tend ses bras fluets vers le vieillard, s'accroche à lui, lui caresse le cou et enfouit son humiliation dans la poitrine de l'homme qui a cru, un jour, que c'était son petit-fils. Maintenant, Louria est déterminé à laver l'affront, coûte que coûte. Il réprimande son petit-fils : « Névo a raison, et tu te trompes. Il a un père. » Et le voilà qui se laisse enflammer par son argumentation : « Oui, il a un père, je le sais, je le connais même. Seulement, son père est parti en voyage dans un pays lointain, mais je suis sûr qu'il va revenir. »

Avec hésitation, lentement, Névo relève la tête pour fixer droit dans les yeux le vieil homme qui lui a trouvé un père. Ses frêles épaules sont encore agitées de sanglots, mais, dans ses grands yeux, l'espoir luit déjà. « Oui », Louria continue à réhabiliter le statut du petit invité devant son petit-fils ébaubi, honteux. « Eh oui, mon cher Noam, ton camarade a aussi un père comme toi, tu en as un, sauf qu'il est parti en voyage, peut-être en Afrique, et, dans quelques années, il sera de retour. »

Il fait rasseoir doucement l'enfant sur sa chaise, retourne l'assiette et y ramasse même un peu de chakchouka étalée sur la table, en tentant de repérer la fourchette envolée. Noam regrette déjà sa méchanceté et tente de contribuer à la réconciliation :

« Névo a une harpe chez lui.

— Une harpe ?

— Une vraie. »

Névo, qui a retrouvé lui-même sa fourchette, confirme cette fois. Noam a raison, chez lui il a une grande harpe, avec quarante-sept cordes bleues et rouges.

« Et qui en joue ?

— Maman. Seulement Maman », répond Névo, ajoutant : « Mais dans l'orchestre, elle en a encore une autre. »

Maintenant qu'on lui a trouvé un père, dont certes le nom demeure encore inconnu, et que la seconde harpe l'attend chez lui, il est possible de lui demander prudemment le nom de sa mère.

« Noga, répondent en chœur les deux enfants.

— Quel joli prénom, dit Louria, c'est aussi le nom d'une étoile dans le ciel.

— Comme Mars et Saturne, ajoute Noam.

— Oui, Vénus, comme Mars et Saturne, confirme le grand-père. Et avant que vous alliez regarder la télé et que je fasse une petite sieste dans la chambre à coucher, Névo, finis ta chakchouka, pour que ta mère, Noga, ne se mette pas en colère contre moi parce que je ne me suis pas occupé de toi.

— Maman ne va pas se mettre en colère contre toi, l'informe le bambin vite revenu à lui-même, parce que Maman souhaite que je mange seulement ce que j'aime vraiment. »

Il ne reste plus au maître de maison qu'à débarrasser la table et jeter les restes, puis à obliger ses deux invités à se laver les mains une nouvelle fois et à s'installer très près de la télévision, afin de baisser le son. D'un commun accord, ils choisissent une chaîne enfantine, spécialisée dans des marionnettes figurant des monstres, et après que les enfants lui ont promis de l'avertir de l'arrivée de la mère de Névo, Louria s'autorise à couper le téléphone.

Mais avant de laisser le sommeil le gagner, il se demande s'il n'a pas été trop hâtif à confirmer l'existence invérifiable d'un père. Néanmoins, il se rassure : si l'enfant s'est obstiné à démentir qu'il fût un enfant monoparental, c'est sans doute qu'il connaît des choses que les autres ignorent. En tant qu'hôte d'un enfant étranger, son devoir est non seulement de le nourrir mais encore de le réconforter et de le consoler. Du salon, lui parviennent les éclats de rire rafraîchissants des deux gamins qui se régalent des tours pendables des charmantes marionnettes. Dans ces conditions, cette promesse d'un père accomplit fidèlement sa mission. Lentement, la pénombre s'épaissit autour de lui. La démence s'est-elle assoupie elle aussi, ou alors se faufile-t-elle dans son sommeil pour l'égarer dans ses rêves ? Car le voici en train de marcher sur un sol éclairé, sûrement pas israélien, peut-être dans un pays africain où une route vient d'être construite. Et ces asphalteurs-bitumeurs sont-ils africains ou le goudron répandu les noircit-il ? Car le rouleau-compresseur vert, hors d'âge, le rouleau-compresseur stupide et babillard de la comptine enfantine, effectue des aller et retour pour aplanir la route, mais qui le conduit, avec ce casque colonial qui lui cache le visage ? Serait-ce Divon qui a refusé de diriger un service aux Voies d'Israël pour devenir l'opérateur, en Afrique, d'un petit rouleau-compresseur démodé ? Non, non, là, il s'agit de quelqu'un d'autre, aux traits durcis et tristes et terrorisé par la démence Louria identifie le père que lui-même a expédié dans un pays lointain. J'ai promis à ton fils que tu reviendrais, lui crie le rêveur plein d'amertume, mais l'opérateur augmente le grondement de sa machine, tandis que deux enfants secouent vigoureusement Louria. « Grand-père, grand-père », crie Noam.

« Grand-père, grand-père », exulte Névo qui, grâce au père qu'il a reçu de Louria pendant le déjeuner, se considère désormais comme un petit-fils supplémentaire, « lève-toi, grand-père, Maman vient d'arriver, Maman est là. »

Dans les nuées de son rêve, dans le rectangle de lumière parvenant du salon et délimitant la porte de la chambre à coucher, apparaît la silhouette de sa femme, bien que plus jeune qu'elle d'un nombre conséquent d'années, en talons hauts, qu'elle ne porte plus, et une queue-de-cheval ancienne qui s'est réduite avec le temps. Mais c'est le même sourire joyeux qui illumine ses yeux, dont seule la couleur a changé. Oui, maintenant, il comprend pourquoi le fils de cette femme l'a leurré au jardin d'enfants. « Je leur ai demandé, s'excuse-t-elle d'une voix douce, de vous laisser tranquille et de ne pas vous réveiller, mais tous deux ont insisté en disant que c'est vous qui avez ordonné de vous réveiller. » Louria écarte sa légère couverture et se redresse, avec un pincement au cœur devant la magnifique effigie apparue au seuil de sa chambre à coucher. « C'est vrai, dit-il, avec une lueur espiègle dans le regard, je leur ai demandé de me réveiller pour être sûr que vous emmeniez d'ici l'enfant qui convient. » Aucun doute, son rire généreux est exactement celui de son épouse. Est-ce la démence qui confond les deux femmes ou se ressemblent-elles dans la réalité ?

« Ne vous désolez pas pour ce qui est arrivé il y a deux semaines, le rassure Noga. Ce n'est pas la première fois que Névo essaie de s'attacher à un inconnu, surtout s'il est, comme vous, je veux dire, un peu âgé. Mon père est mort avant même que je songe à être mère, et il ne peut pas avoir de grand-père de l'autre côté, qui pour lui ne peut être qu'abstrait. C'est pourquoi cet enfant se cherche non seulement un père mais aussi un grand-père. »

Afin de devancer l'éventualité que l'enfant, écoutant leur conversation, ne fasse allusion à un père qu'on vient de lui dénicher face à la chakchouka, Louria s'empresse de changer de sujet.

« Oui, marmonne-t-il, confus, c'est compréhensible, et ça m'a même plu, la manière dont il m'a suivi. Mais dites-moi, ce truc végétarien, c'est quoi ? D'où ça vient ? De vous ?

— Le végétarisme ? » Elle digère le changement de sujet. « Je n'ai vraiment aucune idée d'où lui vient ce penchant. Il n'est pas particulièrement attiré par les animaux, au contraire, il en a très peur.

— Alors, peut-être, qui sait ? », Louria glisse une hypothèse qu'il veut originale, « peut-être s'imagine-t-il que les animaux vont se venger de lui s'il les consomme…

— Se venger de lui ? » Elle a un mouvement de recul devant la divagation débridée du retraité qui, sans doute, n'a pas profité de sa sieste, et elle envoie son fils chercher son sac et sa casquette.

Mais Louria refuse de se séparer de la grâce juvénile de son épouse.

« Minute, encore une petite question, si je puis me permettre. Je n'ai jamais entendu Névo comme prénom, mais uniquement comme patronyme.

— C'est vrai, comme prénom, il est assez rare, mais comme je l'ai mis au monde sans partenaire, j'avais l'exclusivité du choix du prénom.

— Il vous a été inspiré par la montagne.

— Le mont Névo ?

— En effet.

— Au fait, vous savez où se situe ce mont ?

— Ce n'est pas dans le désert du Sinaï ?

— Non, beaucoup font la même erreur que vous. Le mont Névo se trouve en Cisjordanie, à quelques kilomètres à l'est de Jéricho. Quand Névo sera plus grand, à la veille de sa bar-mitsva, nous le gravirons ensemble jusqu'au sommet où est située une petite église, et nous observerons de là ce pays, pour savoir si c'est le bon pays ou si nous nous sommes trompés.

— Comme Josué..., murmure Louria, tout excité.

— Josué ? s'étonne la harpiste, pourquoi Josué ? Dites plutôt Moïse. Cet enfant, je l'ai mis au monde à l'extrême limite quand je pouvais encore le faire, c'est pourquoi il devra être capable de jeter un regard indépendant sur la réalité, même quand je ne serai plus là. Peut-être que le symbolisme de son nom lui offrira un regard distancié.

— Un regard distancié », répète le fils sur un ton blagueur, déjà sur le départ, sac au dos, casquette sur la tête.

Insomnies

À sa stupéfaction, la mère emmène aussi avec elle son petit-fils, à la demande d'Avigaïl qui, sans doute, se méfie encore de la capacité de son père à surmonter sa démence. Certes, il lui est maintenant loisible de se plonger dans sa sieste, mais il sait qu'après avoir rencontré la harpiste, non seulement le père imaginaire est susceptible de surgir bientôt dans son rêve, mais aussi la musicienne qui s'emportera contre lui, aussi vaut-il mieux renoncer à dormir ; il s'installe donc au salon devant la télé, qui continue à montrer les monstres charmants qui s'étripent à qui mieux mieux. Et comme il échoue à départager le bon du méchant, son attention se dissipe et le sommeil le gagne de nouveau, jusqu'au moment où une main légère lui caresse la tête et occulte les monstres.

« Tu dors trop l'après-midi, le gronde sa femme, ne t'étonne pas de souffrir d'insomnie.

— C'est tout le contraire : c'est à cause de mes insomnies, la nuit, que je suis mort de fatigue pendant la journée.

— Pourtant, il vaudrait mieux sortir de ce cercle vicieux. À part ça, ça ne fait de bien à personne, et en particulier pas à toi, de s'endormir devant la télé où grouillent des créatures surréalistes.

— Et en plus, immorales.

— Eh bien, si tu essayais de rester éveillé jusqu'à mon retour de l'hôpital, après le repas, tu pourrais sommeiller avec moi comme un être normal.

— Si c'est ça, la définition d'un être normal…

— Ça suffit, le coupe-t-elle, fais comme tu veux. Mais pourquoi Avigaïl s'est-elle dépêchée de récupérer Noam ?

— Avigaïl n'est pas du tout venue le prendre aujourd'hui, mais la mère de ce gamin qui s'est collé à moi, il y a deux semaines, alors qu'aujourd'hui ils me l'ont remis de manière tout ce qu'il y a de licite.

— Et donc, aujourd'hui, tu t'es retrouvé avec deux enfants ?

— Et en plus, le deuxième est végétarien.

— Surtout ne vas pas me dire que tu as essayé de lui donner de ta chakchouka ?

— Pourquoi te dire ce que tu sais déjà ? »

Maintenant, elle adopte une mine grave :

« Ne fais pas tout le temps ton malin. Au contraire, exprime-toi, parle, raconte, non seulement ce que j'ignore, mais même ce que je connais déjà. Fais attention, Zvi, s'échauffe-t-elle, ne commence pas à esquiver. Il faut que je sache et que je comprenne tout ce qui t'arrive, avant que tu ne plonges dans l'abîme. »

Louria pâlit, se mord les lèvres, comme si *l'abîme*, un mot inédit entre ces murs, avait échappé à lui-même et non à son épouse. De son côté, elle comprend qu'elle s'est laissé emporter, mais son orgueil l'empêche de se déjuger, c'est pourquoi elle se dresse devant lui, à cette heure, silencieuse et affligée, et il ne peut rien faire d'autre que s'empresser de la serrer contre lui, de renifler les odeurs de son service pédiatrique. « Oui, tu as raison, tu as mille fois raison, il ne faut pas que je louvoie. Et toi, veille au grain et ne relâche pas ta pression sur moi, parce que je n'ai personne d'autre près de moi. Maintenant, tu peux reconnaître que même un projet aussi nébuleux dans le désert m'est inutile.

— Attends… minute…

— Attendre quoi ? Cet agréable jeune homme a déjà deviné qu'il y aurait quelque chose de suspect dans ce retraité cacochyme que tu as essayé de lui fourguer gratuitement ? D'ailleurs, il a reculé devant sa promesse de m'inviter à rendre visite à son père à l'hôpital. Peut-être redoute-t-il que la rencontre avec quelqu'un sur le point de sombrer dans l'abîme ne nuise à son père face à son propre abîme.

— Ne sois pas ridicule, il va sûrement t'appeler. Et cesse de t'obnubiler sur un mot qui n'était qu'un mot. Attends.

— Très bien, je suis là à attendre. »

S'apercevant que son époux savoure, tout heureux, cet *abîme* qu'elle a laissé échapper, elle détourne la conversation et s'enquiert de cette mère qui a emmené Noam avec son fils.

« Son fils s'appelle Névo », répond Louria à la question de qui était cette femme.

— Non, elle-même, comment s'appelle-t-elle ?

— Quelque chose comme Noa ou Yona, c'est une mère célibataire, plus toute jeune. Avigaïl ne t'en a pas parlé ?

— Jamais.

— C'est une musicienne, je veux dire, elle joue de la harpe. Elle a l'air d'avoir un caractère accrocheur… elle me rappelle un peu… aucune importance… Je lui ai demandé la signification du prénom bizarre qu'elle a imposé à son fils, si cela avait un rapport avec la montagne de la Bible, et, en fait, j'avais raison, c'est lié, et elle prévoit même, imagine-toi, à l'occasion de la bar-mitsva du garçon, de grimper avec lui jusqu'au sommet du mont Névo, qui se trouve en Cisjordanie, non loin de Jéricho, pour contempler ce pays comme… Jo…

— Moïse.

— C'est ça, pour vérifier si le pays dans lequel il a vécu jusqu'à sa bar-mitsva lui conviendra après, ou alors filer s'installer à Berlin.

— Elle t'a dit tout ça ?

— Bon, Berlin, c'est moi qui extrapole. Pourtant, regarde cette idée culottée : examiner de nouveau ce pays, justement, à partir de l'autre rive du Jourdain, autrement dit : depuis le début. Du coup, après qu'elle a emmené aussi Noam, j'ai été saisi de panique à la pensée qu'elle l'avait pris de son propre chef, pour le faire grimper, lui aussi, sur une montagne quelconque. Mais comment connaître la vérité, en l'occurrence, si Avigaïl se trouve en formation et que son portable est éteint ?

— En effet.

— Et donc ?

— Rien du tout. Elle n'aurait jamais pris Noam sans l'accord d'Avigaïl. Qu'est-ce qui t'inquiète ?

— Je l'ignore, mais voilà, je sens que je m'inquiète un peu…

— Tout de même, quel est son prénom ?

— Noa ou Yona, quelque chose dans ce genre. Elle a l'air d'avoir un fort tempérament.

— C'est une belle femme ?

— Pas vraiment… peut-être charmante… et un peu, mais seulement un peu, elle me rappelle un peu toi, jeune.

— Si elle t'évoque uniquement moi, de quoi te soucies-tu ? »

En soirée, devant la télé de la chambre à coucher, vers la fin de la diffusion des informations, le sommeil la gagne. Comme elle est persuadée de pouvoir suivre les événements pendant son sommeil, voire de les digérer dans ses rêves, elle ne le laisse pas éteindre l'appareil, tout juste baisser le son. Aussi patiente-t-il jusqu'à ce que sa personnalité se sépare entièrement de sa conscience pour éteindre et se faufiler dans le sommeil de sa femme. Mais l'attribution d'un père à son invité de midi ne le laisse pas en paix. Car, tôt ou tard, ce gamin exigera de sa mère de matérialiser le père promis, et lorsque sa fille sera mise au courant de cette péripétie, la confiance en son père ne fera que se réduire. La pensée du blâme qui le guette le fait sortir de son lit, et il continue à ruminer ses idées noires dans l'appartement plongé dans l'obscurité. Doit-il se justifier à l'aide de la démence qui commence à apparaître en lui ou se contenter de la pitié humaine que l'enfant mélancolique a provoquée en lui ? Il se verse un verre de cognac afin de noyer un peu sa confusion. Derrière la porte du vaste balcon, la ville continue à tamiser ses lumières. Un fin croissant surgit de l'est et vogue avec son troupeau d'étoiles sur le ciel pur et dégagé, d'un horizon à l'autre. La pluie a certes fait du bien à l'univers, mais accorde en même temps un répit à lui-même. Louria se contente de l'éclat de la lune pour faire la vaisselle du dîner. Tout comme pour mettre en route l'ordinateur afin de consulter la maigre moisson de sa boîte mails. Et, avant de quitter l'écran, il cherche sur Internet d'autres paysages et animaux d'Ouganda où Divon s'est rendu en excursion avec sa famille. Pourquoi avoir compliqué l'existence de la mère de Névo avec un homme dont elle n'a pas du tout besoin ? Un bref instant, il songe qu'il doit lui téléphoner pour s'expliquer sur sa pitié si stupide à l'égard de l'enfant avant même que ce dernier n'exige d'elle ce qu'elle ne peut lui donner. Mais il ignore son patronyme. Au fait, quel est son prénom ? S'il demande ces détails à Avigaïl, il devra lui en fournir le motif. Il retourne dans son lit et tente de s'endormir, mais en vain. « Et si tu prenais ton comprimé ? marmonne Dina dans son sommeil. Ça va te calmer. » Il se lève et avale le comprimé dont le neurologue a confirmé l'innocuité, se raidit sur sa couche, pour faciliter le transit du médicament, mais le stress dû au père imaginaire s'accroît et ne lâche pas prise.

Minuit passé. Pas grave, un retraité peut supporter deux nuits blanches. Il s'enroule dans sa couverture et sort sur le balcon pour jouir du spectacle des étoiles. Le neurologue a certes signalé l'éventualité que la distinction entre le jour et la nuit s'estompe dans le cours de la démence, mais c'est surtout le problème de ceux qui pourraient se tromper à leur travail, et non celui de retraités maboules. Dans le parc qui entoure la tour où il habite, un homme marche seul avec un petit chien gambadant dans ses jambes. Avant qu'il n'ait recours à quelque Philippin sinistre pour veiller à ce qu'il ne s'égare pas, il essaiera de dresser un chien intelligent capable de sentir le moment où il désirera rentrer chez lui et qui le guidera. Pas de doute, sourit Louria, un chien est non seulement moins cher qu'un Philippin mais aussi moins humiliant. Mais avant que ce moment-là arrive, il vaut mieux lever les yeux vers les cieux, sur les traînées d'étoiles qui étincellent de plus en plus, à mesure que l'obscurité de la ville s'accroît. Avant que son fils Yoav ne s'investisse à corps perdu dans son entreprise prospère, c'était un adepte passionné d'astronomie. Durant son adolescence, il était membre de l'Association des jeunes férus de sciences de l'université de Tel-Aviv, et il avait voyagé jusqu'à l'observatoire proche du cratère de Ramon. En cadeau de bar-mitsva, ses parents lui avaient offert un télescope coûteux, ce qui lui permettait de fournir les nouvelles du système solaire à ses parents et à ses amis. Si l'heure avait été moins tardive, il ne fait pas de doute qu'il eût été heureux de donner en cet instant à son père des informations sur le tumulte stellaire dans le ciel. Mais à cette heure-ci il n'allait pas déranger son fils, qui certes, parfois, s'attardait dans ses bureaux bien après minuit. Cependant, se dit Louria, afin qu'il se réjouisse que je me sois souvenu de lui et de ses étoiles à une heure aussi tardive, je vais lui envoyer un bref texto : Yoav, mon chéri, si par hasard tu es encore réveillé, j'ai une question au sujet des étoiles que j'observe, en ce moment.

La réponse arrive aussitôt. Sur le chemin de son entreprise à sa maison, Yoav est tout heureux de guider son père. Chez vous aussi, dans le Nord, le ciel est aussi lumineux ? « Je n'ai pas remarqué, répond le fils, mais je me range sur le bas-côté pour regarder. Qu'est-ce que tu veux savoir, Papa ?

— D'abord, rappelle-moi les noms des principales planètes. »

Yoav les énumère l'une après l'autre, et Louria retrouve le nom qu'il cherche.

« Dans ce cas, je peux identifier où se trouve Mars ? »

Yoav explique à son père comment repérer cette planète à l'est de la lune.

« Et Jupiter ? »

Yoav n'est pas convaincu que son père puisse trouver maintenant Jupiter.

« Et Vénus, poursuit Louria, où je la trouve maintenant ?

— Vénus, tu ne pourras la voir qu'un peu avant l'aube ou le crépuscule, parce que cette planète est très proche du soleil.

— Très bien, mon chéri, on en reste là. Je suis désolé de t'avoir retenu, retourne chez toi sain et sauf, il se fait tard.

— Et toi, comment ça va, Papa ?

— Pour le moment, tout va très bien.

— Tu as du mal à t'endormir ?

— Bof, et alors ? Après tout, je peux dormir tout mon soûl pendant la journée.

— Maman m'a raconté qu'à la fin tu as prononcé un beau discours à la réception de Divon.

— Beau, c'est elle qui le dit…

— Mais qu'as-tu dit, toi ?

— Non, mon chéri, pas maintenant », répond Louria à qui le comprimé de Xanax commence à embrumer la conscience. « Tu exagères vraiment avec ton zèle. Le moment est venu de gagner moins et de profiter plutôt de ce temps pour dormir un peu plus, parce que, lorsque tu auras mon âge, tu ne pourras pas toujours convaincre le sommeil de te rejoindre au lit. »

Tandis que le soleil lui gifle les yeux, et que la radio résonne de loin, son épouse, habillée et prête à sortir, se campe au-dessus de lui. Pourquoi si tôt ? Il s'avère que la doctoresse ne se rend pas dès potron-minet à son service, mais dans un bloc opératoire afin d'assister à l'opération longue et compliquée d'une fillette de cinq ans, et cela, afin de convaincre ses parents de la nécessité de l'intervention. « Tu fais bien, lui dit son époux qui la couve d'un regard amoureux.

— Et toi ? Comment ça va ? Tu t'es écroulé comme un cadavre. La prochaine fois, s'il te plaît, ne prends qu'un demi-comprimé. »

Un demi ne suffirait pas à apaiser son angoisse…

« Angoisse de quoi ? »

Broutilles, il lui expliquera ce soir, pas quand elle est pressée.

« Tout de même, brièvement.

— Hier, j'ai exagéré devant cet enfant monoparental, après que notre Noam, par pure méchanceté, l'a défié en disant qu'il n'avait pas de père, et ce Névo, qui a l'air d'être déjà expert en crises d'hystérie, s'est jeté sur le sol et a commencé à tressaillir comme s'il était pris d'épilepsie. Pour le calmer, je lui ai inventé un père qui, pour le moment, se trouverait à l'étranger, disons, en Afrique.

— Tu lui as inventé un père ?

— Mais uniquement par pitié, pas du tout à cause de ma démence. Je ne pouvais pas me taire en voyant quelle méchanceté pouvait exprimer un enfant qui a l'air innocent et mignon. Qui sait si l'origine de cette cruauté ne vient pas de ses parents mais plutôt de la génération précédente, autrement dit, de moi et de toi ? Au fait, le prénom de la mère de Névo, c'est Noga, ni Noa ni Yona. Je me suis souvenu de son prénom au beau milieu de la nuit.

— Et quoi ?

— C'est quoi, ce "quoi" ?

— Qu'est-ce que tu lui veux ?

— J'ai pensé demander à Avigaïl son numéro de téléphone pour lui expliquer…

— Non, surtout pas. Ne l'appelle pas et ne lui explique rien. Tes explications ne vont qu'accroître la confusion. Laisse tomber, ton père imaginaire sera bien vite oublié, si tu ne t'acharnes pas sur son existence. Mais, à l'avenir, tâche de trouver une idée plus en rapport avec ton état. »

Au chevet de son père malade

Même si ce jeunot répugne à m'associer, pourtant sans salaire, à son projet dans le désert – songe Louria avec amertume –, il n'a aucun droit de m'empêcher de rendre visite à son père. Précisément maintenant, alors que moi aussi je commence à décliner, j'ai le devoir non seulement d'encourager les autres mais aussi de me stimuler par leurs maladies.

Il n'a nul besoin de passer par un standard quelconque pour contacter son ancien bureau sur la ligne directe, un numéro dont Louria est persuadé qu'aucune atrophie ne pourra le lui faire oublier, jusqu'à sa dernière heure. Mais, en pleine journée, il semble que ce garçon soit en visite sur le terrain, ou à courir d'une administration à l'autre, ce n'est que tard dans la soirée que Louria le coince.

Bien sûr, exulte Mimouni, évidemment qu'il n'a pas oublié, son père aussi a été ému d'apprendre que son ex-chef de service s'inquiétait pour sa santé. Surtout que, lors de leur brève rencontre dans la rue, il avait eu l'impression que Louria avait eu du mal à le reconnaître, à cause de son état délabré.

« L'état délabré de qui ?

— De mon père, bien sûr. »

Comme le conseiller juridique craint d'inviter son supérieur qu'il avait toujours respecté au plus haut point dans un logis livré à la maladie et à la solitude et plongé dans un désordre dégradant, il propose de nouveau que la visite se déroule à l'hôpital, le jour où Mimouni recevrait son traitement mensuel. Dans une chambre isolée et tranquille, on truffe son corps de médications toxiques et, ce faisant, tous deux pourraient évoquer les souvenirs des jours où ils effectuaient des activités plus importantes.

Cette proposition de rester en compagnie de Mimouni, à l'heure de son traitement oncologique, paraît appropriée aux yeux de Dina, et elle songe même à l'accompagner, mais Louria coupe net ses élans : « Si tu te trouves avec nous, nous n'allons parler que de maladies et de remèdes, alors que moi, j'ai l'intention de le divertir avec des souvenirs des maisons et des champs qu'il a réussi à exproprier au bénéfice des routes et des échangeurs que nous avons construits dans le Nord. » Et, rendez-vous pris, Louria se munit d'un calepin, dissimulé sans peine au milieu des billets de son portefeuille, portant en couverture le titre : « Anti-démence. » Ce calepin contient le code de démarrage de sa voiture, le numéro de téléphone de la maison, les numéros des portables de sa femme et de ses enfants, de même que celui d'Assaël Mimouni, agrégé à titre temporaire au cercle de famille. Juste avant la visite, Louria inscrit le nom du philanthrope qui a offert son nom et son don au service d'oncologie ainsi que le numéro d'étage du service, et même celui de la chambre où Yohanan Mimouni se voit administrer sa mixture. Puis, après s'être garé dans le parking souterrain, Louria ajoute aussitôt à son mémorandum anti-démence l'étage et l'emplacement où le véhicule rouge attendra son propriétaire.

L'anti-démence fait ses preuves : Louria déambule d'un bâtiment à l'autre du vaste hôpital en suivant l'itinéraire requis, grimpe d'étage en étage selon les instructions et, à la fin, débouche sur le service d'hospitalisation ambulatoire, tard dans l'après-midi, et, en sortant de l'ascenseur, alors que le coucher du soleil se dédouble sur les fenêtres, il achète une boîte de chocolats de la marque allemande Merci, puis emprunte, avec une légère crainte, un couloir silencieux et un peu sombre. Et comme il ne croise ni infirmière ni infirmier qui puissent l'orienter, il se repère sur les numéros des chambres, dont certaines ne portent pas de chiffres, avant d'arriver là où, selon son manuel d'anti-démence, il est censé effectuer la bonne action de visite aux malades.

La pièce n'est pas grande et, dans un lit dont la tête est un peu rehaussée, est couché le patient au-dessus duquel plane un carrousel d'où pendent quelques pochettes, certaines vides, d'autres pleines d'un liquide transparent, outre une pochette qui se distingue par sa couleur jaune. Le malade garde les yeux clos, un foulard en soie est posé sur son front, retombant des deux côtés de sa tête sur ses épaules, avec une broderie rouge sur le revers. Un bras très amaigri, inspirant la pitié, repose nu sur le lit, dans lequel est plantée une aiguille d'où s'égoutte le médicament dans la veine cachée. Un instant, Louria a l'impression de s'être trompé et que ce n'est pas son malade, il sort donc dans le couloir pour vérifier de nouveau le numéro de la chambre et constate que c'est bien celui qui lui a été transmis au matin, alors que, dans le couloir désert, nul ne peut confirmer ou non. Son conseiller juridique aurait-il décliné à ce point ? Ou alors, dans l'un des trous noirs de sa mémoire, sa figure originelle aurait-elle sombré ? Mimouni est certes plus âgé que Louria de quelques années, et il l'a devancé pour prendre sa retraite, mais hormis cette rencontre inopinée dans la rue, quelques semaines plus tôt, ils ne se sont pas croisés pendant de nombreuses années, et même si, l'âge venant, un homme en bonne santé change d'allure, se couvre de rides, se ratatine, ou au contraire se dilate, à plus forte raison un individu atteint d'une grave maladie peut-il devenir méconnaissable. Aussi, ni la peur ni l'affolement ne sont dignes d'une telle rencontre, plutôt l'acuité du regard et le renfort de l'empathie afin de pénétrer au plus profond de cette humanité métamorphosée par ses souffrances. C'est pourquoi, avec la détermination d'offrir le meilleur de lui-même, Louria pénètre de nouveau dans la chambre et chuchote : « Mimouni », tout en jetant un œil dans son calepin pour ne pas se tromper de prénom. Il dit : « Yohanan, Yohanan Mimouni, c'est moi, Zvi Louria, je suis venu te dire de ne pas t'inquiéter, il faut garder l'espoir. »

Mais nul mouvement dans le lit, et le nom explicite passe au-dessus du patient comme un tourbillon de poussière et non comme l'appel d'un vieux camarade de travail. Mimouni n'ouvre pas les yeux, son sommeil profond semble bénéficier de remèdes luttant contre sa maladie et enrichissant ses rêves en même temps. Dans ces conditions, attendons qu'il se réveille, j'ai tout mon temps, il y a là quelques pochettes qui attendent leur tour pour s'égoutter. Sur la table de chevet est posé un exemplaire du quotidien *Israël Hayom*, un « Israël aujourd'hui » devenu « Israël de l'avant-veille », et Louria le jette à la poubelle, persuadé que les mensonges d'hier ne se transformeront pas aujourd'hui en vérités et, à la place du journal, il dépose sa boîte dorée de chocolats Merci, croise les bras, ferme les yeux, et s'abreuve au silence profond. Mais, peu à peu, il s'aperçoit que le silence n'est pas total car, de la radio minuscule posée à côté des Merci, résonne une douce mélodie à la nuance éminemment méditerranéenne. À la fin de sa vie, Mimouni s'efforcerait-il de raffermir ses racines ?

Et une visite auprès d'un patient endormi peut-elle être considérée comme une visite ? Son regard fixe les gouttes du médicament tombant dans la minuscule seringue de perfusion. Le débit est très lent, avant qu'une goutte ne se décide à chuter, elle hésite, tergiverse et, même, pendant un instant, semble vouloir retourner à la pochette qui l'a projetée. De nombreuses années auparavant, alors que son père se trouvait aussi en hospitalisation ambulatoire, Louria faisait tout son possible pour venir le reconduire chez lui, à la fin des soins, afin de lui épargner les tracas des transports publics. Et comme il n'avait guère le temps entre deux réunions, il accélérait en catimini la cadence du goutte-à-goutte de son père afin de hâter la fin de la perfusion. Un bref instant, l'impulsion le saisit de se livrer à la même manœuvre, mais comme la pochette sur le carrousel arrive à sa fin, et qu'une infirmière viendra sûrement lui substituer la suivante, il se retient – heureusement, car la porte s'ouvre brutalement et, dans la chambre, pénètre un officier en uniforme des gardes-frontières, un colosse au visage rougeaud, armé d'une mitraillette, portant sous le bras une petite pastèque. Et sans plus attendre, il réveille joyeusement le patient : « *Baba... Baba.* » Le malade ouvre des yeux bleus, que Mimouni n'a jamais eus, et il répond avec un profond soupir : « *Aïwa, ibni, aïwa.* »

Louria se résigne devant la réalité : ainsi donc, ce n'est pas son Mimouni. Cependant, pourquoi se hâter de s'excuser devant un officier druze armé qui, pour l'heure, ne se montre pas du tout préoccupé par la présence d'un inconnu au chevet de son père et dépose sa mitraillette sur le lit, déplace la boîte de Merci sur l'étagère du bas et commence à couper en tranches la petite pastèque, rapidement et efficacement, afin de nourrir son père de sa chair juteuse. Avant même d'être convié à participer au festin, Louria entame une retraite déterminée et silencieuse, comme s'il était un membre d'une équipe paramédicale venu vérifier si la perfusion s'écoulait correctement. Avec le sourire éploré manifestant sa solidarité devant l'état grave d'un être possédant une conscience humaine, il s'éloigne sans un mot et referme la porte derrière lui, puis continue à avancer dans le couloir en direction de la fenêtre lointaine, vers le soleil qui continue à se dédoubler, et voilà qu'apparaît un poste d'infirmières où une infirmière est en train de badiner dans son portable. Il demande la chambre de Mimouni, et l'infirmière, sans un mot, d'un doigt délicat, lui désigne la salle d'attente où attendent, impatients, le père et le fils. Tandis que le père est enfoncé dans un fauteuil, épuisé et chauve, décharné et livide, avec une canne se balançant entre les jambes, le fils exige de connaître, avec une légère irritation, la cause du retard. « Le traitement de Papa est terminé depuis une demi-heure, dit-il, la mine lugubre, et nous avons décidé de désespérer de votre visite.

— Oui, désespérez », confirme Louria, affolé par les signes annonciateurs de la mort qui submergent le père, « en effet, désespérez de moi, parce que je me suis trompé non seulement de chambre mais aussi de patient.

— Aussi de patient ?

— Oui, oui, même de patient. »

De sang-froid, il décide de confesser sa maladie. En effet, voilà la vérité cachée : celui qui paraît en bonne santé ne l'est pas toujours forcément. Lui aussi est malade, non physiquement, ni même mentalement, mais dans son esprit, en fait, dans son cerveau. On a repéré chez lui une atrophie dans le lobe frontal, où se réfugient les prénoms et où, ces derniers temps, les individus aussi se confondent. Il est arrivé à l'heure prévue, s'imaginant pénétrer dans la chambre adéquate, mais à la fin, il s'est rendu compte qu'il s'était assis au chevet du patient inadéquat.

Sur le visage torturé de Yohanan, naît un léger sourire agréable. On voit bien que cette description de la confusion de son ex-chef de service l'amuse. Ainsi donc la tragédie humaine revêt de multiples aspects. Serait-il disposé à échanger son cancer du pancréas contre une atrophie cérébrale ? Certes, sa souffrance bénéficierait d'un répit instantané, mais qu'arriverait-il si son fils bien-aimé se transformait en un inconnu à ses yeux ?

« Bon, tout de même, comment vas-tu ? », dit Louria avec un léger soulagement, après la confession qui lui a échappé sans une erreur ni une gêne. Il se penche sur le véritable patient et ne le quitte pas du regard. Mimouni caresse affectueusement sa main. « Qu'est-ce que je peux te dire, Zvi ? Tu le constates de tes propres yeux : je vais mourir bientôt.

— Non, non », Louria glisse d'une pirouette de la mort imminente au récit du rai de lumière passant sous la porte de son bureau, au septième étage où il a trouvé, en pleine nuit, installé à son ancienne table de travail, un jeune ingénieur penché sur un projet dans le désert.

« C'est la loi du monde, Yohanan, une génération chasse l'autre. »

Et le père, informé de cette histoire, opine de la tête, le regard tourné du côté de son fils qui scrute Louria d'un regard perçant, comme s'il découvrait en lui un aspect inédit.

« Et figure-toi, mon ami, poursuit Louria avec verve, que ma femme, avec le culot ou la candeur d'une pédiatre, a osé me proposer, moi, retraité à la tête folle, comme assistant pour le projet de ton Assaël. Autrement dit, un assistant qui s'assoit facilement près d'un Druze inconnu, comme si c'était un vieil ami, afin de l'aider à planifier une route secrète dans le désert. »

Le père secoue la tête. Il est évidemment exténué, non seulement par les soins mais par l'attente de son visiteur désorienté, qui essaie maintenant de s'annexer le cancer. Et son fils, au lieu de renvoyer le visiteur, de relever son père et de le conduire chez lui, s'immisce dans la conversation, avec une fougue surprenante.

« Non, Louria, votre épouse n'est pas culottée, et sûrement pas candide. Si, en tant que médecin consciente de votre état, elle vous propose comme assistant ou comme aide dans mon projet, cela signifie qu'elle vous fait confiance autant qu'à moi.

— Ce qui veut dire ?

— Que, malgré votre confusion, certes l'un davantage que l'autre, nous continuons à construire et à tracer des routes dans ce pays, et si nous nous trompons, nous avons encore la possibilité de réparer.

— Autrement dit ? s'effraie Louria.

— Bref, que je n'éprouve aucune crainte devant vous, Zvi Louria. La démence d'un ingénieur chevronné à la riche expérience peut représenter un facteur libérateur, créatif. En outre, vous épouse a affirmé que vous renonciez à un salaire…

— Bien sûr, sans salaire, s'excite Louria. Ma pension de retraite me suffit amplement, et ma femme gagne bien sa vie dans son service pédiatrique. »

Le père ferme les yeux, comme saisi par une douleur. L'état du Druze, qui savoure à cette heure la pastèque que son fils lui a découpée, est bien meilleur que celui de son conseiller juridique. Les encouragements de bavards impénitents et onctueux n'équivaudront jamais au réconfort prodigué par une belle tranche rouge et juteuse.

« Et donc ?

— Et donc ? » Louria s'ébroue de ses ruminations. « Et donc ? Eh bien, oui, sans salaire, mais assistant à temps partiel, uniquement partiel. »

L'échangeur de Beït-Kama

« Minute, avant que tous les deux vous ne preniez la route, écoute-moi un instant, monsieur le jeune homme. Tu ne comprends peut-être pas tout à fait, mais tu vas vite t'apercevoir que tu as le privilège et, dans une certaine mesure, à bon droit, de disposer d'un excellent assistant, un ingénieur chevronné à la riche expérience, qui a conçu de nombreux échangeurs et ponts, a creusé des tunnels et ouvert des routes, et le tout, dans un bon état d'esprit et un calme professionnel. De nature, c'est un individu commode, qui possède l'intelligence de toujours trouver, à en croire ce qu'on rapporte, des solutions simples et peu onéreuses à des problèmes techniques qui semblent compliqués. De cette façon, dans le passé, il a permis à ce gouvernement d'économiser de fortes sommes pour le plus grand profit de ses malversations.

— Dina, qu'est-ce qui te prend ? »

Mais sa femme se laisse emporter par un monologue dont il est clair qu'elle se délecte :

« Tu hérites d'un homme solide et stable, relativement pour son âge, et des hommes de sa trempe, âgés de 72 ans, sont même capables, de nos jours, de jouer les prétendants auprès de femmes sensées. Il n'a aucun problème pour escalader une colline ou dévaler un oued, voire un petit cratère, mais comme il a lui-même avoué devant toi que, dernièrement, quelques incidents sont apparus dans sa mémoire et dans l'évaluation des distances, tu seras cependant obligé de veiller sur lui afin qu'on ne le perde pas dans le désert, à force d'enthousiasme. Aussi ne te contente pas de parler par portable ou de crier, mais prends soin de toujours garder un contact visuel avec lui car s'il disparaissait dans je ne sais quel oued ou cratère, ou derrière une colline, je n'aurais ni la force, ni l'espoir de trouver celui qui me consolerait de son absence.

— Ça suffit, Dina, l'interrompt son époux. Il a déjà compris.

— Tu as compris ? Tu en es sûr ? » Elle fixe d'un regard maternel le beau jeune homme vêtu d'un vieux coupe-vent militaire, et, dans ses yeux, danse un sourire surpris devant cette complicité conjugale si ancienne et encore sous le charme l'un de l'autre.

« Tout y ira bien, docteur Louria, je veillerai sur lui comme un père de plus. Mais il vaut mieux que Zvi emporte aussi un vêtement chaud. Parce que là-bas, dans le désert, en soirée et la nuit, il peut faire très froid.

— En soirée, la nuit ? » Dina se rebiffe. « Quand donc comptes-tu le ramener ? Nous nous sommes mis d'accord uniquement pour un temps partiel.

— Bien sûr, uniquement partiel. Mais si nous descendons dans le cratère Ramon pour déterminer la sortie de la nouvelle route, ça peut se prolonger un peu.

— Dans ce cas, dit Zvi, je vais monter prendre mon vieux coupe-vent.

— Tu ne vas pas le trouver, parce que Yoavi l'a emporté il y a un an, mais que penses-tu de ton vieux pull bleu ?

— Minute ! se souvient soudain Mimouni, pourquoi un pull bleu ou même un pull, alors que, dans le coffre de la voiture, il y a encore le coupe-vent de mon père. Il ira parfaitement à votre époux.

— Tu es sûr qu'il va lui aller ? »

Pour sa part, Louria juge que l'échange que mène sa femme avec Mimouni est exagéré, voire insultant, et la coupe : « *Yallah*, mon gars, prends le coupe-vent et en route ! » Il claque une bise fougueuse à sa femme pour l'inciter à le laisser en paix, monte dans le véhicule, et multiplie ses *Yallah* joyeux : « *Yallah, yallah, yallah*, ça suffit les mamours, le désert nous attend ! »

Après de nombreuses années consacrées aux routes du

nord, il se réjouit de découvrir ce que ses collègues ont apporté d'échangeurs et de ponts sur les routes du sud, mais Mimouni n'a pas de temps à perdre, aussi choisit-il le trajet rapide et monotone de l'autoroute 6. Au début, Louria se montre gêné, voire affolé, par la vitesse de la vieille voiture américaine, mais ses dimensions et ses amortisseurs adoucissent ses soubresauts, et il s'habitue bientôt à la vitesse, se contentant de surveiller en silence le degré de respect du code de la route de la part du conducteur.

« Ton père me serre le cœur, dit-il à voix basse.

— Oui, Papa émeut beaucoup de gens. Dommage que tu l'aies confondu avec un autre patient, parce qu'il t'attendait impatiemment, et il était fier qu'après tant d'années tu t'intéresses encore à lui. Mais, à ton arrivée, il était complètement épuisé et éteint, et il n'a pu retirer aucune joie de ta visite.

— Dans ce cas, je reviendrai, et cette fois je ferai plus attention.

— Je doute qu'il y ait une autre fois, Louria, les médecins ne lui laissent que quelques mois à vivre, mais moi, je ne lui donne que quelques semaines, et c'est préférable. Certes, il est déterminé à ne pas se laisser faire par l'ange de la mort, mais c'est uniquement dans les livres de philo ou dans des romans de gare que la souffrance physique purifie l'âme. Dans la vie réelle, elle est humiliante et superflue. »

Louria opine de la tête, tandis que le conducteur examine son assistant à temps partiel avec un regard affectueux.

« Tu es conscient, Louria, de la chance que tu as d'avoir une femme aussi gentille ?

— Gentille ? s'étonne Louria, comment ça, gentille ? Pourquoi gentille ? Elle est simplement intelligente et dévouée. À 64 ans, la gentillesse d'une femme ne s'exprime pas uniquement dans son amour et son souci.

— C'est ce qui a manqué précisément à mon père après que Maman nous a abandonnés, depuis, il n'a fait que décliner.

— Je te l'ai déjà dit, je ne savais rien de son épouse. Et je ne voulais rien savoir.

— Tant mieux, sourit le fils, tu as agi sagement en ne sachant rien et en ne questionnant pas, car tu aurais découvert que ton conseiller juridique, si dévoué et si sérieux, n'était ni un naïf ni une victime. C'est un homme qui ne recherchait ni amour ni souci, mais de la gentillesse, et comme j'habitais avec lui, il la cherchait dans toutes sortes d'endroits inconnus de moi, y compris dans sa pièce de travail, durant la nuit ou le Shabbat. Imagine-toi, Louria, que, grâce à son passe-partout, tout le septième étage du département nord était à sa disposition, et chaque fois, il choisissait une autre salle, pour goûter à ce réconfort.

— Je ne m'en doutais absolument pas, murmure Louria avec un léger effroi.

— Tant mieux, répète le fils, tu t'es montré intelligent. Très intelligent. »

Louria tente d'incliner le pare-soleil pour se protéger des rayons. Par ailleurs, le compliment ambigu « Tu t'es montré intelligent » commence à l'agacer. Et voilà : au lieu de vadrouiller au centre commercial pour y dénicher l'inspiration d'un nouveau mets, le neurologue et son épouse se sont acoquinés avec un ingénieur débutant pour l'expédier au fin fond du désert, dans la brûlure du soleil. L'autoroute 6 s'achève à l'instant, et ils roulent sur la nationale 40. « Tu as peut-être envie de t'installer sur la banquette arrière », lui suggère Mimouni qui a remarqué les démêlés de son retraité avec le soleil. « Dans le coffre, il y a une couverture sous laquelle tu peux te pelotonner. »

Pour se pelotonner, il vaut mieux attendre la soirée, sur le trajet du retour, lui explique Louria, et pour le moment il se protégera du soleil grâce à une carte qu'il a trouvée dans la boîte à gants. Après un rapide examen, il demande à Mimouni de faire un léger détour en direction d'un échangeur en construction dans les environs de Beït-Kama. Quelques jours plus tôt, il l'a remarqué sur une photo de presse, et, à cette heure, il se montre curieux d'évaluer de près la qualité des travaux. Malgré ce retard – un détour de quatre kilomètres à partir de la nationale 40 –, et alors que leur destination est encore éloignée, Mimouni acquiesce et, par un chemin de terre défoncé, tous deux s'approchent d'un édifice arachnéen sous lequel la tête serpentine de l'autoroute 6 s'apprête à s'emboîter. Le désir de vérifier la qualité des travaux est si brûlant que Louria se hâte de descendre du véhicule, puis de rejoindre à pied un énorme rouleau-compresseur tapi de l'autre côté d'un grand pont. Admiratif, le jeune homme suit maintenant du regard le retraité enjambant des madriers et des ferrages au sommet d'un pont dépourvu de garde-corps, tel un homme de métier intelligent à qui il importe de s'imprégner du travail des autres. Tandis que Mimouni replie la carte et jette de vieux papiers et des bouteilles vides dans un sac, il se souvient brusquement des recommandations de la pédiatre de ne pas quitter des yeux un époux irremplaçable, et il se précipite hors de la voiture afin de rester aux aguets. Mais le retraité s'est volatilisé sans crier gare. Est-il en train de se diriger quelque part sur le chemin de retour ou s'est-il égaré et est-il descendu du côté opposé ? Avec un brusque affolement, redoutant que son assistant à temps partiel, sans une garantie d'assurance, n'ait pas remarqué l'absence de garde-corps et soit déjà tombé en vol plané, Mimouni se rue sur le pont sans oser regarder sous ses pieds, tout en continuant à courir jusqu'à l'autre extrémité, et là, sous un vieil eucalyptus, au milieu de contremaîtres et d'ouvriers juifs et arabes, Louria est assis, coiffé d'un casque de chantier et tenant à la main une tasse de café.

Mimouni ne sait quoi dire. Il se plante avec un silence lugubre devant son retraité, qui continue à déguster tranquillement son café, et, à en juger par son regard vague, semble ne pas reconnaître l'individu debout devant lui. « J'étais sûr que tu n'avais pas remarqué l'absence de garde-corps et que tu avais chuté sur le tracé de l'autoroute 6 », lâche Mimouni avec un sourire forcé. — Il n'y a pas de garde-corps sur le pont ? », s'étonne Louria qui se tourne vers ses camarades qui opinent chaleureusement. Maintenant, Mimouni ne réussit pas à refréner sa colère : « Comment peux-tu disparaître comme ça et oublier la parole que j'ai donnée à ton épouse ? » Aussitôt, l'époux murmure « Pardon », se lève, ôte son casque et désigne le groupe qui se repaît de la scène avec des sourires entendus : « Désolé, Mimouni, désolé, Assaël, c'est juste que j'ai retrouvé d'anciens camarades, tiens, je te présente Yossef Barzani, l'ingénieur en chef de tout l'échangeur.

— Yaacov, chuchote Barzani.

— Bien sûr, pardon, Yaacov, et sache qu'il était lié à moi dans le passé.

— Juste lié ? proteste Barzani, j'étais le disciple de Louria, j'ai tout appris de lui… Comme on dit, je me suis abreuvé à sa source…

— Eh bien, Yaacov, je te présente un autre ingénieur

des ponts et chaussées, un gars de première bourre qui prépare une route secrète dans le désert. Et, cette fois, ce n'est pas mon disciple, il dirige le chantier, et moi, je suis son assistant bénévole. Juste qu'il est un peu trop anxieux. Oui, mon cher, dit-il en se tournant du côté de Mimouni, ton angoisse est exagérée. Et pourquoi crois-tu que ma femme t'en voudrait si tu me perdais en route ? Qu'en sais-tu ? Peut-être qu'elle te remercierait, au contraire. »

Le tombeau de Ben Gourion

Avant de poursuivre sur la nationale 40, en contournant Béer-Shéva, Mimouni demande à Louria s'il désire tout de même pénétrer en ville pour une collation de milieu de matinée ou s'il accepte d'attendre leur arrivée à Mitspé Ramon, où Mimouni a réussi à décrocher à l'hôtel Genèse des repas savoureux à un coût dérisoire. Louria, que le café noir a réveillé, et que les propos de Barzani ont revigoré, se dit prêt à avaler quatre-vingts kilomètres sur une route déserte afin de s'attabler en hôte honorable près d'une fenêtre donnant sur un paysage antique.

Entre-temps, il raconte au jeune homme sa première rencontre avec Barzani. Ensemble, ils ont ressuscité et restauré, sitôt la fin de la guerre des Six Jours, la « route sanglante » montant vers Jérusalem, dans les environs de Latroun. Mais les propos élogieux que Louria déverse sur son ancien camarade ne l'empêchent pas d'émettre une remarque critique. Sur le pont, il a observé subrepticement que la courbe de sortie vers l'est était trop prononcée et qu'il faudrait installer deux panneaux de danger, et peut-être poser des bandes rugueuses de ralentissement afin que les conducteurs ne sortent pas de la route dans le virage. « Qu'y puis-je ? », dit-il avec un sourire au jeune homme qui l'écoute, stupéfait. « Je suis comme ça, même dans le chaos de mon atrophie, je m'efforce de rester professionnel, et si tu as cru faire de moi ton complice afin de brouiller je ne sais quelle courbure que tu manigances, eh bien, il vaut mieux rebrousser chemin tout de suite. »

Mimouni sourit. Non, pas du tout, Louria n'aura aucune raison de revenir sur ses pas. Et bientôt, en direction du sud, au carrefour Haloukim, apparaissent de grands panneaux invitant les usagers de la route à bifurquer à gauche de la nationale et à visiter le tombeau de Ben Gourion.

« Au fait, pourquoi pas ? s'enflamme Louria. Dina et moi, nous nous y sommes rendus il y a de nombreuses années, et l'épitaphe gravée sur sa stèle nous avait exaltés : il n'était pas mentionné "premier Premier ministre, fondateur de l'État ou dirigeant exceptionnel de sa génération" mais uniquement : David Ben Gourion, né en telle année, décédé en telle année, immigré en Terre d'Israël en telle année. C'est tout. Mais je n'ai pas fait attention à ce qui était gravé sur la tombe de sa femme, décédée avant lui. D'elle, justement, ça va t'étonner, je me souviens personnellement depuis mon enfance. Dans les années 50, la résidence du Premier ministre à Jérusalem n'était pas située, comme de nos jours, rue Balfour, mais avenue Ben-Maïmon, et sur le chemin de l'école, je passais devant cette maison simple et vieillotte en saluant le policier – figure-toi, un seul policier lui suffisait, et ce garde unique sommeillait parfois ou lisait son journal, personne, semble-t-il, ne songeait à attenter à la vie de Ben Gourion, les gens voulaient seulement le déranger avec toutes sortes de conseils, et, pour leur barrer le passage, il suffisait d'un seul policier, et elle, Paula, sortait voir le policier, en peignoir, et l'envoyait acheter du lait ou du pain à l'épicerie. Et en attendant son retour, elle restait là à veiller sur la demeure, et alors, c'est *elle* que je saluais, le matin, eh oui, jadis, ça se passait ainsi, tu le crois ?

— Si tu le dis, qui suis-je pour ne pas te croire ? Maintenant que tu te souviens de la femme de Ben Gourion, me voilà convaincu que cet État a été réellement fondé…

— Alors, à ton avis, Assaël, nous avons le temps d'une brève visite ?

— Très brève. »

Mimouni bifurque vers le collège universitaire Ben Gourion, d'où part un sentier de terre bordé de plantes du désert jusqu'au site du tombeau. Tous les deux descendent de voiture et avancent sur un sentier spectaculaire surplombant le canyon à pic de Nahal Tsin et Eïn Avdat. Dans le fond de la gorge, une longue file de soldats s'étire en direction de la crevasse d'où émerge une source. L'air est saturé d'une luminosité sèche mais agréable, la saison idéale pour une excursion dans le désert, décrète Mimouni, la météo est vraiment parfaite. Devant eux se dressent les sépultures, deux grandes tombes dépouillées, entourées d'une chaîne métallique noire. Ils lisent en silence les quelques mots et chiffres gravés sur les stèles. Ben Gourion a connu deux naissances, la première, fictive, en diaspora, la seconde, authentique, au moment de son immigration dans ce pays. Sur la tombe de sa femme, Paula, on trouve la même formulation : deux naissances, un décès. Son époux a refusé tout ajout d'éloge de la fidélité et de l'amour de son épouse. Les graviers déposés par les visiteurs sur sa tombe, pour informer le premier Premier ministre qu'on ne l'a pas oublié, sont concentrés au bas de la stèle, afin de ne pas dissimuler l'épitaphe et, cependant, Mimouni décide de poser sa pierre personnelle à côté du prénom – David – et Louria, à son exemple, dépose la sienne à côté du prénom Paula. Ensuite, ils s'abîment dans la contemplation silencieuse de bouquetins, de gazelles et de faons broutant l'herbe autour du site. Ces animaux sont endémiques dans cette région depuis la nuit des temps, et leur enracinement dépasse de loin celui de Ben Gourion et de son épouse, aussi, lorsqu'un visiteur tente de les amadouer, n'ont-ils toujours pas confiance et s'échappent-ils avec des mouvements gracieux et majestueux.

À la fin, Mimouni rompt le silence et lâche : « J'ai entendu dire que cette Paula n'avait pas bon caractère. » Louria lui rétorque du tac au tac : « Aucune femme n'a bon caractère. Pourquoi devrait-elle l'avoir si elle devait veiller tout le temps sur son époux ?

— Mais si tu habitais non loin d'eux, insiste Mimouni, comment se fait-il que tu n'aies vu qu'elle et pas lui ?

— Lui ? Une seule fois. Le cabinet du Premier ministre était situé alors dans le quartier de Réhavia, au coin des rues Kéren Kayémet et Ibn Gvirol. Or, Ben Gourion rentrait chez lui à pied depuis son bureau, à peine un kilomètre – cette courte distance n'assouvissait pas, semble-t-il, son appétit de marcheur, c'est pourquoi il a aimé déménager dans cette désolation où il pouvait marcher jusqu'à plus soif. Une fois, un vendredi, à une heure tardive, je rentrais chez moi par la rue Alharizi, et soudain, j'ai senti une tape légère, mais ferme sur l'épaule, pour m'avertir de laisser le passage. J'ai tourné la tête, et alors j'ai aperçu Ben Gourion, un demi-sourire aux lèvres, comme s'il était un peu honteux de sa grandeur. Je me suis aussitôt écarté car son allure était plus rapide que la mienne. Il ne s'est ni excusé, ni ne m'a remercié, il s'est contenté de me dépasser rapidement, m'envoyant au visage un souffle léger de sa crinière blanche, puis il a été englouti par l'obscurité.

Genèse

Le trajet jusqu'à l'hôtel Genèse n'est plus très long. Mimouni compte arriver vers la fin du petit déjeuner dans cet hôtel surplombant le cratère qui a donné son nom à la ville. Depuis qu'il arpente ce secteur, il a remarqué que, vers midi, après que le riche buffet du petit déjeuner a été débarrassé, s'ouvrait une brève fenêtre de tir, grâce à laquelle un individu non client de l'hôtel mais connu des employés et choyé par eux, pouvait, bien qu'à la hâte et sous le prétexte d'une tasse de café, ramasser pour lui-même des plats qui, du fait de leur courte durée, sont destinés à la poubelle. C'est vers cette fenêtre que s'oriente Mimouni : la salle à manger se vide de ses derniers convives, les serveurs débarrassent les restes, la directrice de salle affectée à la vérification de l'identité des entrants a déjà quitté son pupitre, et lui pénètre dans la salle en silence, en client, faisant mine d'avoir oublié quelque chose, prend une grande assiette et y amoncelle le meilleur du buffet. Ensuite, il ajoute une tasse de café, puis descend au jardin, avec son butin, afin d'examiner le but de son expédition dans les profondeurs du cratère.

Une femme plus toute jeune, membre de l'administration de l'hôtel, sans doute attirée par la beauté du jeune ingénieur, avait donné un vague accord à cette infiltration clandestine qui, parfois, comprenait même un bref somme dans une chambre en désordre, en fait, une chambre que les clients avaient déjà quittée, mais que les femmes d'étage n'avaient pas encore eu le temps de ranger. Le fait que Mimouni continuât à « fertiliser la désolation », comme clamaient les pionniers d'antan, offrait à cette dame la justification à cette infraction au règlement de l'établissement, avec la conviction qu'une route militaire dans le secteur, serait-elle secrète, était susceptible de rabattre de nouveaux clients vers l'hôtel.

Certes, les Voies d'Israël défrayent Mimouni de ses dépenses lors de ses expéditions dans le désert, et il n'a pas de réelle motivation économique à se faufiler dans la salle à manger de l'hôtel Genèse pour se concocter un repas de nourritures condamnées aux détritus. La véritable raison de ses incursions dans ce lieu est d'entretenir de bons rapports avec le personnel qui lui permettent de piquer un somme dans une chambre à peine vidée de ses occupants, voire, un jour peut-être, d'y passer toute une nuit. Mais aujourd'hui, accompagné de son assistant bénévole privé, lui, de notes de frais, le besoin d'un petit déjeuner dérobé se justifie pour des motifs d'économie. Et comme il est difficile de demander à un retraité de haut rang de se déguiser en client authentique de retour dans la salle à manger pour une simple tasse de café, Mimouni décide de présenter Louria à cette même femme plus toute jeune, son ange gardien dans les lieux, comme l'un des merveilleux ingénieurs des ponts et chaussées dont l'État d'Israël s'enorgueillit, un ingénieur qui s'est porté volontaire pour servir de conseiller bénévole à la planification de la nouvelle route secrète. Un ingénieur qui a œuvré toute sa vie dans le Nord, et qui n'est pas descendu dans le Sud depuis de nombreuses années, aussi faut-il lui accorder une vision panoramique préalable sur le cratère, et il n'est pas de meilleur observatoire pour ce faire que la terrasse de la salle à manger de l'hôtel. De là, devant un café et un biscuit, le tableau se déroulera à la perfection sous ses yeux.

Il va de soi que ce biscuit n'est qu'une métaphore pour quelque chose de plus consistant et de plus savoureux, aussi, les deux ingénieurs sont-ils installés, à cette heure, sur la terrasse, et un serveur soudanais, qui n'a pas encore ôté son nœud papillon, leur propose, non un choix parmi les restes voués à la destruction, mais quelque chose susceptible de leur permettre de tenir le coup jusqu'au petit déjeuner du lendemain. Et tandis que Mimouni, sous l'effet d'une grosse faim, dévore goulûment, Louria déguste sobrement à petites bouchées. Une nuée bleuâtre prise au piège dans le fond du cratère obscur captive son regard. Est-il réellement descendu au fond de ce cratère au cours de sa longue existence, pendant une randonnée du mouvement de jeunesse ou des manœuvres militaires, ou alors, toute sa connaissance n'est-elle due qu'à un coup d'œil rapide sur une carte ? Il baisse la tête et ferme les yeux, pour mieux se concentrer. La démence qui pulvérise les prénoms et les actes respecterait-elle, au contraire, le souvenir d'une randonnée ou de l'armée ? Ses ruminations s'accrochent à la nuée s'échappant lentement du cratère en tentant de s'élever jusqu'aux cieux, mais le cratère, immense et profond, ne lâche pas prise et commence à l'agripper et à essayer, lui aussi, de se soulever et de planer dans l'espace. « Quelle heure est-il ? », demande

Louria affolé, en se frottant les paupières afin de s'ébrouer devant ce spectacle hallucinatoire. « Bientôt, le mitan », répond le jeune homme. « Le mitan de quoi ? – Le milieu de la journée », sourit Mimouni, tout en demandant à Louria si le croissant resté dans son assiette est disponible. « Prends-le, répond Louria, j'ai trop mangé. » Il jette un regard attendri sur le jeune homme qui engloutit le croissant comme s'il craignait que Louria revienne sur sa proposition. Que sais-je au fond de cet homme à qui Dina m'a adjoint afin de stimuler mon cerveau ? S'apercevant que la nuée s'est envolée, et que le cratère a repris sa place, il se tourne vers le jeune ingénieur avec une sorte de petite harangue :

« Écoute-moi, Mimouni, écoute, Assaël, contrairement à ce qu'il y avait entre ton père et moi, et avec d'autres personnes qui travaillaient avec moi aux Voies d'Israël, entre toi et moi, il n'existe pas et il n'y aura pas de rapports hiérarchiques. Je ne suis pas ton subordonné et tu n'es pas le mien, je ne suis pas responsable de tes actes, ni toi des miens. Nous sommes tous les deux des ingénieurs libres qui collaborons comme bon nous semble. Aujourd'hui, je suis avec toi, mais, demain, je refuserai peut-être de venir. Aujourd'hui, tu as besoin de mon aide, mais demain, tu affirmeras peut-être que je ne te suis d'aucune utilité. C'est pourquoi, aujourd'hui, contrairement à mon habitude de naguère, je ne veux pas ignorer ta vie privée. Je suis intéressé à la connaître, pour ne pas être surpris comme je l'ai été avec l'histoire de la séparation de tes parents. Aussi, s'il te plaît, avant d'entamer notre travail, donne-moi un minimum de détails sur ta vie. Par exemple, es-tu marié, as-tu des enfants ? »

En effet, Mimouni a une femme plus âgée que lui

de deux ans, économiste dans un ministère, ils ont deux jumeaux, un garçon et une fille, déjà en CE1, dans des classes différentes. « Très bien, dit Louria, maintenant, je suis rassuré.

— Rassuré de quoi ? s'étonne Mimouni.

— Rassuré parce que tu possèdes tout de même une vie familiale stable, et que tu ne chercheras pas des aventures qui risquent de me compromettre.

— Es-tu vraiment convaincu que le mariage apporte un cadre stable qui empêche les aventures ?

— Il n'existe aucune règle absolue en quoi que ce soit, corrige Louria, mais, en général, une femme et des enfants exigent de l'individu une responsabilité minimale et donc le refrènent.

— Tout cela, Louria, parce que tu imagines mon couple à l'image du tien, je veux dire, cette tendresse entre toi et ton épouse.

— Entre moi et ma femme ? » Louria s'agrippe à sa chaise et éclate de rire. « Que peux-tu savoir de cette relation ?

— Savoir, je ne peux pas, avoue Mimouni, mais sentir, ça, j'en suis capable.

— Sentir quoi ?

— L'amour, la dépendance, le souci. Sois honnête, Louria, y a-t-il un moment où ton épouse n'est pas en arrière-plan de tes pensées ?

— Que dis-tu ? » Louria, affolé, se redresse sur sa chaise. « D'où tu tires une idée pareille ?

— Je me trompe ?

— Que tu te trompes ou pas, esquive Louria, là n'est pas la question. Le problème, à cette heure, c'est le crédit que tu accordes à ton sentiment. Ta confiance en elle.

Dis-moi, cette route militaire, tu comptes aussi la planifier en te fiant à ton instinct ?

— Pourquoi pas ? Pourquoi se priver du sentiment s'il peut renforcer mes connaissances ? Sans compter que tu y ajouteras ton propre savoir-faire. »

La nuée, disparue plus tôt dans les cieux, vogue de nouveau dans le cratère. La luminosité de midi s'estompe un peu. La salle à manger est désertée, les serveurs partis, les présentoirs du buffet vidés, à l'exception de quelques miches de pain recouvertes d'un napperon rouge. Silence absolu dans l'étendue désertique. La piscine est éloignée, et la plupart des clients ont gagné les magnifiques bungalows en pierres pour y faire la sieste. D'un œil perçant, le vieillard scrute le jeune homme qui fiche une cigarette entre ses lèvres et qui, bien qu'il n'y ait personne alentour, hésite à l'allumer.

« Et la démence, chuchote douloureusement Louria.

— Ce sera ta part de sentiment », répond Mimouni en craquant une allumette.

Shibolèt

Mais, avant de quitter l'hôtel Genèse, ils doivent informer de leur présence l'inspecteur local de la Direction de la nature et des parcs.

« La Direction de la nature et des parcs ? s'étonne Louria. Est-ce que, dans l'immensité du cratère, une simple route étroite militaire peut endommager l'écosystème des animaux ou saboter une flore protégée ?

— Il existe toujours et partout, répond Mimouni, des

animaux, grands ou minuscules, prétexte à une agitation factice. Mais ici, il y a quelque chose de plus, quelque chose d'humain, qu'il importe au plus haut point de protéger, et à cause de cela, il redoute le tracé de ma route qui, désormais, est aussi la tienne. Au fait, j'ignore si c'est un inspecteur officiel ou un volontaire au service de la Direction. C'est un ancien officier, un gars compliqué demeurant dans le centre du pays mais qui loue un appartement à Mitspé Ramon où sa femme loge pendant ses crises d'asthme.

— Comment s'appelle-t-il ?

— Shibolèt.

— Shibolèt ? Shibolèt comment ?

— Shibolèt. Tout court. Patronyme et prénom ne font qu'un.

— En effet, ça existe des cas de ce genre, confirme Louria avec une légère frayeur.

— Un gars pas facile du tout, poursuit Mimouni avec une étrange émotion, un type qui, naguère, savait même se montrer effrayant, surtout à mon égard.

— Il t'effrayait ? Comment ça ?

— Rends-toi compte, c'était mon commandant de compagnie pendant mes classes. Dès le premier instant où je l'ai vu, il m'a inspiré une terreur inexplicable.

— Pendant mes classes, à la fin des années 50, aucun commandant de compagnie ne pouvait nous affoler parce que, tout simplement, ce grade n'existait pas. À cette époque, les compagnies étaient gigantesques, et il n'y avait pas de commandant de compagnie, ni même de commandant de peloton, mais un chef de section, un simple caporal, la plupart du temps un nouvel immigrant, qui nous menait la vie dure sans relâche, surtout pour nous avertir de ne pas nous moquer de son hébreu ridicule.

— Non, Zvi, Shibolèt compte plusieurs générations dans le pays, et son hébreu, tu l'entendras bientôt, est châtié et précis. De toute façon, il s'agit là d'une peur personnelle et irrationnelle, et non d'une peur collective. Mes camarades de compagnie s'étonnaient et même me prenaient en pitié : "Qu'est-ce qui te prend ? Pourquoi t'es tout pâle quand il entre dans la tente ou te pose une question ? Il n'est pas plus mauvais que les autres." Et moi, je ne pouvais pas expliquer ma terreur, dont je ne me suis pas libéré jusqu'à la fin des classes. Oui, de la terreur. Mon père, dans une tentative désespérée de me rassurer un peu, m'avait dit que ce n'était pas de la peur mais une terreur métaphysique.

— Métaphysique ? ricane Louria. Il a dit ça ? Terreur métaphysique devant un commandant de compagnie ?

— C'est juste un mot élégant qu'il a pêché dans un journal quelconque, juste pour me faire comprendre que c'était une peur stupide et puérile.

— C'est vrai, ton père a toujours été délicat dans sa formulation, et c'est pourquoi il a toujours été bien vu par ses expropriés.

— Mais à cause de cette peur puérile, au moins, j'ai pris soin d'être un soldat acharné et discipliné, irréprochable, et, pourtant, avant chaque briefing de compagnie, parcours du combattant ou revue de détail du vendredi, je m'enfonçais dans la déprime.

— Et lui, il comprenait ça ? Comment réagissait-il ?

— Bien vite, ma peur a été justifiée : bien que nous ayons été nombreux dans la compagnie, il a repéré ma réaction, et ça a excité en lui je ne sais quelle colère. Rends-toi compte que même mon prénom, Assaël, a commencé à l'énerver, il le prononçait avec une moue d'ironie et suggérait à mon chef de peloton de me donner des corvées supplémentaires.

— Honteux !

— Il n'y a pas plus honteux. Puis, il y a eu une nuit que je n'ai jamais oubliée, une nuit de garde pluvieuse, dans le froid et le brouillard, tandis que Shibolèt déambulait tranquillement dans le camp pour contrôler la vigilance des sentinelles. Et moi, à mon poste de garde à l'autre extrémité du camp, je sommeillais sans doute et je ne me suis pas aperçu de son approche, avant qu'il ne m'agrippe au collet et, avec un mouvement preste et efficace de neutralisation de sentinelle, il m'a projeté à terre. Je n'ai même pas poussé un cri, je me suis évanoui sur-le-champ et je me suis tellement obstiné à ne pas me réveiller qu'il a dû s'escrimer pour me faire reprendre connaissance.

— Et on ne t'a pas envoyé chez le neurologue ?

— Neurologue ? s'étonne Mimouni. Pourquoi un neurologue ? Tu veux sans doute dire l'officier chargé de la santé mentale, le psychologue, quoi.

— En effet, peut-être, le psychologue…

— Mais à quoi ça m'aurait servi, un psychologue ? Jusqu'à ce qu'on fouille dans mon enfance pour reconstituer l'origine de cette panique étrange, mes classes se seraient achevées, et cette peur de Shibolèt ne serait restée qu'un souvenir.

— Mais le souvenir aussi est important, murmure Louria.

— Évidemment, c'est pourquoi je l'ai suivi à la trace par la suite. J'ai appris qu'il avait été promu, de capitaine à commandant, qu'il avait été muté dans une unité de renseignement dans le Nord. Au bout de quelques années, je l'ai aperçu dans un reportage à la télé, et j'ai remarqué qu'il était déjà lieutenant-colonel, grade qu'il n'a jamais dépassé. On l'a parachuté dans l'Administration civile du commandement de la région Nord. Cela, il me l'a raconté lui-même.

— Dans quelles circonstances vous êtes-vous revus ?

— Nous nous sommes rencontrés il y a trois mois, ici, sur la nationale 40, après Maalé Haatsmaout. Quand j'ai commencé à repérer le site où la route s'embrancherait, il a déboulé soudain d'une colline, pareil à lui-même comme il y a vingt ans, athlétique et souple, la chevelure juste un peu blanchie. J'espérais qu'il ne me reconnaîtrait pas, à cause du temps passé ou, du moins, de mon nouveau bouc. Mais il s'en doutait, semble-t-il, parce qu'il ne s'est pas contenté de mon nom de famille, il a insisté pour que je lui donne mon prénom, et, aussitôt, son sourire sardonique s'est élargi : "Ah, c'est toi le bleu qui s'est évanoui, alors que je t'avais à peine touché !" Sans un mot de plus.

— C'est clair, Assaël est un prénom peu courant, et même mon atrophie, qui a déjà pulvérisé de nombreux noms, respecte le tien parce qu'elle sait qu'il ne serait pas facile de le réduire en miettes. »

Mimouni observe l'ingénieur avec affection.

« Je suis content de savoir que ta mémoire ne va pas s'en prendre à mon prénom. Ce prénom m'est précieux parce que c'est ma mère qui me l'a donné, malgré l'opposition de mon père. C'était peut-être le premier signe de leur discorde, parce qu'elle a dit à mon père : "Cet enfant, c'est Dieu qui me l'a fait[1], et non toi."

— Elle croyait vraiment en Dieu ?

1. C'est la signification d'Assaël : « Dieu a fait. »

— Seulement quand ça l'arrangeait, à l'occasion. Elle était de ces gens qui sortent Dieu comme un mouchoir pour essuyer une larme ou la sueur. Non un mouchoir en tissu mais en papier, qui s'envole au vent après usage. »

L'embranchement

Midi passé, et le jeune ingénieur hésite encore à téléphoner à Shibolèt avant la descente dans le cratère. « Mais quelle autorité détient donc cet homme ? », maugrée Louria dont la sieste qui lui a été refusée accroît l'agacement. La peur du bleu devant son commandant serait-elle de retour ? La boutade de son assistant ne vexe pas Mimouni. Son psychologue lui a appris qu'en matière de psychisme toute interprétation, paraîtrait-elle oiseuse, est digne d'un examen approfondi. Mais au-delà de l'ancienne peur, réelle ou imaginaire, il existe entre lui et Shibolèt une affaire humaine concrète.

Humaine ? Louria a connu de nombreux conflits avec les Verts, et, malgré leur souci à l'égard de la faune qui se raréfie et de la flore protégée, il a toujours su dresser devant eux une barrière claire entre la Nature et les êtres humains.

C'est évident… Des êtres humains, c'est à cause d'eux que Mimouni s'étripe avec Shibolèt. Dans ce cratère, la présence d'animaux endémiques reste à vérifier, et la végétation est maigre et misérable. Mais non loin du site de l'embranchement projeté, des êtres humains existent que Shibolèt a pris sous son aile. Le malheur, c'est que ces gens-là sont un peu secrets, des nomades qui vont et viennent, impossible même de savoir si, aujourd'hui, ils se trouvent là.

« Secrets ? Nomades ? se récrie Louria. Écoute-moi, jeune homme, je collabore à un projet d'ingénierie, à un programme routier, et non à une entreprise de recherche de nomades impossibles à débusquer. Aussi, décide maintenant : ou nous nous mettons en route, ou je rentre chez moi. Car, même dans ce désert, le soleil se couchera à la fin, et le trajet de retour est long. Alors, s'il te plaît, en avant, et les questions et les explications, nous les aurons sur le terrain.

— Bien sûr, on démarre. Sauf que là-bas, dans le site prévu, il y a une sorte de zone blanche, et même quand on croit qu'on a établi une communication, on ne comprend rien, et quand on parle, on s'aperçoit que c'est à soi-même. C'est pourquoi il vaut mieux prendre les devants et appeler maintenant ton épouse, parce que si elle te cherche, qu'elle n'aille pas croire qu'à cause de l'absence de réception sur le terrain tu t'es perdu. »

Le retraité opine de la tête avec chaleur. Le scrupule du jeune ingénieur à l'endroit de sa femme lui est agréable, mais la pédiatre est encore à l'hôpital où, en principe, son portable est éteint. Mais, pas de souci, puisque c'est elle qui les a abouchés, elle est tranquille et fait sûrement confiance à Mimouni qui saura aussi manœuvrer la démence de son époux.

Ils démarrent à la fin. Avec une discrétion élégante, le véhicule serpente dans la descente de Maalé Haatsmaout, et, en quelques minutes, il se retrouve à la traîne d'une énorme bétonnière. Louria implore le conducteur qui commence à déboîter pour le dépasser rapidement : « Non, s'il te plaît, ne double pas ce monstre, ne le double pas parce que quand j'examine la route derrière un camion aussi gigantesque, en train de négocier les virages, je comprends mieux la nature et le style des travaux de terrassement et de tracé effectués. N'oublie pas que je suis un gars du Nord, et ça fait des années que je n'ai pas eu l'occasion de voir une telle désolation, laisse-moi sentir, au contraire, en roulant lentement, le tempérament de cette route, où nous allons devoir bientôt retrouver le site du nouvel embranchement. Et même si ça nous prend quelques minutes de plus, ce n'est pas grave. »

Peu à peu, s'agglutine derrière eux un petit convoi de conducteurs, pestant, klaxonnant, étonnés que la grosse américaine hésite à doubler le camion. « Pourquoi s'énervent-ils ? S'ils sont si pressés, qu'ils nous doublent, laisse-leur un intervalle », dit Louria. Mais les virages sont en épingles à cheveux, la vision limitée, bouchant la vue des véhicules arrivant de face, et à quelle vitesse, le convoi hésite encore jusqu'à ce qu'une voiture rouge, minuscule et colérique, les double d'abord impétueusement et à grand renfort de coups de klaxon, puis le camion, et fonce en direction de la liberté escomptée dans le fond du grand cratère, dont Louria commence à goûter les hors-d'œuvre qui conservent encore, çà et là, les traces des excavations de Maalé Haatsmaout. Les rochers blancs laissent place à des gris, verdâtres, roses, la lumière se voile légèrement à l'ombre des falaises, et une brise nouvelle, venue de l'intérieur du cratère, commence à frémir avec de petits tourbillons de sable.

« Voilà l'endroit », annonce Mimouni, en bifurquant à droite de la nationale en direction d'une enclave sablonneuse sur l'accotement de la route, signalant d'un ample geste du bras au convoi que la voie est libre, et en effet, avec des klaxons de soulagement, le convoi se hâte de doubler le camion qui, lui aussi, accélère soudain, tandis que Mimouni coupe le moteur, descend de voiture et contemple d'un regard affectueux le site qu'il a choisi. Ensuite, il prend dans le véhicule une carte routière à l'échelle 1/10 000e, déjà hachurée de lignes rouges et bleues, et l'étale sur le capot afin que Louria puisse valider son choix.

Or, Louria n'entend pas déterminer l'embranchement sur une carte. Il souhaite observer le terrain et, après un rapide coup d'œil sur la carte, il retourne en silence sur ses pas en direction de la nationale 40, la traverse, multipliant les aller et retour sur la chaussée afin de vérifier, à partir de la perspective adéquate, le bien-fondé du site choisi. De temps à autre, on entend mugir un avertisseur lointain afin de mettre en garde le marcheur solitaire, mais Mimouni – sans lever la tête de sa carte – est persuadé que l'ingénieur vétéran, qui a su garder la vie sauve sur les routes encombrées du nord, saura survivre sur une route désertique. Ce n'est qu'après avoir tracé une nouvelle ligne rouge sur la carte et relevé le regard vers l'horizon qu'il s'aperçoit que son retraité lui a encore filé entre les doigts.

Certes, sa panique n'est pas la même que celle qui l'avait saisi devant le pont à l'échangeur de Beït Kama, car les étendues désolées lui permettent de vite repérer le personnage se dirigeant maintenant, d'un pas déterminé, vers une colline en forme de cône tronqué s'élevant non loin de la route.

Mimouni crie, mais l'énorme falaise du cratère semble étouffer son appel, aussi se met-il à courir. Il aperçoit le retraité, qui n'a pas entendu son appel, debout à essayer de rédiger un texto. « Non, Zvi, même un texto ne passera pas ici », dit Mimouni en arrivant. « Je t'avais averti : ici, c'est une zone blanche, silence radio absolu, mais si tu te souviens de quelque chose d'urgent ou de grave, je vais t'avancer de 500 mètres, là où la liaison est rétablie.

— Aucune urgence et rien de grave, répond Louria. Juste quelque chose de technique que je me suis rappelé.

— Mais si ton épouse a rouvert son portable, s'entête le jeune homme, ne laisse pas tomber, cela fait déjà plus de dix heures que tu lui as dit au revoir et il vaut mieux lui envoyer un signe de vie.

— Je te l'ai déjà dit, elle ne s'en fait pas pour moi parce qu'elle te fait confiance, le texto n'est pas destiné à lui parler de moi, mais de quelque chose qui la concerne, elle.

— De quoi s'agit-il ?

— Une broutille, rien d'important…

— Tout de même, explique-moi, ne me laisse pas sur le bas-côté… Après tout, tout à l'heure, tu m'as déclaré que nous ne sommes pas subordonnés l'un à l'autre, et c'est pourquoi tu as osé m'interroger sur ma situation personnelle, sur ma femme et mes enfants, et pour moi aussi il importe d'en savoir un peu plus sur toi. Si tu parles de toi, moi aussi je me confierai en toute franchise. »

Louria plante son regard droit dans les yeux de cet homme plus jeune que son fils, puis lui prend affectueusement le bras. « C'est quelque chose de simple et de mineur, tu ne vas pas croire à quel point c'est mineur. J'ai presque honte d'en parler.

— Tout de même ?

— Comme Dina sait que demain je ne lui préparerai

pas son déjeuner, elle a décidé de se cuisiner une quiche selon une recette qu'un collègue lui a donnée, elle a posé cette quiche sur la table de la cuisine, puis s'est mise au lit en sachant que moi, qui ai le sommeil léger, je la mettrai au frigo quand elle sera refroidie. Mais moi, au lieu de la mettre dans le frigo, je l'ai mise dans le freezer, j'ai fait une bourde. Parce que, telle que je connais ma femme, elle n'aura pas l'idée de chercher dans le freezer, et elle est capable de croire que j'ai emporté la quiche avec moi dans le Sud ou qu'elle ne l'a pas du tout cuisinée.

— Qu'elle ne l'a pas cuisinée ? Tu blagues, là ?

— La démence d'un proche, d'un bien-aimé, peut devenir contagieuse… Toi aussi, mon cher, fais attention que ma démence ne se greffe pas sur toi, surtout en ce moment, maintenant que nous sommes seuls dans ce trou perdu.

— Tu plaisantes.

— En effet, un peu.

— Bon, et la quiche alors ?

— Laisse tomber, elle va peut-être la trouver et, pour le moment, viens, nous allons étudier le site que tu as choisi pour l'embranchement, et cette fois, écoute-moi, jeune homme, je te parle à partir d'une large expérience et non de ma démence.

— Je suis tout ouïe.

— L'endroit que tu as choisi n'est pas le bon sur le plan de la sécurité routière, et le ministère des Transports ne sera pas enclin à le valider. D'abord, cette zone blanche de communications me préoccupe. En effet, la plupart des accidents se produisent aux carrefours et aux embranchements, comment pourra-t-on appeler les secours d'urgence, surtout avec un trafic aussi clairsemé ?

— On pourrait demander de faire ériger un nouveau pylône.

— On peut toujours demander mais le recevoir, c'est une autre histoire, surtout s'il y a une chose, plus essentielle, qui bloque les bruits. Après tout, on ne va pas déplacer pour toi une montagne ou une falaise afin que tes antennes captent quelque chose.

— Mais…

— Mais ce n'est pas tout. L'embranchement que tu as choisi est trop proche du dernier virage de Maalé Haatsmaout. Justement là, alors que les voitures commencent à accélérer, le panneau signalant le prochain embranchement ne s'imprimera pas dans la conscience des conducteurs. N'oublie pas, ici, pas d'agents de la circulation, le trafic est faible et la conduite rapide. En outre, ceux venant du sud ne pourront pas voir de loin le trafic arrivant de ta route. Le champ de vision n'est pas suffisant. Et ceux qui sortiront de ta route pour s'engager sur la 40, qu'ils se dirigent vers le sud ou remontent vers le nord, eux aussi souffriront d'une vision limitée. Et comme ça, sans le faire exprès, Assaël, tu te prépares à une série de catastrophes, d'autant qu'il s'agit d'une route militaire, les conducteurs de l'armée manquent d'expérience, ce sont des têtes folles ou des dingues du champignon. C'est pourquoi suis mon conseil : déplace ton embranchement de trois cents mètres plus au sud, et tout le monde bénéficiera d'une bonne vision.

— Mais, minute, Louria, tu as bien vu sur la carte l'antique voie nabatéenne que j'ai trouvée dans la continuité, cette voie facilitera les travaux et rabotera le coût. Si tu me demandes de reculer la sortie de la route vers le sud, nous ne pourrons pas éviter de contourner la colline devant nous, ce qui nécessitera une extension de presque quatre cents mètres de la route…

— Non, le coupe Louria, tu n'as pas besoin de contourner la colline, tu dois la forer. Moi, dans le Nord, j'ai creusé des collines plus élevées et plus résistantes que celle-ci, des collines de basalte. J'avais un Kurde, Havilio, qui conduisait une énorme pelleteuse, et le soir où je t'ai rencontré dans mon ancien bureau, je l'ai croisé à la réception, en bas, mais cette fois comme serveur. Un homme méticuleux qui défonçait, à lui seul, une colline en un ou deux mois. Il possédait une sorte d'expertise, tu vois, trouver le point faible de la colline puis planter dedans sa mâchoire gigantesque, parfois avec l'aide d'un peu d'explosif, jusqu'à ce qu'elle se fissure et s'écroule, et alors, les petites pelleteuses arrivaient pour charger et évacuer la terre.

— Tu proposes de creuser cette colline ?

— Où est le problème ? » Louria ramasse deux pierres sur le sol et commence à les heurter l'une contre l'autre pour lui prouver que ce matériau est cassant et friable.

— T'es sérieux ?

— Et comment ! Mon bagage professionnel est toujours là, tu en doutes ?

— Je n'ai aucun doute qu'on peut réduire cette colline en poussière, le malheur, c'est que des êtres humains vivent là-dessus.

— Des êtres humains ? Et alors ? Qu'ils se déplacent sur une autre colline, ce ne sont pas les collines qui manquent dans le désert !

— Si on les déplace, ils disparaîtront.

— Ils disparaîtront pour qui ?

— Pour ceux qui leur sont attachés. Ce sont eux, les gens de Shibolèt. Ses gens secrets.

— En quoi sont-ils secrets ?

— Viens, on va monter les voir. Ils sont peut-être là, et alors tu comprendras.

— Écoute, Mimouni, je ne suis pas venu dans ces parages pour m'occuper de personnes mais de chaussées, de déviations et d'embranchements.

— Bien sûr.

— Alors, que décides-tu ? On défonce la colline ?

— Tu as raison, Louria, on peut et même, sans doute, on doit le faire. Ne crois pas que je n'y ai pas pensé.

— Je suis heureux d'entendre que tu es parvenu à la bonne conclusion. Car l'endroit adéquat d'un embranchement n'est pas du ressort de la topographie mais de la sécurité routière. Aussi n'aie aucune pitié pour cette colline.

— Pourtant, on peut envisager un compromis, à mi-chemin…

— Lequel ?

— Ne pas défoncer la colline mais creuser un tunnel. J'ai déjà calculé, un tunnel de 150 mètres, pas plus.

— Personne ne validera un tunnel ici, Mimouni, pourquoi creuser quand on peut tout mettre à plat ? Songe au coût, aux fondations, aux parois, et à tous les appareillages d'éclairage et de ventilation. Les normes sont draconiennes en matière de tunnels.

— Mais si toi tu préconises un tunnel, ils l'accepteront peut-être.

— Moi ?

— Ton autorité et ton expérience les convaincront.

— Et la démence ?

— À plus forte raison, elle accordera une valeur supplémentaire à ton avis. Comme la démence d'un Premier ministre qui ne ferait que renforcer son autorité… »

D'un œil perçant, Louria jauge le bel ingénieur. Maintenant, il comprend pourquoi celui-là s'est empressé de s'enticher d'un assistant bénévole.

« Dis-moi, Assaël, dit-il en posant sa main sur le visage du jeune homme, ton bouc est vraiment charmant, depuis quand tu le laisses pousser ? J'ai un fils plus âgé que toi, et lui aussi a essayé de faire pousser une barbe de ce genre, mais les poils se sont montrés rebelles, on aurait dit des plaques de goudron sur ses joues, si bien que sa femme l'a menacé de le chasser de la maison s'il ne se rasait pas. Mais, là, ta barbichette est plutôt agréable, et surtout, esthétique.

— Cette barbe est récente. J'ai commencé à la faire pousser il y a quelques mois, dès l'instant où on m'a attribué le projet dans le désert.

— Et ta femme en est contente ?

— Ma femme ignore son existence, tant que mon bouc ne la touche pas. »

La colline

La colline n'est pas élevée, mais, à son pied, Louria a du mal à déchiffrer la configuration du sommet. La nuée grisâtre qui l'a mystifié ce matin aurait-elle laissé une écharpe ou serait-ce une cime à deux bosses, ressemblant à la chamelle mongole récalcitrante du film *L'histoire du chameau qui pleure*, à qui il a fallu un cérémonial musical pour verser des larmes et laisser son tendre rejeton au pelage blanc téter à sa mamelle ? « Quelle est l'altitude, là ? », questionne-t-il tout en fournissant lui-même la réponse : « 80 mètres, 90, au maximum. — Impeccable », le jeune homme vante-t-il l'acuité du regard du retraité, « 85 mètres mesurés au laser, ce qui fait trente à trente-cinq minutes de marche modérée. Mais, Zvi, si l'ascension t'est pénible, on va forcer mon tacot à nous transporter jusqu'à l'endroit où on pourra faire demi-tour. » Cependant, Louria a pitié d'un véhicule de service d'un modèle ancien qui, sur voie rapide, surmonte ses défauts par ses propres moyens, mais, dans les nids-de-poule des pistes, laisse échapper boulons et ressorts pour lesquels aucun garage ne stocke encore des pièces détachées.

« Dans ce cas, lance Mimouni, en route ! », les deux ingénieurs se dirigent vers un sentier dénué de tout signe de vie, ni ronces, ni chardons, ni escargot, ni lézard, hormis, ici ou là, des traces de quad. Et Louria, qui n'avait pas imaginé au début que l'ascension serait aussi ardue, demande pourquoi ils devaient déployer autant d'efforts puisque, là-haut, chez les « gens de Mimouni », se trouvait un quad susceptible de leur épargner cet effort. Toutefois, Mimouni prend soin de préciser : le quad n'appartient pas à ces gens, mais à Shibolèt, en fait, à l'Office de protection de la nature qui le met à sa disposition pour lui faciliter le repérage des animaux et lui permettre de veiller à leur sauvegarde.

Mais Louria, presque à bout de souffle sur ce chemin de plus en plus escarpé, alors que la brise du désert le rafraîchissait, peu auparavant, est retombée, s'emporte contre ces gens dont Mimouni s'obstine à brouiller l'identité, d'autant qu'il n'est pas certain de les retrouver au sommet. Pourquoi toutes ces cachotteries ? Mimouni estime-t-il que sa démence est incapable de saisir une histoire un peu complexe ? « Pourquoi me parles-tu par allusions ?

— Mais en quoi ces allusions sont-elles liées à ta démence ? proteste Mimouni. En fait, c'est peut-être justement le contraire.

— Le contraire de quoi ?

— Peut-être que ta démence m'autorise une plus grande liberté. »

Il sent aussitôt que ce « liberté » qui lui a échappé va trop loin, aussi se hâte-t-il de rectifier le tir : « Un moment, Zvi, avant que tu continues à te plaindre, examinons une fois pour toutes cette démence que toi, et toi *seul*, brandis à tout propos. Est-elle vraiment réelle ou est-ce une sorte d'expédient que tu t'es inventé ? Car, depuis que nous avons pris la route, je n'ai remarqué chez toi aucun signe de confusion ou d'embarras. Tu as les idées claires, un jugement tout ce qu'il y a de professionnel, comme du temps de mon père qui ne tarissait pas d'éloges à ton sujet. C'est pourquoi j'ai l'impression que cette démence que tu t'es inventée n'est qu'un mot, peut-être un souhait, ou en fait, eh oui, une sorte de prétexte roublard auquel moi, par sens de l'humour, et crois-moi, uniquement par sens de l'humour, j'essaie de prêter la main et de m'en amuser.

— Un prétexte ?

— Un prétexte que toi ou ton épouse avez inventé pour, seul le diable le sait, m'embrouiller, me faire rire ou m'appâter.

— T'appâter ? Pour quoi faire ?

— Disons, pour te prendre comme assistant bénévole.

— Pardon, Mimouni, mais n'essaie pas de nier la réalité. Ma démence est tout ce qu'il y a de concret, mon neurologue l'a diagnostiquée sur une radiographie et l'a même signalée sur le cliché.

— Sur la radio ? s'effraie Mimouni. Quoi ? À quoi ça ressemble ?

— Eh bien, ça ne se voit pas, en fait, c'est une tache noire minuscule sur le cortex cérébral, une atrophie qui avale les prénoms.

— Nous tous, il nous arrive de confondre des prénoms.

— Mais je confonds beaucoup d'autres choses, par exemple, le temps, même la succession des jours.

— Tu veux me dire qu'il se peut que tu ne saches pas, par exemple, quel jour nous sommes aujourd'hui ?

— Aujourd'hui ? » Louria hésite.

— Aujourd'hui, c'est samedi.

— Samedi ? ricane Mimouni, pourquoi samedi ? D'où tu nous sors ce samedi ?

— Parce que si hier c'était mardi, eh bien, aujourd'hui, c'est samedi.

— Non… Pas exactement…

— Mais tout est si calme dans ces parages. Cette quiétude.

— Parce que nous nous trouvons dans le désert.

— Ah oui », Louria plisse le front avec un sourire espiègle. « C'est vrai… Ce n'est que le désert. Dans ce cas, quel jour sommes-nous, en fait ?

— Aujourd'hui, un jour comme tous les autres : mercredi.

— Évidemment, approuve Louria, oui, maintenant, je le repère. Tout simplement mercredi. C'est si bon que tu me surveilles et me corriges, c'est aussi ça que ma femme avait en tête : que moi, de mon côté, je veille à ce que tu ne commettes pas d'erreurs techniques ou de sécurité et que toi, du tien, tu m'exerces avec les prénoms et le calendrier afin de dissuader mon cerveau de pulvériser la réalité. »

Dans un silence attristé, le jeune homme scrute le vieillard, souhaitant expliquer quelque chose ou se justifier, mais il se contente de chuchoter : « Allons, Zvi, on continue sur ce sentier monotone, mais ne t'en fais pas, en vue du sommet, on va trouver des marches, bon, brisées et tordues, mais commodes et agréables. »

« *RSI* »

Lorsqu'ils s'écartent du sentier et gravissent les marches creusées dans la roche, qui sont, en effet, brisées et tordues, mais commodes et agréables, l'ardeur du soleil faiblit un peu, et la brise refait son apparition avec, sur ses ailes, une odeur de fumée et des voix humaines. Mimouni, lui, veille à ce que la démence ne fasse pas trébucher son détenteur sur les marches, puis rugit soudain de plaisir : « Louria, ils sont là, ils sont là, et maintenant, tu vas comprendre pourquoi cette colline a besoin d'un tunnel et non d'être rasée. »

Le regard professionnel de Louria ne s'est pas trompé en imaginant une double bosse au sommet car, sous ses yeux, se découvrent deux tribunes élevées, un amas de rochers et de terre qui, au premier regard, n'indiquent pas si elles sont dues à la main de l'homme ou à un caprice grotesque de la nature. Et, entre les deux bosses distantes de quelque trente mètres, est déployé un vieux filet militaire de camouflage protégeant un édifice archéologique quelconque, une demeure, ou un bain public, voire les vestiges d'un sanctuaire antique et, dans la minuscule cour, autour d'une table en pierre, apparaissent les « gens », au nombre de trois, un jeune homme et une jeune fille avec, entre eux, un homme barbu dans les 50 ans.

« Oh non ! », s'écrie la jeune fille en découvrant l'inconnu accompagnant Mimouni. Son cri mitraille les deux hommes qui, sous la salve, courbent la tête et s'enfoncent sous la table où, comme dans une sorte de terrier creusé d'avance, ils sont avalés et disparaissent, tandis que Mimouni, comprenant à la fois que la jeune fille s'apprête à les suivre et le motif de sa panique, se hâte de l'agripper : « Non, non, ne t'enfuis pas, c'est juste un ingénieur comme moi, un ingénieur de plus, il ne sait rien de vous, et ne veut rien savoir. Allez, dis-leur de revenir. »

Louria s'approche de la jeune fille que Mimouni retient encore, bien qu'elle ne songe plus à disparaître. En effet, pourquoi renoncer à une jeune fille aussi charmante, leste, dont les yeux pharaoniques trahissent la suavité d'une civilisation disparue ? Aussi Louria lui tend-il la main, et cette main de vieillard lui permet de se dégager de la prise du jeune ingénieur ; son sourire découvre une fossette unique, comme celle qui, à des années-lumière, avait embrasé son amour pour sa future épouse avant même qu'ils aient échangé le premier mot.

« Zvi Louria », il offre généreusement son état civil complet. « Ayala », lui répond-elle par son seul prénom, mettant l'accent tonique sur la dernière syllabe. La douceur et la précision de son accent réveillent dans sa mémoire un matin gris et une auxiliaire de vie aux yeux bridés, postée derrière le fauteuil roulant dans lequel était installé un adolescent coiffé d'un casque en cuir et, dans un hébreu châtié, avec un accent impeccable, l'encourageait à pénétrer dans cette même maison chaotique où sa démence était née.

De derrière l'un des mamelons, surgissent deux hommes qui secouent la poussière de leurs vêtements récoltée pendant leur fuite. Le jeune homme élancé est le frère d'Ayala, dont le prénom, pour l'heure, est Ofer, mais, bientôt, il en portera un autre, plus adéquat. « *Inch'allah* », murmure le frère, et il n'aura pas seulement un nouveau prénom, mais, en outre, une carte d'identité avec un numéro. « Voici leur père », Mimouni pose une main amicale sur l'épaule de l'individu barbu, qui doit s'exercer lui-même à prononcer son prénom et, avec un sourire lugubre laissant apparaître une dent en or, marmonne son prénom, tandis que sa fille lui enjoint de le répéter en le prononçant correctement – l'accent tonique sur la dernière syllabe. D'abord, le père balaie d'une main méprisante l'obligation d'insister sur cet accent tonique à placer correctement, et ses yeux cherchent autour de lui. « Yérouham, Yérouham », rugit-il à la fin, yeux clos, inclinant deux fois la tête avant de matérialiser l'accentuation sur la dernière syllabe, comme il se doit en bon hébreu. Et tandis que sa fille valide sa prononciation avec un sourire, une étincelle espiègle jaillit dans ses yeux maintenant grands ouverts, et il ajoute brusquement un patronyme à son prénom. « Yassour », proclame-t-il solennellement, nom inconnu de son fils et de sa fille. « Yérouham Yassour. — Yassour ? s'étonnent ses enfants, d'où tu l'as tiré, ce nom ?

— Il a atterri. Yassour, tranche-t-il sur un ton vif. Il est venu comme ça, et comme ça il restera. »

Ces noms hébraïques, qui veillent à leur prononciation correcte, et le patronyme originel qui vient de s'y agréger, brouillent l'esprit de l'assistant bénévole qui a besoin de s'appuyer d'urgence quelque part, et il s'affale près de la table en pierre sur laquelle trois verres de thé abandonnés dans la précipitation dorent au soleil au milieu de morceaux de *pitot* noircis. Il pose la tête sur sa main, comme pour en soulager le poids, et, prudemment, d'une voix paisible, il tente de démêler la réalité.

« Pardonnez-moi, qui êtes-vous ? Juifs ou non ?

— Des juifs ? s'étonne la jeune fille. Pour quoi faire ?

— Dans ce cas, vous êtes palestiniens ? décrète Louria, faute de mieux.

— Nous l'étions, répond-elle tristement. Dans le passé, nous l'étions, mais nous ne le sommes plus.

— Alors, maintenant, qui êtes-vous ? Juste israéliens ?

— Pas encore, mais peut-être nous serons un jour, peut-être…

— Tout de même, plaide-t-il gentiment, entre-temps, qu'en est-il pour l'instant ? »

La jeune fille hausse les épaules : « Pour l'instant… » Son regard se fait vague, sa voix se brise.

Or, l'interrogatoire du visiteur ravit le père, qui reprend à sa fille le flambeau afin de le ranimer. Pour ce faire, il s'installe à la table de pierre, tire de sa poche de chemise un paquet de cigarettes et lui en propose une. Louria qui, jadis, ne dédaignait pas les plaisirs tabagiques, prend garde de ne pas brouiller son cerveau vacillant avec de la fumée, et la cigarette refusée trouve son chemin dans la bouche de son propriétaire qu'il allume en avalant goulûment la fumée. Ce n'est qu'alors, après un léger toussotement, qu'il répète la question afin d'affiner sa réponse : « Pour l'instant ? Pour l'instant, monsieur, nous sommes des Nabatéens, nous sommes redevenus des Nabatéens. » D'un geste ample de la main, il tente de prouver à son invité la puissance de cette antique identité dont non seulement les vestiges de la demeure mais encore la colline, et même le cratère, attestent encore la grandeur et la vitalité.

Mais Mimouni se hâte de couper court aux évocations historiques : « Pour le moment, mon cher Louria, ce ne sont pas des Nabatéens mais des "RSI".

— Des "RSP", le corrige Louria.

— Non, pas des "résidents sans permis", mais des "résidents sans identité", et voilà la raison pour laquelle ils ont besoin du tunnel. »

La photo

« En effet, il a raison, dit le fils en morigénant son père. Tes Nabatéens, ils ne vont rien nous donner car, même s'ils ont séjourné ici, ils ne reviendront plus jamais. C'est pour cela que nous sommes vraiment des RSI auxquels l'officier doit trouver une solution.

— L'officier n'est déjà plus officier, marmonne le père.

— Mais c'est lui qui a commencé cette histoire.

— Peu importe ce qu'il a été dans le passé, intervient Mimouni, et même ce qu'il est aujourd'hui, la question est : Où se trouve-t-il à cette heure ? Il y a cinq jours, nous avons fixé un rendez-vous de travail, ici, sur le sommet, et c'est pourquoi j'ai amené un ingénieur des Ponts et Chaussées supplémentaire.

— Sans doute que sa femme n'a pas encore fini avec sa crise de *katséret*, intervient la jeune fille qui tente de défendre l'absent.

— *Katséret* ? s'étonne son père.

— Oui, Papa, c'est le nom de l'asthme en hébreu, de *katsar*, "court", parce qu'elle raccourcit la respiration. Il y a deux jours, il m'a appelée au collège universitaire pour me raconter que sa femme s'est presque étouffée à Tel-Aviv à cause de la pollution, et c'est pourquoi il s'est précipité à son appartement de Mitspé pour lui faire profiter de l'air pur du cratère, pour qu'elle ne…, elle s'interrompt.

— Pour qu'elle ne… quoi ? »

Mais la jeune fille garde bouche cousue.

« Pour qu'elle… quoi ? s'obstine le père.

— Peut-être… pour qu'elle ne…

— Qu'elle ne quoi ?

— Qu'elle ne meure pas. »

Un silence sinistre s'abat sur tous. Au loin, aux confins du cratère, retentit le hurlement du vent comme s'il pleurait le décès de l'épouse de Shibolèt. La fatigue étourdit la tête de Louria. La lumière du désert pique ses yeux et des taches de sang voltigent entre ses paupières. De Maalé Haatsmaout s'élève le rugissement vigoureux et sauvage d'un gigantesque camion dont le conducteur refuse de passer les vitesses. À cette heure de la journée, chez lui, dans leur chambre à coucher, un rideau opaque arrête les rayons du soleil, le téléphone est coupé, et la pédiatre de retour de son service se prélasse dans son sommeil.

« Tout de même, avec tout mon respect, s'insurge Mimouni, pourquoi Shibolèt t'informerait toi, et non moi, de la maladie de sa femme, et vous fait accourir auprès de votre père, même s'il sait à la perfection qu'à partir de cette colline il est impossible de communiquer avec quiconque.

— C'est exprès, c'est exprès qu'il n'y a pas de liaison, s'en mêle le frère, parce que seul un lieu sans liaison convient à celui qui se cache.

— Se cache de quoi ? », intervient Louria en ouvrant les yeux.

Mimouni se hâte de le couper : « Non, non, s'il vous plaît, n'allez pas lui raconter cette histoire que moi-même je n'ai pas encore réussi à comprendre. Monsieur Louria m'a accompagné uniquement en professionnel, c'est un ingénieur important, et c'était le directeur mais aussi l'ami de mon père, et c'est la raison pour laquelle il a accepté de m'aider bénévolement à trouver une solution qui n'obligera pas votre père à quitter cet endroit. Si je l'ai fait grimper jusqu'ici, malgré le sentier escarpé et pénible pour son âge, ce n'est pas pour qu'il écoute votre histoire embrouillée mais juste pour qu'il puisse observer en altitude où ma route doit se diriger. Et si Shibolèt a décidé de ne pas venir, alors, nous aussi nous pouvons vous dire au revoir et nous en aller.

— Minute, se redresse le père, si l'ingénieur a fait tant d'efforts pour monter jusqu'ici, qu'il regarde au moins la photo, même sans son histoire.

— Quelle photo ? s'alarme Mimouni.

— La photo de Maman, explique la jeune fille, la photo que, toi aussi, tu as aimée.

— Mais pourquoi devrait-il regarder cette photo ? Qu'est-ce qu'elle est censée lui apporter ?

— Maintenant, rien, mais à l'avenir elle lui donnera peut-être une idée.

— Quelle idée peut bien lui donner la photo de votre

mère ? lance Mimouni, non et non, je vous connais, vous voulez lui montrer la photo pour pouvoir raconter aussi l'histoire. Mais je maintiens que monsieur Louria n'a aucun intérêt ni besoin de votre histoire et, à mon avis, il ne réussira pas à la saisir.

— Pourquoi il ne comprendrait pas ?

— C'est comme ça. Car si moi j'ai du mal à la comprendre jusqu'à maintenant, pour lui, ce sera encore plus difficile.

— D'accord, sans l'histoire, seulement la photo, dit la fille, Papa sait la montrer même sans raconter son histoire.

— Mais pour quoi faire ? s'emporte Mimouni, pourquoi ? Pour que ton père se mette à pleurer aussi devant lui ? Pourquoi devez-vous provoquer les larmes de votre père et, en plus, devant un inconnu, totalement étranger à cette affaire ?

— Je ne pleurerai pas, promet le père.

— Même si tu pleures, ce n'est pas grave, l'encourage sa fille, parce que tes larmes, ce n'est pas uniquement parce que tu te languis d'elle, mais aussi pour recevoir la sympathie des Juifs pour sa mort dont, cette fois, ils ne sont pas coupables. Alors, s'il te plaît, Assaël, laisse faire, car monsieur Louria ne reviendra plus ici, alors, au moins qu'il regarde la photo et nous prenne en pitié à cause de ce qui nous est arrivé. Qui sait, peut-être que la tristesse d'un ingénieur, même sans l'histoire, pourrait faire avancer la solution pour cette colline. »

Et, sans plus attendre, telle une biche sûre de la souplesse de son dos, elle se faufile sous la table et dévale les marches en bois menant à une chambre souterraine, une sorte de cave ou de silo antique, et, à son retour, il semble que ce n'est pas une photo qui repose dans son giron mais un nourrisson enveloppé dans une étoffe, que le père prend avec précaution et dépose sur la table, en retire l'étoffe, essuie de la main une poussière imaginaire, et verse déjà sa première larme. « Tiens, se tourne-t-il vers le vieil ingénieur, juste la photo sans l'histoire. »

La photo en noir et blanc est celle d'une femme âgée d'environ 50 ans, le visage grave et pâle, dont le modelé est pur et harmonieux. Dans ses yeux pharaoniques, dont sa fille a hérité, pointe la mémoire d'une civilisation antique, avec une puissance redoublée. Et Louria hoche la tête d'un air désolé, pour témoigner son affliction et sa compassion à l'égard d'une beauté disparue à jamais. Mais, dans les brumes de son cerveau, il commence à assimiler cette belle femme inconnue à la parente éloignée, toujours hospitalisée dans un établissement spécialisé.

« Depuis quand ? murmure-t-il.

— Cela fait déjà trois ans.

— Et tu la pleures encore.

— Même dans cent ans…

— De quoi ? » Louria s'accroche à la défunte.

« Non, s'interpose Mimouni, impossible, vous avez promis.

— C'est vrai, confirme le père, pas l'histoire, juste le résumé. Car, vois-tu, monsieur, à l'armée, à l'Administration civile, ils savaient déjà, par l'hôpital en Israël, que son cœur ne tiendrait pas, et c'est pour ça qu'ils nous ont envoyé l'officier, ce lieutenant-colonel, nous proposer de le lui échanger pour un cœur tout neuf, mais à une condition…

— Lui transplanter, le corrige sa fille.

— En effet, lui transplanter, mais à une condition…
— Aucune condition, s'emporte Mimouni.
— Minute, seulement la condition… »
Or, Mimouni est déterminé à mettre le holà à cette “condition”. « Ce n'est plus un résumé, mais toute l'histoire. Qu'est-ce qui vous prend ? Quand vous l'avez aperçu, vous avez paniqué et vous avez couru vous cacher, et maintenant vous voulez tout lui raconter ? C'est déjà beau que je me sois laissé entraîner dans cette histoire, lui, laissez-le tranquille. Il n'a ni besoin ni intérêt à être mêlé à ce micmac impossible. »
Il approche de la photo et la recouvre de l'étoffe pour signifier la fin de la discussion. « En route ! », il touche l'épaule de Louria, figé sur place. « Et vous, vous direz à Shibolèt que je suis venu, et s'il m'a oublié, alors qu'il oublie tout ce que je lui ai promis. »
Et avec la même agitation qui s'est emparée de lui, il se tourne vers la fille : « Et toi, ma jeune dame, à quoi t'attends-tu ? Tu n'as pas encore compris que personne ne viendra aujourd'hui pour te faire sortir d'ici ? Aussi, si tu veux arriver ce soir à ton collège, commence à te préparer.
— Quoi, s'effraie le père, elle va encore voyager toute seule avec toi ?
— Seule ? Tu ne vois donc pas que cette fois elle aura un chaperon tout ce qu'il y a de respectable ? »

Mais le chaperon respectable, retraité âgé de 72 ans, descend lentement, et même craintivement, les marches antiques et brisées qui, durant l'ascension, se sont révélées commodes et agréables, mais dans la descente, plutôt traîtresses. C'est pourquoi le jeune ingénieur ne le quitte pas de l'œil, et parfois même lui tend la main car, après tout, un assistant sans salaire est aussi un assistant sans police d'assurance, et s'il venait à chuter, aucune compagnie ne le dédommagerait pour sa blessure. Et tandis qu'ils progressent prudemment dans la descente, la jeune fille, familière des embûches de la colline, ne lambine pas à leurs côtés mais se permet, comme sous l'inspiration du prénom qu'elle s'est choisi, telle une biche agile, de glisser sur la pente, sac au dos, par des raccourcis connus d'elle seule. Et lorsqu'elle attend, ici ou là, que les deux ingénieurs la rejoignent, elle se juche sur un rocher ou sur un monticule afin de capter dans son appareil photo dernier cri, à partir de différents angles de vue, les deux hommes tantôt conscients, tantôt inconscients de l'objectif qui les immortalise.

Revoici la nationale 40, noire et immuable, et Ayala se précipite déjà vers le véhicule garé sur un petit espace, mais lorsqu'elle pose la main sur la poignée de la portière arrière, Mimouni propose à Louria de s'installer sur le siège arrière et de s'y étendre, et il pourra aussi, s'il le souhaite, se dispenser de la ceinture de sécurité, voire se pelotonner sous une couverture.

Quinze heures trente, même si le coucher de soleil est encore éloigné, l'atmosphère se remplit d'une opacité bleue, les falaises ceinturant le cratère commencent à troquer leur teinte jaune contre une rougeur pâle. « Aurais-tu par hasard quelque chose contre la migraine ? demande Louria à Mimouni. Tes gens, là-haut, ont accru ma confusion. » Mais Mimouni les disculpe : « Ce n'est pas eux que tu dois accuser, c'est la sécheresse du désert qui est en cause, à laquelle toi, ingénieur du Nord, tu n'es pas habitué. » Et comme on ne peut attendre d'un véhicule administratif hors d'âge de contenir des antalgiques ou une trousse de premiers secours, plutôt que des manuels périmés de changement de pneu ou un extincteur, Mimouni lui promet de s'arrêter à l'hôtel Genèse pour y demander de l'aspirine.

À Maalé Haatsmaout, le portable de Louria reprend vie, et le message qui, auparavant, planait, impuissant, dans l'espace, atterrit avec une légère vibration. « Quelles nouvelles ? Tu vas bien ? », a écrit Dina une heure plus tôt, ajoutant : « Si tu n'es pas encore perdu, fais-moi signe. » L'époux s'empresse de prouver son existence, non par écrit mais de vive voix : « Me voici, entier et en pleine possession de mes moyens, déjà sur le chemin du retour. Tu avais raison : dans une telle désolation, même un individu sain d'esprit peut s'égarer. Mais je ne t'ai pas appelée parce que nous venons à peine de descendre d'une colline nabatéenne que les liaisons électroniques boycottent. Sur un plan professionnel, nous en sommes encore à tâtonner, et pourtant prépare-toi, Dina, à de grandes surprises sur le plan humain, mais pas maintenant. L'une de ces surprises est assise devant moi, près du conducteur, et nous allons tout de suite comprendre ce qui l'émeut tant et pourquoi. »

Dans une américaine aussi spacieuse, le pare-brise avant offre un panorama généreux, et il est donc facile à un esprit inquiet d'élargir son champ de vision. Or, entre les véhicules qui surgissent et disparaissent dans les courbes de la voie opposée, Ayala réussit à capter furtivement un petit quad, et elle exige aussitôt de Mimouni qu'il l'attende dès la première halte sur un bas-côté, mais même à ce moment-là, elle redoute que Shibolèt les croise sans les remarquer. Aussi, sort-elle de la voiture, traverse-t-elle la chaussée et se plante-t-elle face au trafic arrivant dans la descente, pour être sûre que Shibolèt ne la rate pas. En effet, au moment où elle émerge dans le virage, il la reconnaît, ralentit et gare le quad sur l'accotement, puis se dresse, dans toute sa majesté, au milieu de la route, et signale aux véhicules montant et descendant de s'arrêter, et ce n'est que lorsque le trafic est interrompu sur les deux voies qu'il retourne à son engin et effectue prestement un demi-tour afin de coller la proue de son quad contre la vieille américaine.

Ainsi donc, le voilà, ce Shibolèt, se dit Louria, mais, à cause de sa migraine, il ne sort pas à sa rencontre, se contentant de baisser la vitre pour se faire une idée du personnage. Bien que Shibolèt ait déjà dépassé la soixantaine depuis un moment, son corps reste élancé et juvénile, mais il a une tête chenue, et les premières rides se sont creusées très profondément sur son visage. Shibolèt approche de la vitre ouverte.

« Assaël m'a dit que toi aussi tu penses qu'un tunnel est possible.

— Tout est possible, répond Louria, mais impossible que quelqu'un valide un coût aussi énorme.

— Tout de même, est-il permis d'effacer, au bénéfice d'une route militaire, une colline abritant des vestiges archéologiques d'une importance capitale ?

— Cela dépend des anciens occupants de ces vestiges. S'ils appartiennent à d'autres peuples, nous avons chez nous des bureaucrates qui ne seraient que trop heureux de les raser. Oui, monsieur Shibolèt, j'ai connu des cas de ce genre dans le passé.

— Tu peux m'appeler Shibolèt, sans monsieur.

— Merci, mais je ne sais toujours pas si Shibolèt est un nom de famille ou un prénom.

— Le mot *shibolèt* existe dans bien des langues, si tu le souhaites, tu peux vérifier sur Internet l'étendue de son écho. C'est sans doute pourquoi le patronyme et le prénom se sont fondus.

— Mais l'Internet ne pourra pas m'expliquer, pinaille Louria, pourquoi Mimouni est aussi affolé devant toi. »

Shibolèt sourit d'un air fat…

« Je constate qu'il a eu le temps de te raconter aussi cette histoire. Ni d'Internet ni de moi tu pourras recevoir une explication quant au fait que Mimouni le bleu soit saisi d'une telle panique devant moi. Et je l'avoue, sa peur m'a incité à le harceler pour lui donner une raison réelle d'avoir peur de moi.

— Bravo, Shibolèt, se récrie-t-il devant l'aveu.

— Tout de même – Louria ne lâche pas le sujet – du moins, ton nom recèle quelque chose de paisible et d'agréable. Qu'y a-t-il de plus apaisant qu'un gracile épi doré se dressant solitaire au milieu d'un champ…

— Je te demande pardon, proteste l'ex-officier, ce n'est pas l'unique signification de mon nom. Vérifie bien sur Internet, *shibolèt* n'est pas uniquement une charmante floraison, mais aussi un tourbillon, une vague soudaine.

— Tu le savais ? », demande Louria qui s'est tourné vers Mimouni.

La réponse est noyée sous le grondement d'un camion-citerne à remorque dont le vacarme recouvre la conversation, fait trembler la chaussée et assourdit l'univers. « Faites attention, crie Shibolèt, ce monstre est totalement irresponsable ! » Et de ses deux mains il agrippe la jeune femme et la tire derrière la voiture pour la mettre à l'abri. En effet, lorsque le camion débouche du virage et découvre tout son poids et toute sa longueur, c'est vraiment un monstre agrémenté de dizaines de phares multicolores allumés, et le conducteur, un géant velu, torse nu, et peut-être aussi le bas-ventre, se montre surpris par le petit groupe qui lui gâche l'élégance précise du virage. Du haut de son siège, il actionne furieusement ses trois sirènes tout en hurlant : « Espèce de dingues, bande de mabouls », puis disparaît.

« Il a raison, dit Shibolèt, c'est de la folie de s'arrêter au milieu de cette route.

— Mais sinon, comment je t'aurais rattrapé ? dit Ayala.

— Pourquoi me rattraper alors que j'étais en route vers chez toi, avec ton enveloppe déjà prête. Est-ce que je t'ai déjà oubliée une seule fois ? Qu'y puis-je si votre argent ne peut rester que chez moi, puisque aucune banque ne peut vous accepter comme clients ? »

Louria est toujours dans le véhicule. La vitre est baissée, et la migraine continue à lui marteler les tempes. Est-ce que le trou dans sa tête peut aussi faire souffrir ou est-ce une douleur normale dans la partie demeurée saine et logique ? Il suit du regard Shibolèt, qui ouvre un petit sac, en extraie une enveloppe brune et la remet à la jeune RSI, qui le remercie par une étreinte vigoureuse. Mimouni remonte dans la voiture, met le contact et appelle Ayala. Shibolèt les observe, visage fermé, mais ne se hâte pas de déplacer son quad pour leur laisser le passage. « Pardon, Shibolèt, le hèle Louria, excuse-moi, aurais-tu par hasard quelque chose contre la migraine ?

— Et comment, répond le gradé, et pas par hasard ! Un homme comme moi qui vadrouille dans le désert est obligé d'avoir une trousse de premiers secours. »

Il s'éloigne et rapporte une grande boîte métallique, sans aucun signe ni étiquette, la tient face au soleil, fouine à l'intérieur, la secoue et à la fin l'interroge : « Qu'est-ce que tu préfères, du Paracétamol ou de la Novalgine ? », en tendant sa main ouverte sous le nez de Louria, avec deux comprimés blancs de tailles et de formes similaires.

« Que me conseilles-tu ?

— Ça dépend de l'intensité de la douleur.

— Et pas de sa localisation ?

— Seulement si tu arrives à la repérer. Mais pourquoi hésiter, tu as encore une longue route à faire, c'est pourquoi je te suggère de prendre le plus puissant, la Novalgine. Le problème, c'est que je n'ai pas d'eau pour toi, l'eau dans mon quad ne convient qu'aux lièvres et aux renards.

— Alors, il y a vraiment des animaux sauvages dans ce cratère ? Pas besoin de les imaginer uniquement ?

— Il y a des animaux.

— Parfait. Mais l'eau m'importe peu, Shibolèt, à mon âge, on sait avaler des médicaments sans eau. Je vais suivre ton conseil, je prends le plus puissant. »

Shibolèt choisit l'un des comprimés jumeaux et le remet à Louria qui l'introduit dans sa bouche en rejetant sa tête en arrière, afin que le comprimé glisse dans la gorge. Tête inclinée sur son cou, il remarque de nouveau la nuée opaque qui essayait, à midi, de soulever avec elle tout le cratère, et une tristesse nouvelle, inédite, s'installe en lui, et brusquement, sa pitié s'éveille à l'égard de l'ex-gradé qui attend de voir si le comprimé a atteint son objectif.

Louria lui lance au débotté :

« Je compatis à ta douleur. Même si je ne l'ai pas connue…

— De quelle douleur parles-tu ?

— La souffrance pour ton épouse décédée dans les montagnes.

— Ma femme ? s'écrie Shibolèt, sidéré. Ma femme ? De quoi tu parles ? Et quelles montagnes ? Qu'est-ce qu'il veut dire ? » Il se tourne en colère du côté de Mimouni qui n'a pas entendu leur discussion. « Qu'est-ce qu'il raconte ?

— Personne n'est mort ? s'affole Louria. Tant mieux ! » Il remonte la vitre pour couper court à cette discussion et se hâte de boucler sa ceinture.

Deux soleils

Maalé Haatsmaout s'estompe déjà, le véhicule entame un parcours agréable, et Louria en profite pour se déchausser, défaire la ceinture de sécurité et s'étendre sur son siège. « Si tu veux te pelotonner, lui dit Mimouni qui surveille affectueusement son assistant bénévole, fais-moi signe, et je t'apporte une couverture. » La jeune fille tourne la tête en arrière et décoche au vieillard un sourire espiègle, généreux, et son unique fossette évoque de nouveau à Louria l'étincelle qui avait embrasé jadis son amour pour sa femme. « On a encore le temps pour une couverture, répond Louria, d'abord, il faut vérifier si le comprimé de Shibolèt tient ses promesses. — Mais que lui as-tu dit, s'enquiert Mimouni, pour qu'il ait l'air de se mettre brusquement en colère ? — Quelque chose au sujet de la mort, réplique Louria en jouant les ingénus. — La mort de qui ? » Mais désormais Louria se tient sur ses gardes : « La mort de personne, la mort en général, l'idée de la mort… »

Il est déjà seize heures et quart, et impossible de savoir si Mimouni compte s'arrêter en route pour se rafraîchir, ou si le plaisir de la conduite dilue sa fatigue. Pour l'heure, à travers les vitres empoussiérées de la voiture, il semble que l'hiver ait accru sa morsure sur l'univers. Çà et là, des tourbillons de sable voltigent, et la pénombre dans laquelle le collège de Sdé Boker est plongé accentue sa solitude. Et de nouveau le panneau invitant à visiter le tombeau de Ben Gourion surgit. Encore heureux que nous l'ayons déjà visité ainsi que sa femme, songe le retraité, car le comprimé que j'ai avalé a transformé la douleur en une sorte de doux frisson. Ce Shibolèt aurait-il voulu me droguer ? Au lieu de m'empêtrer dans la mort supposée de son épouse, j'aurais dû lui parler de celle, irréfutable, de Ben Gourion. Mais tout de même, il semble que dans sa réaction furibonde pointait aussi une lueur d'espoir. Est-ce que, comme Mimouni autrefois, je devrais le redouter désormais ? Mais qui a dit que nous sommes appelés à nous revoir ?

Un moteur ancien huit cylindres, consommant goulûment l'essence, ouate le trajet d'un doux murmure qui plonge le passager à l'arrière dans la somnolence. Mais quand la voiture s'arrête, moteur éteint, le somme est interrompu lui aussi, et pendant le plein d'essence, un adolescent bédouin, qui nettoie le pare-brise, sourit au passager.

« Mon garçon, tu sais vérifier la pression des pneus ? lui demande Mimouni.

— Pour sûr, pas de souci, dis-moi juste, monsieur, à combien tu la gonfles.

— On va le vérifier immédiatement », répond Mimouni qui déplace le véhicule jusqu'au compresseur relégué en bout de station-service. Mais l'américaine antédiluvienne, dont la production a cessé depuis longtemps, est absente des grilles de préconisations, aussi Mimouni débat-il un peu avec le Bédouin à propos de la pression appropriée des pneus avant et arrière, puis, le chiffre établi, il lui accorde un joli pourboire et suggère à Louria de se rafraîchir un peu dans la petite boutique de la station.

Cependant, le vent qui disperse des gouttes de pluie poussiéreuses dissuade le retraité. « Je me contenterai d'un grand cappuccino que vous m'apporterez », dit-il en suivant du regard, à travers le pare-brise de nouveau sali, un homme étreignant sous ses yeux l'épaule de la jeune fille, et tous deux, tels un père et sa fille, ou un couple aux premières heures de leur union, se mettent à courir.

Certes, Louria a toujours tenu à respecter une distance à propos de l'univers intime de ses subordonnés et, à plus forte raison, de son supérieur ; mais à cette heure, il est moins persuadé que cette distance, utile dans le passé, représente un avantage dans le présent, dans son état de légère confusion. Car si, comme le neurologue l'avait conseillé, l'esprit se voyait imposer de batailler contre l'obscurité rampante dans son cerveau, peut-être que fouiner dans la vie clandestine des autres l'aiderait à aiguiser son esprit. Et, tandis que son regard cherche le soleil brusquement disparu, voilà que la biche s'élance de la boutique en tenant dans ses mains le gobelet brûlant. Et l'adolescent bédouin, qui s'escrime à extraire la roue de secours du coffre, se fige et, comme hypnotisé, suit du regard la jeune femme devant laquelle la portière s'ouvre déjà. Le retraité recueille prudemment le café mousseux, plein à ras bord, et remet à la jeune femme, en guise d'honoraire, le carré de chocolat joint au gobelet. Les quelques gouttes de pluie qui l'ont surprise en chemise ont ajouté une fraîcheur odorante à sa tendre féminité, c'est pourquoi, avant le retour du conducteur, il l'invite à s'asseoir près de lui. Au début, elle se montre gênée, hésitante, mais quand Louria exprime le souhait de connaître son véritable prénom, elle est surprise et répond :

« Hanadi, lui révèle-t-elle du bout des lèvres.

— Hanadi ? » Louria répète lentement ce nom qui le séduit. « Qu'est-ce qu'il signifie ?

— C'est le nom d'une fleur.

— Quelle fleur ?

— Une fleur violette.

— Au fait, ton hébreu… »

Oui, elle sait que son hébreu est sans aucun accent, c'est dans ce but qu'elle a bûché pendant quelques années dans une école israélienne.

« Avec ton frère ?

— Shibolèt nous a placés dans des écoles différentes, afin que nous ne parlions pas l'arabe entre nous.

— Mais en fait, pourquoi pas ?

— Pourquoi pas ? s'insurge-t-elle, le visage empourpré, pourquoi pas ? C'est précisément l'histoire que Mimouni a interrompue. Parce que nous, monsieur, nous n'avons pas de carte d'identité, ni de tel pays, ni de tel autre, ni de celui-ci, ni de celui-là… »

Louria n'a pas le temps de deviner quels sont les quatre pays qui refusent de leur délivrer une carte d'identité que Mimouni, chargé de sacs d'achats, toque à la vitre, et Hanadi avale en hâte le carré de chocolat et s'échappe du siège arrière pour s'installer à côté du conducteur. Mimouni, qui répand les sacs à ses pieds, s'étonne et demande pourquoi, dans la boutique d'une station-service du désert, les prix sont si gonflés. « Parce qu'ils n'ont pas beaucoup de clients », lui explique Hanadi, mais Mimouni pense au contraire que, faute de clients nombreux, les prix devraient être plus bas. « Mais si c'était si cher, pourquoi as-tu acheté autant de choses ? », le raille-t-elle sur un ton intime. Pourquoi ? Parce que ses jumeaux, son fils et sa fille, doivent toujours recevoir quelque douceur quand il rentre tard, la nuit, et il va de soi que chacun d'eux doit avoir exactement ce que l'autre a reçu, outre une faveur qui convienne à lui seul. « Alors tout ça c'est uniquement pour tes enfants, marmonne-t-elle. — Non, il y a aussi quelque chose pour monsieur Louria. — Et pour moi ? minaude-telle. — Le principal, le plus gros, déclare-t-il sur un ton solennel. Que tu aies quelque chose à grignoter ce soir, dans ta nouvelle chambre. » Puis il se tourne vers son assistant bénévole et lui demande la permission de quitter l'autoroute 6 pour conduire directement la jeune femme à son collège, un détour de trente minutes seulement à moins, peut-être, le questionne Mimouni, que son épouse l'attende déjà impatiemment.

« Elle m'attend toujours, et moi, je l'attends toujours », précise Louria en définisssant cérémonieusement la nature de ses liens conjugaux, « mais cette fois du moment qu'elle m'a confié à tes mains, sans salaire et sans avantages sociaux, ce n'est pas moi qu'elle attend, mais toi, afin que tu me ramènes sain et sauf. Certes, c'est un ange de patience, mais tout de même, il vaut mieux lui dire quand tu comptes me déposer.

— Dans une heure et quart environ ? », répond Mimouni en riant et en accélérant, et après avoir quitté la route au large de Béer-Shéva pour s'engager dans une voie de contournement, il augmente encore la vitesse, et comme il connaît les routes du Sud comme sa poche, dont certaines ont nécessité sa participation, il s'engage sans accroc dans l'échangeur adéquat afin de foncer en direction du collège universitaire Sapir jouxtant la ville de Sdérot.

« Qu'est-ce que tu étudies là-bas ? la questionne Louria.

— Elle va étudier le cinéma et, entre-temps, elle apprend la photo », a répondu Mimouni à sa place. « Shibolèt lui a acheté un appareil très perfectionné, et elle s'exerce à photographier la faune et la flore du désert.

— Et aussi le soleil, dit la jeune fille, parce que, parfois, deux soleils distincts éclairent le cratère Ramon.

— Deux soleils ? Comment est-ce possible ?

— Oui, bien sûr, c'est possible. »

Elle extraie de son sac à dos une grande photo en couleur sur laquelle deux soleils apparaissent au bout d'une falaise, semblables par leurs dimensions et leur éclat, tout en étant distincts.

— Ce ne serait pas une illusion de ton appareil perfectionné ? ricane Louria.

— Non, l'illusion se situe dans l'univers, pas chez moi. »

Louria hoche la tête en signe d'approbation.

Faute d'une place libre sur le petit parking du foyer étudiant, Mimouni gare la voiture dans la rue sur un emplacement réservé aux handicapés, ramasse les sachets posés aux pieds de l'étudiante et descend pour l'aider à s'installer convenablement dans sa chambre. « Si cela ne te dérange pas, dit-il à Louria, attends-moi entre-temps dans la voiture. Je te laisse la clé de contact, comme ça, si un handicapé quelconque se pointait et commençait à brailler, tu pourras déplacer la voiture, et moi, dans dix minutes, un quart d'heure maximum, je reviens et te ramène chez toi. Je t'allume aussi la lumière de l'habitacle, pour que tu ne te sentes pas trop seul. »

Aussitôt, Louria téléphone à sa femme pour lui annoncer : « Tu ne vas pas le croire, et pourtant je suis sur le chemin du retour. Or, tu n'as pas fait de moi uniquement un assistant bénévole, mais encore un assistant sans droits sociaux, parce que tu n'as pas signé de convention avec mon employeur sur mes horaires de travail, et donc, je suis à sa merci, soumis à son rythme. Je te l'accorde, c'est un garçon charmant et intelligent et, semble-t-il, séduisant, et c'est pourquoi, outre la route militaire, il cultive des centres d'intérêt supplémentaires, essentiellement romantiques, que j'essaie de suivre afin d'exercer mon esprit sur des sujets compliqués, comme le neurologue l'a exigé.

— Parfait, l'approuve sa femme. Le médecin que je suis peut te certifier que l'esprit est capable d'enrayer la maladie. Mais dommage que cet esprit n'ait pas remarqué que tu as fourré la quiche que j'ai préparée hier dans le congélo et non dans le frigo.

— Je me suis dit aussi, soupire-t-il, que tu aurais du mal à la trouver parce qu'il existe des zones entières du frigo que tu n'as jamais explorées.

— Dans ce cas, pourquoi l'as-tu cachée dans un endroit où il est impossible de la voir ?

— On peut tout voir si on s'en donne la peine, mais ce n'est pas moi qui l'ai fichue là-dedans, c'est le démon qui fait des siennes en moi.

— Le démon ? s'esclaffe-t-elle, alors maintenant c'est un démon ! Admettons, mais qu'est-ce que ça peut lui faire au démon de la mettre dans le frigo et non dans le congélo ?

— Parce que ce démon-là, lui aussi t'aime beaucoup, et il a pensé que si tu as décidé, après des lustres, de cuisiner quelque chose, il convient de le conserver.

— Dans ce cas, ton démon est stupide et guère clairvoyant.

— Qu'y puis-je ? C'est l'unique démon que je possède, et je n'en ai pas d'autre. Mais minute, Dinélè, j'entends une sonnerie ici, ça doit être le portable de Mimouni qu'il a oublié dans la voiture. Dans une heure, nous nous retrouvons à la maison. »

Non sans difficulté, il réussit à repérer l'appareil tombé sur le plancher, il doit sortir du véhicule et se pencher sur la partie antérieure mais, comme la sonnerie est insistante, il a le temps de prendre la communication d'une femme âgée à la voix impérieuse cherchant Assaël. « Il n'est pas là pour le moment, mais il sera de retour dans quelques minutes. — Qui êtes-vous ? — Je suis un ingénieur des Ponts et Chaussées, son assistant. — Mais comment vous appelez-vous ? — Zvi Louria, c'est mon nom. — Ah, il y a de nombreuses années, j'ai entendu ce nom.

Bref, Zvi Louria, dites à Assaël que son père est décédé, et qu'il se dépêche de venir le rejoindre. — Désolé d'apprendre cette nouvelle, mais qui êtes-vous, vous ? Allô, vous êtes toujours là-bas ? — Non, je ne suis plus là-bas, et je ne l'ai pas vu, mais une voisine entrée par hasard l'a trouvé mort, et m'a appelée. Assaël saura de quelle voisine il s'agit, et il pourra lui téléphoner pour avoir des détails. Qu'il ne me rappelle pas, je m'apprête à assister à un concert, et mon portable sera fermé. Qu'il fonce tout de suite chez son père, parce qu'il est resté tout seul sur son lit de mort. C'est tout. »

La communication est interrompue, et Louria, agité et ému, se rue à la recherche de Mimouni. Et voilà, la mort imaginaire de l'épouse de Shibolèt s'est transformée en une mort réelle. Mais où va-t-il dénicher Mimouni ? Où puisera-t-il le courage de le lui annoncer ? Des étudiants le croisent, mais, hormis le nom d'Ayala, il ne peut leur fournir aucun détail. Bon, aucune raison de chercher ni de se précipiter, de toute façon le mort est mort, quand Mimouni reviendra, je lui annoncerai, mais avec le plus grand ménagement, et uniquement au fur et à mesure. Il remonte dans le véhicule, songeant : Si son père est décédé, le tunnel devra attendre, de toute façon, pas sûr que ce projet soit envisageable…

Un agent de stationnement toque à la vitre. « Monsieur, si vous n'êtes pas handicapé, déplacez la voiture de cet emplacement. » De mauvais gré, Louria s'installe au volant, tripote la clé de contact insérée dans sa serrure. Mais où allume-t-on les lumières ? Et comment fonctionnent les vitesses ? Non seulement le véhicule est ancien, mais il ne dispose pas d'une boîte automatique. Louria se plonge maintenant dans son passé. De nombreuses années plus tôt, on leur avait attribué un modèle similaire. Il rapproche le siège du volant, allume le contact, se souvient qu'il y avait alors une pédale d'embrayage, et il tend sa jambe gauche pour la trouver, et voilà que la voiture tressaute et roule lentement, tous phares éteints. Avec la plus grande prudence, elle roule presque d'elle-même en direction d'un passage et s'arrête devant de grandes bennes à ordures. La responsabilité de la sortir de là n'est déjà plus de son ressort. Louria pose donc sa tête sur le volant et ferme les yeux.

Ce n'est qu'au bout d'une demi-heure que Mimouni fait son apparition et, lorsqu'il repère le véhicule et son vieil assistant, il a l'air joyeux et satisfait, se félicitant d'avoir laissé la clé de contact et, avec un clin d'œil amical, propose au retraité de conduire pendant le reste du trajet.

Mais Louria ne lui répond pas, se contente de lui tendre le portable et lui laisse la place du conducteur. « En ton absence, quelqu'un a essayé de t'appeler, quelqu'un qui te cherchait.

— Ce n'était pas mon père ?

— J'aurais reconnu ton père.

— Bien sûr, et lui aussi t'aurait reconnu, parce que je l'ai informé que tu m'accompagnais, et il s'est montré tout heureux.

— Évidemment, pourquoi n'aurait-il pas été heureux ? Mais, minute, il me semble que c'était une femme ?

— Une femme ? s'écrie Mimouni, surpris. Quelle femme ?

— Je n'en sais rien.

— Mais qu'a-t-elle dit ?

— Elle a dit de ne pas la rappeler, qu'elle entrait

immédiatement dans une salle de concerts et fermait son portable. Qu'elle t'appellerait peut-être après le concert.

— Si elle allait à un concert, ce n'était pas ma femme mais quelqu'un d'autre.

— En effet, une autre, confirme Louria.

— Eh bien, elle va sûrement rappeler, conclut Mimouni.

— Oui, elle va sûrement rappeler », promet Louria davantage à lui-même qu'à Mimouni.

Mais son cœur se serre car il se sent incapable de transmettre à Mimouni l'annonce funeste, qui vogue dans son cerveau tel un poisson noir se cognant aux parois sans réussir à s'en échapper ou à s'abîmer dans son atrophie.

Il garde un œil sur Mimouni qui conduit de façon presque anarchique et se dit : avant que j'extirpe de moi ce poisson noir, voilà l'occasion de vérifier quelque chose de concret à propos de cette Ayala. Mimouni lui raconte qu'il l'a aidée à changer de chambre, celle-là est plus exiguë, mais elle pourra loger sans un colocataire et mieux se protéger. « En effet, dit Louria, si elle ne possède pas de carte d'identité, il lui est interdit de jacasser pendant son sommeil. » Mimouni se montre surpris : « Qui t'a révélé qu'elle n'a pas de carte d'identité ?

— Elle-même.

— Surprenant que tu aies gagné aussi vite sa confiance. Ce n'est pas bien, elle devrait mieux tenir sa langue. »

Louria ne réplique pas. La chaussée est détrempée, un léger brouillard nappe la route. Oui, la journée a été longue, sans sieste, mais qui n'a produit qu'une maigre moisson professionnelle. Louria tient fermement sa tête à deux mains et tente de se souvenir de la voix de la femme, mais la joyeuse mélodie que Mimouni chantonne en ce moment brouille les mots de l'inconnue.

Ils ne sont plus très loin de la maison de Louria, mais ce dernier a conscience qu'il ne doit pas quitter le jeune homme sans avoir libéré l'annonce de son cerveau, il appelle donc son épouse : « Je peux t'amener un invité ? Il a entendu parler de la quiche que tu as préparée et il brûle d'envie de la goûter.

— Bienvenue, répond Dina, mais qu'il sache que je dégage ma responsabilité quant à sa saveur.

— Viens, monte, dit-il à Mimouni encore plein d'entrain, monte un moment pour fournir à ma femme un compte rendu sur l'assistant sans salaire dont tu as bénéficié.

— Tu es sûr, tu n'es pas fatigué ?

— Non. C'est étrange, je me sens rajeuni, frais et dispos après cette journée, et même ma démence a trouvé une jouvence. Goûte à la quiche que Dina a appris à préparer de la mère de l'un de ses patients. Une quiche aux champignons se tortillant les uns avec les autres comme dans le cerveau humain.

— Le cerveau humain ? s'écrie Mimouni, interloqué.

— En effet, insiste Louria, du moins comme sur ma radiographie cérébrale que le neurologue nous a montrée.

— Mais un cerveau délicieux, j'espère, dit Mimouni.

— Oui, essaie et tu me diras. »

La quiche

L'énigmatique quiche aux champignons attend le maître de maison et son invité sur la table de la cuisine, et seule une imagination débridée pourrait la comparer à un cerveau humain. Dina en est certes fière mais quelque peu craintive, aussi ne l'a-t-elle pas encore découpée. Elle accueille avec une extrême amabilité le jeune et bel ingénieur et l'envoie, avec son époux, se débarbouiller le visage et les mains de la poussière du désert.

« Alors, il est comment cet assistant que je t'ai donné ? demande-t-elle à Mimouni.

— Trop bon, répond-il. Il veut tout savoir, même des choses qu'on ne lui a pas demandé de connaître.

— Dans ce cas, réplique Dina avec un sourire, tu vas peut-être devoir lui offrir un salaire. »

Mimouni éclate de rire, mais Louria affiche une mine lugubre. La nouvelle qu'il garde par-devers lui le torture. Il jette un regard sur la quiche que son épouse découpe, et la ressemblance avec le cerveau ne le lâche pas. « Pourquoi ne manges-tu pas, Zvi ? Assaël va bientôt la liquider entièrement. » En effet, Mimouni lui tend de nouveau son assiette, sans aucune vergogne. Mais le nom d'Assaël, dans la bouche de sa femme, fait frissonner Louria, et il dit à Mimouni : « Au fait, je me souviens, la femme âgée qui a appelé ton portable cherchait à contacter Assaël, non Mimouni, et elle avait l'air de te connaître de près, comme une proche parente : Dis à Assaël. Où se trouve Assaël ? N'oublie pas de dire à Assaël, et encore Assaël et Assaël…

— Dans ce cas, répond Mimouni, l'esprit en alerte, il s'agit sans doute de ma mère qui continue à s'enorgueillir du prénom biblique bizarre qu'elle m'a imposé, alors que tout le monde, y compris ma femme, m'appelle toujours Mimouni. Mais que me voulait-elle ? Chaque fois qu'elle appelle, c'est parce que je ne sais quoi de mauvais la tourmente. Mais juste prendre de mes nouvelles, ça, elle en est incapable… »

Il consulte son portable pour vérifier les derniers appels reçus, mais le numéro qu'il trouve lui est inconnu. « Non, ce n'est pas son portable. Le sien, elle oublie de le charger, et c'est pourquoi elle a besoin de celui de l'homme qu'elle fréquente à ce moment-là. Pas grave, je vais appeler mon père pour savoir ce qui la turlupinait. Cela fait de nombreuses années qu'ils sont séparés, mais, d'une manière ou d'une autre, il est toujours au courant de ce qui lui arrive et il est même capable de sentir intuitivement ce qui lui passe par la tête.

Louria est horrifié. Le poisson noir dans ses entrailles commence à l'embraser. Il agrippe fermement le bras de Mimouni, qui souhaite appeler son père, et crie : « Attends, non, ne lui téléphone pas. Écoute, je me rappelle maintenant, je me souviens que cette femme a dit que la voisine l'avait appelée.

— La voisine ? Quelle voisine ?

— Elle ne m'a pas donné son nom, mais maintenant, je suis sûr qu'elle a dit qu'une voisine quelconque l'avait appelée, une voisine entrée chez vous par hasard, je veux dire dans la maison de ton père, et l'a trouvé, il me semble, seulement apparemment, hein, c'est ce qu'elle a dit, je veux dire, la voisine, et elle a dit qu'Assaël saurait de quelle voisine il s'agit et qu'il pourra obtenir d'elle tous les détails. »

Mimouni bondit de son siège :

« La voisine de mon père ? »

— Oui, c'est comme cela qu'elle a dit, maintenant je m'en souviens. Je veux dire que, pour le moment, tout ce qu'on a, c'est uniquement ce qu'a dit cette voisine mais, minute, pourquoi ne t'a-t-elle pas appelé directement ?

— Parce qu'elle a eu peur de me l'annoncer », crie

Mimouni, que la douleur secoue de larmes. « Parce qu'elle sait à quel point j'aime mon père, combien ma vie serait épouvantable sans lui. C'est pourquoi elle a eu peur de m'informer, mon Dieu, quelle femme miséricordieuse… C'est pourquoi elle a téléphoné à ma mère, parce qu'elle savait que celle-là, la mort de mon père ne lui ferait ni chaud ni froid…

— C'est impossible !

— C'est absolument possible. Ça lui ressemble tellement de transmettre une pareille annonce par l'entremise d'une inconnue et de se rendre à son concert, sans rappeler. Mais, toi, toi – il se tourne, furieux, vers Louria – pourquoi as-tu gardé le silence ? Comment se fait-il que tu te sois tu ? Pourquoi m'as-tu laissé m'installer ainsi tranquillement et plaisanter pendant qu'une telle annonce était enterrée en toi ?

— Ne te mets pas en colère contre lui, le défend Dina, il oublie parfois, sans faire exprès, ça peut lui arriver.

— Ce n'est pas ma faute, c'est la démence, bredouille Louria. Je te l'avais dit : Méfie-toi de moi, parfois, j'efface des choses qu'on vient juste de me dire. Sans aucune raison.

— Bon, ce n'est pas grave, pas grave, pardon. Voilà. C'est fini. » Mimouni arpente la pièce et commence bizarrement à s'arracher des poils de sa barbe.

« Mais, l'implore Louria, en route, tu m'as dit que tu savais que sa fin était proche.

— Je l'ai dit, je le savais, c'est vrai, je m'y étais même préparé, mais maintenant que c'est concret, que c'est définitif, ça me fait si mal. Et comment peux-tu oublier de me dire qu'il est mort, comment peux-tu être capable d'oublier une chose pareille ? Et là, me voilà à bavasser avec vous, alors qu'il est couché là-bas mort, tout seul…

— Seul ? Pourquoi seul ?

— Oui, tout seul. Je m'en vais, pardon. On se reparle. On se reparle.

— Fais attention, lui dit Dina en lui prenant le bras. Tu veux peut-être que nous t'accompagnions ?

— Non, je n'ai pas besoin. Je vais y aller seul.

— Au moins, appelle-nous pour nous informer de la date des funérailles.

— Aucun enterrement, il n'y en aura pas, la coupe Mimouni en fureur, cet innocent a légué son corps à la science. Il croyait que de cette manière la science le sauverait. Aucun enterrement. Mais peut-être les sept jours de deuil, pourquoi pas ? Oui, je ferai la semaine. »

Le visage baigné de larmes, il étreint Dina avec une grande effusion, puis effleure légèrement Louria. « Oui, nous allons faire la semaine de deuil, et vous aussi, vous viendrez me consoler. » Il ouvre la porte et disparaît dans la cage d'escalier.

Le reste de la quiche repose, orpheline, sur la table, tandis que Dina dévisage son mari qui garde les yeux baissés. À la fin, elle l'apostrophe : « Tout de même, Zvi, comment se fait-il et pourquoi tu t'es brusquement souvenu ?

— C'est ta quiche.

— Ma quiche ?

— Hier, quand je me suis réveillé en pleine nuit, et qu'elle refroidissait ici sur la table de la cuisine, elle m'est apparue, à la lumière de la lune, comme un cerveau humain, et c'est sans doute pour cela que je l'ai mise dans le congélateur afin qu'elle se conserve parfaitement.

— De quoi tu parles ? De la quiche ?

— Peu importe, c'est de la folie, parce que je me suis souvenu de quelque chose ressemblant à ce que le neurologue nous a montré. Et ce soir, quand tu as commencé à la découper, je me suis dit : C'est exactement ce dont j'ai besoin, qu'on découpe mon cerveau pour y trouver ce qui a été oublié là-dedans, quelque chose dont je savais que c'était très important sans que je puisse me le rappeler. »

Les sept jours de deuil

Mimouni a eu le temps de publier l'annonce mortuaire du décès de son père dans un quotidien du lendemain, et comme le défunt avait fait don de son corps à la science, aucun enterrement n'aurait lieu. Son fils a décidé, non sans quelque précipitation, d'entamer aussitôt la semaine de deuil et indiqué l'adresse sans préciser les heures de visite, aussi Louria espérait-il que les représentants de la science auraient le temps d'emporter leur dépouille dès l'aurore car, autrement, les visiteurs les plus matinaux seraient obligés de consoler non seulement le fils mais encore de faire leurs adieux au père. Cette appréhension, Louria n'en a pas fait part à sa femme. Tout médecin qu'elle est, elle dénie la mort et refuse d'en parler, voire peut-être d'y penser, et elle a choisi, probablement à cause de cette réticence, la pédiatrie plutôt que la médecine pour adultes.

Ce soir-là, ils doivent assister à l'opéra *Roméo et Juliette* de Gounod et ils décident donc d'effectuer la visite de condoléances avant la représentation, craignant qu'avant que proches et amis n'apprennent l'annonce du décès, Mimouni ne reste esseulé au domicile paternel. Puisque Mimouni a appris le décès de son père dans leur propre demeure, non sans une certaine difficulté, il convient qu'ils soient les premiers à se rendre aux sept jours de deuil.

Ils ont vu juste. En arrivant à la maison individuelle à Hod Hasharon, dans le même voisinage resté en mémoire de Louria lors de sa mission de recherche du projet archivé, ils trouvent une demeure vide non seulement de visiteurs mais encore de l'endeuillé lui-même qui, du moins, a laissé la porte entrebâillée. D'un pas hésitant, ils pénètrent dans le salon où ils se séparent ; Dina gagne le balcon afin de chercher Mimouni dans le jardin, tandis que Louria est attiré par la chambre à coucher du disparu. J'ai travaillé de nombreuses années avec ce conseiller juridique, songe-t-il, j'ai passé des heures innombrables avec lui pendant des réunions interminables et, parfois, nous partions ensemble dans des visites de terrain préparatoires à des expropriations, mais je n'ai jamais visité sa maison et j'ai refusé de m'intéresser à sa vie privée. Et voilà que maintenant, alors qu'il n'est plus de ce monde, je me rends même dans sa chambre à coucher, examine le lit défait, son pyjama jeté sur le plancher, témoignage de son ultime combat pour la vie. D'un regard perçant, je m'attache à ses derniers instants intimes et tente d'éveiller dans mon esprit de nouveaux aperçus humains. Et, à travers la fenêtre, comme il l'a peut-être regardé durant ses derniers jours, le soleil embrase un horizon lointain, et il semble qu'il se dédouble ou triple, en une sorte d'ultime hommage à la mort qui vient de survenir là.

Il se raidit de panique lorsque son épouse lui touche l'épaule. « Non, Zvi, ce n'est pas convenable de reluquer sa chambre à coucher, on va attendre au salon, j'ai trouvé son auxiliaire de vie qui m'a dit que Mimouni est sorti faire quelques courses et qu'il revient tout de suite. » D'une main ferme, elle referme au nez de son mari la porte de la chambre à coucher et le pousse vers le salon. De la cuisine surgit maintenant l'auxiliaire, une jeune fille, pieds nus, dont le crâne est couvert d'une coiffe noire, portant un plateau avec deux verres de thé et des biscuits au sésame. Louria incline la tête en signe de remerciement et prend un verre et un biscuit et, de retour à sa place, levant les yeux, sent que sa tête lui tourne. Sa démence confondrait-elle de nouveau les univers en lui ? Cette aide à l'accoutrement pieux serait-elle le sosie de l'étudiante en photographie, la jeune fille dépourvue d'identité ? Dans ses yeux pharaoniques, il découvre une lueur amicale. Ainsi, ce serait donc elle, s'effraie-t-il quelque peu, Mimouni l'a appelée pour l'aider pendant la semaine de deuil et peut-être à d'autres fins. Et tandis qu'il tergiverse sur la manière d'expliquer à son épouse la personnalité de cette femme, Mimouni fait irruption, chargé de comestibles que la RSI s'empresse de lui prendre des mains. « Je suis content que vous soyez venus », il les étreint tous deux avec émotion, tandis que sa voix trahit quelques traces de gémissements. « Certes, je crains que peu de personnes remarquent l'annonce que j'ai publiée aujourd'hui, mais, tout de même, j'ai apporté quelques bricoles et appelé de l'aide. Ma femme court de réunion en réunion et, de toute façon, elle est nulle en cuisine, mais elle m'envoie les jumeaux avec sa mère, et vous pourrez au moins les connaître.

— Mais pourquoi se soucier de cuisiner, et pour qui ? s'étonne Louria.

— Pourquoi pas ? s'emporte Mimouni. Est-ce que ceux qui ont fait l'effort de venir me présenter leurs condoléances n'auraient pas le droit de se voir offrir quelque chose de chaud et qui les réconforte, eux aussi ?

— Quelque chose de chaud ? s'exclame Louria. Il suffit de quelque chose de symbolique, je ne sais pas, des biscuits, des crackers, des fruits secs, une boisson fraîche, inutile de se mettre à cuisiner des plats consistants, et en plus, appeler à l'aide la jeunette de son collège.

— Pardon, Zvi, le rabroue Dina, tu oublies simplement que cette semaine de deuil est la sienne, et non la tienne. Il l'organisera comme bon lui semble, et non à ta manière.

— C'est exactement cela, Zvi, réplique Mimouni, écoute ton épouse », avec un regard caressant pour celle qui aurait pu être sa mère. « C'est la première fois, et j'espère la dernière, que j'organise les sept jours de deuil, car ceux de ma mère, ce sera le dernier homme à lui tenir compagnie qui devra s'en charger. »

Il se précipite dans la cuisine pour constater les dégâts éventuels causés là-dedans.

« En tout cas, poursuit Louria avec une étrange rancœur, il a préparé d'avance sa barbe en l'honneur de son père. »

À travers la porte ouverte, les premiers visiteurs commencent à affluer, et le flot va en grossissant. Parmi eux, des lecteurs invétérés d'annonces mortuaires qui se doutaient de l'imminence du décès, et d'autres qui se sont hâtés de venir, de crainte que la science, qui leur avait dérobé la cérémonie funéraire, puisse aussi les priver des jours de deuil. Divon et son épouse font, eux aussi, leur apparition, et avant même de chercher Mimouni pour lui présenter leurs condoléances, ils se dirigent vers Louria et sa femme en train de feuilleter des albums photo. « Comment tu t'es éclipsé, Zvi, après ton discours ! », Divon morigène son ex-directeur. « Tu ne m'as pas donné l'occasion de te remercier et de te témoigner mon admiration !

— Admiration pour quoi ?

— Que tu n'aies manifesté aucune trace de colère et de rancune à mon égard. Car si tu ne m'en veux plus, cela signifie que je n'ai plus aucune importance à tes yeux.

— J'ai renoncé à la colère, répond Louria, mais non à la déception. Combien de projets magnifiques, que nous avions planifiés ensemble, sont tombés aux oubliettes à cause de ton Afrique. Mais lorsque j'ai aperçu, pour la première fois pendant la réception, ton fils en fauteuil roulant, j'ai compris que tu avais besoin d'un salaire conséquent, bien supérieur à ce qu'on t'aurait accordé comme directeur de service, et c'est pourquoi, sans tirer un trait sur ma déception, je me suis résigné et je t'ai pardonné. »

Pendant la harangue de Louria, l'épouse de Divon le fixe, la mine sévère, et à la fin de ses propos elle s'insurge : « Excuse-moi, pourquoi as-tu dit "pour la première fois", alors qu'avant notre départ pour le Kenya la maison était déjà vidée, et que, pour je ne sais quelle raison, tu avais décidé de m'apporter les plans que Tsahi t'avait demandé de me faire parvenir en personne et non par coursier, et que tu m'as fait sortir de mon lit pour me les remettre en main propre, eh bien, tu as vu l'enfant en fauteuil roulant dans le jardin, tu l'as touché, tu l'as examiné, tu as interrogé son auxiliaire de vie sur son état. Or, même après avoir vu et enfant dans son fauteuil roulant, des échos de ta colère contre Tsahi nous sont parvenus en Afrique. Qu'est-ce qui lui prend, à ton mari ? dit-elle en se tournant vers Dina. Est-ce un principe chez lui de tout mélanger et de faire semblant d'oublier, ce n'est rien d'autre qu'un mépris indifférent ? Mon prénom aussi, il l'a effacé dans ses salutations, il a évoqué avec un formalisme inamical "madame Divon", comme si j'étais privée d'un nom, puis il s'est enfui lorsque j'ai exigé qu'il me restitue mon prénom. C'est son nouveau style ? Une sorte de jeu ou de l'hypocrisie ? Ou alors, il y a, Dieu nous en préserve, quelque chose aussi dans sa tête ?

— Les deux, susurre Dina avec un sourire.

— Les deux ? »

Louria opine de la tête. « En effet, quelque chose aussi dans ma tête, qu'y puis-je ? » Et Dina, qui sent sa détresse, laisse échapper le vocable occulté : « Oui, Rachel, ne lui en veux pas, moi-même, parfois, je ne parviens pas à comprendre quand ces oublis sont réels et quand il simule.

— Tout de même, s'en mêle Divon, tout cela n'a pas dissuadé Mimouni de s'appuyer sur lui pour son nouveau projet militaire.

— Mais bénévolement », intervient Mimouni, qui se joint soudain à eux avec sur le dos, tel un sac, une adorable fillette amenée, en même temps que ses frères jumeaux, par sa belle-mère, une femme âgée qui s'affale sur un canapé devant une coupe de fruits secs qu'elle picore, un à un, tel un oiseau harassé.

Le salon se remplit de plus en plus. Il semble que les gens aient attendu la mort inéluctable de Mimouni pour se hâter de venir présenter leurs condoléances à son fils. « Qui sont tous ces gens ? Tu les connais ? », Louria questionne son ex-adjoint à voix basse. « Ils m'ont tout l'air d'être des propriétaires de terrains auxquels Mimouni a attribué des dédommagements généreux à la suite de ses expropriations, répond Divon avec un clin d'œil.

— C'est vrai ou tu plaisantes ?

— Les deux », réplique Divon avec un sourire, tout en dérobant une poignée de fruits, secs dans la coupe de la grand-mère.

Le soleil est sur le point de faire ses adieux à l'univers en compagnie d'une pluie fine. Le trafic entre Hod Hasharon et Tel-Aviv est chargé, et Louria n'entend pas assister à l'opéra depuis le balcon où les retardataires sont relégués. Puisqu'ils sont venus les premiers, maintenant, ils ont le droit de s'en aller. « Tout de même, dit Dina à Mimouni, dommage que nous n'ayons pas pu rencontrer ton épouse.

— Ce n'est pas grave, répond-il en balayant l'air de la main, vous avez revu des anciens amis à sa place. »

En sortant, ils passent devant la cuisine où Ayala fait manger les jumeaux. Ils sont attablés, le dos droit, avec de petites serviettes autour du cou. La jeune fille a ôté sa coiffe noire, sa chevelure est libre, mais elle va et vient toujours pieds nus. Elle a l'air d'être la jeune mère de jumeaux bien élevés. Lorsqu'ils veulent quelque chose, ils lèvent le doigt, comme si ce n'était pas la cuisine de leur grand-père défunt mais leur salle de classe. Dina, comme à son habitude, souhaite entrer dans la cuisine et se faire une idée de la mère nourricière, mais Louria redoute de lui présenter une jeune fille dénuée d'une identité établie.

Le parking Golda est saturé. « On n'a pas pu faire autrement que de s'incruster sur les emplacements des handicapés, et toi, en tant que médecin, tu témoigneras que j'en ai le droit, puisque je suis un peu handicapé. — Cet handicapé, répond la pédiatre, le visage inexpressif, ne sera bientôt plus autorisé à conduire. » Et, malgré leur infraction, ils sont presque relégués au balcon des retardataires car, au moment où ils entrent, le gong pour la troisième fois retentit, et ce n'est que sous un éclairage déclinant dans la salle qu'ils réussissent à se faufiler à leurs places d'abonnés, tandis que leurs voisins, habitués de longue date à ces places, se lèvent en leur honneur. Ils n'ont pas eu le temps d'acheter le programme, ce qui désole Dina. « Ce n'est pas grave, lui dit son époux, les programmes d'opéra nuisent parfois à la beauté de la musique, avec leurs résumés d'intrigues stupides ou absurdes, mais cette fois, Dina chérie, il s'agit de *Roméo et Juliette*, que nous connaissons, et même s'il n'y a aucune difficulté à comprendre pourquoi ils se suicident à la fin, nous essaierons de trouver un programme à l'entracte. »

Confortablement assis, la fatigue devient agréable. La musique de Gounod coule avec une fluidité classique, certes sans célèbres ritournelles faciles à chantonner sous la douche. Louria suit, étonné, les duels à l'épée opposant les deux familles ennemies de Vérone, se déroulant sur une tribune inclinée en pente douce vers le public. En quelle matière les épées d'opéra sont-elles fabriquées ? De loin, elles ont l'air fines mais solides, et il peut paraître surprenant que, dans la fièvre du combat, aucun nez ou œil de chanteur ne soient arrachés. La musique et le chant accompagnant les assauts protègent-ils les chanteurs des erreurs ? Cette idée lui plaît, et il souhaite la chuchoter à l'oreille de sa femme mais, à cet instant précis, tandis que la musique se ranime, Dina sommeille, et seule sa tête remue en cadence. Il lui caresse la main et, faute de réaction de l'endormie, il la secoue. « Dommage, dommage », il plaide la cause de l'opéra. « Mais je l'écoute, susurre-t-elle sans ouvrir les yeux. — Cela ne suffit pas, il faut aussi regarder. — C'est vrai », avoue-t-elle, et ses yeux s'ouvrent sur Roméo plongeant son épée dans le corps de son rival.

Comme leur visite à Mimouni a privé la pédiatre de sa sieste, elle restaure sa vigilance à l'aide d'un en-cas et d'une boisson pendant un entracte, les yeux brillant d'amour pour son époux. Le programme manquant n'a pas été oublié, et il entend lui prouver que, à l'occasion, sa mémoire est plus sûre que la sienne, et il lui rappelle le programme. « C'est vrai, au moins je pourrais lire ce que j'ai raté dans la première partie. » Et comme le gong fait résonner le premier signal, ils décident de se retrouver dans la salle.

Le comptoir de vente des programmes est situé à côté de la boutique de disques, mais les programmes invendus ont déjà été rapportés au bureau, et seul le vendeur, un étudiant en Histoire de l'art en train de lire avidement les brochures qu'il écoule, s'attarde près de son comptoir. L'étudiant est déterminé à ne pas laisser repartir le client tardif les mains vides – ne serait-ce qu'à cause d'une étude originale publiée dans ce programme sur les avatars du motif de l'amour entre un homme et une femme appartenant à des clans rivaux. « Roméo et Juliette n'est qu'un tout petit exemple, pérore l'étudiant. Shakespeare n'a rien inventé en l'occurrence, pas même le poison-leurre que le prêtre convainc Juliette d'avaler. Il insiste donc auprès de Louria pour qu'il attende son retour avec le programme. « Mais vous n'aurez pas le temps, le met en garde Louria, le gong a déjà retenti pour la deuxième partie. — Ne vous en faites pas, je les connais, il nous reste beaucoup de temps, ici, c'est juste une façon de faire pression sur le public. Au fait, quelle est la profession de monsieur ? — Je suis ingénieur, mais le programme n'est pas vraiment pour moi, c'est surtout pour mon épouse. — Et quel est son métier ? — Médecin. — Très bien, dit l'étudiant en se rengorgeant bizarrement, vous pourrez tous les deux comprendre l'article et apprécier la profusion d'exemples. »

De longues minutes s'écoulent, et le gong lance un avertissement clair : l'opéra reprend dans trois minutes. Peu à peu, les traînards se lèvent et assiègent les accès. Un technicien se dirige vers le comptoir et le démonte. Non, songe Louria, cela n'a aucun sens d'attendre ici le programme, mais le désir de bénéficier d'un sourire de gratitude de sa femme le paralyse sur place.

Ce ne sont pas trois minutes qui s'écoulent mais une minute à peine, et déjà, le signal final annonce la reprise dans une minute. Le silence se fait de plus en plus profond. Il exagère, tout de même, encore l'un de ces étudiants qui a rédigé l'article du programme de sa plume, pour se montrer aussi empressé de l'apporter. Et même si l'appel d'une minute n'est qu'une fausse alerte, il se verra obligé de faire lever de nombreux spectateurs pour rejoindre son épouse qui, évidemment, doit soupçonner que sa démence l'a conduit à s'asseoir, pendant la deuxième partie, à côté d'une autre femme. Et tandis qu'il se rue vers l'accès avalant les derniers spectateurs, voilà que l'étudiant le rattrape en brandissant le programme, déjà ouvert à la page de l'article. Louria lui arrache le programme des mains : « Merci, mon cher, nous le lirons cette nuit, et nous nous souviendrons de vous. Au fait, quel est votre nom ? — Le voici », répond l'étudiant en pointant du doigt la signature au bas de l'article. « Si vous vous en doutiez, vous avez eu raison, l'article est de ma plume, mais tout est vérifié et validé. » Avant que Louria ait le temps de s'en débarrasser, il lui est encore demandé délicatement de s'acquitter de vingt shekels pour le programme, et il découvre que l'accès à la salle lui est barré.

Un placeur zélé a décidé de mettre fin à l'anarchie et d'expédier les retardataires au balcon qui leur est destiné dans les bas-fonds de l'étage supérieur. Pour le moment, Louria est le premier candidat à ce confinement, et même l'unique. Tandis qu'il tergiverse pour savoir s'il doit se soumettre au verdict ou plaider sa cause, il aperçoit venant à sa rencontre, vacillant sur ses talons aiguilles, une femme vêtue avec recherche qui, au lieu de s'allier à lui dans son combat, poursuit son chemin et frappe fermement trois fois à un mur recouvert d'un bois sombre. Or, cette femme n'est pas affligée d'une démence pire que la sienne, car, des profondeurs du mur, lui répond une vibration, et la porte dissimulée s'ouvre lentement pour laisser la femme se glisser en hâte à l'intérieur, où même Louria, qui s'empresse de ficher le programme entre la porte et le chambranle afin d'enrayer la fermeture, réussit à se presser en collant à ses basques.

L'étudiant auteur de l'article avait raison. À en juger par le brouhaha montant de la salle, les producteurs de la représentation se sont trop empressés de faire entrer le public. L'opéra est loin de reprendre, les musiciens continuent à accorder leurs instruments. Au début, Louria a l'impression qu'il pourrait réussir à regagner la salle en passant par la fosse d'orchestre, peut-être sous le couvert silencieux de l'entrée du chef d'orchestre, mais il saisit que l'orchestre est situé dans une fosse d'où il est aisé de gagner la sortie mais non d'entrer dans la salle. Et il est même trop tard pour s'échapper à l'extérieur car la salle accueille déjà le maestro par des applaudissements. Il doit donc trouver un autre moyen de prouver à son épouse qu'il ne s'est pas égaré en chemin.

Ici, dans les coulisses, on perçoit des sons étouffés, comme si la musique et le chant se métamorphosaient en une entité vivante à la seule intention de l'auditoire dans la salle. La scène circulaire, un peu inclinée, de la première partie de l'opéra, est dissimulée derrière des écrans noirs, destinés à cacher aux yeux des spectateurs non seulement le changement de décor en cours, mais aussi les chanteurs et les figurants s'apprêtant à entrer en scène. Voici le chœur, une troupe de bretteurs à l'air empêtrés dans leurs uniformes bleus. Eh bien, voilà l'occasion de vérifier concrètement l'épée d'opéra, afin de savoir si elle est vraiment aiguisée et solide, se dit Louria, en s'approchant prudemment du chœur. Les spadassins ne prêtent guère attention au citoyen âgé qui rejoint leurs rangs car, autour d'eux, des techniciens et des accessoiristes virevoltent sans cesse, et une dame plantureuse circule au milieu d'eux avec un chariot à maquillage, qui éponge ici la sueur, là retouche un fond de teint qui a dégouliné. Le chef d'orchestre, un jeune rouquin en jeans, se juche sur son siège et fait signe au chœur d'entamer sa partition et d'avancer lentement sur la scène. Et voici donc Juliette en personne, fiancée en robe blanche, en train de tenir des propos anodins avec le prêtre censé l'abreuver d'un poison à effet temporaire qui passera pour mortel aux yeux de son bien-aimé. Une tendre mélancolie s'empare de Louria à l'égard de la jeune femme que sa naïveté conduit à sa perte, et avant que la musique ne l'oblige à moduler son malheur, la maquilleuse se hâte d'essuyer la sueur de son visage et de son cou, de renforcer grâce à un crayon noir l'arc de ses sourcils et d'injecter du sang à ses lèvres.

Un régisseur relève précautionneusement le bas de l'écran noir et invite Juliette à pénétrer en scène, tandis que Louria s'étonne de la fabrication élémentaire de la scène. Le plancher est constitué de planches de bois grossier peintes de couleurs passées et grisâtres, et le magnifique autel semble fabriqué en carton-pâte. Ainsi donc toute la grandeur et tout le charme exposés aux yeux du public proviennent uniquement de l'éclairage de scène ? Juliette échappe à son regard, mais l'aria éplorée de Roméo qui, du fait de sa jalousie vindicative, a attiré le malheur sur leur amour, étreint le cœur. Et comme la traduction en hébreu, visible de l'assistance, lui est occultée, le désir s'éveille en Louria de suivre la chanteuse afin de comprendre sa complainte. Et il se saisit d'une éponge rougeâtre sur le chariot, mi-épongeant sa sueur, mi-maquillant son visage, tandis qu'un toupet de sa chevelure blanche pointe d'une fente dans l'écran noir, pendant une seconde. Mais une main robuste le tire violemment en arrière. « Où allez-vous comme ça ? Vous avez perdu la boule ? Vous êtes qui, au juste ? »

Qui suis-je ? La question révolte Louria. Un vieil abonné de l'Opéra d'Israël, parti chercher un programme pendant l'entracte et auquel, entre-temps, on a interdit l'entrée de la salle. « Alors, pourquoi êtes-vous monté sur la scène ?

— Contre mon gré, afin d'assister à la fin de l'opéra.

— D'ici, vous ne verrez rien, et vous n'avez pas le droit de vous trouver ici. Partez immédiatement et montez au balcon supérieur, et là, un placeur vous donnera un fauteuil. La scène n'est pas pour vous. »

Mais Louria reste figé. Non, supplie-t-il d'une voix larmoyante, il ne ferait que s'égarer dans les couloirs vides à la recherche du balcon des retardataires et, entre-temps, il raterait la majeure partie du spectacle. Il dispose d'une place au prix le plus onéreux, à côté de son épouse, mais on lui a barré l'entrée, et s'il est impossible de regarder la fin de l'opéra depuis la salle, qu'on lui accorde au moins l'autorisation de l'observer en hauteur, depuis les cintres d'où les décors descendent et remontent, il est convaincu qu'il y a là un balconnet d'où il pourra comprendre comment cette tragédie s'achève. En tant qu'ingénieur chevronné, il est capable de se frayer une voie au milieu de constructions compliquées.

Le régisseur dévisage le vieil abonné avec un sourire espiègle tout en consultant sa montre – pas grave, l'opéra n'en a plus, de toute façon, que pour une demi-heure. « Vous en prenez la responsabilité. » Et il montre un escalier en fer dans un coin. « Montez jusqu'à la première plate-forme, dix marches, pas une de plus, et de là, vous verrez ce que vous pourrez, mais dès que les applaudissements commenceront à la fin, redescendez et disparaissez aussitôt de la scène, autrement, vous êtes bien capable de vous transformer, dans la nuit, en fantôme de l'Opéra d'Israël.

— Un fantôme, s'esclaffe Louria, aucune chance !

Car mon épouse, qui a sûrement compris que je m'étais égaré à cause de ce maudit programme, m'attendra à la sortie. »

Retour chez le neurologue

« Avant de comprendre ce que la nouvelle radio nous révèle… » En préambule, le neurologue se livre à des chatteries, la main posée sur l'enveloppe encore close : « Racontez-moi, s'il vous plaît, ce qui est arrivé depuis votre dernière visite. Et peut-être – il indique du doigt à Louria de se taire – nous allons commencer par vous, docteur Louria, et même, d'ailleurs, il serait intéressant d'entendre justement ce que raconte, de son point de vue, le fils dont j'ai déjà oublié le nom.

— Moi ? Yoav.

— Eh bien, Yoav, je suis sûr que vous n'avez pas accompagné vos parents, ce soir, uniquement pour écouter, mais aussi pour donner votre avis…

— Poser des questions.

— Bien sûr, poser des questions et obtenir des réponses. Tout de même, allez-y. Comment décririez-vous le comportement de votre père au cours des derniers mois ?

— Je me fais du souci.

— Trop, crie Louria, et c'est pourquoi il a exigé de nous accompagner.

— Mais, minute, Papa…

— Oui, une minute, mon chéri, une minute, mais je dois d'abord expliquer au médecin que Yoav ne vit pas avec nous, dans le centre du pays, mais qu'il habite dans le Nord où il possède une entreprise prospère de composants électroniques.

— Mais…

— Je veux dire, poursuit Louria, que son point de vue est très partiel. C'est vrai qu'il appelle presque chaque jour sa mère ou moi-même afin de vérifier les progrès de ma dégénérescence, mais de loin, uniquement de loin.

— Non, Papa, pas la dégénérescence, pardon… »

Toutefois, Louria se laisse emporter. Ce qui se déroule dans l'imagination de son fils est bien pire que dans la réalité, à un tel point qu'il lui semble, « Docteur – eh oui, il se souvient parfaitement de son nom –, docteur Laufer, qu'il faudrait peut-être, *ha*, *ha*, *ha*, radiographier le cerveau de mon fils…

— Tu exagères, Zvi, laisse-le expliquer.

— Oui, Papa exagère. Je ne dis pas que la dégénérescence existe à cette heure, mais je souhaite comprendre comment, de votre point de vue de médecin, de neurologue, vous envisagez le processus, je veux connaître l'avenir afin de m'y préparer. Je suis un individu rationnel, pragmatique, qui entend regarder toujours vers l'avant, les yeux grands ouverts et sans illusions, et surtout, je veux être sûr que nous faisons tout ce qu'il faut pour ralentir l'évolution.

— Ce que nous faisons ?

— Au sens simple, médical. Je souhaite savoir, et c'est le motif de ma présence ici, si vous avez l'intention, Docteur, comme ma mère et mon père m'en ont informé, de concentrer le traitement uniquement sur l'esprit de mon père ou si vous envisagez un traitement plus concret.

— Plus concret ? » Le neurologue redresse sa calotte sur

son occiput et se penche un peu en avant. « Qu'entendez-vous par "plus concret" ?

— Disons une chimiothérapie, ou une physiothérapie ou, peut-être, si cela existe, une électrothérapie… J'ai entendu dire qu'il existe des exercices spécifiques pour des maladies de ce genre. Depuis l'apparition des symptômes, lui-même essaie d'étudier sa maladie, de comprendre sa véritable nature. L'information qu'en donne l'Internet est assez nébuleuse. Comme si la démence, ou la maladie neurodégénérative – on y trouve ces deux noms –, s'était emparée d'Internet. Mais une chose est claire : on ne peut pas tout laisser à l'esprit. »

Il s'interrompt brièvement, gêné, voire tourmenté, mais mû par l'inquiétude qui l'a fait accourir ce soir, de Galilée, il reste déterminé à exiger du médecin qu'il lui montre sur la nouvelle radiographie ce qui a changé dans le cerveau de son père depuis la dernière fois.

Dina agrippe l'épaule de son fils pour le faire taire. De son côté, Louria baisse la tête, sans un mot. L'émotion de son fils et sa profonde inquiétude l'émeuvent et lui procurent du plaisir.

Il semble que le neurologue, lui aussi, réagisse avec empathie à l'égard du fils venu du Nord pour prendre sa part des craintes de ses parents, mais sa main posée sur l'enveloppe ne bouge toujours pas. Lui-même ne l'a pas ouverte depuis le moment où elle lui est parvenue. Avant d'examiner les clichés, il convient d'écouter ce que le patient et son entourage ont à dire car, au-delà des radios, chaque cerveau, avec ce qu'il contient et ce dont il est dénué, est unique et singulier. Maintenant, c'est au tour de sa consœur de décrire ce qui a changé dans le comportement de son époux.

« Somme toute, je dirais : un comportement stable. Je n'ai repéré aucun symptôme particulièrement inquiétant chez lui.

— Très bien, mais encore ?

— Certes, j'ai remarqué un peu de confusion concernant le code de démarrage de la voiture, quoique, ensuite, il conduise de manière sûre et irréprochable.

— Moi aussi, je m'embrouille parfois avec ce code, confesse le médecin avec un sourire.

— Eh bien, cela ne vous ferait pas de mal, docteur Laufer, glousse-t-elle avec culot, d'effectuer un encéphalogramme tous les quelques mois.

— Cela ne ferait de mal à personne, mais poursuivez.

— Il y a quelques jours, il a eu un bref oubli, grave, étrange et même outrageant, dans une affaire de vie et de mort, mais il l'a corrigé de lui-même. Et, de temps à autre, une confusion entre des portes d'entrée, par exemple dans la salle de l'Opéra. Mais tous ces incidents se réduisent à néant, docteur Laufer, devant la bonne nouvelle que Zvi a recommencé, en suivant votre conseil, à se consacrer à son métier, même si c'est à temps partiel et temporairement.

— Bravo ! s'écrie le médecin, aux anges. Alors que vous m'aviez dit que c'était impossible !

— Il s'avère qu'on a trouvé un moyen.

— Magnifique, et donc, monsieur Louria, vous creusez de nouveau un tunnel ?

— Il y aura peut-être aussi un tunnel là-bas, répond Louria, impressionné par la mémoire du médecin, mais, pour le moment, je ne suis qu'assistant dans la planification d'une nouvelle route dans le désert.

— Dans le désert ? s'inquiète le médecin. J'espère que vous ne vous baladez pas tout seul là-bas.

— Non, pas du tout seul, je fais équipe avec un jeune ingénieur qui veille sur moi comme si j'étais son père.

— Parfait. Car il est absolument interdit à Zvi de vadrouiller seul dans le désert, les avertit le médecin.

— Cela va de soi.

— Car une erreur pour un individu dans son état n'a rien à voir avec se tromper de porte à l'Opéra.

— Et plus dangereuse que traîner dans les coulisses et essayer de grimper sur la scène, maugrée Yoav en colère.

— Comment ? fait le neurologue amusé. Vous êtes monté sur la scène ?

— En effet, la démence que vous m'avez trouvée m'a poussé à monter sur la scène, mais je comprends pourquoi.

— Au moins, vous le comprenez…

— Dans la démence, Docteur, j'ai l'impression qu'il n'y a pas seulement de la confusion mais aussi une souffrance accrue, une tendance à une tristesse infinie, et je savais que Juliette allait entrer en scène et s'apprêtait à commettre une erreur fatale, alors, j'ai eu pitié d'elle et j'ai essayé de suivre la cantatrice pour la mettre en garde. »

Le médecin donne l'impression de se délecter de cette confession…

« Mettre en garde Juliette ou la cantatrice ?

— Les deux. »

Mais Yoav ne goûte guère le plaisir que le médecin prend, et il ajoute dans un murmure courroucé : « Docteur, pouvez-vous croire que mon père s'est même maquillé avant d'essayer de s'incruster sur la scène ?

— C'est vrai », confirme Zvi, guilleret.

Jusqu'à cette heure, Louria s'étonne sincèrement de s'être maquillé. Ce qui signifie que la démence comporte une certaine logique. Et le régisseur qui l'a évacué du plateau au dernier moment l'a fait délicatement et sans colère, et l'a même autorisé à suivre le spectacle d'en haut. Là, dans l'obscurité, il a assisté à la mort de Roméo et de Juliette depuis le balconnet, tel le fantôme de l'Opéra.

« Le fantôme de l'Opéra ? s'excite le médecin. Il y avait un film en noir et blanc que j'ai regardé dans mon enfance, et pendant des nuits entières, je me retournais dans mon lit de peur que ce fantôme, qu'on avait aspergé d'acide, ne vienne me rendre visite… »

L'humeur quelque peu exaltée, il se lève et extraie la nouvelle radiographie de l'enveloppe, la plaque contre un écran suspendu au mur, puis l'éclaire, mais comme son dos large dissimule l'écran, les visiteurs ne voient pas le cliché, et même s'ils l'avaient observé, ils n'auraient vraisemblablement rien compris.

Ensuite, le médecin prend une copie de la radio datant de quelques mois et la glisse, elle aussi, contre l'écran afin de les comparer. À la fin, il invite sa consœur à approcher afin de constater l'évolution intervenue dans le cerveau de son époux.

« Une légère différence apparaît, exactement au même endroit. L'atrophie dans le cortex cérébral droit s'est un peu élargie, et on a l'impression que certaines fibres nerveuses, ou une seule, en contact avec le cortex gauche, ont peut-être été affectées. Mais il n'y a rien d'autre à faire que de lui donner du Cyrokal 30 mg, une fois par jour, avant ses expéditions dans le désert. Certains préfèrent couper le comprimé en deux, et prendre une moitié le matin et l'autre le soir, mais je préconise une fois par jour, le matin. Sinon, rien d'autre. En le voyant et en l'entendant, vous me voyez encouragé. Le processus est lent, nous avons encore une longue route devant nous. »

Louria se lève et s'approche pour regarder de ses propres yeux les mutations intervenues dans son cerveau. Yoav hésite au début puis, à la fin, se joint à ses parents. Regroupés, tous les quatre contemplent en silence l'écran éclairé. Si ses clients n'avaient pas amené leur fils avec eux, le neurologue aurait prononcé de nouveau l'éloge du désir, mais comme le fils se tient près du médecin, ce dernier pose la main sur son épaule et lui dit : « Ne soyez pas si inquiet, mon jeune ami, nous avons encore beaucoup du temps », tout en éteignant l'écran. Ensuite, il prend les deux radios et les remet dans une enveloppe qu'il donne à Louria et, comme lors de la visite précédente, il les guide doucement vers la porte et allume les lampes de son jardin.

Dans la rue, entre deux voitures, tous les trois délibèrent sur l'endroit où ils pourraient réfléchir aux nouveaux résultats, à la maison ou au café. « Non, ni l'une ni l'autre, il se fait tard, et Yoav a encore un long trajet. Nous en discuterons au téléphone, si toutefois, il y a matière à débat. » Dina se tait, mais son époux et son fils sentent sa colère rentrée. « Qu'est-ce qu'il y a ? lui dit Louria en l'étreignant. — Peu importe », chuchote-t-elle, mais, alors, sans un regard pour son fils, elle déverse sa récrimination sur son mari. « Je n'arrive pas à comprendre pourquoi ton fils se croit obligé d'étaler tout ce qu'on lui raconte. » Yoav tente de se défendre : « Qu'est-ce que j'ai étalé, Maman ? Je sais que tu m'en veux d'avoir raconté que Papa s'était maquillé avant d'essayer de pénétrer sur la scène, mais à qui l'ai-je révélé ? En tout et pour tout, à son neurologue. Tu veux me dire que le médecin qui soigne Papa ne doit pas tout savoir ?

— Non, le coupe sèchement sa mère. Non. Même le neurologue de ton père ne doit pas être au courant de tout. Je suis moi-même médecin, et je tiens à t'informer, mon Yoav, que je ne souhaite pas, en aucun cas, connaître tout de mes patients, il me suffit qu'ils racontent l'essentiel. Tu as constaté que je n'ai raconté au médecin que ce qu'il devait savoir et que j'ai évité le superflu, alors, pourquoi as-tu eu besoin de faire une telle honte à ton père ?

— Il ne m'a pas fait honte, s'interpose Louria, mais j'ai été stupéfié d'apprendre que tu lui as même raconté cette sottise.

— Je le lui ai raconté, s'excuse Dina, parce qu'il me téléphone sans arrêt, en catimini, même dans mon service, et exige de savoir tout ce qui arrive. Et comme ça, il réussit à me soutirer des détails que je ne veux pas révéler.

— Mais, ma douce Dina, il ne le fait que par amour et par inquiétude.

— C'est exactement ça, s'enflamme Yoav.

— Je sais, juste par amour et inquiétude, c'est précisément le malheur avec lui, il s'inquiète trop, il s'affole trop. La panique ne nous mènera nulle part. »

Rangements

À la fin de la semaine de deuil, Louria était d'avis qu'il convenait de rendre une nouvelle visite à Mimouni, ne serait-ce que pour connaître les autres endeuillés, surtout l'épouse de Mimouni, et peut-être sa mère, afin d'approfondir sa relation avec lui. Mais Dina ne voyait aucun sens à une seconde visite. Maintenant, le neurologue se montre satisfait qu'on ait trouvé une occupation à Zvi, qui s'est limitée, jusqu'à cette heure, à une seule journée, et qui sait comment les choses évolueront après le nouveau pronostic. Aussi quelle relation y a-t-il à approfondir là ? « Mais qu'est-ce qu'il dit, ce nouveau pronostic ? Le médecin ne m'a pas paru particulièrement inquiet. — Non, pas spécialement, tout de même, il s'agit de ta tête et de non de la sienne, et peut-être que la légère expansion de la tache sombre peut aussi découler de l'âge. De toute façon, n'oublie pas, Zvi, pour ce jeune homme, tu n'es qu'un assistant temporaire, alors, pourquoi donc t'imposer ? — M'imposer ? En quoi ? D'accord, je ne suis pas son associé mais, malgré ça, je sens qu'il aura davantage besoin de moi que tu ne le supposes, d'autant qu'après la mort de son père son attachement à mon égard s'est renforcé.

— Son attachement ? s'étonne-t-elle. Brusquement, tu as aussi besoin de son attachement ?

— Je n'ai besoin de l'attachement de personne, l'amour qui m'entoure ici me suffit, mais, si j'ai commencé quelque chose, quelque chose dont toi-même tu as pris l'initiative afin de m'aider dans mon état, pourquoi l'interrompre uniquement parce que le désert commence à t'inquiéter ?

— Pourquoi, brusquement, tu évoques le désert ?

— Parce que le neurologue t'a effrayée en suggérant que je pouvais m'égarer dans le désert.

— Pourquoi te perdrais-tu si Mimouni se trouve avec toi ?

— Précisément. Mais afin qu'il ne me quitte pas du regard, je veux resserrer nos liens, parce que, moi non plus, je n'ai aucune envie de me perdre dans le désert. Et je ne voudrais pas non plus, parce que j'ai oublié, ou retardé, l'annonce du décès de son père, qu'il commence à mettre en doute mes capacités professionnelles. Je me sens l'esprit clair et stable. Et le chemin du domicile de son père m'est familier, je n'ai aucune envie qu'un autre retraité, l'un de mes anciens collègues ou de son père, se propose à ma place.

— À ta place ? » Une nuance ironique se glisse dans la voix de Dina. « En tant qu'assistant bénévole ?

— Même… après tout, chaque retraité cherche un sens à sa vie.

— Dans ce cas, vas-y, mais pour l'amour du Ciel, avertis-le pour ne pas y aller pour rien. »

Toutefois, Louria s'abstient d'annoncer sa visite de crainte que Mimouni ne tente de l'éviter. Et, au dernier jour de la semaine de deuil, par une matinée hivernale éclatante, il vogue vers Hod Hasharon, et bien qu'il connaisse les routes et s'en souvienne, il se perd un peu en chemin, sans doute parce qu'il a prêté une attention excessive à ne pas se fourvoyer dans la rue des Divon. De nouveau, une porte ouverte sur une demeure silencieuse. Dans la cuisine, nulle âme qui vive, sans aucune trace de mets préparés ou cuits au four. Mais, dans le vaste salon, des caisses en carton sont éparpillées, et une grande couverture portant un amas de photos ôtées des murs est étalée. Un léger frisson saisit Louria, comme si, d'un seul coup, il était transporté de nouveau dans la demeure sens dessus dessous où, cinq ans auparavant, sa démence avait germé. Un instant, il songe à rebrousser chemin, mais il gagne le jardin dont il n'avait pas constaté l'exiguïté ni la barrière qui le séparait du vaste jardin de la voisine loyale, lors de sa visite précédente. Maintenant, il se rend compte qu'au départ la demeure de Mimouni était vaste, et qu'il en avait vendu la moitié afin de financer son divorce.

En retournant dans l'appartement, un léger effroi le saisit au moment où il aperçoit, dans le lit du père défunt, le fils endormi, au milieu d'anciens dossiers administratifs, tandis que la lampe de chevet est encore allumée en plein jour. A-t-il eu au moins le temps de changer les draps et les taies d'oreiller ? Ou son amour filial l'a-t-il poussé à se coucher dans la literie de son père ?

« Assaël », chuchote Louria, ce prénom donné par sa mère, et Mimouni se réveille, paniqué. Mais, apercevant son assistant bénévole, il étire ses membres et se pelotonne, un bon sourire illuminant son visage : « Magnifique que tu sois revenu me voir car, depuis hier, plus personne ne vient, et c'est pourquoi j'ai entamé les premiers rangements avant la vente. Tu serais étonné par le bazar dans cette maison. C'est sûr, j'aurais pu jeter le tout sans vérifier, et personne ne se serait aperçu ni n'aurait regretté le rebut, mais le foutoir laissé par un père aimant n'a-t-il pas droit à la pitié ?

— La pitié ?

— Oui, la pitié.

— De quoi, au juste, la succession est-elle constituée ? », s'enquiert Louria avec tact.

Mimouni ne s'imaginait pas que son père était un graphomane invétéré, soucieux de noter toutes les procédures juridiques qu'il a effectuées au cours de sa carrière, de décrire les individus en cause et les débats au tribunal, peut-être de crainte qu'on ne conteste le montant des indemnisations qu'il fixait.

« Intéressant.

— Toi aussi, Louria, tu es mentionné à l'occasion dans ses notes de la période où il te servait de conseiller juridique. Et, pour ta gouverne, il se plaint que tu exagérais la quantité des expropriations que tu exigeais qu'il les exécute. "L'ingénieur en chef Louria veut réduire tout le pays à une chaussée plane, en ligne droite et sûre...", voilà ce qu'il écrit dans l'un de ses dossiers.

— À ce point, tout le pays..., s'écrie Louria en s'approchant du lit.

— Mais il ne faut pas lui en vouloir, il a ce genre de remarques à propos d'autres ingénieurs et directeurs.

— Pourquoi lui en voudrais-je ? J'éprouvais une affection réelle pour lui. Et je trouve vraiment bien que tu ne jettes pas sans vérifier ce que tu jettes. Tu es vraiment un bon fils, dévoué, moi aussi d'ailleurs j'ai un fils qui te ressemble, mais il habite dans le Nord, et son entreprise est si prospère qu'elle l'a rendu esclave. Toutefois, je sais que lui aussi m'aime, bien que ces derniers temps il soit devenu fou à cause de son angoisse exagérée devant la tache noire dans mon cerveau.

— À vrai dire, dit Mimouni, moi aussi, tu m'inquiètes après que j'ai vu comment tu as oublié la nouvelle au sujet de mon père...

— Pourtant, après je m'en suis souvenu rapidement.

— En effet, mais tu pouvais aussi bien prolonger cet oubli encore un bon bout de temps, et mon père serait resté seul ici, toute une nuit.

— Seul n'est pas tout à fait le mot convenant à un défunt. D'autant que si la voisine s'était aperçue que tu ne venais pas, je ne peux pas croire qu'elle ne t'aurait pas cherché pour te l'annoncer personnellement. Mais, pardessus tout, sache, Mimouni, que j'estime beaucoup ton amour pour ton père. Et je constate que tu n'as aucune réticence à te coucher dans le lit où la mort l'a emporté et même à te mettre sous sa couverture. Mais j'espère que tu as changé le drap, au moins.

— Le drap ? », s'étonne Mimouni, qui se lève nonchalamment et examine le drap. « J'avais dit à Ayala de changer la literie, mais j'ignore si elle a eu le temps de le faire, car elle est partie dès lundi. Même si c'est son drap, qu'est-ce qui peut bien m'arriver, le cancer n'est pas contagieux.

— En effet. Au fait, pourquoi Ayala s'est-elle hâtée de partir ?

— Shibolèt est venu lundi, il lui a interdit de rester ici et l'a emmenée.

— Il lui a interdit ? Il l'a emmenée ? Comment ça ? Pourquoi prend-il le droit de décider pour elle ?

— À cause de sa responsabilité à l'égard de cette famille. Puisque c'est lui qui leur a attiré des problèmes, il doit donc s'en occuper.

— Quels problèmes leur a-t-il causés ? »

Mimouni dévisage le retraité d'un air méfiant : « Écoute, Zvi Louria, tu me poses un peu trop de questions, et je ne sais pas où tu gardes les réponses, et ce que tu en fais.

— Mais qu'est-ce que je peux bien en faire ? Les oublier.

— Je n'en suis pas certain.

— Et si, par hasard, je n'oubliais pas, ce serait uniquement afin de faire valider le tunnel pour la route dont je connais certes le point de départ, sans avoir aucune idée de jusqu'où elle se poursuit et où elle s'achève.

— Pas faux.

— Alors, quelle est la suite ?

— Tu sauras tout à la fin. D'abord, autorise-moi à débarrasser ce foutoir.

— Mais n'oublie pas, ma capacité à réfléchir est tout ce qu'il y a de temporaire.

— Allons, tu disposes chez toi d'un médecin qui se souciera de toi.

— Elle n'est que pédiatre.

— Toi aussi, à la fin, tu retomberas en enfance. »

Hiver

Et du cœur d'un hiver timide, amical, tel un automne ajouté uniquement pour faire oublier, avec des brises agréables et des averses caressantes, la canicule d'un été interminable, gronde la furie d'un hiver torrentiel, semant pluie et grêle, tandis que le froid qui fait frissonner tout le pays précipite grands et petits aux services d'urgences. Aussi, la pédiatre se voit-elle contrainte de prolonger ses journées de travail, parfois jusqu'à la tombée de la nuit, et le sandwich et la salade, que la cuisine centrale de l'hôpital lui envoie dans son bureau, constituent tout son déjeuner. C'est pourquoi, dès potron-minet, Louria non seulement tourne dans la maison en solitaire, mais est obligé de prendre son déjeuner tout seul, tandis que son envie de surprendre son épouse par des mets originaux achetés chez un traiteur, ou préparés par ses soins selon des recettes, a perdu de sa saveur. Certes, on ne l'a pas encore privé de sa mission de prendre son petit-fils au jardin d'enfants, le mardi, mais l'éducatrice veille à ne lui imposer aucun bambin supplémentaire, ni monoparental, ni duoparental. Les répétitions d'orchestre de la harpiste auraient-elles cessé ? Ou alors lui est-il venu aux oreilles qu'un grand-père en pleine confusion a créé, pour son fils, un père imaginaire, et craint-elle que ce dernier soit susceptible d'essayer de prouver son existence ?

Depuis la dernière visite chez le neurologue, ses proches suspectent davantage Louria, et la surveillance exercée autour de lui s'est accrue. Malgré sa charge de travail à l'hôpital, Dina l'appelle de temps à autre pour savoir où il se trouve et vers quel endroit ses idées l'ont conduit. Yoav aussi téléphone à son père au prétexte d'une discussion politique afin de vérifier que la démence ne l'a pas détourné de ses anciennes opinions. Même Avigaïl s'échappe brièvement de son sacro-saint séminaire de travailleurs pour contrôler, avec le tact le plus extrême, si son père a pris l'enfant approprié et l'a amené à la bonne adresse. « Oui, soupire Louria aux oreilles de sa fille, tout est comme il faut, et j'en profite pour te transmettre le bonjour du schnitzel comme il faut, déposé dans l'assiette de l'enfant que tu as mis au monde. »

Aussi, rien d'étonnant à ce que, pendant les tempêtes qui le laissaient confiné à son domicile, face à l'inquiétude grandissante des siens quant à ses actes et à ses pensées, les fantasmagories de Louria divaguent vers le bleu d'acier des cieux du désert, et même vers les biches broutant l'herbe autour de la sépulture de Ben Gourion. Il se souvient, le cœur serré, des étendues déployées sous ses yeux, à travers la baie vitrée de la salle à manger de l'hôtel Genèse, et, chagriné, il déplie une carte routière rudimentaire et y vagabonde sur la colline absente de la carte, d'où est censé naître la nouvelle route. Et tandis que le rugissement des camions-citernes monstrueux, circulant dans le fond du cratère rougeâtre, retentit dans son esprit, il esquisse à l'aide d'un fin crayon le tracé hypothétique de la future route, bien qu'il n'ait aucune idée de son utilité et, surtout, de là où elle est censée déboucher. Impossible que Mimouni continue à lui dissimuler le point d'arrivée de la route, quand bien même il lui tairait encore sa vocation.

Tout à sa récrimination à l'encontre de cette incertitude qui le ronge, il se prépare un épais sandwich au fromage à pâte dure, y enfournant un cornichon aigre, l'emporte dans la chambre à coucher, tire le rideau, se met au lit avec le sandwich, se cache sous la couverture et là, dans l'obscurité, le grignote lentement, pour résister à la faim jusqu'au retour de sa femme. Et parfois, à demi assoupi, volette, entre oreiller et couverture, le portrait d'une femme pour laquelle on n'a pas trouvé un cœur neuf en Israël, que son époux, toujours en deuil de sa perte, contemple dans les ruines d'un antique village nabatéen.

Mais où peut bien se trouver Mimouni ? Depuis que Louria l'a laissé à fureter dans les documents de son père, il n'a donné aucun signe de vie. Les affaires de la succession lui ont-elles fait oublier la route, ou le jeune ingénieur commence-t-il à redouter le poids de la responsabilité envers un retraité susceptible de retomber en enfance, et pis, en plein désert.

Dina aussi se met à craindre une nouvelle expédition dans le désert, et elle conjure son époux, avec véhémence, de se retenir : « Prends de la distance et veille à ton amour-propre, le sermonne-t-elle. Si ce jeune homme a vraiment besoin de toi, il t'appellera de lui-même. Ne lui cours pas après. Tu as fait ton devoir en lui expliquant où il convient de raccorder la nouvelle route à la nationale 40. Je te rappelle que c'était l'essentiel de ta contribution. Le terminus de la route est du ressort du maître d'ouvrage : l'armée.

— Et le tunnel ?

— Le tunnel est un fantasme de Mimouni, et personne ne va l'avaliser. Cela, tu le sais parfaitement. Cela ne te semble pas ridicule que toi, dans ton état, tu puisses convaincre d'autres experts d'accepter ce fantasme, qui, de surcroît, devrait coûter des sommes folles ?

— C'est quoi, mon état ?

— J'ai dit ça comme ça.

— Si je m'exprimais avec une telle assurance à propos de tes affaires médicales, tu ne serais pas contente.

— C'est ce que tu crois. Au contraire, vas-y, parle.

— Sur tes affaires médicales, je n'ai rien à dire, mais je vais te parler de toi. Tu es toute pâle, tu as l'air exténuée. Au lieu de gratter dans mon cerveau et de t'inquiéter de ce qui peut m'arriver, essaie de ralentir un peu ton rythme. Ce n'est pas ce qui te convient à ton âge, à la fin de ta carrière, tu vas attraper un microbe pernicieux de l'un de tes enfants malades. Car dans mon état, comme tu dis, comment pourrais-je m'occuper de toi ?

— Tu pourras t'occuper de moi dans n'importe quelles circonstances, je te fais confiance.

— Parfait. Alors, fais-moi aussi confiance, même quand je traîne dans le désert.

— Traîne autant que tu veux, mais à condition qu'un individu réel t'accompagne. C'est pourquoi laisse-le décider du bon tempo et ne le harcèle pas. Et, par-dessus tout, veille à ton amour-propre, car ton honneur est aussi le mien.

— Parfait.

— Tu me promets ?

— Je t'ai déjà dit oui. Cesse de me tourmenter ! »

Un bref instant, Louria souhaite ajouter quelques mots sur les gens hébergés sur la colline, mais il craint que, ce faisant, la frayeur de son épouse n'augmente. Leur identité déficiente est susceptible d'insuffler à Dina l'idée du rabougrissement de sa propre identité. De toute façon, que pourrait-il bien lui raconter à leur sujet, alors que lui-même tâtonne dans le noir ?

Et ce n'est pas à cause de son amour-propre ou celui de son épouse que cette dernière le protège, mais parce qu'il commence à se méfier de lui-même, que Louria refrène l'envie d'appeler Mimouni, comme, de temps à autre, il est tenté de le faire. Aussi, quand les pluies faiblissent, Louria décide-t-il d'aguerrir son autonomie et d'aller marcher seul dans le parc national de Ramat-Gan ou dans celui du Yarkon, à Tel-Aviv, et parfois il arpente la promenade le long de la Méditerranée, du port de Tel-Aviv à celui de Jaffa. De cette façon, il prouve à son épouse et à ses enfants qu'il n'est pas voué à s'égarer, même quand il se retrouve esseulé. Certes, il prend soin de charger son portable et de le garder sur lui, mais comme, pendant sa marche, il écoute sur son appareil les concerts de la radio *la Voix de la Musique*, les appels de sa femme et de son fils sont parfois avalés dans le tumulte des cuivres et des percussions, et aussitôt la panique se déchaîne.

« Mais pourquoi s'affoler ? se défend-il. Je marche toujours au milieu d'une foule israélienne sensée, parlant l'hébreu, en terrain protégé et familier, c'est pourquoi même si, par hasard, je ne répondais pas, inutile d'imaginer que je me suis pris moi-même en otage. Il vaut mieux m'envoyer de courts textos, et vous verrez que je réponds à tout le monde. » Aussi, lorsqu'un matin lui arrive ce texto : « *Cher assistant bénévole, où es-tu passé ?* », il le montre d'abord à son épouse, avant de répondre, en susurrant : « Tu vois, ma douce Dina, ta dignité est préservée, mais qu'y puis-je si, malgré ton avis professionnel, l'idée du tunnel est toujours à l'ordre du jour ? »

Un mois s'est écoulé depuis la dernière rencontre entre les deux ingénieurs, et bien que le cadet ne soit redevable d'aucun compte rendu à son aîné, il déclame au téléphone ses aventures et justifie son silence. Car sa recherche fiévreuse dans les notes et les documents paternels n'a pas été menée au seul profit des annales des expropriations décidées par les Voies d'Israël, mais aussi pour dénicher l'acte de divorce entre son père et sa mère, afin de valider définitivement son droit de propriété incontestable sur la maison paternelle et endiguer la moindre velléité maternelle de ronger une part de l'héritage.

« Elle est venue pendant les sept jours ?

— Oui, et même plusieurs fois, pour rencontrer d'anciennes connaissances et renouer des liens.

— Je ne t'ai jamais demandé si tu avais des frères ou des sœurs.

— Car, c'est bien connu, Louria, tu as pour principe de ne pas mettre ton nez dans les affaires de tes subordonnés ou de tes supérieurs.

— Mais que dire de ces supérieurs qui ne donnent pas de salaire ?

— Dans ce cas, tu as le droit d'exiger une réponse. Eh bien, Zvi, je n'ai ni frère ni sœur, c'est pourquoi la demeure de mon père m'a été transmise.

— Transmise vraiment ?

— Légalement et officiellement, dans tous les sens. J'ai évacué la plupart des croûtes aux murs, j'ai jeté des meubles, j'ai donné à ma mère un fauteuil qu'elle prétend avoir oublié d'emporter, et je lui ai ajouté quelques lampes et trois nappes pour solde de tout compte.

— Et que vas-tu en faire de cette maison ? La vendre ? La louer ?

— Pour le moment non. Je la garde comme un second appartement jusqu'à ce que je sente vraiment à quoi et à qui elle conviendrait. Mais te rends-tu compte de la vitesse et de l'efficacité avec lesquelles j'ai opéré le transfert ? C'est la raison pour laquelle tu n'as pas eu de mes nouvelles pendant un mois.

— Et moi qui croyais que tu avais renoncé à moi ou, pour être précis, au tunnel…

— Pourquoi je renoncerais à toi ?

— Parce que tu t'es rendu compte que ma démence était bien réelle.

— Exact, elle est réelle, et c'est pourquoi elle convient à quelqu'un censé croire que le tunnel est indispensable.

— Mais comment puis-je planifier un tunnel, alors que j'en connais si peu sur la route qu'il doit desservir ?

— Si peu ? Alors que nous avons décidé du point de départ ?

— Mais non du point d'aboutissement.

— Pourquoi te soucier de l'aboutissement, qui relève de l'autorité militaire. Nous n'avons pas notre mot à dire à ce sujet.

— Ça reste tout de même bizarre de concevoir une route sans savoir où elle se termine.

— La fin se situera à l'extrémité ouest du cratère.

— Dans ces conditions, je veux me rendre dans ce secteur.

— C'est un trajet compliqué.

— Dans ma vie, j'ai effectué des expéditions autrement plus compliquées. Tout dépend du véhicule qui t'achemine, mais surtout pas cette américaine qui rendra l'âme au bout du premier kilomètre.

— C'est déjà fait : elle n'est plus de ce monde, Louria, elle m'a quitté en même temps que mon père. Au garage des Domaines, ils écumaient de rage quand je l'ai apportée pour le contrôle : le radiateur était fissuré et rouillé, et l'assurance périmée depuis un an, nous avons donc roulé en totale infraction. Ils l'ont confisquée sur-le-champ et l'ont transférée à Gaza.

— Dans la Bande de Gaza ?

— Eh oui, justement là, dans ce foutoir, il y a là-bas un atelier de réparations de vieilles américaines qui sont redistribuées dans le monde arabe. Donc, si tu persistes à aller jusqu'au bout du cratère, tu ne pourras plus te dorloter sur une banquette arrière large et douillette, mais tu seras secoué dans un tout-terrain implacable. »

Virée jusqu'au bout de la route

Mais ce n'est qu'un modèle récent du même tout-terrain, aux quatre roues motrices, avec lequel Louria avait l'habitude de circuler sur des chemins accidentés en Galilée avant que le Département de l'équipement ne se transforme en Voies d'Israël. « Je ne suis pas épuisé à ce point que je me cherche des ménagements », proclame le retraité en donnant des coups de pied de toutes ses forces sur les grosses roues, comme pour vérifier leur robustesse. Il se pourrait même que les secousses et les tangages aideraient à faire naître dans son cerveau une nouvelle matière à la place de celle qui ne faisait que disparaître, et, déjà, il éprouve le désir de prendre le volant, mais craint d'imposer au jeune homme l'embarras de le lui refuser.

Au matin, Louria fait une ultime tentative afin que son épouse reste au lit. « Crois-moi, personne au monde ne te connaît mieux que moi, sache que tu ne couves pas une maladie mais que tu es déjà enfoncée profondément dedans, c'est pourquoi tu n'as pas le droit moral de ne pas exiger de toi-même ce que tu exiges de tes patients. » Mais la pédiatre ne peut pas renoncer à une journée de travail, les premiers symptômes d'une épidémie sont apparus dans le pays et, dans son équipe du service, deux infirmières et un médecin ont dû s'aliter. Toutefois, elle promet d'écourter sa journée et, de retour à la maison, de se mettre au lit, et si Zvi s'efforce de ne pas prolonger sa virée, de douces heures de soins l'attendront.

De nouveau, l'autoroute 6 rapide et monotone, jusqu'à l'entrée de Béer-Shéva, la pluie fait des siennes, apparaît puis se cache, écume puis disparaît. Parfois, se déploie à l'horizon un voile pluvieux où un soleil gris papillonne, mais quand ils arrivent à sa rencontre, l'astre s'est libéré et le ciel s'éclaircit, et seule la pluie continue à tambouriner sur le véhicule, comme si, dans le Sud, elle n'avait pas besoin de nuages pour prouver son existence.

Jusque-là, le jeune ingénieur n'a pas encore examiné concrètement la nature de cette voie, se contentant de la faire serpenter sur l'écran de son ordinateur. Une virée effective en suivant la voie au fond du cratère est censée se dérouler avec une extrême lenteur et une confrontation permanente entre le terrain et la carte, aussi n'ont-ils même pas le temps pour une pause-café, et la capitale du Néguev est contournée à vive allure et rejetée, pâle et brouillée, derrière eux. Et tandis qu'ils s'enfoncent dans le désert, une bise violente les accueille, faisant tournoyer quelques rares gouttes de pluie, mais énormes.

« On dit que les religieux ont inventé la semaine de deuil pour épuiser la douleur des endeuillés, maugrée Mimouni, mais ma semaine à moi ne m'a pas distrait de la tristesse : elle a tout simplement abruti mon cerveau.

— Dans ce cas, répond Louria, nous voilà désormais de vrais associés. »

Ce n'est pas une association de ce genre que Mimouni souhaitait pendant la semaine de deuil. Après que Shibolèt lui eut confisqué la jeune femme censée l'aider, et que son épouse eut, le plus souvent, évité de mettre le pied dans la demeure paternelle, il a connu un deuil solitaire et, comme il n'avait pas eu la présence d'esprit de limiter les heures de visite, débarquaient chez lui, depuis tôt le matin jusqu'à tard le soir, des consolateurs de tout acabit, familiers et inconnus, attendus et inopinés, vétérans et novices, proches et éloignés, véritables et fictifs, et bon nombre d'opportunistes, comme ces voisins du quartier décidant de franchir le seuil de la porte ouverte pour renifler la demeure de l'intérieur. Et comme dans ce quartier campagnard le stationnement s'offre à profusion et que, dans les environs, est situé un parc avec un petit étang où s'ébattent des oies, quelques visiteurs étaient arrivés avec leurs enfants afin de joindre l'utile de leurs condoléances à une agréable excursion familiale. Jusqu'à sa mère, dont il était évident qu'elle n'avait nul besoin d'être consolée, qui était venue à plusieurs reprises et s'était attardée à son côté, telle une endeuillée a posteriori, surtout afin de renouer des relations avec quelques amis d'enfance dont certains ignoraient qu'elle avait quitté son époux depuis belle lurette. En particulier, l'avaient étonné les visites de femmes inconnues et seules, âgées, voire très âgées, qui débarquaient à des heures indues, tôt le matin ou tard dans la soirée, comme si elles souhaitaient un tête-à-tête avec l'orphelin afin de lui raconter des choses cachées sur son père qu'il n'aurait jamais supposées.

Peu à peu, il en eut assez des bavardages sur la vie de son père et sur les étapes de sa maladie, aussi apprécia-t-il que la voisine, cette même voisine qui avait, la première, découvert son père décédé, eut accepté de le remplacer. Lorsqu'elle entendait, de l'autre côté du mur mitoyen, augmenter le vacarme des visiteurs, elle gagnait son jardin, se courbait et franchissait la brèche dans la barrière, surgissait à l'intérieur en passant par le balcon, et se joignait à la compagnie, comme une parente ou comme un substitut, racontait la vie de son vieux voisin, décrivait l'évolution de sa maladie et révélait comment elle avait découvert, seule, le défunt dans son lit. Parfois, elle agrémentait son récit de fantaisies bizarres, dont il doutât de la véracité, sans tenter toutefois de les infirmer, préférant s'évader pour une courte sieste dans le lit du défunt, en abandonnant la vérité à son sort.

« Et la gracieuse demoiselle de la colline, cette Hanadi, elle n'est pas revenue t'aider ?

— Qui ?

— L'étudiante en photographie, qui faisait déjeuner tes jumeaux le premier jour où nous t'avons rendu visite.

— Comment tu l'as appelée ?

— Hanadi. Hanadi.

— Par tous les diables, Zvi Louria, comment ce nom est arrivé jusqu'à toi ?

— C'est elle-même qui me l'a donné.

— Elle-même ? Quand ça ?

— À la station-service, quand tu me l'as envoyée avec un gobelet de café, elle m'avait l'air tourmentée, je l'ai donc fait asseoir à côté de moi et, pour la calmer, je lui ai posé quelques questions, par exemple son vrai nom, avant de devenir Ayala, et elle m'a répondu Hanadi en me donnant l'explication de ce nom.

— Laquelle ?

— Une fleur violette.

— Une fleur violette ?

— C'est ce qu'elle a affirmé. J'en suis certain.

— Impossible, la démence te joue des tours. »

Offusqué, Louria réplique : « Tu veux me dire que c'est une fleur différente ?

— Ce n'est ni une fleur ni une couleur, et de toute façon, Louria, comment te souviens-tu de ce prénom, alors que tu prétends que les prénoms s'effacent en premier de ta mémoire ?

— Ils disparaissent les premiers en hébreu, surtout les plus courants et les plus simples. Mais les prénoms rares, comme le tien, Assaël, ou en arabe, s'accrochent bien à moi, ils me collent vraiment.

— Alors là, tu me stupéfies.

— Moi-même, je me stupéfie. En tout cas, Mimouni, puisque tu m'as recruté pour convaincre tes supérieurs de creuser un tunnel sous la colline, tu ne peux plus dissimuler la raison pour laquelle toi et Shibolèt vous vous acharnez à ce sujet, et explique-moi, s'il te plaît, pourquoi elle m'a dit fleur violette au lieu de, au lieu de…

— Épée.

— Épée ? Tout simplement épée ?

— Une épée invincible.

— Alors comment cette épée s'est-elle transformée en fleur violette ?

— J'ai l'impression que la démence a pris la précaution de ne pas t'effrayer outre mesure. »

Poursuite du voyage au bout de la route

Louria est blessé. Jusqu'à cet instant, la démence voltige entre eux, telle une boule de duvet légère et charmante, et maintenant, elle laisse pointer un clou douloureux. Il se tait, recule son siège afin d'étendre ses jambes, rejette la tête en arrière et ferme les yeux. Pourquoi s'est-il fourré dans ce pétrin, par tous les diables ? Une amertume nouvelle bouillonne en lui, car aucune route au monde ne pourra enrayer la dégénérescence supplémentaire que le neurologue a prévue, et, au lieu d'obliger son épouse à se mettre au lit pour soigner sa maladie, le voilà par monts et par vaux, à des kilomètres d'elle. « Écoute, exige-t-il fermement du conducteur, vérifie si on peut capter de la musique classique sur ce véhicule de service, et si c'est le cas, mets-la, mais tout bas, parce que je veux sommeiller un peu en l'écoutant. » Mimouni ne parvient à soutirer aucune musique classique du tout-terrain, uniquement la mélopée langoureuse d'une chanteuse dont il est impossible de savoir si elle est israélienne, égyptienne ou jordanienne. Mais les volutes de la douce lamentation s'harmonisent à la fatigue et au dépit de Louria. « Pas grave, laisse ça, indique-t-il au conducteur, mais baisse un peu le volume. » Et avec un savoir-faire longuement éprouvé, l'ancien ingénieur réussit à actionner le levier du siège pour le déplier jusqu'à ressembler à une couchette de classe affaires, et, entre ses paupières, commencent à papillonner, les uns après les autres, la base militaire Ariel-Sharon, le kibboutz Mashavé-Sadé, le carrefour Tlalim, le carrefour Haloukim, et même l'invitation à visiter la sépulture du fondateur de l'État ne dessille pas ses yeux, et ce n'est que lorsque le véhicule stoppe devant l'hôtel Genèse qu'il s'ébroue, relève son siège et jette un regard affectueux à Mimouni qui dit : « On va faire une courte halte ici, et si tu as besoin d'aller aux toilettes, c'est le moment, bien que le cratère Ramon accueillerait avec amour tout ce dont tu l'aspergerais… »

Il est encore trop tôt pour se faufiler dans la salle à manger, aussi Mimouni a-t-il commandé d'avance à l'hôtel un panier de deux déjeuners à consommer dans le cratère. Afin de fixer le tracé exact, ils doivent emprunter un axe vierge qui les obligera à s'arrêter et à s'attarder de temps à autre, et si leur expédition ne s'achève pas en soirée, ils pourront la poursuivre le lendemain, car Mimouni a déjà pris soin de retenir une chambre au Genèse.

« Une chambre ? Non, mon cher monsieur, mon épouse est malade, je dois la retrouver dans la soirée.

— Mais pourquoi ne m'as-tu pas averti ? Ce voyage au bout de la route, je te rappelle que c'est toi qui l'as demandé, et je m'en veux d'être responsable du fait que tu laisses ton épouse seule.

— Elle n'est pas encore seule, ce matin, elle n'a pas renoncé à son hôpital.

— Dans ce cas, elle n'est pas vraiment malade.

— Elle est tout ce qu'il y a de malade. Cela fait déjà quarante-huit ans que je vis avec elle, et peut-être parce que je suis ingénieur et non médecin, je suis capable de noter mieux qu'elle le moindre changement dans son état. Et ce matin, j'ai compris que sa maladie ne ferait qu'empirer vers la nuit. Aussi ne me parle d'aucune chambre à l'hôtel, en désordre ou rangée, nous allons nous ressaisir et remonter en vitesse en direction du nord, vers le soir. »

Mimouni accélère le pas et rapporte de la cuisine du Genèse un joli panier de deux déjeuners, puis commence à avaler les virages de Maalé Hatsmaout. Il croise sans ralentir la colline, dont l'avenir oscille entre un arasement et un tunnel. À l'embranchement avec la nationale 40, que les deux ingénieurs considèrent d'un commun accord inadéquat au raccordement de la nouvelle route, ils déchirent le silence du cratère et, entre coups de frein et cahots, ils contournent la colline par un très large détour et, au bout d'un demi-kilomètre, ils commencent à ressentir, en se fiant au bruit des roues et à leur stabilité, une bande de chaussée nabatéenne antique, censée aider la nouvelle route, signalée jusque-là uniquement par une petite croix sur un écran d'ordinateur, et qui se déploie vers son objectif. Puis vient le moment de descendre de la voiture, d'étaler la carte sur le capot du moteur et de se repérer dans l'espace.

Silence. La brise souffle autour d'eux. Derrière eux, au loin, entre les deux flancs de la colline qui s'est rapetissée, trottine une énorme gazelle. Saisi d'émotion, Louria pointe le doigt vers l'animal, mais le jeune ingénieur hoche la tête et lâche : « C'est juste un mirage.

— Et tes résidents sans identité, ils sont encore là ? »

Mimouni hausse les épaules. Le deuil les a chassés de son esprit, mais il est persuadé que le plus jeune, qui a adopté l'identité d'un soldat druze disparu, commence à s'intégrer à l'entité israélienne, quant à la jeune fille, grâce à sa beauté, son intelligence et ses frais de scolarité réglés pour une année entière, elle réussira à convaincre la secrétaire du collège universitaire d'attendre jusqu'à ce qu'une solution soit trouvée à l'absence de carte d'identité.

« Et tu réussis à garder le contact avec eux ?

— Quand elle téléphone.

— Et le vieux ?

— Le vieux ? s'étonne Mimouni. Pourquoi dis-tu le vieux ? Toi, Zvi Louria, tu es plus âgé que lui d'un bon nombre d'années.

— Admettons. Tu as de ses nouvelles ?

— Il est sous la coupe de Shibolèt ou, en fait, Shibolèt est sous la sienne. Assez, Zvi, pourquoi devrais-tu tout connaître ?

— Parce que je ne vois pas comment je pourrais convaincre quelqu'un de creuser un tunnel sous cette colline sans connaître le fond de l'histoire du vieil homme qui se cache sur cette colline.

— Encore le vieillard…

— Bon, pas le vieillard, disons, un être humain comme moi. Mais au moins donne-moi quelque chose de concret à quoi je puisse me raccrocher. Donne-moi l'histoire depuis le début, ne me la balance pas avec des allusions énigmatiques. Mon cerveau se ratatine de plus en plus et, bientôt, même si tu le voulais, je ne pourrais plus saisir ton histoire. »

Le jeune ingénieur dévisage le retraité avec un regard bienveillant. « Tu as raison, le moment est venu de tenter de raconter cette histoire. Bientôt, quand on va réchauffer les plats qu'on nous a préparés à l'hôtel, nous allons touiller en même temps cette histoire à dormir debout. Et pour l'instant, si tu n'as pas encore oublié, Zvi, comment on conduit ce genre d'engin, prends le volant et roule doucement, moi, je vais continuer à pied à côté de la voiture, pour sentir la nature du sol. Et ici ou là, nous essaierons de casser une pierre pour vérifier sa consistance et sa résistance. Allez, en route ! »

Louria s'installe avidement au volant, mais le moteur s'étouffe et s'éteint sous ses mains, après avoir réussi à le rallumer, le véhicule hoquète, sans qu'on sache si le différentiel fonctionne ou non. Mais Mimouni se montre chevaleresque, sans une remarque ni un conseil, et continue à marcher, laissant le retraité retrouver ses réflexes d'antan. C'est ainsi qu'ils avancent, l'un à côté de l'autre, sur deux, trois kilomètres et, de temps à autre, le jeune homme apporte au vétéran une pierre arrachée du sol pour entendre son avis, et Louria, qui savoure sa maîtrise retrouvée du véhicule surélevé et lourd, laisse parfois Mimouni derrière lui, puis freine, coupe le contact et laisse son esprit vaguer dans le silence.

Ainsi, ils avancent lentement, tout en se consultant et en notant des signes sur la carte. Parfois, Mimouni se fatigue et s'assoit à côté du conducteur, tout en inspectant le tracé possible à travers la fenêtre ouverte. À leur stupéfaction, ils rencontrent les vestiges d'un axe déjà tracé, dont Louria suppose qu'il remonte à l'époque du

Mandat britannique, durant la Seconde Guerre mondiale, et à la tentative de préparer, dans le cratère, une piste d'atterrissage pour avions légers.

Çà et là, ils doivent reporter sur la carte une canalisation d'eau programmée, dans un endroit où la terre a été creusée ou défoncée par de petites carrières d'argile actives dans le cratère pendant des années, avant qu'il ne soit déclaré officiellement réserve naturelle. Ce qui semblait plat depuis la salle à manger de l'hôtel Genèse se révèle, pendant le trajet, riche de replis de terrain tourmentés et de bosses étranges, au point que, parfois, le véhicule réussit à ne pas se renverser uniquement grâce à l'assise obstinée de ses roues dont chacune d'elles contrôle en toute indépendance son propre fonctionnement.

Dans le Nord, la pluie tombe certainement, alors qu'ici l'air est frais et les nuages légers ; de temps à autre, des animaux roux et velus pointent le museau entre les rochers que Mimouni s'obstine à dénommer renards roux.

Au bout d'un lent et épuisant parcours d'environ cinq heures, alors qu'ils approchent du versant occidental du cratère, plus bas que l'oriental, Mimouni annonce le terminus de la route. Le retraité exige de savoir : « Bon, à la fin, qu'est-ce qu'on va construire ici ? Une base militaire ou une simple station ?

— Selon moi, une station d'écoutes », répond l'ingénieur avec un sourire derrière sa barbe qui a poussé et s'est épaissie depuis la semaine de deuil. « Une station très sophistiquée, invisible, qui sera enfouie et dissimulée sous terre. La prochaine guerre, prédit le jeune ingénieur, consistera essentiellement à écouter l'ennemi, juste pour savoir que lui aussi ne fait que t'écouter. Mais tout cela, Zvi, dépasse l'objectif de notre mission. Nous avons esquissé le tracé, et la responsabilité de lui assigner une vocation appartient à d'autres. Nous, il ne nous reste plus qu'à réchauffer notre repas. »

Sur le siège arrière, il prend un four à micro-ondes miniature, le branche sur la batterie du véhicule, ôte l'emballage du déjeuner qu'il introduit dans le four. Après avoir étalé deux nappes sur un gros rocher et posé les couverts, il apporte même un tire-bouchon et une bouteille de vin rouge. « Tu vois, Zvi, ne va pas te plaindre, en plus, que ce pays ne te gâte pas. »

De derrière un rocher surgit une jeune renarde, qui a déjà eu le temps de se faire pousser une longue queue, et de ses yeux sagaces elle surveille les deux intrus sur son territoire. Louria s'adresse à elle, pour l'encourager à approcher, et, s'apercevant que la parole est inutile pour dissiper sa méfiance, il lui jette des morceaux de pain. « Sache seulement, lui fait remarquer Mimouni, que l'Office de protection de la nature interdit d'alimenter les animaux dans le cratère.

— Pourquoi donc ? s'insurge Louria. Regarde comme cette jeunette dévore avec joie ce que je lui jette.

— Mais qu'est-ce que t'en sais, au juste ? rétorque Mimouni. Peut-être qu'à la fin ton pain va lui filer un mal de ventre ?

— Le pain n'a jamais fait de mal à nul être vivant, tranche Louria.

— Tu en prends la responsabilité, se résigne Mimouni, parce que moi, à part la route militaire, je ne suis chargé de rien d'autre. »

« As-tu entendu parler d'une association israélienne au nom prometteur de "Sur la voie de la guérison" ? l'interroge Mimouni tout en versant du café de sa Thermos. Je suis sûr que non, répond-il aussitôt à lui-même. Dans ce pays, on entend parler le plus souvent d'actes infâmes ou cruels envers les Palestiniens, et non d'initiatives qui sauvent des vies et favorisent la concorde. Je suis certain que tu ne sais rien, Zvi, de ces volontaires israéliens qui se rendent aux postes de contrôle et aux passages afin de convoyer des Palestiniens malades, surtout des enfants, dans les dispensaires et les hôpitaux d'Israël. Des individus dans un état grave, des cancéreux, des malades des reins nécessitant des dialyses, et d'autres malades chroniques exigeant des soins spécialisés. Dès l'aube, des dizaines de véhicules se mettent en route pour ramasser des malades palestiniens et, au soir, d'autres volontaires israéliens ramènent ces patients aux barrages. C'est une organisation complexe qui œuvre depuis de nombreuses années et requiert une coordination entre volontaires israéliens et palestiniens, de même qu'avec les personnels médicaux. Bref, une mission sacrée.

— Je l'ignorais vraiment, marmonne Louria, ou peut-être l'ai-je oublié, beaucoup de choses se déroulent en secret dans ce pays.

— C'est vrai, en secret, c'est le mot qui convient. Car la maladie palestinienne ne concerne pas uniquement les Israéliens au grand cœur qui désirent expier, d'une façon ou d'une autre, les méfaits des colons et des soldats. La maladie palestinienne intéresse aussi les services de sécurité car, si l'on a vent de la maladie ou de la détresse d'un

Palestinien, il est plus facile d'obtenir de lui ou de ses proches des informations ou des actes utiles.

— Que faire ? dit Louria, c'est logique mais, tout de même, le secret médical, ça existe aussi !

— Le secret médical ? Quelle naïveté ! Inutile d'envoyer des agents pour fouiller dans les dossiers médicaux, les Palestiniens décrivent eux-mêmes leurs maladies, et il se trouvera toujours des agents de la sécurité qui savent les faire parler. Et cet homme, que tu appelles le "vieux", bien qu'il soit, selon moi, plus jeune que toi d'au moins quinze ans…

— Nahman, murmure Louria.

— Non, pas Nahman. Yérouham, qui vient de s'offrir soudain un nom de famille.

— Yassour, se souvient Louria.

— Exactement. Cet homme qui avait naguère un nom de naissance bien à lui, que seul Shibolèt connaît, habitait, il y a quelques années, dans le gouvernorat de Jénine, dans un village dont même Ayala, ou Hanadi, comme il te plaira, ne te révélera jamais le nom. Cet homme, instituteur dans le primaire, enseignait l'arabe aux enfants, et l'hébreu aux adultes, selon ses moyens, en particulier à ceux qui travaillent en Israël, eh bien, il était l'époux d'une femme décédée, celle dont il t'a montré la photo.

— Une belle femme, je veux dire… à en juger par la photo.

— En effet, une femme singulière, semble-t-il, que son mari aimait beaucoup, elle était malade du cœur et a été soignée pendant des années dans l'un des grands hôpitaux d'Israël, et rends-toi compte : Shibolèt n'est toujours pas disposé à révéler le nom de cet établissement. Cette femme était transportée tout le temps au service de cardiologie, tandis qu'à l'Administration civile ou au siège du gouverneur militaire, choisis le terme qui te convient, on suivait son état, et, parmi ces enquêteurs, se trouvait le lieutenant-colonel Shibolèt, alors dans ses dernières années de service après que l'armée l'eut éloigné de toute activité combattante.

— Mais pas seulement lui », Louria défend Shibolèt pour une raison quelconque, « beaucoup de nos soldats deviennent des policiers.

— Et aussi des agents secrets », Mimouni ne se laisse pas interrompre, « car, dans l'intervalle, malgré les traitements, l'état du cœur empire au point que seule la transplantation d'un cœur neuf la sauverait, une opération compliquée et risquée. Les cœurs à greffer sont très rares et, naturellement, réservés aux citoyens israéliens. De toute façon, comment une Palestinienne du gouvernorat de Jénine aurait-elle pu recevoir un cœur israélien sans assurance-maladie et sans ressources à même de financer le coût énorme d'une greffe ? »

Devant les propos de Mimouni, Louria éprouve une brusque inquiétude pour sa femme, et il demande au jeune homme une courte pause pour vérifier si elle a tenu parole et écourté son service. Malgré tout, dans un lieu aussi désolé au bout d'un cratère aussi immense, non loin de la frontière égyptienne, la communication fonctionne, et Dina répond à son époux, quoique d'une voix assourdie et pâteuse, sans qu'on puisse savoir si c'est à cause de la distance ou de l'aggravation de son état. En effet, elle s'apprête à rentrer à la maison, les infirmières du service l'obligent à s'en aller. « Encore heureux qu'à part moi, dit Louria, il y ait d'autres êtres humains qui t'aiment. — C'est vrai, confirme-t-elle sur un ton songeur, et toi ? Quand rentres-tu ? » Louria ne veut pas dire où il se trouve, mais nul doute qu'elle sent la désolation qui l'entoure, aussi l'interroge-t-elle sur le sort du tunnel : « Qu'est-ce qui a été décidé ? Oui ou non ? — On y réfléchit encore, répond Louria, on étudie le dossier. — Qu'y a-t-il encore à étudier ? se récrie-t-elle d'une voix enrouée, validez-le et commencez à creuser, c'est ta dernière occasion, Zvi. » Puis elle coupe la communication.

Afin d'éviter d'écouter la conversation privée de ce couple amoureux, Mimouni s'éloigne pour se soulager et lire un texto qui vient d'arriver sur son portable. Mais, à son retour, il se souvient de reprendre son récit là où il l'a interrompu. « Dans ces conditions, il fallait trouver de l'argent pour financer un nouveau cœur israélien à la femme d'un instituteur palestinien. Et c'est là qu'entre en scène notre officier d'administration, mon ex-commandant, soit de sa propre initiative, soit en obéissant à une politique qui exploite les détresses intimes au profit d'un intérêt national plus large, ou alors peut-être – c'est ce dont j'essaie de me persuader ces derniers temps – par pitié pour une femme aussi belle et délicate, peut-être par empathie, à cause de sa propre souffrance.

— Sa propre souffrance ?

— La maladie de sa femme. Mais, tout doux, Louria, pour le moment, il ne s'agit que d'une simple hypothèse qui, certes, se confirme de jour en jour.

— Ce qui signifie ?

— Ce qui signifie… patiente un peu… Nous allons d'abord ramasser les couverts, nous n'allons laisser aucun déchet derrière nous, puis nous tenterons de décrypter ce Shibolèt pendant le trajet du retour. »

Il rassemble les ustensiles à usage unique et les emballages en un tas, prend une pelle pliante dans le véhicule, creuse un petit trou, y enfouit le tout et proclame sur un ton solennel : « Voici la première station secrète ! »

Dans la voiture, après avoir fait taire la mélopée à laquelle s'étaient ajoutés une flûte et un tambourin, il continue à dérouler son récit :

« Afin de payer les frais de l'opération, Shibolèt suggère à l'instituteur de récupérer le titre de propriété d'un lopin de terre situé au bout du village, lopin abritant un tombeau antique que les Juifs veulent s'approprier. Et ce n'est que grâce à sa passion et à son dévouement pour sa femme qu'un simple instituteur réussit à mettre la main sur de vieux titres, datant des Ottomans, et à recevoir en échange, par l'intermédiaire de Shibolèt, une somme respectable en espèces, afin d'échanger un cœur affaibli contre un cœur neuf. Mais entre-temps, le cœur de sa femme ne résiste pas et, après l'enterrement de son épouse, il découvre que les documents sont douteux et que le terrain vendu n'est pas privé mais un bien de mainmorte musulman, et que le cheikh enterré sur cette parcelle est un pur musulman qui risquait de se déchaîner si on essayait de lui faire subir une conversion posthume. Et bien que la transaction ait été invalidée, les villageois se sont montrés furieux devant la malversation de leur instituteur et ont commencé à faire planer des menaces sur sa vie. Il n'avait donc pas d'autre choix que de se réfugier, avec son fils et sa fille, en Israël. Mais dans son désespoir et sa solitude, il refuse de restituer l'argent reçu.

— Et Shibolèt ?

— C'est le plus important. Shibolèt ne les a pas laissés tomber. Même s'il a été dégagé des cadres de l'armée, lui-même ne s'est pas libéré de ses responsabilités. Il conserve la somme non restituée, car aucune banque n'ouvrirait un compte courant à un individu qui dissimule son identité et, par culpabilité à cause de la transaction qu'il a manigancée, et aussi parce que l'asthme de sa femme l'oblige à loger avec elle, de temps à autre, dans un petit appartement loué à Mitspé Ramon, où l'air sec et pur soulage sa respiration, il a trouvé pour le père et ses deux enfants une sorte de refuge provisoire dans une ruine nabatéenne sur cette colline pour laquelle, au lieu de l'aplatir, tu vas m'aider à convaincre les Voies d'Israël d'y creuser un tunnel.

— Dans ce cas, ce type qui t'a fait trembler pendant tes classes, se révèle en fin de compte comme un chic type scrupuleux qui assume la responsabilité de ses actes, même au risque de se compromettre.

— Tu as raison, non seulement au risque de se compromettre, mais aussi d'avoir des ennuis avec la loi. Mais récemment un autre motif à son attitude commence à me ronger l'esprit, une explication dingue qui ne me laisse pas en paix.

— Et laquelle ?

— Patiente… »

Seconde femme

Sur le chemin du retour le long de l'axe déterminé sur la carte comme le tracé adéquat pour la route militaire, ils peuvent admirer à loisir le paysage du cratère se préparant à accueillir le crépuscule. Il n'est pas loin de dix-sept heures, Dina se trouve certainement au lit, et il peut avoir l'esprit tranquille, songe Louria, tout en contemplant les arabesques rougeâtres que le soleil imprime sur les pics lointains. Mimouni ne desserre toujours pas les lèvres. « L'explication dingue qui ne le laisse pas en paix » demeure encore tapie dans son esprit avant qu'il puisse l'exprimer devant un inconnu, ce dernier serait-il affligé d'une certaine démence. Entre-temps, l'univers autour d'eux se rafraîchit, et Louria se distrait à dévorer des yeux le cratère comme s'il souhaitait se voir aspirer par les cieux et se fondre dans les nuages voguant au-dessus de sa tête. Mais, de nouveau, l'inquiétude le saisit au sujet de son épouse, comme si elle se convulsait en lui-même. Il essuie d'un revers de la main les larmes qui perlent à ses yeux, et alors, le jeune ingénieur retire de la boîte à gants des mouchoirs en papier, lui soufflant : « Ne va pas te plaindre, Zvi Louria, que ce pays ne te gâte pas. »

Au loin, se dessinent les contours de la colline qui, faute d'y creuser un tunnel, serait condamnée à être arasée. Mimouni conduit prudemment et, entre-temps, se lance dans un éloge enflammé du cratère Ramon : non seulement c'est le plus grand du monde, mais c'est l'un des rares à avoir été créé non par la chute d'une météorite mais par l'érosion et les ravinements. « À l'origine, il y avait une montagne métamorphosée en cratère à cause de l'érosion, et le terme de cratère en hébreu, *makhtech*, a pénétré dans toutes les langues. Si on dit *makhtech* en hébreu à un géologue japonais, il saura de quoi il s'agit.

Louria ne peut s'empêcher d'amoindrir l'importance de ce cratère :

« Pourtant, on ne voit pas d'eau couler…

— Uniquement parce que les nombreuses rivières des environs ne parviennent pas à s'y infiltrer dans le sol, pour la bonne raison que ce cratère est situé lui-même sur une chaîne de monts, et quand les pluies s'y accumulent, il s'empresse de les siphonner. Même ce que j'ai eu le temps d'uriner pendant que tu discutais avec ton épouse est déjà en route vers la mer Morte, et c'est pourquoi le chétif acacia en face de toi doit plonger ses racines à une profondeur de cent cinquante mètres au moins pour téter une goutte d'eau oubliée. »

Sous la lumière qui s'effiloche déjà, la colline que les communications électroniques ont délaissée s'avance à leur rencontre, aussi Louria interrompt le dithyrambe géologique de son compagnon et exige de connaître la fin de l'histoire humaine, bref, l'idée insensée qui, peut-être, confirmera la nécessité d'un tunnel. L'ingénieur dévisage affectueusement son collaborateur âgé. « Eh bien, ça y est, Zvi, tu vas m'affirmer maintenant que ta démence m'a contaminé. — Et alors ? répond Louria en éclatant de rire. Même si la démence provoque une émotion embrouillée, réjouis-toi pourtant de cette émotion que t'offre un retraité à la place de celle que ton père ne peut plus t'inspirer.

— Tu as sans doute raison. Car j'ai l'impression qu'une implication personnelle se mêle à ma méfiance. En cherchant un motif au fait que cet homme, Shibolèt, persiste à prendre sous son aile cette famille, j'ai le sentiment qu'il agit avec une motivation supplémentaire ou cachée, par exemple, je ne sais quelle intention de s'attacher la jeune fille comme une seconde femme.

— Hanadi ? sursaute Louria.

— Ayala, le corrige Mimouni.

— Hanadi, s'obstine Louria.

— Bon, va pour Hanadi, mais ne me dis pas que c'est une idée insensée.

— Tout est dingue dans cette histoire.

— Tout de même, je m'interroge pour savoir d'où je tire cette idée bizarre qui ne me lâche plus…

— De toi, uniquement de toi, tranche Louria. De ton désir de te venger de ton commandant ou de celui de t'identifier à lui. »

Il plonge la main dans sa poche droite pour en tirer son portable, mais nulle trace de l'appareil, dans sa poche gauche non plus, il fouille, d'un air nerveux, les poches de son blouson, mais en vain, se baisse pour le chercher entre ses jambes, mais ne trouve rien. « Minute, crie-t-il, affolé, arrête-toi tout de suite. »

Tous deux descendent du véhicule et redressent les sièges pour chercher au milieu des outils parmi lesquels on trouve une boussole, un télescope, un compas antédiluvien, tandis que Mimouni repère sur son appareil le numéro du portable disparu, l'appelle afin qu'il révèle sa cachette, mais seul le silence du désert lui renvoie un écho. « Peut-être que l'appareil s'est envolé dans les derniers cahots du véhicule », suppose Louria. Et paniqué il retourne sur ses pas, sous la lumière déclinante du crépuscule, effectue, cent, deux cents, peut-être trois cents mètres en arrière en suivant la trace des roues.

« Comment et pourquoi m'a-t-il lâché ? gémit le retraité. Alors que j'ai parlé à Dina pendant notre déjeuner. Ou alors », il se tourne d'un seul coup vers le jeune ingénieur : « Tu l'as ramassé avec les déchets et enterré ? — Pourquoi ? ricane Mimouni surpris. Parce que tu me considères moi aussi comme un peu maboul ? Mais c'est peut-être le contraire, le défie-t-il, c'est peut-être toi, Zvi, qui l'as donné à la petite renarde avec laquelle tu as essayé de faire ami-ami ? — Non, hurle Louria, ne te moque pas, tout mon cerveau, tous mes contacts sont enregistrés là-dedans.

— Pourquoi t'inquiéter ? On va te les restaurer. Si ton fils, comme tu me l'as affirmé, fabrique des composants électroniques, il n'aura sans doute aucune difficulté à te restituer tous tes contacts.

— Mais jusque-là, jusque-là ! Comment je vais appeler maintenant chez moi pour savoir comment elle va ?

— Donne-moi son numéro, et je vais vous mettre en relation.

— Mais ma femme aussi est enregistrée depuis longtemps dans la liste des favoris. J'ai effacé son numéro de ma mémoire.

— Et le numéro de la maison ?

— Lui aussi est dans les favoris.

— Tout de même, s'agace Mimouni à bout de patience, c'est obligé qu'il soit quelque part dans ton cerveau, fais un effort, mon gars, ne te résigne pas, sinon je vais croire que tu te laisses engloutir dans la démence.

— C'est vrai, je me laisse un peu entraîner, reconnaît Louria, et j'en jouis peut-être. Mais tu as raison, on ne peut pas oublier le téléphone de sa maison, elle a l'habitude de le débrancher avant de s'endormir et de ne laisser que son portable ouvert à côté d'elle. Et, à cause de sa maladie, elle a sûrement pensé à le faire. »

Lorsque Louria se souvient enfin du numéro, et que Mimouni lui passe la communication, c'est en effet le répondeur qui invite le maître de maison à laisser le message affligeant : le cratère a avalé son portable, mais inutile de s'inquiéter pour lui, il se trouve sur le chemin du retour.

« Le cratère l'a avalé ? s'emporte Mimouni. Pourquoi t'en prendre à lui ? Qui de nos jours n'oublie pas ou ne perd pas parfois son portable ? »

Toutefois, Louria s'entête. Même s'il revenait là où il l'a perdu, il ne retrouverait pas l'appareil, le cratère l'a déjà digéré. Dorénavant, il devra attacher son portable à une laisse, comme un chien, pour qu'il ne s'enfuie pas.

« C'est ça, attache-le, pourquoi pas ? convient Mimouni. Mais pourquoi cet abattement ? Tu m'as toi-même assuré qu'on pouvait tout restaurer.

— Impossible de restituer *tout*, l'interrompt le retraité en fureur, car personne ne sait ce que comporte ce *tout*. Dans ces conditions, si Shibolèt et toi aussi manigancez pour faire de la jeune Palestinienne votre seconde femme, moi aussi, je vais me prendre dorénavant un deuxième portable afin d'en disposer de deux. »

Mimouni a un mouvement de recul, rougit, éclate de rire : « Moi aussi, je me programme une seconde femme ? D'où t'est venue une idée pareille ? » Louria ne réagit pas, lugubre et replié sur lui-même, il remonte sur son siège, boucle la ceinture de sécurité et marmonne pour lui-même : en route, le soleil se couche, et la maison est encore loin !

Chambre en désordre

Les personnages qui, tout à l'heure, animaient le récit de Mimouni, se plantent à cette heure en chair et en os au pied de la colline. Dans le halo des phares du véhicule de service, apparaît l'instituteur villageois ; à son côté, l'ex-officier de l'Administration civile, svelte et élancé, à la chevelure blanche étincelante ; et la fille, Ayala, à l'écart des deux autres, près du quad, la tête et les épaules recouvertes d'un fin voile traditionnel, et le retraité la trouve plus grande et plus adulte que dans son souvenir. « Est-ce qu'ils nous attendent ? s'étonne-t-il. Tu les as informés de notre virée dans le coin ? » En effet, Mimouni, qui se gare à quelques mètres du groupe, coupe le contact et éteint les phares, était au courant de ce rendez-vous et s'y était préparé : Shibolèt l'avait appelé d'urgence afin qu'il l'aide.

C'est que l'instituteur villageois, et ce n'est pas la première fois, en a assez de sa cachette et veut se rendre aux autorités israéliennes dans l'espoir que la peine qui lui serait infligée lui rende son identité perdue. Aussitôt, l'officier qui l'a pris sous sa protection s'est précipité pour l'en dissuader, mobilisant aussi l'aide de sa fille. Et à l'instant même, alors qu'au ciel les étoiles foisonnent et dispensent leur splendeur à ce seul cratère, l'Israélien précise au Palestinien que, même si la somme restant de la transaction avortée était restituée totalement à l'association religieuse désireuse de convertir au judaïsme un cheikh musulman oublié, aucune punition ne pourrait satisfaire à la fois les Israéliens et les Palestiniens. Ni garantir que l'instituteur qui a escroqué tout le monde puisse recouvrer, grâce à ce châtiment, son ancienne identité. Et afin d'étayer son argumentation, arrive à leur rencontre l'ingénieur des Voies d'Israël censé renouveler son engagement visant à préserver l'intégrité de la colline.

Or, dans le véhicule à l'arrêt demeure un second ingénieur, âgé, privé de salaire, qui se lamente encore sur son portable qui doit clignoter, à cet instant-là, et sonner, abandonné dans la désolation, indifférent aux appels de son épouse et de ses enfants. Et qui sait si la petite renarde, revenue sur les lieux pour rafler une miette oubliée et, dans sa fièvre de nostalgie pour le vieil homme qui lui a fait bonne figure, ne le renifle pas maintenant et ne plante pas ses crocs acérés dans l'appareil. Louria est triste, et son angoisse le vide de toute autre pensée. Si les médecins et les infirmières ont obligé la forte tête à rentrer chez elle au beau milieu d'une journée de travail, cela signifie que son état s'est aggravé, et à cette heure, elle n'a besoin de personne d'autre que de lui car il est le seul à savoir comment s'en occuper. Aussi faut-il se hâter de quitter le désert et de rentrer à la maison, et pourquoi, diable, Mimouni est-il en train de perdre son temps avec la seconde femme ?

Aussi, afin de disperser la rencontre et d'accélérer le mouvement, il s'installe au volant, tourne d'une main assurée la clé de contact : l'engin de service lui obéit aussitôt. Mais comme il n'a pas le temps de repérer le bouton d'éclairage, qui a, semble-t-il, changé de place dans le nouveau véhicule, il baisse le levier de frein et passe au point mort afin que le véhicule glisse sur la pente en direction des personnages du récit, dans l'espoir de stimuler la conclusion de l'histoire. Mais l'histoire mélancolique n'a pas conscience du monstre obscur glissant en silence jusqu'à presque le toucher. « T'as perdu la raison ? », crie Mimouni en s'agrippant à l'engin roulant au pas et arrachant Louria du siège conducteur. Et le retraité éjecté par une main puissante s'étale aux pieds des deux RSI, le père et la fille, qui se précipitent pour le relever et ne le lâchent pas avant d'être sûrs qu'il n'est pas blessé. « Ce n'est rien, fait Louria en s'époussetant, pas de problème. Je voulais juste vous presser parce que mon épouse est malade, et je dois revenir vite chez moi. Bonsoir, Nahman Yassour, bonsoir Hanadi.

— Yérouham, le corrige à voix basse le RSI. Mais qu'est-ce qu'elle a, ta femme ?

— Juste un virus, ou peut-être un microbe, mais même si elle-même est médecin, elle ne sait pas se soigner. C'est la raison pour laquelle je dois me trouver auprès d'elle.

— Oui, il faut toujours rester auprès d'une femme malade, approuve le veuf, mais et mon tunnel ?

— Il y aura un tunnel. Ne t'inquiète pas.

— Il y aura un tunnel. Ne t'inquiète pas, Mimouni confirme la promesse de son assistant. Il sera facile et simple à creuser.

— Mais Shibolèt affirme, s'obstine le Palestinien, qu'on ne vous l'a pas encore validé.

— Ils valideront, ils valideront. C'est pour cela que nous avons amené monsieur Louria.

— Tu entends ? dit Shibolèt. Écoute ce que disent les ingénieurs. Tu peux remonter sans inquiétude. La colline est toujours à toi.

— Si je dois retourner, ce ne sera qu'avec ton quad parce que j'ai descendu toutes mes affaires.

— Bien sûr, on va tout charger, et toi ? » Il se tourne, l'air radieux, vers la jeune fille : « Que souhaites-tu ? Rester cette nuit en haut avec ton père ou dormir chez nous dans l'appartement ?

— Assez, arrête de la tourmenter, l'interrompt Mimouni, furieux, arrête de la bousculer ! Pourquoi devrait-elle remonter sur la colline ou se trimbaler jusqu'à ton minuscule logement ? Laisse-la, s'il te plaît, et moi je vais la ramener.

— Où ça ? Au collège ?

— Ce qu'elle décidera, ce qu'elle voudra. Même à une

chambre en désordre de l'hôtel Genèse, si nous en trouvons une à cette heure. »

Le minibus

La fille se tourne du côté de son père et incline la tête en un geste plein de grâce, tandis que son père tend la main vers sa tête qu'il caresse, puis elle embrasse la main qui vient de la caresser. Délicatement, Mimouni la détache de son père, sans la guider vers le siège arrière du véhicule de service, mais l'installe sur le siège avant, entre lui et Louria, et la chaleur du jeune corps irradie entre les deux ingénieurs. L'obscurité gagne peu à peu le cratère et, au loin, les lumières éparses de Mitspé Ramon brillent. Mais l'hôtel Genèse, dont les pierres se confondent avec l'arête extrême de la haute falaise, comme une sorte de couronne naturelle, dissimule encore ses lumières. Ce n'est qu'en gravissant la pente de Maalé Haatsmaout, quand l'hôtel projette sa première lueur, que la jeune RSI ôte son couvre-chef et libère sa chevelure. Louria songe au père qui l'a caressée et interroge la jeune fille : elle n'est pas triste de laisser son père solitaire, pendant des jours et des nuits sur la colline ? « Il n'est pas toujours seul, explique-t-elle, il a un ami proche, un parent palestinien, officier de police en Jordanie, mon père discute beaucoup avec lui dans son portable et, parfois, ils se retrouvent dans la plaine de l'Arava, le long de la frontière, à chaque fois dans un endroit différent, pour qu'on ne les repère pas. » Et Louria, à qui le mot « portable » cause un pincement au cœur, s'empresse de remarquer : « Mais parler par portable n'est pas toujours sûr dans son cas.

— Pourquoi ? s'étonne Ayala. L'appareil de Papa est jordanien, le réseau est jordanien, et l'abonnement est réglé en Jordanie. Comment peut-on écouter en Israël les conversations avec la Jordanie ?

— C'est ce que tu crois, intervient Mimouni en orientant le véhicule vers l'hôtel Genèse éclairé. L'État d'Israël écoute tout ce qu'il veut entendre, sauf que ton père n'a pas suffisamment d'importance pour que quelqu'un veuille écouter ses conversations avec son cousin. »

Le véhicule s'arrête très près de la porte-tambour et, sans couper le moteur, Mimouni descend en tirant la jeune passagère et, la prenant légèrement par l'épaule, la guide vers l'entrée qu'ils franchissent ensemble dans le même sas et, tout en tournant, il lui donne quelques instructions, puis s'échappe tandis qu'elle, toute droite et d'un pied léger, pénètre dans le hall éclairé.

Mimouni a l'air ému et tendu à son retour. Sans un mot à l'adresse de Louria, il fait demi-tour et, au lieu de se diriger vers le nord, par la nationale 40, il roule en direction de Mitspé Ramon. Quand Louria, sidéré, proteste : « Où vas-tu ? Je devrais déjà être chez moi », il lui réplique : « Tu vas voir tout de suite », en naviguant à travers de petites rues jusqu'au parking municipal où dorment de nombreux véhicules de toutes dimensions, dont un minibus à l'habitacle éclairé. « Eh bien, Zvi Louria, ce charmant minibus va te ramener chez ta femme malade plus rapidement que moi, et je vais régler au conducteur non seulement le prix de la course, mais aussi pour qu'il te dépose sur le seuil de ta maison, de sorte que tu ne pourras pas te plaindre que ce pays te dédaigne.

— Quand me suis-je plaint de l'État ? À quelles doléances fais-tu sans cesse allusion ? », grince Louria, préoccupé, tout en se montrant sensible aux attentions efficaces du jeune ingénieur. Il monte dans le minibus, croise trois hommes qui ont l'air de se faire la gueule et s'installe sur la banquette arrière, large et rembourrée, avec l'intention de s'en servir de couchette. Par la fenêtre, il aperçoit Mimouni en train de discuter avec le chauffeur qui tire sur sa cigarette, puis d'ouvrir son portefeuille et le payer. En montant dans son véhicule, le chauffeur invite Louria à s'asseoir à côté de lui, mais ce dernier décline l'offre, la banquette arrière lui convient. « On attend d'autres passagers ? — Pas maintenant, pas à Mitspé Ramon, seulement à Sdé-Boker, trois autres passagers. » Dans ce cas, aucune raison de ne pas occuper la banquette arrière, et si par hasard le chauffeur avait un petit coussin, ce ne serait pas de refus. Un coussin est trouvé, défoncé et malpropre, mais ça reste un coussin, et le chauffeur ne peut pas se plaindre du passager qui se déchausse, s'étale sur la banquette et pose la tête sur le coussin, tout en bouclant l'une des ceintures de sécurité.

Après toute une journée dans un tout-terrain spartiate, surélevé, à la transmission intégrale et aux amortisseurs militaires, le trajet en minibus est douillet et fluide, et du ronflement du moteur s'échappe une sorte de triste mélodie. Couché sur le dos, Louria ne voit pas la route mais uniquement le ciel qui a laissé dans le cratère Ramon ses étoiles magnifiques et qui se contente, à cette heure, d'une lune terne et gibbeuse, remorquée vers le nord du pays comme par devoir. À la maison, vite, à la maison, Louria brûle d'arriver, et il prie que Dina ait entendu le message de la boîte vocale et n'essaie pas de l'appeler en vain. Douze heures seulement se sont écoulées depuis leur séparation de ce matin, et il se languit déjà d'elle et désire garder en mémoire toutes les péripéties de la journée pour les lui raconter, afin qu'elle comprenne que, à cause de sa ferveur puérile pour des tunnels creusés il y a des lustres, elle l'a abouché à un jeune ingénieur dynamique dont les intentions ne sont pas uniquement techniciennes.

Il ne se réveille en sursaut et ne se redresse qu'au moment où un fauteuil roulant replié est enfourné bruyamment dans le coffre à bagages et qu'une Philippine svelte mais robuste grimpe dans le minibus, en tirant à l'intérieur une figure de petite taille dont la calvitie est ornée d'une touffe frémissante de cheveux blancs. Une sorte d'homme ressemblant à une femme qui ressemble à un homme. Et Louria se demande : Ben Gourion serait-il ressuscité et quitterait-il Sdé-Boker afin de régénérer l'État, là-haut dans le centre du pays ? Mais, à en juger par la rigidité de ses membres, et par le Philippin supplémentaire qui le soutient dans le dos, il semble que l'ex-dirigeant soit plongé dans une démence profonde, et le regard éteint qu'il laisse errer autour de lui annonce à Louria la fin de la route que lui-même commence à peine à emprunter.

Il n'y a donc pas lieu d'espérer un nouveau rebondissement politique dans ce minibus, il ne reste plus qu'à se coucher de nouveau sur la banquette arrière et à noyer les nuées nocturnes dans le rêve. Mais, bien qu'au bout d'un bref laps de temps le véhicule contourne Béer-Shéva et commence à foncer sur l'autoroute 6, où la mélodie feutrée du moteur se fait encore plus aérienne, le sommeil du retraité s'effrite, et, les yeux grands ouverts, les sens aiguisés, il épie les trois passagers descendant l'un après l'autre, sans un mot, dans des rues obscures à l'entrée de la ville, tandis que le minibus bifurque brusquement vers le centre de la ville scintillant de mille feux pour aboutir à la promenade du front de mer où le fauteuil roulant est déposé puis déplié ; les deux Philippins font descendre, avec une extrême compassion, le personnage confié à leur garde, le font asseoir avec précaution et le poussent en direction de l'ancien port de Jaffa.

Le minibus s'étant vidé de ses passagers, le chauffeur invite son dernier client à s'installer à côté de lui et à lui indiquer son adresse. Louria est pris de panique, un écran noir occulte l'adresse. « Donne-moi un instant, et je vais m'en souvenir, dit-il, mais, pour le moment, s'il te plaît, on ne va pas perdre de temps, ne reste pas coincé ici, dirige-toi vers la place Rabin, je suis sûr que ma maison n'est pas loin de là. Tu sais y arriver ? — Bien sûr », répond le chauffeur qui allume l'écran de son GPS et, sur la carte éclairée de Tel-Aviv, coche la place. « Et si, malgré tout ça, je n'arrive pas à me rappeler l'adresse, ajoute Louria, arrête-moi sur la place, et je retrouverai à pied mon chemin. Mes jambes connaissent la direction, mais là, tout de suite, j'ai du mal à te donner l'adresse exacte. » Or, Mimouni a réglé d'avance le transport jusqu'à la demeure, et ce conducteur est habitué, semble-t-il, aux passagers un peu simplets et désorientés, et il rassure son dernier client : « Ce n'est pas grave, monsieur, j'ai le temps et la patience, concentrez-vous, n'ayez pas peur, ensemble, nous allons trouver la bonne adresse, et comme ça, je pourrai vous déposer sur le seuil de votre maison. Juste, donnez-moi le nom d'une rue importante dans les environs dont vous vous souvenez, on va se diriger dans sa direction.

— Ben Gourion, lâche Louria, je veux dire, l'ancienne avenue Kéren-Kayémet. Mais je suis sûr que ma maison n'est pas à cette adresse.

— Vous habitez peut-être près d'un autre dirigeant, suggère le chauffeur, et vous les avez simplement confondus. Voilà, je vais rouler, et vous, regardez bien cette carte de Tel-Aviv. La petite coccinelle verte qui rampe sur l'écran, c'est nous, vous et moi. Réfléchissez bien, peut-être habitez-vous près d'un autre grand dirigeant.

— Comme qui ?

— Par exemple, Jabotinsky ? C'est tout près.

— Jabotinsky, sûrement pas. Je connais Jabotinsky, c'est une voie longue et large qui traverse la place de l'État, mais moi, je demeure dans une petite rue étroite.

— Si ce n'est pas Jabotinsky, c'est peut-être un troisième dirigeant, moins célèbre, comme Nordau qui, certes, est une avenue, mais elle est étroite des deux côtés. Tenez, regardez. Je vous le signale.

— Non, non, s'effraie Louria, pas Nordau. Je te l'ai déjà dit : j'habite une rue étroite et calme. Certes, on a bien là de la végétation et quelques arbres, mais aucune avenue.

— Dans ce cas, tenez, il y a là, non loin, Nahum Sokolov, une rue à sens unique et modeste.

— Merci, ce n'est pas Sokolov. Pourquoi t'entêtes-tu sur des rues aux noms de dirigeants sionistes ?

— Simplement parce que je viens de les étudier pour le bac, s'esclaffe le chauffeur.

— Le baccalauréat ? À ton âge ? Qu'est-ce qui t'a pris brusquement ? Pourquoi as-tu attendu tout ce temps ?

— Parce que je faisais les quatre cents coups à l'école

ou l'école buissonnière, mais j'en ai assez de n'être qu'un chauffeur.

— Tout de même, ne t'arrête pas, continue à rouler sur Ibn-Gvirol, car je suis sûr que c'est la bonne route, mais sans chefs sionistes s'il te plaît, parce que, justement, maintenant je me souviens que j'habite dans une rue au nom d'un rabbin réputé.

— Un rabbin ?

— Oui, un rabbin, un rabbin célèbre, comme je te le dis !

— Et c'est un rabbin qui a squatté votre adresse ? Eh bien, tenez, choisissez un rabbin, regardez la carte, je pense qu'autour du centre médical de la rue de Bâle, grouillent toutes sortes de noms qui ont l'air d'être ceux de rabbins, Alkalaï, Hachla Hakadoch, Emden, Eybeshutz, Ovadia de Bertinoro, ce sont tous des rabbins, non ?

— Emden, c'est ça ! exulte Louria. Rabbi Yaacov Emden, numéro 5. C'est ma maison, mon adresse.

— Qui c'est, ce rabbin ? En quoi a-t-il mérité d'avoir une rue à son nom ?

— Non, je t'en prie, pas maintenant. Ramène-moi vite chez moi. Ma femme est malade. »

Microbe virulent

La porte d'entrée est fermée mais non verrouillée, elle est donc rentrée à la maison en pleine panique. Elle a ôté ses talons aiguilles sur le chemin des toilettes où la lumière est encore allumée, alors que le reste de l'appartement est plongé dans le noir. La femme qui aime toujours s'entourer de nombreuses lampes n'a pas eu la force, ce soir, d'en allumer une, même dans la cuisine. La chambre à coucher s'est transformée en « chambre d'hôtel en désordre ». Le couvre-lit gît, en grande partie, au sol, et des vêtements ôtés dans la précipitation jonchent le plancher, y compris la chemise de nuit que, trop épuisée, elle n'a pas eu sans doute le temps d'enfiler. À moitié nue, elle a ramassé au hasard des couvertures et s'est blottie dedans afin d'apaiser ses frissons.

D'abord, Louria se garde de la toucher de crainte de la réveiller, aussi se contente-t-il de prononcer son nom. En pure perte, elle grelotte. Il tâtonne prudemment à travers les couvertures pour vérifier la température de ses pieds, mais elle les retire d'un geste irrité et se roule en boule tel un fœtus. Sur la table de chevet, elle a posé son portable avec l'espoir d'entendre la voix de son mari. « Ma petite Dina, ma chérie, que t'arrive-t-il ? l'implore-t-il. Dès ce matin, je t'ai dit que tu étais malade, et tu ne m'as pas écouté. Voilà, je suis de retour, je suis là. Dis-moi juste que tu as eu le temps d'entendre au répondeur que mon portable m'a fait faux bond dans le désert. »

Entend-elle ? Comprend-elle ? Elle garde son visage enfoncé dans l'oreiller, mais de ses entrailles jaillit une plainte brumeuse : « Dans ce cas, pourquoi n'as-tu pas appelé d'un autre téléphone ?

— Comment ? Comment j'aurais pu t'appeler ? Le numéro de ton portable est enregistré dans mes favoris, mais lui-même est oublié.

— Mon numéro est déjà oublié ?

— Oui, oublié, c'est mon portable qui l'a oublié, ou peut-être la démence.

— La démence ? » Comme si elle se souvenait d'un

ami oublié : « Ah, bien sûr, ta démence, comment va-t-elle ? »

Louria, réjoui par cette pointe d'humour surgie au beau milieu de la fièvre, lui caresse la tête et dit : « Oui, Dina, oui, ma bien-aimée, ma démence existe, elle s'inquiète beaucoup et supplie que tu relèves au moins la tête. »

Elle tourne lentement son visage de son côté, brûlant et grimaçant de fièvre et, dans les fentes de ses yeux, dans la chambre obscure, une lueur verdâtre perce, scrutant son époux comme s'il était un étranger.

« Dis-moi juste quand tu as pris ta température pour la dernière fois ?

— Pour quoi faire ? Je sais que j'ai de la fièvre.

— Mais combien ?

— Quelle importance, combien ? J'ai de la fièvre. Une température élevée. Mais j'ai rapporté du service un remède efficace pour l'enrayer. »

Il passe une main précautionneuse sur son front et ses joues, et palpe sa sueur. « Je ne me souviens pas que tu aies jamais été aussi brûlante, et pourquoi as-tu si peur de la vérité ?

— Non, pas de la vérité, mais de toi, parce que tu vas commencer à t'affoler et à remuer ciel et terre, et moi, je n'ai pas la force d'affronter à la fois la maladie et ta confusion. Je suis médecin et capable de m'occuper moi-même de mon affection.

— Mais qu'est-ce qu'ont dit les médecins de ton service ?

— Rien. Ils ont pris la poudre d'escampette pour ne pas être contaminés. Et toi aussi, tu vas commencer à prendre tes distances, si tu n'as pas été déjà contaminé…

— Contaminé par quoi ? C'est quoi, ta maladie ?

— Elle n'a pas encore de nom mais, à la fin, on lui en trouvera un.

— Tout de même, où se trouve le thermomètre ? »

Sans attendre la réponse, il épluche prudemment une couverture après l'autre et roule, avec précaution, le corps brûlant jusqu'à ce qu'il découvre, dans l'obscurité, le mercure phosphorescent. Le thermomètre est intact, et la température affichée est proche de 40°. Louria l'emporte aux toilettes et le nettoie à l'alcool, secoue le thermomètre pour faire descendre la température, puis revient vers son épouse et, malgré le regard furibond qu'elle lui lance, agrippe sa tête et glisse le tube de verre blanchâtre sous sa langue, tout en le tenant par l'extrémité afin qu'il ne tombe pas. Maintenant, les 40° sont indubitables mais, en outre, ils montrent une tendance à grimper. « Qu'est-ce qu'il va se passer ? gémit-il.

— Il ne va rien se passer, réplique-t-elle en lui adressant un sourire inattendu. Je suis médecin, et j'ai constaté plus d'une fois qu'avec une température de 40 on pouvait continuer à vivre et même en bonne forme. Aussi, simplement, ressaisis-toi, prépare-moi une infusion de plantes et une fine tranche de pain beurré, change l'eau du verre, et moi, je vais avaler de nouveau les médicaments que je me suis prescrits, ensuite, nous allons attendre demain matin. Mais toi, afin de ne pas attraper mon microbe, tu ne te coucheras pas à côté de moi. Va dans la chambre des enfants. Et comme tu t'es promené une journée entière dans le désert, d'abord prends une douche et essaie de ne pas trop t'inquiéter parce que je n'ai pas l'intention de mourir, non seulement parce que je t'aime mais aussi parce que quelqu'un doit veiller à ce que ta confusion ne fasse pas tourner l'univers en bourrique. »

Il lui apporte de l'eau, lui tend chaque comprimé qu'elle demande et surveille qu'elle l'avale vraiment. Mais quand il rapporte un plateau avec le thé et la tranche de pain beurré, elle s'est déjà assoupie et, malgré le feu intérieur qui la consume, son sommeil est paisible. Il dépose le plateau sur le plancher, au pied du lit. J'exagère sans doute, se dit-il, et ma maudite démence, au lieu d'atténuer mes frayeurs, ne fait que les accroître. Il se dévêt et entre sous la douche, n'enfile pas son pyjama après son récurage mais des vêtements propres pour être prêt à toute éventualité.

Dans la chambre d'enfant, il ramasse les jouets de ses petits-enfants jetés sur le lit et étend un drap propre. Ensuite, il appelle sa fille, Avigaïl, du portable de son épouse qu'il a emprunté, et, pour ne rien lui laisser ignorer de ses angoisses, adopte un ton sinistre et désespéré. Mais déjà mise au courant par sa mère et avertie de ne pas s'en approcher, ces derniers temps, Avigaïl fait peu de cas de la capacité de jugement de son père et interprète donc ses noires prédictions comme une nouvelle lubie de sa démence. « Calme-toi et toi aussi va dormir, ordonne-t-elle sèchement à son père, ton cratère t'a épuisé, et tu n'es pas encore calmé à cause du portable que tu lui as laissé. Maman est un médecin expérimenté, laisse-la s'occuper elle-même de sa maladie, et ne panique pas trop la terre entière. »

Contrairement à celui de sa sœur, le cœur de son fils est plus affectueux et plus généreux, et bien qu'il soit informé à l'instant même de la maladie de sa mère par la bouche de son père, il se montre disposé à prendre la route et à venir donner un coup de main. « Non, ne viens pas tout de suite, mais garde le contact. Certes, le cratère a fait disparaître mon portable, mais j'ai transformé le portable de ta mère en partie intégrante de mon corps, et donc, tu pourras me trouver à tout moment. »

Il feuillette le journal du matin, et les aventures de la journée passée au désert ne laissent aucune place aux conjectures mal intentionnées des journalistes. Si des affaires qui paraissaient énigmatiques au matin ont été élucidées pendant sa virée vers le terminus de la route, de nouvelles élucubrations se sont éveillées pendant le trajet de retour. Mais pourquoi imaginer ce qui se déroule dans la chambre en désordre de l'hôtel Genèse, alors que sa propre chambre à coucher s'est muée en pièce sens dessus dessous ? Il enfonce profondément le portable de sa femme dans la poche de son pantalon et éteint la lampe, mais laisse la lumière du couloir afin de garder un contact avec la maladie encore dénuée de nom. Il entre au lit tout habillé. Le sommeil le fuit, et, dans ses brumes, étincellent les yeux de la renarde mâchant son portable et déféquant la liste de ses contacts. Au diable, murmure-t-il en enfonçant sa tête dans l'oreiller d'un geste décidé, puis il plonge dans les limbes du sommeil. Et sans Dina debout devant lui, entièrement nue, qui le secoue, il aurait fallu attendre la lumière du jour pour lui faire ouvrir les yeux. « Lève-toi, Zvi, une petite catastrophe est arrivée, le thé s'est déversé sur le lit, encore heureux qu'il était tiède. Là, je crois que je suis vraiment malade. » Baignant dans le parfum d'infusion aux plantes qui émane du corps brûlant et chéri, il se précipite dans la chambre maintenant éclairée et s'étonne qu'un verre de thé ait pu produire une telle inondation. Les couvertures sont maculées de taches jaunes humides et la chemise de nuit s'est transformée en serpillière. « Viens, viens, dit-il en la prenant dans ses bras, avant de remettre de l'ordre dans ce tohu-bohu, je dois te laver. » Elle le fixe, bouche bée, ses gestes trahissent une confusion silencieuse. Et l'autorisation de nettoyer, de ses propres mains, les mystères de sa nudité que, même dans leur jeunesse tumultueuse, elle ne lui avait jamais consentie, prouve que la fièvre a ébranlé la détermination et la stabilité qu'il lui a toujours connues jusque-là.

Il se dévêt et la rejoint sous la douche, la savonne et la rince, et, ce faisant, son inquiétude se colore de désir. Il l'essuie et lui apporte une chemise de nuit propre, puis la conduit à son lit dans la chambre d'enfant – une poupée de grande dimension de plus rejoignant les poupées et les monstres de ses petits-enfants –, la recouvre et attend que le rythme de sa respiration confirme qu'elle s'est endormie. Cependant, il ne retourne pas à la chambre à coucher pour remettre de l'ordre, il tire le portable de sa poche, gagne la cuisine et réveille son fils en plein sommeil et lui dit : « Non, mon garçon, ne bouge pas encore, mais j'ai décidé d'appeler les secours d'urgence. Aussi, s'il te plaît, confirme-moi : 5 rue Harav Emden, dernier étage, le penthouse, c'est bien notre adresse, n'est-ce pas ?

— Exact, Papa, c'est l'adresse, il n'y en a pas d'autre, mais s'ils décident de l'hospitaliser, rappelle-moi en chemin ou depuis l'hôpital. Avec les routes désertes la nuit, je peux être chez vous en un rien de temps. »

« Cette fois, vous avez une malade elle-même médecin », annonce Louria aux trois jeunes gens en blouses blanches qui s'introduisent dans son appartement munis d'une civière repliable et du matériel d'urgence. « Certes, précise-t-il, elle est pédiatre, mais chef de service dans un grand hôpital. Et comme elle pensait pouvoir traiter elle-même sa maladie, elle est bien capable de se montrer choquée que je vous aie appelés sans son avis, mais j'assume totalement ma décision. Car, outre sa forte fièvre que les médicaments n'ont pas fait baisser, elle commence à manifester une certaine confusion, une sorte de vague, ce qu'elle n'a jamais eu, tenez, par ici je vous prie, mes amis, parce que le thé que je lui ai apporté a inondé son lit, alors je l'ai transportée ici, dans la chambre des enfants. Et c'est cette nouvelle confusion qui m'alarme maintenant, plus que la fièvre, encore que ça m'arrive aussi quelquefois, mais différemment, sans fièvre et sans douleurs. Et avant de commencer vos tests, une petite question : Êtes-vous uniquement des auxiliaires médicaux ou y aurait-il par hasard parmi vous un médecin, je veux dire, un véritable médecin ?

— Véritable ? », ricane une jeune auxiliaire médicale qui relève le défi : « Oui, par hasard, et il se trouve que c'est moi. »

Louria a l'impression qu'elle a un léger accent à la fois étranger et très familier. La jeune médecin s'agenouille au pied du lit de sa consœur expérimentée, caresse son bras et tente de la réveiller. Et, lorsque Dina ouvre les yeux sans manifester une surprise quelconque, elle lui redresse le dos d'un geste délicat mais expert, baisse sa chemise de nuit et commence à promener son stéthoscope entre ses seins d'albâtre et mûrs, puis dans le dos, ensuite, après avoir fini de l'ausculter et suspendu son stéthoscope à son cou, elle demande dans quel hôpital sa patiente travaille. Les auxiliaires examinent son pouls, prennent sa température, un fin rayon de lumière explore sa gorge, et, sur les indications de la jeune praticienne, une aiguille de perfusion est piquée dans le dos de sa main reposant inerte sur le lit. Soudain, d'une voix enrouée, Dina leur fait part d'un enfant venant des Territoires palestiniens, infecté d'un méningocoque, et donc, enjoint-elle à l'équipe médicale – entre conseil et ordre – de se désinfecter et de revêtir masques et gants. « Et lui aussi, désinfectez-le, dit-elle en montrant son époux sidéré, et mettez-lui un masque. Oui, toi aussi, tu dois faire attention désormais. » En effet, après la révélation de la nature explicite de la bactérie, inutile de parlementer, les masques apparaissent aussitôt, les gants recouvrent les mains, et même des blouses stérilisées renforcent l'isolement, tandis que la civière repliable se transforme en fauteuil roulant.

« Vous avez bien fait de nous appeler tout de suite, lui dit la jeune médecin. Il s'agit d'une bactérie très virulente. Nous allons la transférer à son lieu de travail où elle a attrapé ce microbe, c'est là qu'elle sera le mieux, bien que, cette nuit, son hôpital ne soit pas de permanence.

— C'est évident », approuve Louria d'une voix qui lui semble bizarre à travers le masque. « Non seulement elle fait partie de cet hôpital, mais elle y est connue et y joue un rôle important. C'est pourquoi ils accepteront peut-être de me placer à l'isolement avec elle. »

La malade est soulevée de son lit et enveloppée dans une couverture et, dans le fauteuil roulant qui se transformera en couchette dans l'ambulance, elle est transportée vers le minuscule ascenseur. Louria ramasse la montre de Dina et l'attache à son poignet à côté de la sienne, puis cavale dans la maison, un grand sac-poubelle à la main, où il déverse les médicaments, les mules de sa femme et les siennes, puis leurs deux brosses à dents. Exalté d'avoir décidé de son propre chef de ne pas céder à la prétention de son épouse d'affronter seule sa maladie, il revient examiner son coupe-vent au cas où son portable s'y cacherait, puis fixe le masque sur son visage devant un miroir en songeant : Supposons que la bactérie virulente de l'enfant palestinien m'ait infecté, va-t-elle soulager ou aggraver ma démence ?

Il éteint les lampes l'une après l'autre, mais, avant de plonger la cuisine dans le noir, il souhaite se consoler et se réconforter avec du chocolat amer, d'une noirceur absolue, coupe deux carrés qu'il enfourne dans sa bouche, derrière son masque, et empoche le reste de la tablette à côté du portable de sa femme. Il verrouille à double tour la porte, comme s'il s'apprêtait à un long voyage et, sans attendre l'ascenseur, dévale l'escalier jusqu'à la rue où l'ambulance actionne déjà ses gyrophares afin d'accroître la frayeur des badauds attroupés.

Fermement et rapidement, les ambulanciers tirent l'époux pour l'asseoir à côté du lit de son épouse au visage recouvert d'un masque à oxygène. « C'est quoi, fait-il, le cœur brisé. Pourquoi ? » Mais la jeune médecin le rassure : « Ne vous inquiétez pas, c'est juste pour la soulager, c'est votre épouse qui l'a demandé. Et n'ayez pas peur, on va la sortir de là. — Vous en êtes sûre ? gémit-il. Comment le savez-vous ? — Je le sais, je vous l'ai déjà dit, moi aussi, je suis médecin », et, avec un clin d'œil espiègle, elle ajoute : « Un véritable médecin ! » Maintenant, Louria comprend ce qu'il y a à la fois d'étranger et de local dans son accent. Et, afin d'éviter la première question, dérangeante, il passe à la seconde, plus facile : « Qu'êtes-vous ? Musulmane ou chrétienne ? — Les deux », confirme-t-elle avec un sourire, et sans un mot d'explication. Mais Louria ne cherche pas à creuser l'énigme, se contentant de soupirer : « Oui, voilà une conjonction possible, mais difficile », tout en tirant la tablette de chocolat amer, il élargit la déchirure de l'emballage doré et lui propose de trouver quelque réconfort dans cette friandise et, à sa grande surprise, elle ne prend pas un carré mais deux et, de son propre chef, passe le reste de la tablette aux deux hommes de son équipe et au conducteur de l'ambulance, qui fait mugir modérément les sirènes et uniquement aux carrefours dangereux.

Isolement

Aux urgences, l'équipe est déjà préparée à leur arrivée et, à cause de la bactérie et de ses méfaits, on isole la pédiatre avant de la soigner, et chaque médecin, infirmière, aide-soignant enfile des gants, une blouse et un masque, et prend soin de désinfecter ses mains à chaque entrée ou sortie de la salle. Mais Louria demeure un cas douteux et ne bénéficie donc pas d'isolement, il est juste envoyé subir des analyses afin de vérifier que le microbe de son épouse ne l'a pas contaminé. « Qui êtes-vous ? », le questionne une infirmière âgée après lui avoir soutiré généreusement son sang et donné un gobelet stérilisé pour un test urinaire : « Vous aussi, vous faites partie de notre hôpital ? — Non, Louria balaie l'hypothèse, nous avons assez d'une médecin dans la famille. Je suis ingénieur, et même ingénieur des Ponts et Chaussées, et figurez-vous que, depuis ce matin jusqu'à ce soir, je me suis baladé dans le désert, dans le cratère Ramon, où peut-être vous êtes-vous promenée un jour, ou du moins en avez-vous entendu parler. » Mais l'infirmière est une femme religieuse qui, dans sa jeunesse, s'est hâtée de mettre au monde toute une marmaille qui l'a empêchée de voyager au loin et certainement pas d'excursionner dans le cratère Ramon, dont, pour être honnête, elle entend le nom pour la première fois. « Alors que moi, se hâte de préciser Louria, je ne me balade pas là-bas mais j'y travaille, j'y travaille au service du gouvernement. — Si, à votre âge, remarque la vieille infirmière, sans doute aussi pour elle-même, vous travaillez encore et, en plus, pour le gouvernement, vous pouvez vous considérer comme un homme heureux. » Lorsqu'elle revient, au bout d'un temps assez long, lui annoncer le résultat de l'analyse d'urine, elle est porteuse d'une bonne nouvelle : il n'a rien, il ne souffre de rien, tous les examens sont négatifs et il peut rentrer chez lui, en prenant uniquement des antibiotiques pendant deux jours. « Et cette analyse ? », dit-il en désignant un liquide jaunâtre. « Ce test n'a pas encore été vérifié. » Certes, mais il n'a pas grande importance et nécessite une certaine durée de culture, c'est pourquoi Louria est tout de même libéré.

Dans ce cas, songe-t-il, étonné, sans pour autant se montrer soulagé, bien que je l'aie touchée, que j'aie pris soin d'elle, l'ai caressée, embrassée, et même lavée, le microbe n'a pas voulu de moi, quelque chose ne serait-il pas abîmé dans notre alliance ? Il se précipite vers sa femme pour lui annoncer sa libération. Mais Dina ne se trouve plus aux urgences. L'avertissement d'isolement a été ôté de la porte et, dans son lit, un inconnu repose maintenant. Pendant qu'il se trouvait à ses analyses, les services de médecine interne A et B ont organisé son hospitalisation à l'isolement.

« A ou B ?

— Ça dépend où on a réussi à préparer l'isolement, mais les deux services se trouvent au même étage, comme ça, vous n'aurez aucune difficulté à vérifier par vous-même. »

Bien que l'heure soit tardive, tous les corridors sont éclairés et les ascenseurs en fonction, tandis que dans les laboratoires et dans les services les permanenciers attendent les cas d'urgence. Mais, après minuit, un établissement aussi gigantesque révèle aussi sa tristesse. Les boutiques et les cafétérias sont fermées, les patients endormis ou sous l'effet des somnifères, et les visiteurs, même les plus assidus, ont été renvoyés dans leurs foyers. Ici ou là, on achemine rapidement un lit de patient sans qu'on sache s'il vivra ou mourra et, de loin, retentit parfois un cri de douleur ou de cauchemar, mais c'est le silence qui l'emporte. Au cours de l'année écoulée, Louria est venu deux fois en visite ici, pour des encéphalogrammes, mais comme c'était sa femme qui le guidait, il ne s'y retrouve pas, à cette heure, dans le dédale du bâtiment, d'autant que l'attente alors était brève, et que la radiographie s'était déroulée dans une atmosphère joyeuse et agréable, du fait que les résultats ne lui avaient pas été remis en main propre mais envoyés directement au neurologue.

Maintenant, il arpente les couloirs en solitaire. Fatigué, brisé, il arrive au seuil d'un énorme édifice compliqué, au hall gigantesque où sont alignés différents groupes d'ascenseurs dont il est impossible de savoir lequel va lui compliquer la tâche ou, au contraire, la faciliter. Car si, après minuit, dans cet hôpital si tortueux et si complexe, la confusion de la scène d'opéra le saisissait encore une fois, d'où viendrait la musique qui le délivrerait ? Pris de vertige, il avance dans le hall étincelant tel un vagabond sous les étoiles du cratère. Mais, bien que Louria ne soit pas un ingénieur en bâtiment mais des Ponts et Chaussées, il suppose qu'un édifice aussi énorme demeure une construction cohérente, et donc se détacheraient de chaque ascenseur, où qu'on aboutisse, des couloirs, des allées et des carrefours d'où l'on pourrait s'orienter dans n'importe quelle direction. Il appuie sur l'un des boutons, or ce n'est pas un seul ascenseur qui s'ouvre mais deux, l'un l'invite à pénétrer, de l'autre sort un homme de ménage, un émigrant africain, qui sait pertinemment que les services A et B sont situés au septième étage.

En médecine interne A, la lumière est tamisée, le silence bourdonnant, et, dans le poste des infirmières, une jeune infirmière est assise à faire des mots croisés sur son portable. « Les urgences ont en effet appelé pour hospitaliser ici le Dr Louria, mais nous n'avions pas de lit libre pour l'isolement, on lui en a trouvé un au B. Allez-y, monsieur, on vous attend. » Il s'y rend, et là aussi, l'obscurité des couloirs bourdonne et, au poste des infirmières, un infirmier et une infirmière discutent vivement. On attend en effet le Dr Louria, et sa chambre isolée est déjà prête. Certes, en ce moment, une patiente, fuyant les ronflements de sa voisine, s'y est couchée, mais lorsque son épouse arrivera, on l'évacuera aussitôt. Mais où se trouve son épouse ? « Elle arrive parce que, à sa demande, elle subit un IRM, mais n'essayez pas d'aller la chercher là-bas, vous allez vous égarer entre les couloirs et les portes, et vous ne trouverez personne pour vous aider. Puisque vous êtes là, asseyez-vous et ne bougez plus. » Mais pourra-t-il la rejoindre à l'isolement ? Parce que, aux urgences, on a vérifié qu'il n'a rien et qu'il ne risque rien. Or, le poste d'infirmières n'est pas habilité à donner une réponse, et le médecin de garde vient de s'endormir, alors, pourquoi le réveiller avant d'avoir vu la patiente ? De toute façon, son épouse, elle-même médecin, et connaissant le microbe qu'elle a attrapé, décidera par elle-même si son époux est autorisé à s'isoler avec elle et à quelle condition.

Guère rassuré, il demande à examiner la chambre prévue, et il enfile le couloir obscur entre des ballons d'oxygène, des déambulateurs, des sièges de douche et un énorme ordinateur médical sur roulettes, pousse prudemment la porte et, à la fenêtre, l'accueille le même croissant gibbeux qui planait au-dessus de sa tête dans le désert. Dans le lit unique, la patiente lasse des ronflements de sa voisine est pelotonnée, bien que sa propre respiration ne soit pas vraiment silencieuse. C'est pour cette raison, jusqu'à ce que sa femme décide de son droit à participer à son isolement – épuisé et brisé comme il l'est –, qu'il doit s'occuper de sa propre personne. Il circule en silence entre les chambres avant de découvrir un matelas nu, abandonné. Il le traîne jusqu'à la chambre destinée à sa femme et le place au chevet du lit de la patiente qui ouvre des yeux stupéfaits puis les referme aussitôt, comme si Louria et le matelas n'étaient que des figurants éphémères dans son rêve. Si je ne suis qu'un rêve pour cette femme qui, pour une raison ou une autre, me semble en début de grossesse, pourquoi ne resterais-je pas entre-temps à côté d'elle jusqu'à ce que mon épouse vienne la remplacer ? Il se jette sur le matelas nu, sans drap ni oreiller, et plonge dans les abysses de l'inconscience. Et, avec le premier rai de soleil, Yoav le secoue et lui dit : « Papa, ne t'affole pas, ce n'est que moi, je suis venu t'emmener chez Maman. » Louria ferme les yeux et dit : « Salut, mon pote ! »

Comme le retraité n'était pas seulement un figurant éphémère dans le rêve d'une patiente, mais lui-même plongé dans son propre rêve, comment aurait-il pu remarquer le message clignotant sur le portable dans sa poche lui annonçant que son épouse ne serait pas hospitalisée en médecine interne mais transférée de l'IRM à son propre service pédiatrique ? Car, mis au courant de la bactérie qui avait infecté leur médecin, ses collègues ont décidé, avec son assentiment, de l'isoler sur son lieu de travail, où les conditions et la surveillance seraient à la fois rigoureux et bienveillants, tout en lui donnant la possibilité de l'associer à son propre traitement. Et comme, de toute façon, Louria n'aurait pas été autorisé à la rejoindre, et qu'il n'était pas question de le laisser retourner seul chez lui, on ne l'a pas réveillé pour lui permettre de prolonger son séjour sur le matelas sans drap ni oreiller.

Après avoir aidé son père à se relever, Yoav l'emmène d'abord dans l'une des cafétérias ouvertes pour s'abreuver et se restaurer. Ensuite, il le conduit au service pédiatrique. Là, dans une chambre exiguë, tapissée de photos d'animaux de compagnie et de ballons multicolores planant sous le plafond, Louria peut se rendre compte, quoique de loin, que, malgré le goutte-à-goutte d'antibiotiques et le masque à oxygène qui lui fournit une aide respiratoire, l'amour de sa jeunesse le reconnaît et lui fait un signe de la main afin qu'il sente qu'il est autorisé à renoncer à l'isolement et à regagner ses pénates.

Lorsque son fils le ramène dans l'après-midi pour une nouvelle visite, le service résonne de rires, de pleurs et de lamentations. Des parents, des grands-pères et des grand-mères tentent de faire taire, de calmer ou de distraire des bambins de tous sexe, race et religion, y compris des gamins palestiniens, qu'ils soient citoyens d'Israël ou ressortissants de l'Autorité palestinienne, convoyés dès le matin depuis les barrages de contrôle par les militants de « Sur la voie de la guérison », que Mimouni n'a pas du tout inventés. Et les enfants malades se mélangent ici en un seul État, lits mitoyens, oxygène partagé, et les perfusions s'emmêlent presque l'une à l'autre. Louria remarque que les parents des enfants arrivés de l'Autorité et franchissant à l'aube les frontières et les barrages ont fait des frais de toilette, surtout pour leurs enfants, sans doute avec la conviction qu'en les affublant de nœuds papillon et de culottes en dentelle, ils bénéficieraient de soins médicaux scrupuleux et particulièrement dévoués.

« On constate une légère amélioration, la température a tendance à baisser, annoncent les collègues de Dina, médecins et infirmières, et, dans la soirée, nous allons essayer de lui ôter le masque à oxygène. Mais, à cause de la perfusion intensive et de son extrême faiblesse, nous devrons la laisser à l'isolement pendant deux, trois jours, et ce n'est qu'alors, et avec son accord, que nous la transférerons en médecine interne. Ou alors, la laisserons-nous ici, dans son département. »

Le père et le fils enfilent des masques, des gants, et revêtent des blouses afin que le microbe, s'il n'est pas encore épuisé, ne les infecte pas à leur tour. Toutefois, debout devant le lit de la contaminée, ils se gardent bien de la toucher. La fièvre n'est pas encore retombée, sa mine est défaite, et ses rides, que l'art du maquillage sait estomper, se révèlent maintenant, même sur son cou. Échevelée, le bras étalé sur le drap afin de permettre à la perfusion de goutter sans encombre. Louria se souvient de la confusion qui, la veille, l'a contraint, pour la première fois de leur longue vie conjugale, à se déshabiller et à la rejoindre sous la douche. Cette confusion a-t-elle disparu ou complote-t-elle de s'acoquiner en secret avec sa propre démence ? Et bien que tous les deux soient masqués, elle parvient à sentir sa nouvelle frayeur et retire son masque afin d'élucider ce qui soudain l'effraie. « Ta confusion d'hier me préoccupe beaucoup, dit Louria. — Ma confusion ? », s'étonne-t-elle, cette remarque lui paraissant exagérée, et elle tourne son regard du côté de son fils qui tente de détourner la conversation avec une saillie sur ce microbe qui, étonnamment, de tous les médecins et infirmières de son service, s'est entiché justement d'elle. Louria redresse prudemment le tube de perfusion afin d'accélérer un peu le débit des gouttes qui, selon lui, ralentit, mais son épouse lui fait signe d'un doigt impérieux de cesser, et en revanche de lui restituer sa montre accouplée à celle de son époux. Tandis qu'il l'attache délicatement au poignet de sa femme, il se souvient de son portable, le sort de sa poche et le dépose dans sa main, et Yoav le reprend et le pose sur une étagère à côté d'un petit jouet, mi-chat, mi-agneau. « Et *ton* portable ? le questionne Dina. — Pas de problème, répond Yoav à sa place, en partant d'ici, nous allons acheter deux portables pour Papa. — Deux ? — Oui, deux, confirme Louria, parce que si je perds encore une fois mon portable, je ne veux pas rester sans pouvoir te contacter. — Mais moi, répond-elle avec un sourire, lequel des deux je vais appeler ? — D'abord l'ancien numéro, et si tu n'obtiens pas de réponse, tu auras un numéro supplémentaire, comme si tu avais désormais deux époux. — Deux époux ? », s'exclame-t-elle comme si cette éventualité ne la réjouissait pas particulièrement. De son côté, Yoav entérine l'idée des deux portables : « En effet, Maman, il a raison, dans son état, il a besoin de deux téléphones, avec tous ses codes et ses contacts. Et s'il perd ces deux-là, persifle-t-il, on lui en achètera un troisième, pourvu que nous ne le perdions pas de nouveau quelque part dans l'univers. » Il consulte sa montre comme pour donner le signal du départ, mais Dina a du mal à se séparer de ses êtres bien-aimés.

« Une minute, et le tunnel ?

— Le tunnel ? Tu as dit toi-même que c'était une chimère de Mimouni, et que nous ne pourrions convaincre personne de le valider.

— C'est vrai, c'est une chimère, mais justement à cause de ça, toi, dans ton état, tu es capable de la matérialiser.

— Dans mon état ? s'esclaffe-t-il. Quelle mouche t'a piquée ? Le microbe t'a fait changer d'avis ?

— Ce n'est pas lui, mais toi. Je vois que toi, dans ton état, tu as su mieux que moi appeler les secours d'urgence.

— Uniquement parce que *toi*, tu es trop orgueilleuse.

— Pas faux, parfois, j'avoue… Mais explique-moi pourquoi il y aurait besoin d'un tunnel dans le cratère ? »

Louria aimerait bien l'expliquer, mais il se ravise. Est-ce que, au summum de sa faiblesse, son épouse pourrait comprendre un imbroglio aussi tordu ? Car, en fait, c'est elle qui a raison : un tunnel, sous une colline du désert facile à détruire, n'est que la chimère commune de Mimouni et de Shibolèt, et seul un vieil ingénieur des Ponts et Chaussées, affecté d'un début de démence, oserait tenter de convaincre le système militaire de le financer.

Comme Mimouni avait raison en lui assurant qu'un fils, patron d'une entreprise de composants électriques, saurait restaurer facilement tout le contenu du portable perdu. De surcroît, son fils est capable d'ajouter à son nouveau portable des trésors qui n'avaient jamais été inclus dans l'ancien. Aussi, après l'acquisition des deux portables neufs, l'un avec l'ancien numéro, et l'autre bénéficiant d'un nouveau numéro, puis l'échange des numéros entre les deux appareils, Yoav commence, avec une jubilation fébrile, à truffer les deux téléphones de noms et de numéros d'appel, non seulement des contacts du portable perdu, mais encore d'autres qu'il n'a jamais contenus. Les numéros de portable des petits-enfants, d'institutions publiques, d'hôpitaux, de dispensaires et d'artisans, de connaissances et d'anciens amis découverts dans des classeurs et des carnets oubliés, et bon nombre de numéros d'âmes mortes – des amis partis dans un monde meilleur. Louria a bien tenté de l'empêcher d'inscrire ces derniers dans sa liste de contacts, mais Yoav s'est obstiné : « Qu'est-ce que ça peut te faire ? C'étaient tes amis, eh bien, qu'ils demeurent au moins dans la mémoire de ton appareil, sans compter qu'ils ont laissé des veuves. Ne t'en fais pas, ils ne vont pas prendre la place des autres, parce que ces puces de portables, fais-moi confiance, possèdent une capacité de stockage énorme. Les numéros importants et nécessaires, je les ai codés dans les appels abrégés, et le reste se déroulera dans l'ordre alphabétique, ordre que je te prie de conserver, sinon dans ton cerveau, du moins dans ton cœur. »

Outre les anciens et nouveaux numéros, Yoav tente

d'ajouter des applications que son père n'a jamais possédées, un podomètre, ses distances parcourues, ses calories brûlées, ses battements de cœur et sa pression sanguine. « Bref, Papa, tu pourras savoir qui tu es et connaître ton état de santé en temps réel. »

D'abord, Louria se montre ému par la ferveur technologique de son rejeton, mais, bien vite, il commence à se lasser. Assez, assez, son univers ne fait que se contracter, et il n'éprouve aucun désir de l'élargir, et certainement pas à l'aide d'âmes mortes et de calories brûlées. Et maintenant que sa mère est hospitalisée, il reste une dernière chose, le code de démarrage de la voiture qui a tendance, parfois, à s'embrouiller dans sa mémoire, d'autant que, à l'occasion, le gargouillement factice du moteur s'accompagne d'une sorte de murmure qui amplifie son erreur. Certes, il est possible de greffer ce code dans les favoris de la liste de contacts, mais commencer à chercher dans le portable, alors qu'il est sous pression ou en situation d'urgence, ne ferait que l'égarer davantage. De même, inscrire ce code sur un papier collé au volant ou au levier de vitesse ne ferait qu'accroître la crainte qu'un voleur ne le trouve. C'est pourquoi Louria a réfléchi à une solution simple, dont il a déjà parlé à sa mère qui n'en a pas été choqué outre mesure.

« Maman a accepté que tu te fasses tatouer le numéro sur ta main ? », s'écrie Yoav. Mais ce n'est ni un dessin, ni une adresse, ni un symbole, ni une image, quatre chiffres innocents, tout au plus, qui ne dérangent personne ni ne signifient quoi que ce soit à quiconque. Qui va les remarquer, de toute façon ?

Yoav hésite encore…

« Non, lui dit son père, n'essaie pas de vérifier auprès de ta mère, surtout pendant sa maladie. Ce n'est pas un sujet médical mais humain. De toi, je n'attends qu'une petite aide. — Quoi, s'affole le fils, te tatouer ? — Non, gros bêta, évidemment pas toi, tu ne ferais que me faire mal. Mais tu vas m'emmener à la bonne adresse, m'aider à choisir la taille des chiffres, et veiller à ce qu'on ne me persuade pas de tatouer autre chose dont je n'ai nul besoin. »

À son corps défendant, le fils se résigne au diktat. Il vérifiera où l'on tatoue proprement et professionnellement et il y conduira son père, mais pas tout de suite, il doit retourner à son entreprise. « Non, ne vérifie rien, et il n'y a aucune raison d'attendre mon prochain trouble, maintenant, mon chéri, avant que tu ne me files entre les doigts dans le Nord, écoute-moi bien, il s'agit de quatre chiffres, le tatouage le plus simple au monde, je me suis déjà renseigné et j'ai trouvé la bonne personne qui fait ça sans préparatifs, ni vérifications ni consultations. Au cours de mes marches sur la plage jusqu'à Jaffa, j'ai déniché un endroit populaire et rapide au Marché aux Puces, et maintenant, j'ai une simple demande : conduis-moi là-bas, tiens-toi près de moi et veille à ce que ce ne soit pas trop douloureux. Quatre chiffres, en tout et pour tout. Et de là, tu reprendras la route du Nord, et moi, j'irai en taxi à l'hôpital voir ta mère, et je trouverai peut-être un lit inoccupé au milieu des enfants, et s'il s'avère que le microbe a déjà renoncé à ta mère, je prendrai un matelas et je me coucherai à son chevet. »

D'abord, ils descendent au parking et mettent le moteur en marche pour être sûrs que le code gardé en mémoire correspond bien à la réalité, et ensuite, le code est noté sur un papier. Louria a l'impression que le grondement du moteur s'accompagne du murmure de la jeune fille asiatique, le remerciant d'avoir choisi le modèle adéquat, mais il se garde bien de partager avec son fils ses élucubrations. Ils roulent dans le véhicule de Yoav le long du front de mer et trouvent à se garer dans les parages de la place de l'Horloge, à Jaffa. Louria guide son fils d'une démarche assurée jusqu'à un entrepôt de vaisselle et demande au vendeur d'appeler son père. Un Géorgien au visage affable et rieur s'avance à leur rencontre et il reconnaît Louria : « Alors, tu t'es tout de même décidé à faire un tatouage pour renforcer ta mémoire déclinante ? — Exact, mais sans me faire souffrir, comme tu me l'as promis, et j'ai aussi amené mon fils pour me conseiller sur la taille des chiffres. » Le tatoueur conduit ses visiteurs dans les entrailles de son entrepôt, jusqu'à un petit atelier de rétamage d'ustensiles en cuivre. Dans un four danse une flamme jaune, l'homme extrait ses outils d'une caisse en bois : une aiguille électrique, des morceaux de nylon transparent, un bocal d'où pointe un coton un peu noirâtre, une petite fiole d'alcool et des godets de différentes pâtes. Après avoir étalé ses outils devant lui, il présente à ses visiteurs un grand tableau couvert d'échantillons de caractères hébraïques, étrangers et arabes, et des chiffres de différentes tailles ainsi que des chiffres arabes. Sans se concerter, le père et le fils tombent d'accord sur la bonne dimension, et le tatoueur aussi est satisfait : « Vous avez fait le bon choix, c'est la taille que les gens préfèrent le plus souvent. — Quand as-tu commencé ce travail ? », interroge Louria l'homme de l'art qui désinfecte déjà à l'alcool le morceau de peau choisi sur le bras droit. Et le tatoueur de répondre : « Laisse-moi un peu me rappeler », et sans modèle, sans étalonnage, tandis que Louria ferme les yeux pour ne pas voir la douleur qui s'éveillerait peut-être, l'aiguille glisse sans encombre et tatoue les quatre chiffres bleuâtres du code de la Suzuki rouge, chiffres que Yoav énonce l'un après l'autre, tout en consultant le papier qu'il tient en main afin qu'ils soient gravés dans l'ordre correct.

Une crème translucide odorante est étalée sur le tatouage coiffé d'un pansement rose. Tandis que Louria déplie sa manche et enfile son blouson, il répète sa question : « Et donc, quand as-tu commencé ce genre de boulot ? — Ce n'est pas un boulot, répond avec un sourire le tatoueur, c'est un plaisir de tatouer des gens comme toi qui doivent se souvenir de choses qu'ils vont bientôt oublier. Je ne tatoue pas des oiseaux ou des fleurs, seulement des noms et des numéros. Et si ma mémoire ne me trahit pas, mon premier tatouage, je l'ai fait à mon oncle qui avait oublié son nom. Après lui, sont arrivés d'autres gars du coin, désorientés. Toi aussi, monsieur, lorsque tu commenceras à oublier ton nom, souviens-toi de moi, et je te le tatouerai sur l'autre bras. »

Yoav sourit, mais Louria affiche une mine sinistre, et, afin d'enrayer la prédiction de son avenir, il se hâte de sortir son portefeuille. « Combien je te dois ? — Rien, pour moi, je te l'ai dit, ce n'est pas du boulot, juste un plaisir. »

Sur la voie de la guérison

Crépuscule. À la sortie de l'hôpital, des parents et des enfants palestiniens attendent, enveloppés dans leurs manteaux et leurs voiles, les bénévoles de « Sur la voie de la guérison » qui les convoieront jusqu'aux barrages. Louria leur fait un signe de sympathie pour leur indiquer qu'il connaît leur provenance et leur destination, mais il ne s'attarde pas et se précipite chez sa femme. « Le docteur Louria s'est endormie avant même le dîner, l'informe une jeune infirmière, mais sa température a encore baissé et nous lui avons aussi ôté le masque à oxygène. En revanche, elle doit rester à l'isolement jusqu'à ce que nous soyons certains que le microbe n'est plus actif. » Avant de mettre un masque et d'enfiler une blouse pour être digne de rejoindre son épouse, il demande si on lui a trouvé un lit disponible, voire seulement un matelas, pour pouvoir passer la nuit à son chevet. « Pourquoi tout ce tracas ? La nuit, les enfants malades sont agités, et leurs parents vont et viennent dans les couloirs. Si vous restez ici cette nuit, vous ne pourrez pas vous reposer. — Et qui vous dit que je cherche du repos ? Je suis retraité, et le repos règne déjà en moi. Hier je n'étais pas avec elle, mais maintenant qu'elle a repris conscience et qu'elle n'a plus de masque, je vais essayer de la distraire un peu. »

L'obscurité dans la chambre est si épaisse que, d'abord, l'époux peine à repérer où le visage de sa femme est enfoncé dans le lit. Les ballons pimpants sont figés sous le plafond, et les photos sur les murs se sont métamorphosées en taches. Louria avance à pas de loup et s'assoit à côté de la perfusion dont le débit est masqué par l'obscurité. Sur l'armoire de chevet, le dîner demeure intact. Louria attend en vain que son épouse s'aperçoive de sa présence. Un tel sommeil abyssal, il n'en a pas le souvenir dans le passé. Témoigne-t-il d'une emprise de la maladie ou d'un signe de guérison ? Mais il ne s'en mêlera pas. La praticienne goûte peut-être une douceur particulière à un sommeil aussi profond dans son propre service. Il tâte prudemment le pansement collé sur son tatouage.

Le tatoueur n'a pas fixé de délai pour l'ôter et pour faire apparaître le code à l'air libre, en fait, pourquoi devrait-il se hâter ? Attendons un jour ou deux, avec l'espoir que son fils a eu la présence d'esprit de dicter les chiffres dans le bon ordre au tatoueur. Un individu portant un code erroné est un individu diminué.

« Où as-tu disparu ? résonne une voix embrumée entre drap et oreiller.

— Bonjour, mais pourquoi dis-tu que j'ai disparu ?

— Parce que tu as disparu.

— Je n'ai pas disparu. Je suis allé acheter avec notre Yoav, comme nous l'avons décidé, deux portables pour y remettre ce qu'il y avait dans l'appareil perdu, et il m'a même convaincu d'ajouter de nouveaux noms et des applications qui me permettront d'en connaître davantage sur moi-même.

— Et ça a pris aussi longtemps ?

— Comme tu vois. Car, en outre, je lui ai demandé de m'accompagner à l'endroit de Jaffa où on m'a fait le tatouage sur lequel nous sommes tombés d'accord, le code d'allumage du moteur.

— Moi, j'ai accepté que tu te balades avec le code sur le bras ?

— Et comment ! Parce que toi-même tu as compris qu'il n'y avait pas d'autre choix que de tatouer les quatre chiffres sur mon bras, avant que je les confonde encore, et encore.

— Je ne peux pas le croire, Zvi. Tu as profité de ma maladie pour te faire faire un tatouage.

— Comment ça, j'ai profité ? C'est précisément quand tu es hospitalisée et sans force que je dois me montrer doublement précis et efficace.

— Et quand on changera de véhicule, que feras-tu, Zvi, tu vas te tatouer un nouveau code ?

— Inutile, on peut s'arranger pour que ce code soit transféré à la nouvelle voiture.

— Le même code ? C'est possible ? Tu es vraiment un être exceptionnel.

— Ça t'étonne ? fait-il en éclatant de rire. Tu l'avais déjà remarqué il y a quarante-huit ans.

— Pas à ce point. Parce que ta démence t'a insufflé une sorte de dialectique nouvelle, peut-être pour t'aider à t'orienter.

— C'est le mot. M'orienter. Parce que je n'ai pas le choix.

— L'essentiel, c'est que tu sois toujours disponible et que tu ne te volatilises pas brusquement. Malgré l'assurance accrue dans la conduite que le tatouage te donnera, jure-moi, Zvi, que jamais, au grand jamais, tu n'oseras descendre dans le désert avec cette voiture qui, soit dit en passant, est aussi la mienne.

— Dans le désert avec notre voiture ? Pour quoi faire ? Au fond, que suis-je dans tout ce projet de Mimouni ? Son assistant bénévole. Par ta propre initiative, d'ailleurs.

— Pourtant, je t'avertis !

— Inutile, j'ai compris.

— Ne va même pas t'imaginer une telle possibilité !

— Ne pas m'imaginer ? s'insurge-t-il dans un éclat de rire. Maintenant, tu contrôles mon imagination ?

— Précisément : l'imagination peut échapper à ton contrôle.

— Dina, ça suffit. Tu es malade. J'ai compris. Pourquoi continuer à m'asticoter ? »

Il se lève et relève le store opaque ; au milieu des nuages

nocturnes, apparaît de nouveau le même croissant qui le suit, ces derniers temps, et ce soir, la lune est encore plus gibbeuse et pâle. Il soulève le plateau et regarde le dîner auquel sa femme n'a pas touché. Une omelette, du fromage blanc, deux tranches de pain, et une sorte de compote grisâtre dont l'existence ne se justifie que pour des estomacs enfantins. « Veux-tu que j'aille réchauffer le plat ou que j'essaie de le remplacer par quelque chose de plus humain ?

— Non, je n'ai pas la force de manger en ce moment. On va attendre un peu. La compote, tu peux la manger.

— Mais tu dois avaler quelque chose. Tu ne peux pas rester le ventre vide. Relève la tête, je vais t'aider.

— Je n'ai pas la force de relever la tête.

— Bon, ne la relève pas, ouvre seulement la bouche. Au moins, goûte à l'omelette. Et si j'allais tout de même la réchauffer ?

— Ne réchauffe rien du tout. »

Il pose le plateau sur le lit, découpe l'omelette et le pain en petits morceaux, étale dessus un peu de fromage blanc et les dépose, avec une précaution extrême, dans la bouche ouverte – un gosier de poussin et non de renarde.

« Tu vois, dit-il en constatant que le pain et l'omelette sont avalés, tu avais faim sans t'en rendre compte, il faut aussi que tu essaies quelques cuillerées de compote. »

Elle ne lui répond pas, se contentant de jauger d'un regard ironique son époux dont les yeux pétillent au-dessus du masque. « Je constate, dit-elle, que ce tunnel te revigore. »

Louria ne relève pas. Il caresse tendrement la main de sa femme, se penche et l'embrasse, puis rapproche le carrousel de perfusion du lit, range les couverts sur le plateau. Et avant d'aller chercher son propre repas et de se trouver un lit ou, du moins, un matelas, il lui demande si elle a entendu parler d'une association de volontaires israéliens, « Sur la voie de la guérison », qui achemine des malades palestiniens vers les hôpitaux en Israël ; en effet, la praticienne connaît cette association dont les militants amènent parfois des enfants dans son service. Mais cette organisation se consacre surtout aux malades chroniques, adressés directement aux services oncologiques ou urologiques.

« Existe-t-il un service spécialisé pour les greffes ?

— Pourquoi me poses-tu cette question ?

— Juste comme ça… Pour savoir.

— Les greffes, si besoin est et si c'est possible, sont effectuées par le service de transplantation d'organes.

— Et toi, qui n'es pas chirurgienne, as-tu déjà assisté à une greffe, par exemple, du cœur ?

— Non. Pourquoi cette question ?

— Juste comme ça… Pour savoir. »

Louria redresse la couverture, borde le drap, déroule un peu le store afin de voiler l'éclat de la lune qui s'est dégagée des nuages et gagne le poste des infirmières. Il dépose le plateau sur le chariot des repas et dit à l'infirmière : « J'ai réussi à lui faire tout manger, à l'exception de cette compote bizarre. » Ce n'est que maintenant qu'il ôte le masque, les gants et la blouse et ajoute : « Quant à moi, n'essayez pas de me chercher un repas de ce genre, je vais descendre me prendre quelque chose de plus humain dans l'une des cafétérias. Mais je demande encore une fois qu'on me prépare au moins un matelas et un oreiller, parce que je me fais du souci et je veux rester auprès d'elle cette nuit encore. »

Il descend à la cafétéria du rez-de-chaussée où, à cette heure tardive, les clients sont rares et où l'on nettoie déjà les tables et range les sièges, mais il est encore temps de lui préparer un double sandwich à l'omelette fleurant bon et une énorme tasse de lait bouillant. Avec appétit, il calme sa faim et, de temps à autre, effleure doucement le pansement collé sur son bras afin de continuer à protéger son code.

Un serveur débarrasse son plateau et l'informe de la fermeture. Il se lève et constate que, tout à sa voracité, il ne s'est pas aperçu que l'endroit s'était entièrement vidé, à l'exception d'un jeune homme maigre et lugubre, assis dans un coin, qui s'insurge contre l'expulsion de Louria. « C'est quoi, ça, crie-t-il de loin, selon l'horaire sur la porte, nous avons encore droit à un quart d'heure. — Aujourd'hui, ce droit n'existe pas », lui rétorque grossièrement la caissière. — Pourquoi spécialement aujourd'hui ? s'obstine le jeune homme. — Parce qu'aujourd'hui, c'est aujourd'hui, et on ferme illico ! » Le jeune homme, qui a l'air arabe, soulève sa tasse d'espresso, avale la dernière goutte et, avançant avec une lenteur ostensible, lambine pour laisser sortir Louria afin d'être le dernier et d'attirer son attention sur les horaires d'ouverture et de fermeture affichés que quelqu'un verrouille derrière eux.

Un médecin en blouse verte portant l'inscription « BLOC OPÉRATOIRE » survient et secoue la porte verrouillée. « Ils sont comme ça, lui dit le jeune homme, ça leur a pris de fermer plus tôt aujourd'hui. Regarde l'horaire de fermeture. » Le chirurgien secoue de nouveau la porte, mais, de l'intérieur, on lui fait signe que c'est en pure perte. « Tu n'y peux rien, même à toi ils ne vont pas ouvrir », lui lance le jeune homme. Et sans qu'on lui demande, il énumère aux oreilles du médecin dépité tous les endroits de l'hôpital où sont placés les distributeurs automatiques de boissons et de comestibles, et même ce qu'ils contiennent et ne contiennent pas. Mais le médecin ne prête pas foi aux explications d'un jeune étranger livide et, avec un geste de dépit, il réprime son désir d'un café et d'une pâtisserie, puis tourne les talons. « Des cochons de première », lâche-t-il à Louria qui s'attarde, pour une raison inconnue, devant la porte verrouillée. « Ils auraient pu comprendre, avec sa blouse, qu'il n'est pas un simple médecin, que c'est un chirurgien qui a besoin d'un café. — Ils ont peut-être un motif spécial », tente Louria pour plaider la cause des employés du café, puis il jette un regard affectueux au jeune homme en ajoutant : « Quant à toi, je vois que tu connais cet hôpital dans le moindre recoin.

— En effet, je suis presque chez moi ici, sans compter que j'ai été récemment un peu hospitalisé ici mais, surtout, parce que, ici, mon cousin a eu des complications à un rein.

— Dans quel service est-il ?

— En urologie.

— Et toi, dans quel service ?

— Le même.

— De quoi souffrais-tu ?

— Moi, rien, j'étais ici pour faire don d'un rein à ce cousin, et, au début, la greffe a bien fonctionné, mais ensuite, il n'a pas su le protéger et il a commencé à avoir des complications avec lui.

— Et où lui as-tu fait ce don ? s'excite Louria. Au service des transplantations ?

— Il n'y a pas de service de ce genre.

— Mais j'ai entendu dire, et je sais aussi, qu'il existe un service de ce nom où on greffe d'autres organes, plus importants que le rein. Même le cœur.

— Le cœur ? ricane le jeune homme. Pas possible, ça n'existe pas. Qui va donner son cœur, même à son cousin ?

— Dans ces cas-là, le donneur est déjà mort, et je te le dis, je sais qu'on greffe aussi des cœurs en Israël, en cas de besoin, s'il n'y a pas d'autre choix, peut-être pas ici, mais dans un autre hôpital.

— Impossible. Tu te trompes, monsieur. Si quelqu'un t'a dit qu'on peut te remplacer ton cœur, ne l'écoute pas.

— Je n'ai aucun besoin d'un cœur neuf, s'emporte Louria, je ne suis pas non plus malade, je suis là juste parce que ma femme est un peu hospitalisée, bien qu'elle soit elle-même médecin.

— D'accord, ne t'énerve pas. Je n'ai rien dit. Sauf qu'en Israël il n'y a pas un seul cœur à échanger.

— Au fait, d'où es-tu ?

— De Zababdé.

— Où est-ce ?

— Près de Qabatiya. Tu as déjà entendu parler de Qabatiya ?

— Oui. Je connais. J'étais ingénieur des routes. Et ton cousin, il est aussi de là-bas ?

— Non, pourquoi ? C'est un Israélien de la Galilée, de Turan, mais, en 48, ils ont séparé la vie entre nous.

— Et tu lui as donné ton rein uniquement parce que c'est ton cousin ?

— Aussi. Et aussi parce qu'on nous a offert une belle somme. Seulement, maintenant, il s'est mal débrouillé avec ce rein, il n'a pas su le garder, et moi, je n'ai pas un autre rein à lui donner. Je suis quoi, moi, son fournisseur de reins ?

— Fournisseur de reins, rigole Louria, pas mal… »

Contrairement aux espoirs de Louria, la baisse de température et l'omelette et le fromage blanc avalés avec appétit ne signent pas la défaite du microbe. Un jeune médecin dynamique, déjà pressenti pour succéder à Dina à la tête du service, aggrave donc les conditions de son isolement et interdit à son époux de dormir auprès d'elle. Pendant la réunion d'équipe, le doute est soulevé quant à l'opportunité d'hospitaliser en pédiatrie la praticienne qui dirige ce service. Mais Dina, du haut de ses prérogatives, insiste pour rester dans ce lieu familier. « Si le maudit méningocoque m'a agressée ici, proclame-t-elle sur un ton inhabituel, c'est ici qu'il sera aussi liquidé. »

Les analyses sanguines ne sont toujours pas satisfaisantes, et les antibiotiques administrés à haute dose se révèlent inefficaces contre un microbe dont la virulence se double d'un surcroît de fourberie. Il faut donc recourir à d'autres antibiotiques, plus agressifs, et les dix jours supplémentaires d'hospitalisation transforment Louria en familier non seulement du service pédiatrique, mais de tous les recoins de l'établissement. Avec le code d'allumage de son véhicule gravé dans sa chair, et la barrière du parking souterrain se relevant automatiquement devant lui en fonction de sa plaque d'immatriculation dûment enregistrée, il devient expert en allées et venues et en la capacité de découvrir, de jour comme de nuit, des emplacements réservés uniquement aux médecins-chefs.

De temps à autre, lorsque la patiente s'abandonne à un sommeil prolongé, Louria ôte masque et gants, mais garde sa blouse blanche afin de pouvoir, en médecin imaginaire, déambuler à sa guise dans les services, les installations et les laboratoires, et de connaître les dédales de ce gigantesque hôpital et ses arcanes, estimant qu'il convient d'imprimer, par anticipation, l'atmosphère de ce lieu dans son esprit où il rendra, le jour venu, son dernier souffle, au moment où sa conscience s'éteindra définitivement. Mais ses flâneries ne sont pas uniquement destinées à assurer sa quiétude à la fin de ses jours. Il en profite pour vérifier si un hôpital israélien aussi énorme et aussi complexe que celui-là se consacre non seulement aux transplantations de rein, de foie, de poumons ou de cornée, mais aussi de cœur et, auquel cas, quelles sont les obligations de citoyenneté et de moyens financiers aux fins de remplacer un cœur défectueux en provenance de l'Autorité palestinienne. En d'autres termes, il entend tester si la promesse donnée par un officier de l'Administration civile dans les Territoires palestiniens à un instituteur villageois du gouvernorat de Jénine était réelle ou si le leurre d'un don de cœur neuf a été préalablement agité en échange d'un lopin de terre. Et alors que, l'une après l'autre, nombre de photos s'effacent de son esprit, celle de la belle morte, retirée, avec des larmes, des limbes d'une ruine nabatéenne, demeure gravée dans sa mémoire.

Mais Shibolèt, l'artisan de la transaction, s'obstine à taire le nom de l'hôpital censé transplanter les cœurs, et c'est pourquoi, malgré la puissance de l'établissement hospitalier où Louria vagabonde, il ne possède aucune certitude quant au lieu en question. Et lorsqu'il s'enquiert, dans un bureau, de la capacité que possède l'hôpital d'effectuer une transplantation aussi compliquée, personne ne lui répond, et on exige un document médical qui explicite la question. « Au fait, à qui ai-je l'honneur, monsieur ? », le questionne une employée sur un ton narquois. « Et qui vous envoie ? Chercheriez-vous un cœur neuf pour vous-même ? Ou brûlez-vous du désir de faire don de votre propre cœur ? »

C'est ainsi que s'écoulent les dix journées d'hospitalisation, à la fin desquelles Dina recommence à s'employer, ici ou là, dans son service pédiatrique, à consulter des résultats d'analyses d'enfants malades et à dispenser conseils et directives aux médecins et aux infirmières, au point que Louria se plaint qu'elle fait de sa maladie un travail. « Dans ce cas, lui répond-elle avec un sourire affectueux, pourquoi restes-tu collé à mes jupes ? Que cherches-tu encore ? À la fin, toi aussi, tu vas attraper un vilain truc. » Mais Louria répugne à s'éloigner de son épouse, son inquiétude à son endroit ne désarme pas, et bien qu'il ait deux portables en poche, il s'obstine à demeurer physiquement près d'elle, d'autant que Mimouni qui l'a renvoyé chez lui dans un minibus d'attardés mentaux ne donne plus signe de vie. Le père veuf a-t-il réussi à se rendre aux autorités et le tunnel est-il jeté aux oubliettes, ou alors Shibolèt a-t-il décidé d'expulser les deux ingénieurs de son histoire ? « Pourquoi ne l'appellerais-tu pas ? le questionne Dina. — Pourquoi ce serait à moi de le faire ? s'emporte Louria. Il sait pertinemment que j'ai dû rentrer d'urgence à la maison à cause de ta maladie, et il a bien vu ma panique quand mon portable a disparu et que j'ai perdu contact avec toi. Alors, dis-moi un peu : qui doit se soucier de l'autre ? Moi de lui ou lui de moi ? Qui doit appeler ? Qui doit montrer du respect à qui ? Alors qu'une dame très chère de ma connaissance m'a averti, il y a peu, que mon honneur était aussi le sien…

— C'est vrai, répond-elle, surprise, avec un sourire, je l'ai dit, mais ne joue pas mon admirateur aveugle à sanctifier chacun de mes propos. Au lieu de tourner comme une toupie dans l'hôpital, il vaudrait mieux que tu lui téléphones afin qu'il comprenne qu'il n'y a aucune raison de renoncer à toi à cause de ma maladie, d'autant que je me porte de mieux en mieux. Ce serait dommage qu'il déniche un autre retraité à ta place, un assistant bénévole certes, mais sain d'esprit.

— Il ne trouvera pas, décrète Louria, car ce n'est que grâce à la démence qu'on pourra argumenter quant à la nécessité d'un tunnel au lieu de tout simplement fendre la colline en deux. Mais si, à t'en croire, je ne suis plus indispensable ici, je rentre à la maison. Pour autant, tu devrais savoir que c'est assez méprisant d'affirmer que je tourne comme une toupie alors que, somme toute, je veille à ce que ton microbe ne revienne pas.

— Aïe, pardon, pardon, c'était juste une petite plaisanterie. Qu'est-ce qui te prend ? Si, au lieu de te permettre un peu de distance par rapport au monde, un zeste d'indifférence, ton état te rend au contraire vulnérable, ce serait bien triste. Calme-toi, mon amour, aucun microbe ne veut revenir, et toi, tu vas retourner tranquillement chez nous. Et maintenant que tu possèdes deux portables, je sens en effet que j'ai deux époux.

— Et tous les deux avec la même démence.

— Qu'est-ce que ça peut faire ? », réplique-t-elle en riant à gorge déployée.

La maladie commence à reculer. Aurait-elle été hospitalisée dans un service de médecine interne normal, nul doute qu'elle aurait été déjà renvoyée chez elle afin de libérer un lit pour un nouveau patient, mais ici, on la garde au nom d'une camaraderie de nombreuses années. Dans six mois, elle doit prendre sa retraite, et il faudra lui trouver, à ce moment-là, un tunnel bien à elle.

Maintenant, on lui apporte son déjeuner en demandant

si Louria souhaite un plateau. En fait, pourquoi pas ? Il redresse le lit et pose son plateau à côté de celui de son épouse. Le plaisir qu'il a ressenti dans la soirée en enfournant des morceaux de pain et d'omelette dans le bec d'un oisillon appartient au passé, mais la plus grosse partie du déjeuner de sa femme demeure, et ce n'est que par respect pour le travail des cuisines qu'il prend son plat de viande sur son propre plateau.

Quinze heures. Il lui fait ses adieux tout en prenant garde de l'embrasser, car il ne désire pas embrasser le microbe. Il ôte la blouse blanche, désormais adoptée comme une seconde peau, la suspend sur un cintre près de la porte et descend par l'ascenseur. Dans la cafétéria bondée, il aperçoit le frêle Palestinien donneur de son rein assis de nouveau dans son coin, une tasse de café express devant lui. Louria ralentit le pas. Si ce jeune homme a fait don de son rein ici, il est sans doute possible d'apprendre quelque chose en matière de greffes auprès de lui, malgré son scepticisme quant à l'échange de cœurs. Il commande un cappuccino et s'assoit à côté du Palestinien, qui le reconnaît immédiatement. « Et alors, s'informe Louria, qu'arrive-t-il au rein que tu as offert à ton cousin israélien ?

— Il le bousille de jour en jour, répond le jeune homme tout de go, c'est un gars têtu, qui ne sait pas garder ce qu'on lui offre.

— Tout de même, tente Louria, au moins, on t'a payé, tu n'as pas donné ton rein uniquement par bénévolat.

— Non, pardon, s'insurge le Palestinien, c'était du bénévolat, même qu'ils ont payé mon père pour ça. Je lui ai donné un rein qui lui allait, c'est pas ma faute si ce gars le rejette, et maintenant, on l'a rebranché à la dialyse.

Dis-moi, monsieur, qu'est-ce que je peux encore faire pour ce cousin ? Rien, pas vrai ? Qu'il trouve un autre pour lui faire son don. Moi, j'ai fait ma part et je n'ai plus rien à offrir. Maintenant, même si Dieu en personne me demande un rein pour lui-même, je ne le lui donnerai pas.

— C'est clair, c'est clair, acquiesce Louria, mais alors, pourquoi dois-tu continuer à rester ici, à l'hôpital ?

— Juste comme ça, je me balade, je me renseigne sur les maladies des autres. À cause de mon don, l'Administration civile m'a dégoté un permis de séjour de trois mois. Alors, pourquoi me presser, et chez qui je vais revenir ? »

Louria fixe le jeune homme avec un regard plein d'empathie. « Tu as raison, après ton don, tu as droit à un peu de repos, mais où habites-tu ? Du moins, tu dors où ?

— Dis-moi, monsieur, répond le jeune avec un éclair de malice dans les yeux, il manque des lits ici, la nuit ?

— C'est vrai, reconnaît Louria, et surtout que ton hébreu est fluide. Où l'as-tu appris ?

— Pourquoi poses-tu cette question ?

— Votre hébreu, là-bas, dans les Territoires de l'Autorité, m'intéresse.

— Déjà en primaire, on a reçu un peu d'hébreu à côté de l'arabe, parce qu'on avait un bon instituteur au village qui ajoutait à l'arabe qu'il nous enseignait des exemples en hébreu pour savoir comment répondre aux soldats. À part ça, quand on travaille chez les colons, on chope beaucoup de mots, parce qu'ils n'ont aucune idée de l'arabe. Et moi, j'ai travaillé pendant quelques bonnes années sur leurs climatiseurs.

— Minute, qui était cet instituteur ? l'interrompt Louria,

tout excité. Comme s'appelait-il ? Il enseigne toujours dans votre village ? Et sa femme, que lui est-il arrivé ? Elle est vivante ou décédée ? »

Le jeune est secoué par la rafale de questions que ce Juif lui déverse.

« Pourquoi ? s'étonne-t-il. Qu'est-ce qui te prend à t'intéresser brusquement à lui ? C'était un instituteur qui venait d'un autre village, comment je saurais ce qui lui est arrivé après tant d'années ?

— Pourquoi tant d'années ? s'obstine Louria. Combien d'années ont pu s'écouler depuis que tu as étudié avec lui ?

— Combien d'années ? fait le Palestinien stupéfait. Quel âge j'ai, d'après toi ? »

Louria le jauge du regard. « Dix-neuf ans ? Au maximum vingt-trois.

— Vingt-trois ? s'esclaffe le jeune homme, tout réjoui. Qu'est-ce qui te prend ? Tu ne vois pas, monsieur, que j'ai déjà dépassé la trentaine ? Si j'ai l'air si jeune, c'est que je suis en mauvaise santé, c'est pour ça que j'ai accepté de vendre mon rein, car combien de temps me reste-t-il à vivre avec lui ? »

Mais Louria n'en démord pas : « Pourtant, vous devez sûrement connaître, là-bas, entre vous, beaucoup de choses les uns sur les autres, tout se propage entre vos clans, alors, au moins, dis-moi de quel village venait ton instituteur si intelligent ?

— Même si je le sais, j'ai déjà oublié.

— Dans ce cas, de quel village viens-tu ?

— Je te l'ai déjà dit, l'autre fois, de Zababdé, près de Qabatiya, un village pas très loin d'ici, par une journée aussi lumineuse comme aujourd'hui, tu peux même le voir en montant sur le toit de cet hôpital.

— D'ici ? s'étonne Louria.

— C'est comme je te dis ! s'obstine le Palestinien. Nous sommes très proches de vous. Tout est à touche-touche ici. Quand le ciel est pur comme toujours, si on monte sur le toit, on peut, si on veut, dessiner la ligne des eaux du Jourdain.

— Le Jourdain, lâche Louria avec mépris. Depuis le toit ? Qu'est-ce que tu as, mon ami, tu perds les pédales ?

— Pourquoi je perds les pédales ? proteste le jeune homme. Je te le dis : avec une journée aussi claire qu'aujourd'hui, tu peux voir du toit de cet hôpital beaucoup de choses.

— En aucun jour, tranche Louria. Ni clair, ni gris. Écoute, je connais très bien le Nord et le centre du pays, j'ai fouiné dans le moindre trou, j'ai aussi programmé de nombreuses routes, et je te le dis : impossible de voir d'ici ce que tu crois. »

Mais le Palestinien s'accroche : « Non, pas ce que je crois. Ce que je *sais* que je vois. Dis-moi, monsieur, tu es prêt à parier ?

— Parier ? rigole Louria devant cette proposition surprenante. En fait, pourquoi pas ? Si, en montant sur le toit, nous apercevons vraiment la Samarie et le Jourdain, je te paye un repas complet dans ce café.

— Ne me paye aucun repas, s'indigne le Palestinien. Je n'ai pas besoin de ce genre de service de ta part, il vaut mieux poser devant nous 100 shekels, ou c'est trop pour toi ?

— Cent shekels, c'est une broutille pour moi, clame Louria d'une voix arrogante, si tu me prouves qu'on peut voir d'ici, ne serait-ce que la lisière de ton village, tu recevras de ma part 100 shekels, et de toi, si c'est moi qui ai raison, je ne prendrai qu'un shekel symbolique. Mais c'est sûrement illégal de se balader ici sur le toit.

— Si on peut se balader, pourquoi ça serait pas légal ? légifère le Palestinien. Seulement, tu n'es plus tout jeune, tu devras faire attention de ne pas tomber de là-haut.

— Pourquoi je tomberais ?

— En effet, inutile que tu tombes. Mais tu ne m'as pas encore dit ce que *toi*, tu fais dans cet hôpital, c'est quoi, ta maladie ? Ou tu es venu pour des analyses ?

— Je suis là à cause de ma femme, médecin-chef du service pédiatrique, elle a attrapé un microbe virulent d'un enfant malade qu'on lui a amené justement chez vous, de votre Autorité, et c'est pourquoi ses collègues l'ont hospitalisée, mais elle est en pleine convalescence.

— Si elle à la fois malade et médecin ici, dit le Palestinien en se redressant et en léchant une dernière goutte de café, alors, c'est permis aussi à toi, son mari, de regarder le monde depuis le toit pour te rendre compte si je te dis n'importe quoi. »

Louria, perplexe, est guidé à travers de larges couloirs du bâtiment principal à un autre, énorme, inconnu. Dans son vaste hall d'entrée, les paires d'ascenseurs sont alignées, que le Palestinien ignore en tirant l'Israélien en direction d'un long corridor au bout duquel des toilettes sont installées avec, derrière, un monte-charge. « Il vaut mieux que tu rentres là-dedans maintenant, suggère le jeune homme au retraité, parce que si tu en as envie sur le toit, tu ne trouveras pas une commodité là-haut. » Louria est impressionné par la formulation élégante. « Merci, tu as raison et, pour l'instant, dis-moi quel est ton nom.

— Aladin, répond le jeune homme.

— Que signifie-t-il ?

— Ce nom est tiré du livre *Mille et Une Nuits*, dont tu as sûrement entendu parler, et le héros de ce livre s'appelle Aladin, un héros important. » Louria se montre satisfait : « Un nom classique. Je ne me souviens plus si j'ai lu le livre, mais ce nom est familier même pour celui qui n'est pas précisément arabe. Eh bien, s'il te plaît, Aladin, attends-moi jusqu'à ce que moi, dont le nom est Zvi, je sorte de là. »

En quittant les toilettes, Louria aperçoit Aladin en train de se battre contre la porte de l'ascenseur pour l'empêcher de se refermer. C'est un ascenseur rudimentaire, aux parois et au sol métalliques, sans le moindre miroir. Aladin n'appuie pas sur le bouton du dernier étage, mais sur celui d'en dessous, le douzième, car, de là, selon son expérience, un accès pratique et sûr mène au toit. Nul doute que le jeune homme des *Mille et Une Nuits* connaît son chemin, se dit Louria, et qui sait s'il ne veut pas m'allonger à ciel ouvert pour m'arracher un rein et se restituer ce qu'il a offert en vain. Déjà, ronflent à leur rencontre les caissons métalliques gigantesques de la climatisation, dans lesquels des pales tournoient, aucune montagne ou vallée en vue, mais des allées étroites entre des panneaux solaires et des antennes disséminés sur le toit immense au cœur d'une jungle typiquement urbaine de rues et de gratte-ciel où pointent de minuscules taches de vert. Mais Aladin coupe d'un pas décidé jusqu'à l'extrémité du toit, jusqu'à un coin où, d'un seul coup, le paysage urbain comprimé disparaît, et où s'étale une vaste étendue que l'œil fouille en voguant vers les lointains. De douces collines, des monts boisés, des toits rouges de colonies, des cubes entassés de villages et de bourgades d'où se dressent des minarets et des dômes de mosquées. Un soleil hivernal agréable recouvre le paysage d'une coupole d'un or bleuâtre, et une buée aérienne et rosée diapre d'une pellicule paisible ce tableau pastoral qui, jamais, ne pourrait être divisé, et Louria se montre émerveillé par cette preuve irréfutable que lui offre ce spectacle, et il s'apprête déjà à sortir son portefeuille pour s'acquitter de sa dette, quand il se souvient brusquement du Jourdain.

« Tiens, là-bas, monsieur, proclame le Palestinien avec enthousiasme en pointant un doigt vers l'horizon le plus éloigné. Regarde bien, le Jourdain est là, juste qu'il est sec, parce qu'on lui a pris son eau, et il ne lui reste plus que son nom. » Louria rit aux éclats. Ce Palestinien, quel numéro ! Il tire de son portefeuille le billet brun verdâtre gravé du portrait du président Ben Zvi.

Et alors, malgré le ronflement des pales, le retraité saisit que l'un de ses portables essaie de se rappeler à sa conscience. Et avant même que Mimouni n'ouvre la bouche, Louria déverse sa bile : « Et alors, Assaël ? Qu'est-ce qui t'a pris ? Pourquoi as-tu disparu brusquement ? Tu ne pouvais pas comprendre de toi-même que mon épouse était très malade et a même été hospitalisée, et que c'est la raison pour laquelle je reste tout le temps près de son lit ? Tu crois que, parce que tu m'as fourgué dans un minibus de ramollis du cerveau, je suis devenu quantité négligeable ? »

Embarrassé, Mimouni lui fait ses plus plates excuses. Il ne supposait pas que la maladie était si grave, et il ignorait que Louria avait acquis un nouveau portable. Lui aussi vient de traverser une période pénible. Cette jeune fille, Ayala, a été expulsée du collège universitaire Sapir, et son père a encore tenté de se rendre aux autorités. « Mais où es-tu, Zvi, tu m'as l'air d'être dans un ballon dirigeable, parce que j'entends des vents d'altitude autour de toi. — Non, s'esclaffe Louria, je contemple le paysage depuis le toit de l'hôpital. — Dans ce cas, répond Mimouni avec détermination, il faut nous voir, parce que l'armée fait pression au sujet de la route, dis-moi seulement où ton épouse est hospitalisée, et j'arrive directement. — Non, Mimouni, ne t'embarrasse pas avec les hôpitaux, Dina sera libérée demain ou après-demain, et tu viendras donc chez nous. Tu te souviens sûrement de l'adresse. — Bien sûr, dans le Nord ancien de Tel-Aviv, juste, rappelle-moi, s'il te plaît, le nom de la rue. » Mais Louria, dont l'adresse se dérobe de nouveau, essaie de finasser : « Tu as déjà oublié le nom ? — Oui, répond Mimouni sans aucune gêne, je me souviens que c'est à côté de la rue de Bâle, le nom d'un certain rabbin. — Exactement, confirme Louria, le nom d'un rabbin. — Mais lequel ? Eybeshutz ? Emden ? — C'est ça, marmonne Louria, devine lequel des deux. — Deviner ? s'écrie Mimouni, sidéré. Qu'est-ce qui te prend ? Donne-moi le nom : Eybeshutz ou Emden ? — Quelque chose comme ça, bégaie Louria. — Ce n'est pas Emden ?, s'énerve Mimouni. — Exact, Emden, confirme Louria avec joie. — Et quel est le numéro de ton domicile, je t'ai pris dans la rue. — Oui, tu m'as pris dans la rue, confirme Louria. Bon, c'est quoi, ton numéro ? crie Mimouni. Trois ou cinq ? — C'est ça », Louria se crispe sous le coup de l'affolement, « trois ou cinq, quand tu arriveras dans la rue, tu vas tout de suite t'en apercevoir. » Mimouni demeure décontenancé devant l'amnésie de son assistant bénévole. Il hurle : « Qu'est-ce qu'il t'arrive, Zvi ? Trois ou cinq ? » Et Louria de répliquer sur un ton désespéré, sentant que la nuée rosâtre du paysage de la Samarie s'infiltre dans son cerveau : « Exactement, trois ou cinq, quand tu arriveras dans la rue, tu vas voir tout de suite en regardant les noms sur les boîtes aux lettres, souviens-toi juste que nous habitons au dernier étage, le penthouse. »

Mimouni

Mimouni doit attendre toute une semaine avant de recevoir un signe lui permettant de répondre à l'invitation de rendre visite à la famille Louria. Certes, Dina s'est libérée d'elle-même de l'hôpital, deux jours après la conversation téléphonique sur le toit, mais, de retour à son domicile, elle sent qu'elle a encore besoin de repos et, depuis le canapé du salon, devant l'écran de télé, elle guide Louria pour qu'il remette de l'ordre dans l'appartement après le chambardement qui s'y est installé pendant sa maladie, et le rende digne de la visite d'un invité qui n'y aurait jamais mis les pieds. Louria est envoyé deux fois apporter des fleurs, et, de la supérette, sont livrés des aliments et des produits d'entretien selon une liste détaillée. Et même si tout se déroule comme sur des roulettes, et que leur combat commun contre le microbe ne fait qu'ajouter de la douceur à leur amour et accroît leur confiance réciproque, Louria ne raconte pas à son épouse son escapade sur le toit de son hôpital, afin de confirmer l'allégation du jeune Palestinien chétif, désormais muni d'un rein unique, selon laquelle ce pays est minuscule et surpeuplé.

La visite attendue de Mimouni, espère Louria, permettra au jeune ingénieur d'expliquer à Dina, avec ses mots et ses notions, le motif humain, voire éthique, de ce tunnel à la conception duquel son époux est censé coopérer et à sa validation par les autorités. Jusque-là, Louria n'a révélé à sa femme ni la présence d'occupants sur la colline, ni leur histoire. À vrai dire, il craint qu'elle ne lui interdise, du fait de la démence qui déjà ronge son cerveau, de prendre part à cet embrouillamini d'identités d'autres individus. Son épouse ne saisit pas encore l'essence intrinsèque de ce tunnel dont son époux est devenu l'un des acteurs, et elle affirme à ce propos tout et son contraire : parfois, elle y voit une lubie fantasmagorique de Mimouni qui sans nul doute n'obtiendra pas le financement, et, à d'autres moments, surtout depuis que sa maladie s'est déclarée, elle le hausse au niveau d'un défi spirituel qui aidera son époux dans son combat afin de conserver sa lucidité. Un tunnel au cœur d'un cratère si réputé passe à ses yeux pour une ergothérapie au profit d'un cerveau en capilotade. Après tout, dès leur première visite chez le neurologue, elle avait évoqué, enfin de conforter un peu l'amour-propre de son époux, les deux tunnels creusés sur l'autoroute 6.

Aussi, bien que Dina souhaite retarder la visite de Mimouni au moins après le passage de la femme de ménage pour, une fois de plus, briquer l'appartement, Louria exige déjà de l'inviter sur-le-champ, ne serait-ce qu'en prenant en considération le ministère de la Défense qui s'étonne du retard pris à la présentation du projet routier.

Mimouni arrive tôt en soirée, un petit bouquet de fleurs à la main. Un dîner à base d'aliments lactés l'attend, et, entre les petits pains briochés, les pitot, les fromages et les salades, déposés sur la grande table en marbre de la cuisine, reluisent aussi les deux portables neufs de Louria, non seulement afin que le jeune ingénieur ajoute le numéro du deuxième portable à la liste de ses contacts, mais aussi pour lui indiquer que, si à l'avenir le portable disparaissait, le retraité se maîtriserait et ne le harcèlerait pas hystériquement.

Louria a l'impression que Mimouni a un peu vieilli depuis la dernière fois qu'il l'a vu. Il semble tendu, et son regard inquiet erre dans le penthouse sans un compliment pour sa beauté. Sa barbe impressionnante s'est éclaircie, et elle n'est déjà plus la barbe soignée à la pousse assurée, mais une barbe négligée où percent quelques poils blancs. La première question de Louria concerne donc la barbe : « Qu'est-ce qu'il lui est arrivé ? Alors que tu m'avais dit que ta femme l'aimait ?

— Elle l'aime ? s'étonne Mimouni. Inutile d'exagérer, disons qu'au moins elle ne s'y oppose pas. Mais ta question est justifiée, parce que, il y a quelques jours, j'ai décidé de la raser et, brusquement, en plein rasage, j'ai eu un regret, et c'est ainsi qu'est restée sur mon visage la contribution d'Arafat à la civilisation occidentale.

— La contribution d'Arafat à la civilisation occidentale ? se récrie Dina, sidérée.

— C'est pourtant vrai, la barbe négligée de quelques jours d'Arafat, la barbe d'un éternel réfugié est devenue, au lendemain de sa mort, le dernier cri de l'élégance chez les jeunes d'Europe.

— C'est la première fois que j'entends une explication aussi farfelue à propos des poils de barbe à la mode, s'esclaffe Dina. Yoav aussi, notre fils aîné, a voulu se faire pousser une barbe, mais sa femme a mis le holà. Je ne crois pas une seconde qu'Arafat lui ait servi de modèle.

— Non, pas consciemment, pas consciemment, s'empresse de répliquer Mimouni, selon moi, c'est plutôt l'origine dissimulée. Dès l'instant où la barbe serpillière, accompagnée du pistolet à la ceinture, est montée à la tribune des Nations unies, les jeunes ont flashé sur elle.

— Ça suffit, Dina, l'interrompt Louria, ne prends pas au sérieux sa théorie. Elle a dû naître dans sa cervelle parce que notre route militaire rencontre des difficultés à cause de réfugiés bizarres coincés sur la colline. C'est pourquoi il faut y creuser un tunnel.

— Alors, c'est ça, le tunnel ? s'écrie-t-elle, désappointée. À cause de quelques réfugiés ?

— Pas seulement à cause d'eux, pas seulement », se hâtent-ils tous les deux de se récrier, comme un seul homme.

Mais la praticienne, qui comprend que son mari lui a dissimulé une part importante de ses activités dans le désert, ne se contente pas d'une réponse aussi superficielle, fût-elle livrée à l'unanimité. Elle exige une explication circonstanciée. Et Mimouni, à la surprise du maître de maison, commence depuis le commencement, autrement dit, depuis le camp de ses classes militaires. Là, un commandant de compagnie nommé Shibolèt, dont on ne sait si c'est son prénom ou son patronyme, le brimait. Et, avec les années, ce capitaine a été promu au grade de lieutenant-colonel et au poste d'officier à l'Administration civile dans les territoires palestiniens, dont la mission est de gérer l'occupation. Entre-temps, il y avait une belle femme du gouvernorat de Jénine, dont le cœur faiblissait, pour laquelle on avait émis la proposition de lui greffer un cœur neuf en échange d'un terrain convoité, mais, tandis qu'elle attendait ce cœur neuf, elle n'avait pas tenu le coup et était décédée…

« C'est pourquoi, ma petite Dina, le coupe Louria en interrompant le flot de l'histoire, je t'ai demandé si, dans votre hôpital, on transplantait aussi des cœurs, et bien que j'aie tourné là-dedans comme une toupie, je n'ai pas réussi à obtenir de toi une réponse claire.

— Pourquoi as-tu louvoyé pour savoir ? Mimouni connaît sans aucun doute l'hôpital où elle était soignée et pourrait te le dire.

— Eh bien, non, intervient Mimouni, je l'ignore, c'est encore un secret, avec tout un tas de cachotteries que Shibolèt garde par-devers lui. Il n'est pas disposé non plus à révéler le nom du village d'origine de cette famille, ni les vrais noms du mari et des enfants. Ils ont adopté des noms hébraïques. Car n'oublie pas, l'officier, lui aussi, s'est compromis dans cette histoire, et en cours de route, d'autres intentions lui sont nées dans la tête.

— Mais qui t'oblige à te faire le complice des méfaits de cet officier d'occupation ? s'insurge la maîtresse de maison, avec un pur bon sens. Si on t'a chargé de planifier une route militaire, pourquoi, à cause d'une famille bizarre de réfugiés qui a colonisé le sommet de la colline, tu devrais creuser un tunnel au lieu, mettons, de contourner simplement la colline. Pendant nos excursions, Zvi me montrait parfois comment ses routes réussissaient à contourner des obstacles naturels au lieu de leur rentrer dedans. »

Un sourire s'épanouit dans les vestiges de la barbe de Mimouni. La nécessité de ce tunnel, l'assistant à l'esprit aiguisé qu'elle lui a adjoint l'expliquerait mieux que lui.

Mais Louria propose de faire une pause et de repousser l'explication technique à la fin du repas. Il se lève pour allumer un brûleur sous la marmite de chakchouka à la surface de laquelle voguent six soleils de jaunes d'œufs. Mais son épouse, piquée par la curiosité, l'interpelle : « Une minute, Zvi, qu'est-ce qu'il y a de si compliqué à expliquer là-dedans ? »

Et alors, avec un geste large, son époux transforme la table en marbre en maquette du cratère Ramon. D'abord, il empile toutes les tranches de pain complet en un seul tas censé matérialiser la colline. Au sommet, il plante, à l'aide d'un cure-dent, un cube de fromage à pâte dure, symbole de la ruine nabatéenne autour de laquelle il place trois olives noires : le père, le fils et la fille, des Palestiniens dont l'identité s'est brouillée. Après avoir modelé la colline, il ramasse toutes les fourchettes et tous les couteaux et, par ce biais, figure la nationale 40, depuis le bout de la table autrement dit, de l'hôtel Genèse, à travers les virages de Maalé Haatsmaout, jusqu'à la sortie sud du cratère, à Maalé Afor. Ensuite, vient le tour de la route militaire dont l'existence n'est plus, pour l'heure, qu'un hymne à un avenir nébuleux, aussi convient-il de symboliser l'embranchement d'où la route militaire bifurquera de la chaussée civile à l'aide d'une tomate brûlante et juteuse, tandis que la route future sera configurée, pour l'instant, par une rangée de cacahuètes marron regardant vers l'ouest, en direction de la frontière égyptienne.

Le modèle ainsi matérialisé, c'est au tour de l'imagination et de l'esprit d'entrer en scène, et Louria énumère devant sa femme les inconvénients de la tomate à l'endroit où il l'a posée, entre la route des fourchettes et des couteaux et celle des cacahuètes. Car, là, l'angle de vision des entrants et des sortants est essentiellement défectueux et limité, c'est la raison pour laquelle cet embranchement serait gros de catastrophes, surtout pour des conducteurs assoupis agréablement au volant, tout en fonçant dans le désert. D'autant qu'autour de cet embranchement règne une zone blanche étrange et obstinée, qu'aucune antenne-relais n'est en mesure de combler, et donc si, qu'à Dieu ne plaise, un accident se produisait à la sortie ou à l'entrée de la nationale 40, comment pourrait-on appeler les secours ? Dans ces conditions, poursuit Louria avec l'assurance d'un ingénieur de haute volée, afin de surmonter les défauts d'un tel embranchement, il convient de le déplacer. Il soulève donc la tomate et la dépose avec précaution face à la colline des tranches de pain complet qu'on peut, il suffit de le vouloir, ma douce Dina, abattre à l'aide d'une grande pelleteuse solide, un monstre qui disloque les montagnes et brise les rochers, comme dit la Bible de l'Éternel, mais comme les trois olives ont trouvé refuge justement sur le sommet de la colline, l'ex-commandant de compagnie oblige son conscrit qui, pour une raison inconnue, tremble encore comme une feuille devant lui, de creuser un tunnel dans la colline au lieu de simplement l'araser. « Regarde, ma petite Dina », et Louria saisit un long couteau aiguisé et l'enfonce doucement dans la colline des tranches de pain jusqu'à pointer de l'autre côté.

Le Séminaire des kibboutzim

Les Louria ont agi sagement en préparant un repas complet et non une simple collation : Mimouni arrive chez eux très affamé et, sans doute, avec l'espoir de ne pas être déçu par leur hospitalité. Devant l'énorme appétit de leur invité, les hôtes se contentent d'un seul jaune d'œuf de chakchouka, tandis que, sur l'assiette de Mimouni, est déposé un double soleil, auquel ils ajoutent bien vite, sans même lui demander son avis, les deux autres restants.

« Oui, fait-il confus, tout est si savoureux chez vous, et me voici, mourant de faim, venu tout droit d'une réunion avec le nouveau directeur général, qui a enfin pris ses fonctions, puisque l'ancien est incarcéré depuis une semaine. Figurez-vous que ce prétentieux n'a autorisé personne à quitter la réunion pendant quatre heures afin d'analyser les raisons de la corruption dans l'entreprise et, première mesure contre la corruption : uniquement des bâtonnets salés et de l'eau minérale… C'est pourquoi je dévore tout ce que vous me présentez, et je suis gêné à la pensée de ce que vous direz à mon sujet après mon départ. »

Ses hôtes le rassurent : au contraire, lorsqu'un invité fait honneur à leur table, ils en éprouvent du plaisir, de la satisfaction et y voient plutôt un compliment. Déjà, le réfrigérateur et le buffet sont ouverts afin de leur inspirer de nouvelles idées de mets.

« Le bon temps, c'est fini, Louria, soupire Mimouni. Le nouveau DG exige d'être tenu au courant de tous les détails du projet militaire et, surtout, une fin rapide de ce dossier, afin de me charger d'autres missions. C'est pourquoi, camarade assistant bénévole, maintenant que ton épouse est guérie et de retour à la maison, tu dois te mobiliser en vue de l'élaboration définitive de l'embranchement et de la route et, pieds nus et corde au cou, nous présenterons une proposition peu onéreuse pour le tunnel, avec l'espoir que le directeur financier adjoint se montrera bienveillant à ce propos, bien qu'à la base lui aussi soit un délinquant, mais il sait filer entre les doigts de la police.

— Tu veux me faire redescendre au cratère ?

— Non, Zvi, les virées au cratère, c'est fini. Nous allons concocter le projet dans mon bureau, qui fut le tien. Je dispose d'un programme informatique merveilleux qui fournit un travail propre et rapide.

— Mais je ne le connais pas !

— Tu vas l'apprivoiser facilement. J'ai déjà constaté – il se tourne vers la médecin dont les yeux ne le quittent pas – que la démence dont vous parlez n'agit que dans les lieux ouverts, face à un paysage, quand le soleil tape dur ou que le ciel est assombri et les étoiles clairsemées, mais quand il se trouve dans un endroit clos et familier, il se montre équilibré et cohérent. Vous n'êtes pas de mon avis ? »

Elle écoute avec un sourire cette analyse perspicace, énoncée avec une grande assurance. « Il faudrait vérifier un peu ta thèse, répond-elle sur un ton hésitant, car, que veux-tu, quarante-huit années de vie conjugale ne me suffisent déjà plus pour me faire une idée de la nature changeante de mon époux. »

Tous les trois éclatent de rire.

« Bref, conclut Mimouni, viens au bureau, demain à 18 heures après le départ des autres employés, et nous nous mettrons au travail.

— Mais pourquoi en soirée ? Pourquoi à 18 heures ?

— Parce qu'il vaut mieux que ce nouveau DG ne sache pas que j'ai recruté un étranger qui se balade librement au bureau.

— Pourquoi un étranger ? s'insurge Dina, après tout, Zvi est un cadre supérieur, un ancien directeur de service.

— C'est clair, c'est clair, et, au bureau, beaucoup se souviennent encore de ses fonctions, mais vous devez comprendre, ce gars-là, c'est un directeur inflexible, pourquoi devrais-je me trouver dans son collimateur pour une bêtise ?

— Tu as raison, Mimouni, lâche Louria avec ironie, cela ne vaut pas la peine d'avoir des ennuis avec le directeur général pour une bêtise comme moi. Il est préférable que tu cultives ta crainte de lui car, bientôt, quand tu auras achevé cette route, Shibolèt sortira de ta vie, et pourquoi ne te hâterais-tu pas de faire pousser un nouveau Shibolèt afin de t'effrayer. »

Étrange que Mimouni se contente de sourire sans se montrer vexé. « Assez, Zvi, ne divague pas, tu ne comprends pas du tout ce qui se passe aux Voies d'Israël. Non seulement l'ancien DG a été arrêté, mais d'autres cadres aussi, et certains, crois-moi, pour des bêtises. Du coup, pourquoi défier un gars qui cherche le moindre prétexte pour s'en prendre à une nouvelle victime ? Mais si tu as du mal à conduire de nuit, nous trouverons le moyen de te payer un taxi.

— Je n'ai aucun mal à m'orienter de nuit, et le tatouage du code d'allumage renforce ma confiance en moi. »

Mimouni souhaite voir le tatouage ; il le touche, s'étonnant de ne sentir aucune aspérité. Il se montre satisfait. « En outre, tu possèdes maintenant un nouveau portable, ainsi, te voilà protégé contre toute surprise. » Et avant de se lever pour s'en aller, il ajoute à sa liste de contacts le numéro du second portable sous le nom : *Louria 2.*

Soudain, Louria éprouve le regret de ne plus retourner au désert et de rester assis face à un écran d'ordinateur, mais il demeure tétanisé, tandis que Mimouni demande à la maîtresse de maison la permission de sortir sur la terrasse pour entrevoir la mer.

« Tu ne verras pas grand-chose, dit-elle, mais, entre les tours, il reste quelques bandes bleues capables d'apaiser un esprit tourmenté. » Louria serre les poings, ferme les yeux ; il essaie de se rappeler quelque chose mais à peine Mimouni a-t-il gagné la porte de l'appartement qu'il sursaute.

« Attends, avant de disparaître, dis-moi ce qui se passe avec cette Hanadi ?

— Hanadi ? s'étonne sa femme.

— Oui, Hanadi, s'obstine Louria, c'est la jeune fille, la fille du veuf, la jeune Palestinienne de cette malheureuse famille. »

Mimouni ne renonce pas au prénom hébraïque : « Ayala », puis rougissant brusquement : « Ça s'est compliqué, cette histoire, je te raconterai. »

Mais Louria exige une réponse immédiate.

L'invité choisit ses mots avec soin, surtout parce que la maîtresse de maison écoute attentivement. Il est arrivé ce qui devait arriver : au collège universitaire Sapir, bien qu'on l'aimât beaucoup, car il est difficile de ne pas aimer une jeune fille aussi douce, qui a même réussi à nouer de bonnes relations avec d'autres jeunes filles, et plutôt des Juives que des Bédouines, qui, elles aussi, étudiaient là, eh bien, au secrétariat, bien que Shibolèt eût réglé d'avance une année de scolarité, on ne pouvait pas continuer à ignorer le fait qu'elle était incapable de produire un quelconque document à la place de la carte d'identité qu'apparemment, *apparemment*, elle avait perdue. Le problème principal se situait au foyer étudiant. Là, le nombre de places est limité et, sans un document clair confirmant sa citoyenneté israélienne, on ne pouvait pas l'autoriser à continuer à y loger. Certes, avec la forte somme conservée par Shibolèt, on pouvait lui sous-louer une chambre chez une famille de Sdérot, mais Shibolèt redoutait justement qu'une famille juive s'empresse de la dénoncer au cas où, disons, elle parlerait ou pleurerait en arabe dans ses rêves, et c'est pourquoi Mimouni est tombé d'accord avec lui qu'il fallait trouver un autre arrangement.

« C'est quoi, cette histoire ? Dina perd patience.

— Je vais tout te raconter, je vais tout t'expliquer après son départ, pour l'instant, laisse-le finir.

— Au début, Shibolèt désirait la ramener plutôt à Mitspé Ramon, qu'elle fasse la navette entre son propre logement et la colline de son père, mais j'ai protesté : de cette façon, il la couperait du reste du monde, et je lui ai dit : On va la transférer de la périphérie du pays vers le centre, et je lui ai trouvé une place au Séminaire des kibboutzim, ici, à Tel-Aviv. Il y a là une école des arts de la scène débouchant sur un diplôme de comédien, et l'atmosphère y est chaleureuse, ouverte, dans l'esprit du mouvement travailliste d'antan. Une gauche sympa et pure qui accepte l'individu tel qu'il est et ne renifle pas trop ses origines.

— Et comment t'est venue brusquement l'idée de l'inscrire dans une école des arts de la scène ?

— Voici une petite anecdote, sourit Mimouni d'un air guilleret. Après l'armée, j'avais vaguement envie de devenir comédien, et j'ai commencé à apprendre le métier, mais, très vite, j'ai compris que c'était une carrière pas facile, peu rémunératrice, alors que mes dons d'acteur, je pouvais les concrétiser dans des métiers plus stables et plus lucratifs, comme avocat ou employé dans une société d'État. »

Louria est ému par ce compte rendu au sujet d'Hanadi et il s'enquiert : « Il existe un foyer étudiant au Séminaire des kibboutzim ?

— Peut-être, je l'ignore. Shibolèt et moi-même, nous n'avons pas voulu nous attirer des ennuis au foyer à cause d'une jeune fille sans carte d'identité. Aussi, tout simplement, je l'ai hébergée dans l'appartement de mon père. Et comme je sais que la voisine de mon père a l'habitude de fourrer son nez dans ma maison et qu'elle a le culot de passer directement de son jardin à celui de mon père, sans frapper à la porte de l'entrée, j'ai décidé de lui révéler la vérité sur la nouvelle locataire et de lui demander de garder bouche cousue. Et, à la fin, notre Hanadi lui a plu, et, désormais, elle la prend sous son aile et, même, la nourrit à l'occasion. Pour le moment, cet arrangement fonctionne, et son frère a même pu lui rendre visite, et Shibolèt a vérifié l'endroit, et, bien sûr, moi-même, je vais la voir de temps à autre pour veiller à ce qu'elle ne reste pas trop solitaire dans la soirée. On verra… Peut-être qu'un jour on lui amènera son père, quand elle commencera à avoir moins peur de la réalité. »

Retour à l'ancien bureau

Avec une extrême lenteur et des hauts et des bas fréquents, la convalescence de la praticienne se poursuit cahin-caha. De temps à autre, sa température s'élève d'un demi-degré et, dans sa faiblesse, elle cherche son lit. « Ce n'est déjà plus le microbe, plaisante Louria, mais les bébés qu'il a eu le temps d'enfanter en toi, et tant que tu ne les liquides pas eux aussi, tu ne récupéreras pas. » Depuis le service pédiatrique, on téléphone pour prendre de ses nouvelles et, parfois, lui transmettre des comptes rendus ou recevoir des conseils. Entre-temps, le statut et l'autorité du jeune médecin appelé à lui succéder se renforcent, tandis qu'elle-même se désole que sa retraite soit si proche.

« Mon tunnel aussi arrive à sa fin, dit son époux qui tente de la consoler, et je n'obtiendrai plus de nouveau tunnel, aussi, quand nous serons tous les deux libres, nous pourrons avoir davantage de loisirs, nous amuser.

— Nous amuser ? Avec quoi ? » Puis fuse une légère pointe d'ironie : « Avec ta démence ?

— Par exemple. Après tout, savons-nous ce qu'elle s'apprête à manigancer ? Mais, pour l'heure, ne sois pas ingrate. Pour le moment, c'est moi qui m'occupe de toi, et non toi de moi.

— C'est vrai, pourtant, tu pourrais disparaître.

— Où ça ? Dans un pays aussi exigu ?

— Il est moins petit que ce qu'indique la carte. Peu importe, Zvi, toi tu es fondamentalement un homme stable, et maintenant que Mimouni n'a plus l'intention de te faire descendre au désert mais juste de t'installer dans un bureau, je me sens plus tranquille. »

Et donc, au crépuscule, Louria se rend à son ancien bureau pour sa première réunion de travail. La plupart des employés ont quitté leurs bureaux, et il n'a aucune difficulté à trouver une place libre sur le parking proche de l'entrée et de monter, directement et en catimini, à son bureau d'où il a dirigé un service entier pendant des années. La lumière est allumée et la porte ouverte, et même l'écran d'ordinateur est éclairé et prêt à fonctionner. Seul Mimouni est absent mais ne saurait tarder. Louria entre sans s'asseoir car l'occasion s'offre à lui d'examiner de fond en comble ce qui a changé et ce qui n'a pas bougé dans son bureau.

Dans une armoire métallique ajoutée à la pièce, sont rangés de nouveaux dossiers dont l'apparence est différente, et sur une étagère près de la fenêtre sont exposés des modèles réduits de nouveaux bulldozers et rouleaux compresseurs à côté des anciens modèles restés en place. Un grand calendrier est accroché au mur et, entre les seins de la top model, le mois hébraïque d'Iyar pointe le nez. Sur un tableau en liège, à côté du calendrier, sont punaisées deux photos, à la maîtrise technique spectaculaire, des jumeaux, un garçon et une fille. Sur la première photo, ils sont nourrissons, sur la seconde, des gamins au jardin d'enfants. Depuis, ils ont grandi, Louria s'en souvient, pendant la semaine de deuil, dans la cuisine de leur grand-père attendant qu'Hanadi leur prépare leur repas, mais il n'y a pas de photos plus récentes d'eux, ni de leur mère, ni de leur père, comme si le Saint-Esprit les avait mis au monde.

Et, à sa grande joie, la photo de Ben Zvi, le deuxième président de l'État, maigre et en costume élimé, est toujours là. Bien qu'il fût socialiste et un dirigeant ouvrier authentique, il n'éprouvait pas le besoin de se faire photographier avec le col ouvert, tel un pionnier à l'ancienne, mais portait une cravate. Un homme modeste, dont le jeune fils avait été tué au début de la guerre d'Indépendance et, dans la mémoire de Louria, pour une raison ou une autre, et par extraordinaire, est conservé le prénom qu'Yitzhak Ben Zvi avait donné à son fils : Héli, comme celui du prêtre de Shilo dont les fils s'étaient débauchés, tandis que leur père commençait à perdre la vue. Louria fait un pas en direction de la photo dont le verre est poussiéreux et fêlé. Dix-huit années plus tôt, lorsque cette vaste pièce avait été attribuée à Louria, le président Ben-Zvi reposait sous terre depuis près de quarante ans, mais Louria, non par indifférence aux symboles de la puissance publique, avait ordonné de ne pas troquer sa photo contre celle du président contemporain. Comme il l'avait déclaré en son temps à Mimouni, il l'avait laissée sous ses yeux comme une sorte de garde-fou contre la corruption ou les tentations susceptibles de le guetter en tant que directeur de service. Toutefois, quelles malversations pouvaient bien menacer le nouveau directeur, s'il avait délégué toutes les affaires financières et budgétaires à son adjoint, Tsahi Divon ? Or, une tentation, guère financière, était apparue sous les traits d'une belle ingénieure, assistante et secrétaire proche, qui, dès son entrée en fonction, s'était empressée de lui annoncer son divorce imminent, sans doute pour qu'il comprenne qu'elle était disponible. Mais Louria, si son désir s'éveillait quand cette dernière lui exposait des projets de routes et de voies de contournement, se hâtait de lever le regard vers l'homme qui fut le seul à être élu à la présidence trois fois de suite, sans jamais perdre une once de sa modestie.

Lorsque Mimouni revient dans la pièce et aperçoit le retraité plongé dans ses pensées devant la photo poussiéreuse rougie sous les derniers rayons du soleil couchant, il émet un gai sifflement pour ne pas affoler Louria. « Je suis parti rapporter la clé que j'ai oubliée dans la voiture, cette clé, je l'ai reproduite spécialement pour toi, et j'ai laissé le bureau ouvert et éclairé, pour que tu n'ailles pas croire que je t'ai oublié.

— Pourquoi m'oublierais-tu si, moi-même, je ne me suis pas encore oublié ? Et je constate que le bureau est resté dans l'état où je l'ai laissé, et je n'aurai donc pas de mal à m'y acclimater. Je te remercie encore une fois de n'avoir pas expulsé mon Ben Zvi, lui qu'au fil des années j'ai considéré de plus en plus comme un proche, un grand-père ou un oncle. Toi, je me souviens que tu m'as expliqué que tu l'as laissé à cause de son idée improbable que les Palestiniens sont des juifs qui ont oublié leur identité. Des Israéliens demeurés fidèles à ce pays, bien qu'ils aient été contraints de se convertir à l'islam.

— Exactement, mais ce n'était pas uniquement son idée, c'était aussi celle de Ben Gourion.

— Ben Gourion aussi avait de nombreuses lubies.

— Louria, ne dédaigne pas les lubies qui peuvent faire

naître de l'espoir. Je ne savais rien de ce Ben Zvi quand j'ai reçu ce bureau, n'oublie pas que je suis plus jeune que toi d'au moins deux générations, je me suis dit qu'avant de me débarrasser de la photo, il valait mieux comprendre pourquoi un président mort depuis belle lurette se retrouvait coincé ici, au lieu du président en fonction ou, du moins, de quelque Premier ministre, et c'est ainsi que j'ai appris sur Internet à quel point ce Ben Zvi était proche et aimé de Ben Gourion. Que trouves-tu de mauvais dans cette fantasmagorie ?

— Elle n'est pas mauvaise, mais absurde. Parce que ces deux-là n'ont pas abouti à une telle idée par le savoir ou la recherche, mais par désespoir, parce qu'ils se sont rendu compte que les sionistes étaient rares, sans avoir un peuple concret derrière eux. Et même si, sur le plan historique, il y avait là quelques bribes de vérité, qui pourrait convaincre les Palestiniens de revenir à leurs racines juives ?

— En effet, qui ? soupire Mimouni. Quand j'ai raconté cette idée du deuxième président à Ayala, elle a éclaté de rire.

— Hanadi.

— Bon, Hanadi. Et pour qu'elle comprenne que ce n'était pas un jeu mais une idée sérieuse, je dois prendre cette photo et l'accrocher au domicile de mon père, dans la chambre à coucher, à côté de la mienne. Peut-être que ce charmant et candide président pourrait la persuader que l'espoir n'est pas perdu. Mais, en fait, c'est toi qui as raison, cet espoir est vain, alors, voyons au moins comment extraire de cet ordinateur non seulement la route mais aussi le tunnel. »

Mimouni allume une lampe supplémentaire, télécharge

le nouveau programme qui, même s'il est compliqué à manipuler, offre des résultats à foison. Mais le retraité a du mal à suivre les explications caracolantes du jeune homme, et il lui dit : « Écoute, c'est peut-être juste à cause de la fatigue, mais il n'y a aucune chance que je réussisse à maîtriser ce truc tellement perfectionné, il vaut mieux que je parle et que toi tu transcrives sur le clavier. Avant tout, nous devons indiquer la fin, le terminus de la route qui est, en fait, la seule chose définie que l'armée t'a demandée, et à quoi tu t'es engagé. Après avoir signalé le terminus sur la carte que tu as affichée sur l'écran, si ton logiciel est si sophistiqué, tu pourras peut-être aussi trouver à côté de lui la renarde qui a dévoré mon portable. »

Mimouni sourit aux anges, tandis que l'imprimante ultraperfectionnée laisse échapper en silence une première page de la carte du cratère avec les couleurs appropriées et le point d'aboutissement futur indiqué en bleu.

« Et maintenant que l'objectif est clair, poursuit Louria, nous devons revenir en arrière, à la nationale 40, à l'embranchement apparemment nécessaire, qui a l'air correct et adapté. Mais nous allons ouvrir une colonne spéciale pour lister ses inconvénients, tu t'en souviens : angle de vision limité pour les entrants du nord et pour ceux venant du sud, surtout pour les conducteurs auxquels le désert offre un brevet de pilote d'avion ; et c'est aussi un embranchement – c'est ainsi qu'il apparaît – qui ne donne pas une zone d'alerte aux chauffeurs militaires somnolents qui débouleront de la route militaire pour se couler dans le trafic de la nationale 40 ; et ce n'est pas encore tout : le véritable danger se situe dans la zone blanche de communications que nous avons découverte, car la majorité des accidents se produisent aux carrefours, et s'il était impossible d'appeler les secours de là, le sang des morts et des blessés retomberait sur la tête des concepteurs. Au fait, ça m'intéresse de savoir si ton logiciel flambant neuf est capable de digérer une liaison téléphonique lacunaire.

— Il est capable de digérer tout ce que tu désires, plastronne Mimouni.

— Minute, s'écrie le retraité, Assaël, qu'est-ce qui est arrivé à ta barbe ? Où a-t-elle disparu ? »

Mimouni est ravi de l'affolement du retraité. « Enfin, tu t'en aperçois, et moi j'étais si vexé que tu n'aies pas vu sa disparition. Oui, mon cher Louria, qu'y puis-je, cette barbe m'a paru soudain si misérable que même Arafat en aurait eu honte, alors j'ai décidé de mettre fin à cette comédie, trois minutes de rasage chaque matin, c'est pas la fin du monde ! »

Mais Louria regrette cette barbe : « Dommage, tu m'as bien dit que ton épouse l'aimait beaucoup.

— Ma femme ? Jamais de la vie ! Je t'ai déjà dit qu'elle la supportait tout au plus. Pourtant, j'aime bien que tu prennes le deuil pour elle, peut-être la ferai-je repousser un jour en ton honneur. »

Tout en poursuivant leur tâche, Louria transforme les défauts du premier embranchement en atouts du second, si ce n'est que se dresse devant lui une colline indiquée par un petit triangle. Et Louria de signaler, comme c'est l'usage, son altitude absolue au-dessus du niveau de la mer, et non l'altitude relative, insuffisante, par rapport au niveau d'où elle s'élève. Brusquement, Mimouni bondit de son siège au son de la mélodie de son portable s'échappant de sa poche et se rue dans le couloir pour plus de discrétion.

Conversation qui est tout, sauf brève. À l'autre bout de la communication, l'interlocuteur a besoin d'un conseil, voire d'un réconfort. Et comme Mimouni essaie de couvrir sa voix, Louria tend particulièrement l'oreille en direction de son ton parvenant du couloir, un ton patient, tendre, qui ne cesse de dire : « Je comprends, bien sûr que je t'écoute, chaque mot compte pour moi, c'est très bien, puis il ajoute : Non, il n'y a aucune raison d'avoir peur », et bien que Louria ne soit pas sûr qu'il ait acquis suffisamment d'expérience pour interpréter les bribes de la conversation du jeune ingénieur, il est presque convaincu que Mimouni discute avec sa RSI logée dans la chambre à coucher du conseiller juridique décédé, et une tristesse mystérieuse s'empare de lui. Il se lève et ouvre en grand la double fenêtre pour vérifier si la nuit a chassé le soleil et s'est répandue dans l'univers. Lorsque Mimouni revient, la mine rayonnante, et qu'il semble brièvement enclin à révéler avec qui, et sur quoi, il s'entretenait, Louria le devance : « Écoute-moi, pour le moment, j'ai l'impression que nous ne devons pas nous précipiter dans ce projet de tunnel, il serait souhaitable que toi et moi nous forions au marteau-piqueur nos cerveaux encore une fois, le mien et le tien. Nous disposons déjà des trois pages principales qui donnent une base à notre future proposition. Quant à toi, le travail des plans de la route, au-delà de celui du tunnel, commence à peine. Ce qui importe, ce sont les matériaux, les ancrages de passerelles, et même si tu prétends que ce cratère se siphonne de lui-même, il est impossible de présenter un projet sérieux sans des solutions concrètes d'évacuation des eaux. Bref, pour l'instant, tâche d'exécuter toi-même tout ce travail de routine, après tout, ce n'est ni ta première, ni ta dernière chaussée. Pour ma part, comme je te l'ai dit, j'ai besoin que surgisse quelque illumination supplémentaire pour pouvoir convaincre l'armée de creuser un tunnel. Et puisque tu m'as reproduit la clé de mon ancien bureau, il se peut que je revienne ici tout seul, en soirée, mais avec mon propre ordinateur portable, parce que le tien est trop sophistiqué pour moi, et nous verrons où nous mène l'inspiration. Dans cette pièce, j'ai eu jadis nombre d'inspirations qui ont fait économiser beaucoup d'argent au gouvernement. Et, de toute façon, sache qu'en mon for intérieur je ressens beaucoup de peine pour ces Palestiniens pris au piège et même, crois-moi, pour cet officier qui leur a attiré ces ennuis mais qui n'a pas fui sa responsabilité. Parce que moi, Mimouni, j'essaie, autant que faire se peut, de prendre en pitié les êtres humains, et même si ce jeune homme est devenu un tantinet druze, et cette Hanadi, dont même un vieillard comme moi est capable de tomber amoureux, joue déjà au Séminaire des kibboutzim dans un drame ou une comédie israélienne, il reste sur la colline un veuf solitaire à la merci d'une vendetta. »

Mimouni l'écoute, sidéré, puis il esquisse un sourire : « Parfait, Louria, voilà que tu commences à parler comme un prophète. »

Le fil génétique, le retour

Sur le parking, un vigile de nuit en embuscade exige de connaître son identité et ses activités nocturnes dans un bâtiment vidé de ses employés. Bien que le retraité se présente en faisant état de ses services passés et présents, le cerbère n'en est pas autrement impressionné et lui demande de produire, la prochaine fois, une autorisation du directeur général avant d'essayer de pénétrer de nuit dans les bureaux. Au lieu d'acquiescer et de dire au revoir, Louria commence, pour une raison quelconque, à débiner le jeune nouveau directeur général, lui aussi voué, sans nul doute, à se faire incarcérer un jour. « Et c'est de lui que j'ai besoin d'un permis ? éructe-t-il. C'est ce même directeur général qui m'a demandé, *à moi*, de prononcer un discours à sa place, alors, s'il te plaît, un peu de politesse ne te ferait pas de mal. » Mais le vigile ne s'en laisse pas conter, il agrippe la portière ouverte de la voiture, tout en réitérant sa mise en garde : aucun retraité n'a le droit de traîner la nuit dans son ancien lieu de travail sans une autorisation écrite.

L'emportement excessif du vigile de nuit a sans doute semé la confusion dans l'esprit de Louria. En quittant le parking, au lieu de se diriger vers le nord, il part en direction du sud, et il lui faut un certain temps avant de comprendre son erreur et de manœuvrer pour retrouver le bon itinéraire, alors que le sommeil gagne sa femme qui l'attend, pelotonnée devant la télé. L'amour qui dure depuis de si nombreuses années pour la femme de sa jeunesse bouillonne dans le cœur de l'ingénieur de retour chez lui. Il ne comprend pas comment il a pu dire à Mimouni, fût-ce par plaisanterie, que lui aussi était capable de tomber amoureux d'une jeune nomade écartelée entre des identités opposées. Et, afin de ne pas perturber d'un seul coup le sommeil de la femme qui n'a pas encore remarqué son arrivée, il s'agenouille au pied du lit, ferme les yeux et pose le front sur ses pieds chauds, désireux que son réveil soit doux, comme si sa couverture venait à peine de tomber.

« Ah, te voilà enfin. Comment ça s'est passé ?

— Rien de spécial.
— Vous avez avancé ?
— Un peu. Mais, de toute façon, Mimouni devra effectuer lui-même la majeure partie du travail.
— Et quelle impression ça t'a fait de retrouver ton ancien bureau ?
— C'était à la fois normal et étrange. Mais j'ai été content de voir que Yitzhak Ben Zvi est toujours accroché au mur.
— Pourquoi ? Parce que c'est toujours ton gourou ?
— Tu en connais un meilleur ?
— Inutile d'avoir un bon gourou, il vaut mieux un gourou intelligent. »

Louria pose précautionneusement sa tête entre ses cuisses, dénude son ventre et embrasse son nombril, tandis que ses mains remontent à tâtons jusqu'à ses seins, et, au désir qui déjà s'empare de lui s'ajoute le souvenir de la première nuit de sa maladie, lorsqu'elle l'avait rejoint dans la chambre d'enfants, nue et ensommeillée, afin qu'il la sauve de l'inondation de thé sur son lit. « Maintenant que tu es complètement guérie et le microbe liquidé, lui dit-il, nous devons reprendre la routine. Ce n'est qu'en faisant l'amour que nous serons capables de resserrer des liens conjugaux destinés à s'effilocher, à cause de l'usure et des maladies. » « Tout doux, tout doux, laisse-moi reprendre un peu de forces, murmure-t-elle en lui caressant les cheveux, ne t'en fais pas, le moment viendra, je suis là, chez nous, je ne m'en vais nulle part. — Je sais bien que tu es là, mais la question est de savoir si, moi, je vais me souvenir encore longtemps de l'adresse de ce domicile. Tiens, par exemple, à l'instant, je me suis trompé de route, je me suis dirigé vers le sud au lieu du nord, et il s'est passé un bon moment avant que je ne m'en aperçoive et que je retrouve le bon itinéraire. — L'essentiel, c'est que tu as su te corriger, le console-t-elle tendrement, mais à l'avenir utilise davantage le GPS, même si tu crois te trouver dans un endroit familier, et surtout, actionne la voix, car la voix humaine a plus de sens à tes yeux que des lignes et des flèches sur une carte. Et ne t'inquiète pas pour ma libido, elle est en route, elle viendra, je me sens déjà guérie, et j'ai averti mon service de mon retour demain. Et toi aussi, demain, tu vas avoir à t'occuper. Ton fil génétique s'est définitivement rompu. Ta sœur a appelé pour annoncer que votre parente est décédée, et que la maison de retraite demande que vous veniez pour décider de l'usage de ses affaires.

— Décider quoi ? bondit-il. Qu'est-ce qu'elle a pu bien laisser ? Nous devons nous occuper de son enterrement ?

— Pas de funérailles, elle est décédée il y a quelques jours, et ce tuteur-là, qui a l'air d'être un fils ou un petit-fils, est venu de Paris, et afin de s'épargner des tracas, il a envoyé la dépouille à la crémation, et vous, il ne vous reste plus qu'à décider quoi faire des quelques objets qu'elle a laissés, parce que ce Parisien a décidé qu'il fallait vous donner quelque chose en tant que parents éloignés. »

Le lendemain matin, il passe prendre sa sœur Shlomit chez elle et lui dit : « Seul le diable sait ce que ce Parisien attend que nous décidions, il y a seulement deux, trois mois, je lui ai rendu visite, et je n'ai pas eu l'impression que quelque chose de concret allait rester après sa disparation, hormis cette flûte bizarre.

— Pas grave, lui répond sa sœur, puisqu'ils ont demandé qu'on vienne, on y va, ne serait-ce qu'à cause de

Maman qui se sentait responsable de son état et coupable à cause de sa maladie. Mais tu t'es vraiment rendu auprès d'elle ?

— Mais je t'ai déjà dit que le neurologue cherchait un fil génétique à mon atrophie, et c'est pourquoi je suis parti la voir, mais je ne t'ai rien raconté parce qu'il n'y avait rien à raconter. »

Shlomit dévisage son frère, partagée entre inquiétude et perplexité. Sa main agrippe encore la poignée de portière du véhicule rouge, mais elle suggère de faire le voyage dans sa voiture *à elle*. « Pourquoi ? l'interroge-t-il d'un air méfiant. Je viens de te dire que je me suis rendu là-bas il y a deux, trois mois, je me souviens de l'itinéraire.

— Très bien, dans ce cas, guide-moi sur la route, mais c'est moi qui conduirai. » Là, la méfiance se transforme en colère ouverte : « Dis-moi la vérité. Dina t'a mise en garde contre ma conduite ?

— Pas vraiment, se dérobe sa sœur, elle m'a juste dit que, puisque tu ne faisais pas confiance au GPS, tu pouvais commettre des erreurs, mais moi je n'ai pas de temps à perdre aujourd'hui à cause de tes erreurs.

— Mais je n'ai pas besoin de me servir du GPS, Louria hausse le ton, je t'ai dit que je connais la route, et je me sens insulté que tu ne me fasses pas confiance, aussi, s'il te plaît, si tu ne montes pas immédiatement, je vais y aller tout seul. »

Elle se soumet, non sans actionner l'application Waze de son portable et transmet d'une voix dramatique non seulement les instructions d'itinéraire mais encore des remarques sur la conduite de son frère qui lui semble négligente, voire aventureuse. « Dis-moi, tu es normal ? s'emporte-t-elle, affolée. Tu viens de griller le feu rouge.

— Pas du tout, il balaie avec sang-froid la réprimande. Il n'était pas rouge mais orange, je m'en souviens depuis la dernière fois et je lui fais confiance parce qu'il est orange pendant un temps particulièrement long. »

Dans l'établissement Mishan, il guide sa sœur avec assurance jusqu'au troisième étage afin de la présenter à l'infirmière en chef dont la chevelure blanche rehausse la grâce et la beauté. Mais il lui faut un certain temps pour la repérer car la blancheur est redevenue noire. « Pourquoi ? », la questionne Louria avec la douleur intime d'une vieille connaissance. Après ma visite de la dernière fois, j'ai dit à ma femme qu'une femme sûre de sa beauté ne redoutait pas ses cheveux blancs, alors, pourquoi avez-vous perdu confiance en votre beauté ? »

L'infirmière en chef ne donne pas l'impression d'être embarrassée ou irritée par cette immixtion grossière d'un inconnu. Sans doute, grâce à sa longue expérience, reconnaît-elle dans ce visiteur un peu trop emporté les premiers signes de l'altération qui, un jour ou l'autre, le conduira dans son service, aussi rougit-elle légèrement, sourit-elle et lui réplique-t-elle avec aplomb : « En ce qui concerne la couleur de mes cheveux, monsieur Louria, vous devrez en débattre avec mon époux et non avec moi. » Elle tend la main pour serrer celle de la sœur, et s'aperçoit, maintenant à l'en croire, à quel point elle ressemble à leur mère, le fidèle chaperon de la proche parente. Shlomit, choquée par le manque de tact de son frère, serre la main de l'infirmière et lui demande si la patiente a eu une belle mort.

« Ce n'était ni beau ni simple, comme on pourrait le croire, étant donné son âge et sa démence prolongée.

— Ce n'était pas une belle mort ? murmure Louria, déçu.

— Absolument pas, à mon grand regret. Chez les personnes souffrant de démence pendant de nombreuses années, dont on pourrait croire qu'elles ont renoncé à la vie et que la vie les a oubliées, chez celles-là, au contraire, vers la fin, surviennent une illumination et un sursaut, comme si la longue démence n'était en fait qu'un travestissement, ou un jeu, ou peut-être une sorte de carapace contre les gens et le monde, et quand la mort approche, les masques tombent, et la tristesse, les douleurs intimes et peut-être les regrets commencent à s'épancher. Ces malades qui, pendant des années, semblaient apathiques ou indifférents devant ceux qui s'en occupaient, éprouvent brusquement le besoin de s'accrocher à eux et donnent l'impression d'avoir besoin d'un regard et d'un contact. »

Louria est tétanisé. Cette description l'effraye, et il demande s'ils peuvent regarder la chambre de leur parente et son lit, si, toutefois, on n'y a pas encore installé une autre patiente.

« Nous avons laissé le lit inoccupé en prévision de votre visite, nous vous avons attendus », dit l'infirmière en chef.

Elle les conduit à la chambre que Louria reconnaît, et, dès leur entrée, se soulève, de l'autre côté du rideau tiré à demi, comme lors de la fois précédente, la seconde vieillarde, toujours de ce monde, à laquelle Louria sourit dans l'espoir qu'elle l'identifie. Un drap est posé sur le lit de la défunte, mais l'oreiller et la couverture ont disparu, il ne reste que deux objets : le kaval oblong et noirâtre et, à côté, un vase de terre cuite assez petit, scellé avec de la cire rouge.

« J'en jurerais, s'extasie Louria auprès de l'infirmière en chef, j'ai l'impression que sa voisine me reconnaît, voyez comme elle me sourit. Si j'avais su qu'elle était encore en vie, je lui aurais apporté les dattes *medjouls* qu'elle s'attend manifestement à recevoir de moi. Vous avez une cafétéria ici ?

— Non, ricane l'infirmière, mais si je trouve une datte à la cuisine, je la lui offrirai en votre nom. »

Louria aimerait savoir si une candidate s'est déclarée pour le lit qui vient de se libérer. « Il y a beaucoup de candidates, répond l'infirmière avec une patience d'ange, mais toutes ne conviennent pas. » Louria s'efforce de trouver d'autres questions afin de retenir la belle infirmière qui a noirci sa chevelure, mais sa sœur s'ébroue de son inertie : « Pardonnez-moi, mais pourquoi, au juste, nous avez-vous convoqués ? » Non, ce n'est pas pour signer des formulaires ou régler un dû restant, mais uniquement pour emporter le vase et la flûte noirâtre, dont peut-être un petit-enfant voudrait jouer. « Mes petits-enfants, persifle Shlomit, ne voudront même pas toucher cette espèce de flûte arabe, et sûrement pas en jouer. Peut-être que Zvi, qui vadrouille dans le désert, dénicherait quelque Bédouin qui serait tout heureux de l'avoir. Mais c'est quoi, ce vase ?

— L'urne cinéraire.

— Toute la cendre ? s'étonne Louria en soulevant aussitôt le vase afin d'en évaluer le poids.

— Tout de même, je ne comprends pas, intervient Shlomit avec un léger agacement, pourquoi ce tuteur qui a décidé d'incinérer la dépouille n'a pas emporté ses cendres à Paris ?

— Selon lui, puisqu'elle s'est convaincue d'immigrer

en Israël, il serait malhonnête de l'arracher d'ici, malgré la démence.

— Et l'incinérer sans demander son avis, c'était honnête ? C'est autorisé, en fait ? C'est juif, ça ?

— Surtout ne me demandez pas ce qui est permis ou interdit aux juifs, réplique l'infirmière paisiblement. Ces derniers temps, on commence à incinérer dans le pays et pas seulement inhumer. Évidemment, cela dépend de qui il s'agit. Quelqu'un m'a raconté, une fois, que la Bible rapporte qu'on a brûlé les cadavres du roi Saül et de ses enfants, et, dans ce cas, pourquoi ne brûlerait-on pas d'autres juifs ?

— Israéliens, la corrige Louria.

— Comme vous voudrez. »

Louria place le vase sous son bras et tend la flûte à sa sœur. « Entendu, nous allons nous organiser, mais vous êtes certaine que nous n'avons pas besoin d'un permis quelconque, qu'on n'aille pas prétendre que nous avons volé les cendres de la défunte ?

— Non, ni permis ni signature. »

Avant que Shlomit ne se sépare de son frère au pied de son domicile, Louria lui propose de s'occuper de la flûte et qu'elle-même se charge de l'urne funéraire. La réponse de sa sœur est impitoyable et tranchante : « Non, mon cher monsieur, si nous avions effectué le trajet dans ma voiture, j'aurais peut-être gardé l'urne chez moi, mais puisque les cendres se trouvent dans ta voiture, tu veilleras à les déposer ou à les disperser dans un endroit convenable. Et n'aie pas le culot de les jeter à la poubelle ou juste dans un champ ! Et pourquoi pas la mer, ou peut-être le désert ? Un lieu un peu symbolique, elle le mérite. Mais, d'abord, discutes-en avec Dina, elle te suggérera, comme toujours, la meilleure solution. »

La réponse de Dina est sans équivoque. Après son retour de l'hôpital, déprimée, déçue par les changements apportés en son absence, elle décrète que l'urne funéraire doit rester dans la voiture afin d'éviter que le petit Noam, pendant que son grand-père serait plongé dans sa sieste, ne tente de regarder son contenu, et alors, qui allait ramasser les cendres éparpillées dans tout l'appartement ? En revanche, le kaval ne serait pas interdit de séjour dans la maison, et si personne ne réussissait à en tirer un son acceptable, on pourrait l'accrocher dans le balcon du toit, et ainsi la brise marine en jouerait à la mémoire de la défunte.

Pour l'heure, outre l'urne et la flûte, un autre sujet devient d'une actualité brûlante. La semaine prochaine, la commission d'examen du projet de tunnel est appelée à se réunir, et, dès maintenant, il faut lui monter un dossier circonstancié. Et c'est ainsi que Mimouni synthétise l'ordre du jour au téléphone : « Du moment que l'État d'Israël ne m'a pas donné l'occasion de planifier un tunnel, ni court ni long, ce tunnel sera *ta* contribution, mon cher Zvi, à un nouvel imbroglio humain intervenu entre deux peuples vivant dans une même patrie. Et moi, je ne vois aucune difficulté à ce que tu exécutes le projet sur ton ordinateur portable, car les ordinateurs communiquent amicalement et honnêtement entre eux, plus et mieux que les êtres humains, et donc, pendant que tu travailleras sur *ton* ordinateur – autrement dit, la profondeur, la longueur et la hauteur du tunnel, et le détail des coûts des engins et des matériaux –, *mon* ordinateur l'annexera au plan global de la route. Dans ces conditions, demain soir, réunion de travail supplémentaire dans notre bureau, et tu te rendras compte que j'ai changé, en ton honneur, le verre fêlé de notre Ben Zvi chéri. Ah, encore un détail : s'il te plaît, pas de palabres avec le vigile de nuit. C'est un ex-employé, limogé pour malversations, il est plein de rancœur et, la nuit dernière, il a eu le temps de noter ta plaque minéralogique, et ce matin il a déposé une plainte chez le DG, lequel a réussi à obtenir ton identité auprès de la police. Moi, quand on m'a demandé si j'étais au courant de ta visite dans les bureaux pendant la soirée, je n'ai pas voulu révéler que tu étais impliqué dans la planification de la route militaire, censée demeurer secret-défense, mais j'ai reconnu que tu étais venu au bureau, et que nous avons évoqué des souvenirs de mon père, ton ancien conseiller juridique. Et comme le directeur général a été impressionné par je ne sais quel discours qu'il a entendu de ta bouche, il a décidé : S'il ne s'agit que de ce retraité qui se balade la nuit chez nous, ne l'importunez pas, ce n'est pas le genre à commettre une infraction. »

Le lendemain, au soleil couchant, Louria gagne en voiture les bureaux des Voies d'Israël, et, bien qu'il ait emprunté ce parcours des milliers de fois, il obéit à la promesse faite à son épouse et actionne le GPS, afin de respecter les directives de la guide diserte. Le bureau est ouvert et éclairé, Mimouni a installé une table supplémentaire pour son assistant bénévole et, avec un câble disposé d'avance, il branche l'ordinateur portable de Louria au sien afin qu'un dialogue compétent se noue entre les deux appareils.

Après avoir observé longuement à la fois le relevé et la photo de la colline dans laquelle un tunnel est destiné à être percé, Louria indique d'un trait fin la hauteur de son entrée et sa largeur et, à l'aide d'un curseur lent et précis, entame un forage méthodique défonçant la colline d'un trait violet dont l'extrémité rejoint la route militaire qui l'attend, avec tous ses détails les plus minutieux, sur l'écran de Mimouni. « Très bien, Assaël, complimente le retraité, tu as effectué un travail professionnel digne d'éloges. Mais maintenant c'est au tour de la génération précédente de prouver ses capacités, d'abord dans la planification du soutènement préalable et l'élaboration des fondations, ensuite dans la programmation de la couverture intérieure, l'épaisseur des parois et l'angle de la voûte et des arcs-boutants qui le protégeront d'effondrements intérieurs. Et, bien évidemment, la localisation de quelques bouches d'air de ventilation nécessaires de même que l'éclairage du tunnel, qui sera fourni non par la Compagnie d'électricité mais par des panneaux alimentés par le soleil généreux du désert qui, à en croire la photo d'Hanadi, a même un jumeau dans le cratère Ramon. »

Mimouni se lève et se place derrière Louria, suivant avec intérêt le travail de son aîné mais, bien vite, il jette un regard à sa montre et lui dit : « J'espère que tu ne vas pas m'en vouloir, Zvi, si je t'abandonne maintenant, parce que les jumeaux vont bientôt revenir d'une excursion à Jérusalem, et comme ma femme se trouve à l'étranger, je dois aller les prendre.

— Au fait, ils ont quel âge, tes jumeaux ? Ils ont dû tout de même grandir depuis les photos que je vois ici.

— Bien sûr, la terre n'a pas arrêté de tourner, ils ont déjà dix ans. Tu as raison, je devrais ajouter une photo d'eux plus récente.

— Et comment se fait-il qu'à cet âge on les trimbale à Jérusalem ? Ce n'est pas dangereux pour eux, là-bas ?

— On ne les emmène pas sur le mont du Temple,

juste au mont Herzl et à Yad Vashem et, comme récompense, au Zoo biblique. C'est le parcours. Dieu seul sait qui, au ministère de l'Éducation, programme de tels parcours, mais la preuve… C'est pourquoi j'espère que cela ne te dérange pas de continuer à travailler seul et, quand tu auras terminé, d'éteindre la lumière et de fermer le bureau. Demain, je transmets le dossier à la Commission devant laquelle nous nous présenterons la semaine prochaine.

— Comment ça, nous nous présenterons ? Moi aussi, tu veux me traîner là-bas ?

— Et pourquoi non ? Même si tu ne prononces pas un mot, ta seule présence, en tant qu'ex-directeur de service, appuiera le bien-fondé du tunnel.

— Dans ce cas, répond Louria d'une voix allègre, bonne route ! »

Le revoilà donc à travailler en soirée dans son bureau, retraité encore utile, et après qu'il a peaufiné des détails comme l'intensité de la cadence de forage, ses préconisations concernant le modèle de haveuse – cet engin à tambour armé de pics perceurs – convenant selon lui à ce terrain, il cherche sur Internet des informations sur les Nabatéens, qui prouvent que, dans le passé, le Néguev ne souffrait pas de la malédiction de l'aridité, afin de savoir comment préserver leur héritage et, au moment précis où il esquisse quelques idées sur le papier à en-tête de Mimouni, le téléphone de bureau datant de Mathusalem émet une sonnerie qui lui rappelle les anciens temps.

Louria hésite ; Dina et Mimouni connaissent les numéros de ses deux portables, et il est peu vraisemblable qu'ils composent le numéro d'un antique téléphone de bureau. Ou alors le vigile de nuit qui aurait reconnu sa voiture au parking ? Mais la sonnerie est non seulement insistante, elle a aussi quelque chose de désespéré, et lorsqu'il soulève le combiné, une voix tendre et confuse chuchote : « Assaël, tu es là ?

— Hanadi ? » Louria se hâte de retenir la jeune RSI. « Hanadi ? », insiste-t-il, déterminé à rompre le silence retombé à l'autre bout du fil. « C'est toi ? N'est-ce pas ? Mimouni est parti, je suis seul, tu te souviens de moi ? Je suis le second ingénieur, le plus âgé. Je suis seul ici, Mimouni n'est plus là, essaie sur son portable, tu connais son numéro ? Tu m'écoutes ? Hanadi ? Tu te souviens, Hanadi ? »

Toujours le silence. Mais, avec sa longue expérience de ce combiné, Louria sait que la ligne n'est pas coupée. Plus jeune, il aurait pu capter le murmure au cœur de ce silence, mais sa pitié à l'égard de la jeune femme pétrifiée de confusion le taraude, et il répète : « Je suis là, je t'entends, mais si c'est urgent, Hanadi, pourquoi n'essaies-tu pas de le contacter sur son portable ? »

Et son obstination à énoncer sans cesse son prénom palestinien, qu'elle ne lui a révélé que dans un moment de faiblesse, la convainc sans doute de sortir de son silence, et sa voix lui répond, tendre et délicate : « Monsieur Louria, bien sûr que je me souviens de vous, et pardon si j'ai téléphoné au bureau, Mimouni n'aime pas que je l'appelle sur son portable quand il se trouve avec ses enfants, mais ce n'est pas important, je n'ai rien d'urgent à lui dire et je vais le contacter. Pour le moment, monsieur Louria, si vous me permettez, je souhaite savoir comment va votre épouse, Mimouni m'a raconté qu'elle a été très malade, et je me suis permis de m'inquiéter pour sa santé, même si je n'ai aucune occasion de la connaître. »

Désormais, Louria comprend à quel point la relation

s'est approfondie entre la Palestinienne et l'ingénieur qui l'a prise sous sa protection. Il est sous le choc, mais il réagit avec chaleur : « Merci, Hanadi, je te remercie pour ton souci, mais mon épouse est rentrée à la maison et même, hier, elle a repris la direction de son service, parce qu'elle est médecin, Mimouni a dû sûrement te le dire, elle est pédiatre, et c'est pour ça qu'elle a attrapé quelque microbe virulent d'un gamin venu justement de chez vous, de l'Autorité palestinienne.

— Bien sûr, bien sûr, s'écrie Hanadi avec ferveur, je sais qu'elle est médecin, et nous, dans la famille, qui avons vu tellement de médecins quand Maman était malade, nous ne pensions pas que les médecins aussi pouvaient être en même temps malades, mais, maintenant, je me dis que si j'avais été médecin et malade, j'aurais pu mieux comprendre ma maladie et, comme ça, expliquer cette maladie aux patients et aux autres médecins.

— Mais toi, Hanadi, comment vas-tu ? », interrompt-il la jeune fille dont le souvenir de la beauté ne le quitte pas. « Tu ne vas pas me croire, mais, à l'instant même, je viens de terminer le projet du tunnel sous votre colline afin que votre père puisse continuer à s'y cacher.

— N'est-ce pas une perte de temps pour vous, monsieur Louria ? », dit-elle avec un léger rire et un accent arabe qui perce soudain dans sa voix délicate, comme les neumes ornant les mots pour la cantillation de la Bible. « Mon père, c'est sûr, va se dénoncer aux autorités, et nous avec lui, parce que se cacher sur cette colline, ça n'est pas une solution éternelle. »

Louria ne veut pas entendre que son travail est inutile et voué aux oubliettes, aussi répète-t-il : « Mais, pour le moment, Hanadi, que deviens-tu ? Mimouni m'a dit que tu étudies l'art dramatique au Séminaire des kibboutzim, tu joues déjà, là-bas ?

— Je joue un peu tout le temps, répond-elle en riant à gorge déployée, mais vous, monsieur Louria, vous vous obstinez à me nommer Hanadi, ça, c'est mon nom d'avant, que je n'aurais pas dû vous révéler, parce que, maintenant, je suis tout le temps Ayala.

— Tout de même, que signifie Hanadi ? Que veut-il dire ? Tu m'as dit que c'était une fleur violette, mais Mimouni affirme qu'il a une autre signification.

— Parce que je ne voulais pas vous affoler. Ça veut dire épée, pas fleur violette. »

La policière

Sur le parking, le vigile de nuit attend, non pour houspiller Louria mais pour s'excuser de n'avoir pas su le reconnaître avant de transmettre son numéro minéralogique à la direction. « Inutile de t'excuser, lui répond Louria, moi non plus, je ne comprends pas mes propres coups de colère. C'est vrai, j'ai été ici un cadre supérieur pendant de longues années, mais personne n'est obligé de me reconnaître dans l'obscurité. Moi-même, à la lumière du jour, j'ai du mal à identifier les gens. Par exemple, toi, qui es-tu ?

— Je suis Haïmon. Yossef Haïmon, du service financier, et j'étais en relation avec ta secrétaire qui me transmettait tes notes de frais.

— Haïmon ? Je n'ai pas une miette de souvenir de ton nom, mais ne te vexe pas, tu n'es pas le seul. De plus importants que toi ont été effacés de ma mémoire. Et comment d'employé du service financier es-tu devenu soudain vigile de nuit ?

— Parce qu'ils ont découvert des irrégularités dans la comptabilité, et n'ont pas réussi à comprendre si c'était une véritable malversation, alors, ils ont décidé de ne pas porter plainte à la police mais de me muter au parking. »

Quelques gouttes de pluie précipitent la fin de la discussion, et bien que Louria sache qu'après la fin du projet de tunnel, il n'y aura plus de raison de revenir dans ces lieux, de nuit, il quitte le vigile avec une poignée de main cordiale. Et même s'il est ridicule, voire humiliant, de brancher le GPS pour revenir à son propre domicile, trajet effectué des milliers de fois, il se montre loyal à la promesse faite à son épouse, et, d'une voix douce, presque honteuse, il donne son adresse à l'écran éclairé. Et, après un sifflement aigu confirmant que sa demande a été enregistrée, le GPS lui propose un itinéraire inhabituel, long et compliqué.

Quelque chose s'est-il détraqué dans le satellite voguant dans les cieux ? Ou alors une nouvelle découverte s'est-elle révélée là-haut ? Il glisse un doigt sur l'écran éclairé vers l'itinéraire originel, et voilà que non pas une mais deux icônes signalent un accident autour duquel sont attroupées des casquettes de policiers. Sans doute un accident grave car, sur la chaussée à deux voies, de nombreux véhicules sont collés les uns aux autres, sans possibilité de reculer.

Mais même un satellite intelligent, gérant la circulation avec un grand discernement, ignore ce que Louria sait avec sa riche expérience : il est possible de contourner le lieu de l'accident par une piste de terre convenable et pas très longue traversant un ancien verger. Et même sa démence, si elle faisait des siennes, pourrait se souvenir du parfum de ce verger en fleur. Le printemps, qui submerge les espaces de sa conscience en déroute, repousse donc l'itinéraire suggéré par le GPS et dirige Louria vers le trajet originel au cœur du chaos produit par l'accident, avec la certitude qu'il pourra s'en dégager à travers le verger. Au loin, retentissent déjà des sirènes d'ambulances et de fourgons de police, et les clignotements rouges se mêlent aux bleus et aux orange, et, comme la file des voitures devant lui, sur les deux voies, se traîne de plus en plus, Louria commence à bifurquer vers la droite et même à franchir la ligne continue de l'accotement, escomptant que le verger va bientôt apparaître.

Mais il est d'autres conducteurs se traînant dans leurs voitures, pare-chocs contre pare-chocs, qui rouspètent contre le chauffeur âgé, à la chevelure blanche dans un véhicule rouge, qui tente d'enfreindre par la droite les règles de la circulation. Et comme ils ne supposent pas qu'il s'agit d'un ingénieur des Ponts et Chaussées à la longue expérience, qui ne veut pas les doubler mais uniquement s'esquiver vers une voie dont ils ignorent totalement l'existence, ils s'insurgent à coups de klaxon excédés, et un tas d'autres, devant, s'écartent sur le bas-côté pour l'imiter ou pour lui barrer le passage. De sorte que, d'une manière ou d'une autre, la progression est très lente et, parfois, complètement bloquée. À la fin, la file des véhicules est totalement à l'arrêt, et l'on peut déjà voir de loin que l'accident est particulièrement grave : un énorme bulldozer ayant glissé d'une remorque gigantesque s'est retourné et a écrasé en chutant deux véhicules et, à cette heure, sous la lumière de la lune, il dresse vers les cieux sa pelle dentée, telle la trompe d'un éléphant jaune renversé sur le dos.

Les ambulances et les fourgons de police continuent à

mugir, et les grues de deux remorqueuses rameutées sur les lieux se fraient un chemin au cœur de l'accident en direction des personnes écrasées ou mortes. Des policiers et des policières s'efforcent de rétablir l'ordre au milieu du chaos et de trouver le passage adéquat à travers lequel le trafic pourra reprendre, tandis qu'une policière est envoyée le long de la ligne continue pour guetter quiconque, même en cette circonstance tragique, tenterait de contourner la loi. Sous les projecteurs nimbant la policière sans casque ni casquette, s'infiltrent les ombres du verger que Louria est déterminé à atteindre. La jeune femme, dont la chevelure est répandue sur les épaules, agitant de loin une grande lampe-torche, est-elle une policière patentée, équipée d'une arme de service et de menottes à la ceinture, ou un cadet en formation, voire une comédienne ? Dans son cerveau enfiévré, tout à son désir de sentir la floraison du verger, Louria s'imagine qu'il ne s'agit de nulle autre qu'Hanadi jouant le rôle d'une policière israélienne pour l'obtention de son diplôme du Séminaire des kibboutzim, et les signes que fait dans sa direction la jeune Palestinienne l'incitent à se précipiter vers elle afin de s'échapper à travers le verger et de rejoindre aussitôt son épouse qui l'attend, et c'est pourquoi il lui obéit de bon gré, accélère, mais ne réussit pas à freiner avant que son véhicule heurte Hanadi, tout en évitant de l'écraser.

Tout autour, il y a suffisamment de policiers à la fois désœuvrés et furieux pour voler au secours de leur collègue, qui la relèvent et ordonnent brutalement à Louria de descendre le long du bas-côté. Tandis qu'il s'aperçoit que l'entrée du sentier est toute proche, ils lui ordonnent de couper le moteur, de retirer la clé de contact et de leur montrer ses papiers. L'un des policiers examine longuement sa carte d'identité, son permis de conduire et son certificat d'assurance, tandis qu'un officier l'assaille de questions : « C'est quoi, cette conduite ? Ça ne vous suffit pas un accident ? Pourquoi roulez-vous comme un fou sur le bas-côté, alors que c'est interdit, et écrasez une policière en service ? »

La policière, dont la chemise est déchirée et sur le bras dénudé de laquelle apparaissent des écorchures fraîches, trempe les lèvres dans une bouteille d'eau que lui tend un sous-officier, et après avoir bu, elle réprimande d'une voix calme, pas particulièrement irritée, le conducteur qui l'a blessée : « Comment conduisez-vous, monsieur ? Je vous ai bien fait signe d'arrêter et de revenir à la voie normale, et vous, vous accélérez justement et essayez de m'écraser volontairement ?

— Vous écraser volontairement ? » Il se montre affolé par cette accusation à laquelle il ne s'attendait pas.

« Pourquoi vous écraser ? Ce n'est pas du tout cela, j'ai cru, au contraire, que vous m'incitiez à arriver jusqu'à vous !

— Arriver jusqu'à moi ? Pour quoi faire ?

— Pour quoi faire ? », il s'étonne d'une question à la réponse aussi simple : « Pour aboutir au verger qui peut me sortir de l'embouteillage.

— Admettons que c'est le cas, répond-elle avec une patience infinie, alors, pourquoi, afin d'arriver au verger, avez-vous accéléré et foncé sur moi ?

— Je ne pensais pas que vous étiez une policière. Dans l'obscurité, vous ne m'avez pas paru une policière, d'autant que vous n'aviez ni casque ni casquette, et avec votre chevelure dénouée et tombant sur vos épaules, j'ai cru que c'était une autre femme qui m'appelait.

— Une autre femme ?

— En effet, une autre femme.

— Quelle femme vous ferait des signes au beau milieu d'un accident effroyable, et pour quoi ? À quelle femme pensiez-vous donc ?

— À quelle femme je songeais ? », marmonne-t-il, car il ne souhaite pas dénoncer Hanadi à la police. « C'est vrai, qui cela pouvait être ? », Louria tente de s'interroger, et alors, il explique aux policiers qu'il ne s'agit que d'une chimère de femme. Il tente de se sauver par une confession charmante : « Comprenez-moi, c'est le problème, cela fait un bout de temps qu'une sorte de démence est apparue chez moi, pas grave certes, mais un peu réelle. »

Cour martiale

Entendant le mot de démence exprimé explicitement de la bouche du contrevenant, un officier sensé se libère, malgré le terrible accident dont le traitement est à son apogée, afin de réfléchir aussi à l'avenir, à la lutte digne de Sisyphe contre les accidents de la route, bien qu'en l'occurrence seule une chemise policière eût été déchirée, et que les égratignures sur le bras devraient se cicatriser rapidement, d'autant qu'elle ne paraît pas en vouloir à celui qui l'a fait chuter et l'a blessée. Puisque d'autres officiers et sous-officiers chevronnés s'emploient déjà, d'eux-mêmes, à élargir la trouée par laquelle les centaines de véhicules coincés pourront commencer à rouler, il se voit accorder l'occasion de transformer son fourgon en cour martiale improvisée et de priver de son permis de conduire le conducteur qui a avoué sa démence.

Il mène donc Louria à son fourgon et lui propose de l'eau de la bouteille qui, auparavant, avait abreuvé la policière. Mais Louria, irrité et amer, refuse l'eau, il souhaite uniquement informer son épouse qu'elle ne s'inquiète pas pour lui. Et, les mains tremblantes, il sort ses deux portables de la poche et presse la touche d'appel abrégé sur l'un des deux, mais comme Dina, en son absence, se livre à des discussions interminables avec sa sœur, il n'attend pas que la ligne se libère, et, avec son deuxième appareil, appelle le portable de sa femme et lui laisse un message vocal : J'ai eu un accident de rien du tout, je vais bien, la voiture n'est pas endommagée, seule une policière a été blessée par hasard, une minuscule blessure, en fait, une écorchure, et elle est à côté de moi, toute souriante, parce qu'elle a déjà oublié l'écorchure. Mais le principal, sans aucun rapport avec moi : comme un accident épouvantable s'est produit sur la route 461, à l'ouest du carrefour Savyon, dont tu entendras parler aux infos, et à cause de quoi l'endroit grouille de policiers, d'équipes de secours et d'ambulances pour dégager des victimes, et sans doute pas uniquement des blessés mais aussi des morts, alors, à cause de tout ce tumulte, et encore une fois, sans aucun rapport avec lui, ils ont décidé de me retenir pour je ne sais quelle petite vérification, peut-être parce qu'il s'agit d'une policière réelle, et non d'une simple civile ou d'une fraudeuse, mais ces policiers sont courtois, et je me trouve en de bonnes mains, aussi, ne t'inquiète pas si j'ai du retard car je rentrerai tout de même, à la fin.

Ses mains tremblent encore quand il remet ses portables dans la poche. Avec une angoisse désespérée, il épie l'officier de police en train d'examiner un petit ordinateur de bord d'où se déroule une feuille affichant toutes ses infractions routières au cours des vingt dernières années. À la grande surprise de l'officier, et, à l'en croire, à sa grande joie, les infractions sont peu nombreuses et mineures, et l'infraction qui vient de s'y ajouter, sans intention de nuire, ne lui infligera ni amende, ni procès, ni suppression de points – le gradé lui restitue amicalement sa carte d'identité, la carte grise, le certificat d'assurance, mais il enfouit le permis de conduire dans sa poche et, en contrepartie, remet à Louria un petit récépissé l'informant que le permis est confisqué et confié temporairement à la police. « Je suis désolé, monsieur Zvi Louria, il vous est interdit de conduire jusqu'à ce que notre neurologue décide de la nature de votre état, car votre démence, dont vous nous avez informés avec une grande honnêteté, peut tuer non seulement vous-même mais d'autres personnes. Tenez, qui sait ce qui s'est passé dans le cerveau du conducteur du camion d'où le bulldozer a glissé et a broyé les quatre passagers des deux voitures, désormais morts.

— Quatre ?

— Et ce n'est pas tout.

— Mais peut-être que le conducteur n'est pas responsable de la catastrophe », tente Louria, pour une raison inconnue, de plaider la cause du chauffeur, « mais plutôt celui qui a chargé le bulldozer et l'a arrimé ? Son cerveau aussi, vous devez l'examiner ?

— Si nous devons ? Et comment ! répond sans hésitation l'officier, nous devons examiner la tête de tout le monde, même du Premier ministre, mais qui nous autoriserait à le faire ? Pour le moment, nous nous contenterons de ceux qui, de leur plein gré, avouent leur démence. »

Le gradé se lève pour signifier à Louria que la cour martiale a achevé sa séance, tandis que Louria se mord les lèvres d'impuissance : Au diable ! Qu'est-ce que je me suis infligé à moi-même, je dois revenir sur mon aveu, lui dire sur qui je fantasmais réellement, mais comment pourrais-je lui raconter une Palestinienne travestie en imagination en policière de la circulation ? « Voyez, monsieur, lâche-t-il à la fin, la voix implorante, mon épouse est médecin-chef, elle dirige un service dans un hôpital, vous imaginez qu'elle m'aurait laissé conduire, si elle n'avait pas été certaine que j'ai encore la tête sur les épaules ?

— Votre épouse est médecin en quoi ?

— Pédiatrie.

— Mais vous n'êtes plus un enfant.

— C'est vrai, reconnaît le retraité.

— Mais ne vous en faites pas, vous n'avez pas eu d'amende, ni de suppression de points, bien que vous ayez blessé une policière. Le neurologue de la police va vous examiner et vous restituera peut-être votre permis, et, en attendant, la policière que vous avez blessée…

— Je ne l'ai qu'écorchée.

— Affirmatif, juste écorchée, eh bien, pour le moment, c'est précisément elle qui va vous ramener sain et sauf à votre domicile, dans votre propre véhicule. »

Le secteur ressemble, à cette heure, à un décor d'opéra ou de film d'action. Les équipes de secours, les ambulanciers et les policiers s'agglutinent sous un projecteur de la police accompagnant la tragédie d'un halo de lumière traquant une voiture écrabouillée soulevée dans les airs jusqu'à une remorqueuse attendant son chargement.

Le véhicule rouge est toujours à sa place, incliné vers le fossé de l'accotement. La policière lui demande les clés, qu'il lui remet, la mine déconfite. Lorsqu'ils sont tous les deux à l'intérieur, et qu'elle s'enquiert du code de sécurité, il lui tend son bras afin qu'elle lise le code tatoué dans la pénombre – de ce fait, elle peut comprendre facilement à quelle dégénérescence mentale est réduit le conducteur qui l'a blessée. Elle le questionne au sujet de son métier, et s'il a des enfants et des petits-enfants, et il lui suggère, en tant qu'ingénieur des Ponts et Chaussées, fort de son expérience d'ingénieur expérimenté, de choisir la piste traversant d'anciens vergers au lieu d'essayer de doubler les véhicules se traînant en désespoir de cause. Étonnant, elle accorde crédit à une expertise de plusieurs années surmontant la démence actuelle, et se dirige vers la piste plongée dans l'obscurité dans laquelle la floraison des agrumes et les bruissements de l'arrosage les enveloppent avant qu'ils n'émergent des champs de Kfar Azar à la civilisation.

Elle est si obéissante à la confiscation de son permis de conduire qu'elle manœuvre elle-même le véhicule jusqu'à son emplacement privé dans le parking. Mais, avant de s'éloigner, lorsqu'elle lui tend le trousseau de clés afin qu'il verrouille lui-même sa voiture, une question intrigue Louria : Pourquoi n'a-t-elle pas coiffé un casque ou une casquette lorsqu'elle lui a fait signe de s'arrêter ?

« Et c'est justement un couvre-chef qui vous manquait pour comprendre qui j'étais ?

— En effet, parce que votre chevelure dénouée sur vos épaules m'a fait penser que vous étiez une autre femme. »

Elle sourit, sans se croire obligée de lui fournir une réponse, et s'éloigne sans un mot, en direction du poste de secours de l'Étoile de David rouge située quelque part entre toutes les plaques de rues aux noms de rabbins dans le quartier de la rue de Bâle.

Buvant son thé dans la cuisine, Dina adresse quelques mots de réconfort à son époux qui les repousse.

« Et voilà, dit-il du fond de son désespoir, le voilà, le déclin, le voilà, le début de la fin !

— Non, s'écrie son épouse, acharnée à combattre son découragement. C'est peut-être la fin de la conduite, mais non la fin de la route brillante qui t'attend. »

Permis de conduire

La colère et l'affront renforcent cette évidence : le permis de conduire confisqué en cour martiale sur un bas-côté ne lui sera pas restitué. Et sur la route brillante que son épouse lui promet comme consolation, il ne sera pas le conducteur. Voudrait-il se mettre au lit que l'obscurité ne favoriserait pas son sommeil mais ne ferait que l'agiter. Il préfère prendre oreillers et couvertures et se coucher sur la terrasse, les quatre points cardinaux lui expliqueraient sans doute pourquoi l'aveu de sa démence lui a échappé, à seule fin de justifier une chimère passagère qui a réincarné une policière de la circulation en une jeune fille gracieuse et désemparée sur laquelle Mimouni a jeté son dévolu.

« Puisque tu es sûr que tu vas te morfondre, cette nuit, eh bien, au lieu de te coucher sur la terrasse, prends deux comprimés au lieu d'un. Par pitié, cesse de te torturer pour un permis de conduire alors que tu sais que, tôt ou tard, tu aurais été obligé d'y renoncer de toute façon.

— Je n'en sais rien, marmonne-t-il d'un ton venimeux, et toi non plus, ma petite Dina. Tu es spécialiste en maladies infantiles et non en permis de conduire. Je te pose la question en tant que médecin : Comment veux-tu que je double ma dose de somnifères, alors que tu m'as averti que ça pourrait aggraver mon idiotie ?

— Idiotie ? s'écrie-t-elle, stupéfaite. Je n'ai jamais prononcé un mot pareil, et je n'y penserai même jamais. Pourquoi te montres-tu aussi cruel ? Je n'ai dit qu'une chose simple, que nous a expliquée le neurologue : dans ton état, une sorte de léger flou commence à apparaître, un trouble dans la différence entre le jour et la nuit, c'est pourquoi il vaut mieux que tu ne plonges pas dans des sommeils prolongés jusqu'en milieu de journée, mais si cette nuit, tu as l'intention de te torturer, eh bien, je te le dis, comme celle qui est la plus proche de toi au monde mais aussi en tant que médecin, prends un deuxième comprimé pour dormir pendant quelques heures, le sommeil apaisera ta souffrance exagérée.

— Exagérée ?

— Et comment ! Parce que, bientôt, nous tous, je veux dire tous ceux qui t'aiment et se soucient vraiment de toi, te demanderont, même sans la police, de renoncer à conduire.

— Une minute, qui sont ces "ceux qui t'aiment et se soucient vraiment de toi" à part toi, Yoav et peut-être Avigaïl ? Maintenant, j'en suis sûr : Shlomit m'a dénoncé.

— Dénoncé ? Zvi, qu'est-ce qui te prend ? C'est ton unique sœur, et elle a le droit de s'inquiéter pour toi après que tu l'as terrorisée par ta façon complètement barbare de conduire sur la route de Mishan. »

Dans un silence lugubre, il éteint la lumière de la terrasse et scrute les cieux afin de voir s'ils ont la capacité de faire descendre la nuit sur lui aussi. Les étoiles ne sont pas rares, aussi décide-t-il d'essayer de s'endormir sous leur garde. La tristesse de son époux poigne le cœur de sa femme, qui l'étreint et l'embrasse, mais il demeure figé, bras ballants, tête basse. Un chien vieux et triste. Pourquoi diable le mot démence lui a-t-il échappé ? À en juger par la précipitation de l'officier de police, il semble que sa démence privée soit devenue le bouc émissaire de l'accident causé par le bulldozer tombé de sa remorque. Et comme on manquait de coupables, car la plupart étaient sans aucun doute morts ou blessés, il ne restait plus qu'à confisquer le permis d'un vieillard naïf, descendu sur le bas-côté de la route pour se dégager du bouchon grâce à une piste de lui seul connue.

Toutefois, lui-même, de sa propre initiative, sans interrogatoire ni menaces, s'est tout de même empressé de suggérer la démence comme motif à sa brusque accélération en direction de la policière. A-t-il voulu, d'une façon ou d'une autre, révéler sa démence aux forces de l'ordre, afin qu'à partir de là, elles soient impliquées dans ce qu'elle était susceptible de commettre dans le monde ? Lui-même n'a pas ignoré la panique qui s'est emparée de sa sœur pendant le trajet survolté jusqu'à la maison de retraite Mishan. Son épouse a raison. Grâce à son amour exigeant, elle distingue mieux ses erreurs que lui. Aussi doit-il non seulement l'aimer mais aussi l'admirer. Il aurait dû renoncer à conduire de son propre chef, et ne pas attendre le bon sens d'un officier de police. Même s'il est douloureux d'abandonner le volant, reconnaître la vérité est susceptible, parfois, d'alléger la souffrance. Il contemple de nouveau le ciel. Des nuages voguent lentement depuis la mer jusque sur le territoire d'Israël, des nuages si diaphanes qu'ils n'apporteront pas la pluie et ne feront qu'épaissir l'obscurité, aussi un comprimé supplémentaire n'est-il pas nécessaire pour accentuer le règne de la nuit. Tout l'univers le consolera de la fin de la conduite. Et au milieu de la rumeur monotone du trafic s'écoulant dans la ville qui ne dort jamais, ses yeux se ferment, et sa conscience divorce de la culpabilité.

Des bruits de gouttes de pluie, dont il est difficile de savoir s'il s'agit d'une ondée passagère ou d'une averse plus forte, précipitent Dina sur la terrasse pour secouer la conscience qui a trouvé enfin la quiétude, tirer et ramasser oreillers et couvertures sous son époux afin qu'il regagne la chambre à coucher et termine sa nuit à son côté.

Minuit déjà, Louria s'étonne de ce sommeil gagné sans effort particulier, uniquement à l'aide d'une éclaircie psychique, et, après avoir revêtu son pyjama, il prépare une infusion de plantes pour lui-même et sa femme, tandis que Dina l'informe des événements des dernières heures. Yoav a téléphoné et a réagi à la confiscation du permis avec douleur et empathie à l'égard de son père, mais en acceptant la sentence : « Comme ça, je serai plus tranquille, en sachant que papa ne conduit pas.

— Plus tranquille ? C'est tout ce qu'il attend de moi, que je lui apporte de la tranquillité ?

— Oui, parce qu'il t'aime, et c'est normal qu'il s'inquiète. Mais il a ajouté quelque chose de gai à propos du code que tu t'es hâté de faire tatouer.

— Qu'est-ce qu'il peut y avoir de gai là-dedans ?

— À condition que tu ne prennes pas la mouche… Surtout ne te vexe pas. Il a dit que, dorénavant, on pourrait ajouter au tatouage, devenu inutile, quelques chiffres afin qu'ils correspondent au portable d'un des petits-enfants.

— Et cette plaisanterie insipide t'amuse ?

— Un peu, mais ne sois pas offensé.

— Pourtant, cette gaieté ne t'a pas aidée à fermer l'œil.

— Parce que je devais surveiller ce ciel que tu as étendu au-dessus de ta tête afin qu'il ne te trempe pas jusqu'aux os. Et, à ce moment-là, je me suis aperçue que la douleur t'a fait oublier ton ordinateur dans la voiture, et je suis descendue le prendre.

— J'ai oublié l'ordinateur dans la voiture ?

— Sans doute sous le coup de l'émotion causée par la policière qui t'a ramené à la maison. Tiens, le voilà, sain et sauf.

— Merci.

— De toute façon, sache que, dorénavant, alors que je vais bientôt prendre ma retraite, je serai ton chauffeur, jour et nuit.

— C'est ce que je supposais, et ça me déprime encore plus. Parce que, depuis que tu as ton permis, tu n'as jamais corrigé ne serait-ce qu'une erreur dans ta conduite. Tu n'as toujours pas compris comment se maintenir sur sa voie, tu oublies de mettre les clignotants ou de les arrêter, et tu redoutes tellement de doubler que tu rends dingues ceux qui roulent derrière toi. Le fait que le volant soit désormais sous ton contrôle ne fait que me déprimer davantage.

— Au moins, je conduis prudemment.

— Non, pas prudemment, mais avec une lenteur superflue, ce n'est pas la même chose. Il vaut mieux que je prenne un Philippin pour me conduire.

— Ce que tu voudras, l'important, c'est que tu ne sois pas triste.

— Au fait, et Mimouni ? Il n'a même pas appelé ?

— Bien sûr, attends, il a téléphoné, mais je ne voulais pas te réveiller parce que tu dormais à poings fermés. Je l'ai mis au courant, bien sûr, de la confiscation de ton permis, et il a partagé ta peine de tout son cœur, mais il a aussi fait l'éloge de l'officier pour son initiative. Grâce à lui, il a dit, nous garderons mieux notre Louria, même à l'avenir.

— Qu'est-ce que ça signifie "à l'avenir", s'insurge Louria, il a l'intention de me faire travailler gratis pour l'éternité ?

— Ce sont ses propres mots, explique-toi avec lui sur ses intentions. Entre-temps, il a pu regarder le plan du tunnel que tu as laissé au bureau et il affirme qu'il est excellent. Sauf que l'Office de protection de la nature a eu vent de la route militaire, et commence à faire un scandale ; il te racontera tout cela demain. Mais surtout, la réunion de la commission de validation a été avancée, elle aura lieu dans trois jours, et tu dois y assister, ils attendent là-bas.

— Dans trois jours ? Si vite ?

— C'est ce qui a été fixé.

— Il n'a pas évoqué quelque chose d'autre ? Par exemple, cette Hanadi ?

— Hanadi ?

— Je t'ai déjà expliqué, et tu l'as même vue, la jeune fille qui faisait déjeuner les jumeaux de Mimouni lors de notre visite chez lui pendant la semaine de deuil. Un genre de Palestinienne charmante, radieuse. Je ne t'ai pas déjà raconté son histoire ?

— Peut-être, mais répète-moi l'essentiel.

— C'est la fille d'un instituteur de village situé dans le gouvernorat de Jénine, et l'Administration civile et les services de sécurité, qui savent tout ce qu'il est possible de connaître de la vie des Palestiniens vivant de l'autre côté de ce qui était la frontière, ont appris que la femme de cet enseignant souffrait d'une grave maladie cardiaque, et que seule la transplantation d'un cœur neuf pourrait la sauver. Aussi, ce Shibolèt, dont je t'ai aussi parlé, a proposé à l'instituteur de vendre aux Israéliens je ne sais quel terrain palestinien, afin de pouvoir financer le coût des soins et de la greffe de son épouse. Mais la femme, qui attendait à l'hôpital le cœur adéquat, est décédée avant qu'on lui trouve un cœur, et, entre-temps, on s'est aperçu que la transaction foncière était frauduleuse sur la foi de documents falsifiés, et le veuf éploré a décidé de rester en Israël avec sa famille par crainte de ce que lui feraient subir les Palestiniens pour les avoir escroqués d'un terrain au profit des juifs, et, comme il a décidé de ne pas rembourser l'argent reçu des colons, il doit aussi se cacher des juifs, et Shibolèt, qui se sent un peu responsable de ce micmac, et possède un logis à Mitspé Ramon à cause de l'asthme de sa femme, a proposé au Palestinien un refuge dans des ruines antiques sur une colline du cratère, et c'est la colline dans laquelle nous allons creuser un tunnel au lieu de l'araser.

— Et tout ça, à cause des démêlés d'un Palestinien ?

— Et aussi à cause de sa fille.

— Pourquoi à cause de sa fille ?

— J'ai l'impression que Shibolèt, et maintenant Mimouni aussi cultivent des fantasmes.

— Des fantasmes de quoi ?

— Dans toute cette persévérance forcenée en faveur du père, se cache peut-être l'intention d'accaparer la fille – chacun de son côté, voire ensemble.

— Qu'appelles-tu "accaparer" ?

— En faire une sorte de femme supplémentaire, une seconde femme.

— Une seconde femme ? Tu divagues, là ? Voilà que, maintenant, tu inventes des lubies à d'autres personnes. Assez, Zvi, n'oublie pas que, ce soir, tu as subi une forte commotion, aussi, écoute-moi : stop, il se fait tard, nous sommes tous les deux épuisés. Tu n'aurais aucun problème si tu prenais un autre comprimé et que tu dormais comme un être normal, dans ton lit, parce que toi, dans tous les cas, et dans n'importe quel état, tu n'auras jamais qu'une seule femme. »

La gare routière centrale

Au matin, la praticienne n'attend déjà plus que son époux la véhicule. Le code de sécurité parfaitement gravé dans sa mémoire, elle prend donc la voiture rouge pour gagner son service pédiatrique. Officiellement, elle en est toujours la directrice, mais, dans sa sagesse, elle a pris soin de transférer ses prérogatives au médecin qui doit lui succéder. Elle a été invitée à une réunion aux fins d'établir ses droits et ses devoirs en vue de son prochain départ et, entre-temps, Louria, armé de ses deux portables, se rend à la supérette non seulement avec une liste précise de courses, mais encore avec un feutre noir afin de rayer ce qui a été déposé dans le chariot et, ainsi, éviter les doublons. Cette fois, l'achat de fleurs n'est pas une obligation mais une licence, accompagnée du droit de choisir le genre et la couleur à son goût, mais puisque les fleurs ne le consoleront pas de la perte de son permis, il les abandonne à leur sort, et tandis que les gros achats sont livrés à la bonne adresse, Louria s'en va flâner dans les rues avec l'intention de choisir l'autobus le plus luxueux et le plus haut, en ignorant délibérément son itinéraire. Il monte dans l'un d'eux et s'installe dans le fond, un peu surélevé, et, au long de cette balade apaisante, il peut contempler du haut d'un observatoire inédit les rues familières, les vitrines et l'aspect de la foule, toutes choses que, jusque-là, en tant que conducteur vigilant quant aux feux tricolores et aux piétons empruntant brusquement les passages piétons, il ne pouvait pas noter de manière satisfaisante.

Dans la gigantesque gare routière centrale de Tel-Aviv que, bien que construite trente années plus tôt, il n'avait jamais eu l'occasion de visiter, il doit quitter son bus arrivé à son terminus. S'il repérait le quai approprié, il pourrait goûter le trajet du retour sur la même ligne, mais le vacarme de la gare excite son désir de varier l'itinéraire afin de continuer à profiter de l'univers, sous un angle de vue neuf, agréable et rehaussé. Mais dans quelle direction se diriger ? Vers le nord ou le sud ? Vers l'est ou l'ouest ? Cela ne dépend pas uniquement de la distance, qui ne doit pas être trop longue, mais de la qualité de l'autobus qui doit l'engloutir. Tandis qu'il erre dans cette gare qu'il n'a jamais osé imaginer aussi sinistre et aussi labyrinthique, avec ses espaces vides et ses cavités, ses deux portables font retentir leurs sonneries, l'un après l'autre.

Le droit, c'est son épouse ; le gauche, Mimouni. Et, en tant qu'assistant, même bénévole, il donne la priorité à son supérieur, et non à la femme pour laquelle, bien qu'il lui soit attaché depuis plus de quarante-huit ans, il garde une petite dose de rancœur aujourd'hui, car elle s'est approprié la voiture en un clin d'œil, comme si on ne lui avait pas seulement confisqué l'usage de son permis mais aussi sa possession. C'est pourquoi il lui lâche quelques mots expéditifs : Je ne peux pas maintenant, Dina, Mimouni est sur le second appareil. Pour l'instant, je musarde dans la gare routière centrale, dans le sud de Tel-Aviv, un endroit totalement improbable, mais, pour le moment, ne t'inquiète pas, j'ai fait toutes les courses que tu as demandées, bon, sans les fleurs. Et il coupe la communication.

« Tu te trouves à la gare centrale, s'affole Mimouni, pour quoi faire ? Il faut absolument qu'on se rencontre. J'ai appris la nouvelle pour ton permis, et tu as toute ma sympathie pour ta douleur et l'affront que tu as subi, mais essaie de dépasser ça, il est plus important que tu ne mettes pas en danger toi-même et, surtout, les autres. Pour le moment, écoute, les Verts sont ressuscités et ils commencent à pousser des cris d'orfraie contre le projet, mais on ne peut pas en discuter au téléphone, uniquement en tête à tête. Si tu me dis où tu te trouves exactement et que tu me promets de ne pas bouger, je suis là en moins de deux. »

Son épouse appelle de nouveau et, avec une voix courroucée et stressée, elle le questionne sur ce qu'il fabrique précisément à la gare centrale. Rien du tout, une simple visite, en sortant de la supérette, il a aperçu un autobus luxueux qui l'a conduit dans un endroit extravagant où il n'avait jamais mis les pieds, bien qu'il soit à une heure de marche de leur domicile. « Ma petite Dina, c'est un lieu qu'il faut voir au moins une fois dans la vie. Un dédale sinistre et invraisemblable, des recoins superflus mais pittoresques, bourrés d'Africains paisibles avec des enfants couleur chocolat tout mignons. Et ne commence pas à t'inquiéter, je ne me suis pas égaré, Mimouni est en route pour m'exfiltrer. Au fait, je ne m'étais pas imaginé que les bus dernier modèle pouvaient être aussi agréables, peut-être qu'après tout ça vaudrait le coup de renoncer à la voiture ? »

Mais sa femme n'en démord pas : « Je comprends, dit-elle d'un ton acerbe, que tu as décidé de m'inquiéter volontairement à cause de la confiscation que tu viens d'encaisser, mais avant de développer ta provocation, explique-moi, s'il te plaît, en quoi je suis coupable ?

— Tu ne peux pas être coupable, ma chère, décrète Louria, car tu n'as aucune autorité pour annuler un permis de conduire mais, d'un autre côté, tu es tout de même fautive, parce que tu souhaitais qu'on m'en prive.

— Toi aussi, tu le voulais, le nargue-t-elle, et c'est la raison pour laquelle tu as offert aux policiers avec une telle légèreté ta démence, sans que quiconque te le demande, et bientôt, tu vas te servir de ta démence comme d'une carte d'identité.

— Qui sait…

— Mais pourquoi ?

— Pour me protéger, et te protéger toi aussi. »

Mimouni met un long moment à arriver. En attendant, Louria s'installe tranquillement dans un petit café. La confiscation de son permis lui épargne non seulement les embarras de parking mais encore le souci de s'orienter dans la circulation. Excité par les nombreux autobus gravissant la rampe jusqu'au sixième étage et en glissant jusqu'à la rue, il dévore un sandwich au pain un peu rassis mais dont les tranches de fromage font merveille par leur parfum de moisi verdâtre.

« Je te remercie de n'avoir pas bougé, lui dit Mimouni, le visage cramoisi et excité, sinon je n'aurais jamais pu te retrouver. Mais avant de te conduire au bureau pour corriger un détail dans ton projet, écoute ce qui s'est passé. Tu aurais pu t'imaginer que le ministère de la Défense, qui cogite cette route dans le cratère depuis plus d'un an, n'a pas pris la peine d'en informer tous les écolos de la Protection de la nature pour lesquels le cratère Ramon a la même valeur sacrée que les lieux saints de Jérusalem ? Et lorsqu'on leur a enfin transmis les plans, ils ont été saisis d'une telle sidération qu'on peut craindre qu'ils portent plainte contre l'armée devant la Cour suprême de justice. Et j'avais donc raison de suspecter quelque chose pendant tout ce temps-là. Tiens-toi bien : il s'agit d'un projet au bénéfice d'un pays ami étranger, qui souhaite enterrer des installations d'écoutes à l'endroit précis où tu as nourri la renarde. Mais, à mon grand étonnement, poursuit Mimouni avec fièvre, et, semble-t-il, Shibolèt aussi y a contribué, notre tunnel justement plaît beaucoup à l'Office de protection de la nature. Étant donné qu'ils sanctuarisent par principe chaque colline abandonnée et chaque ruine antique, l'idée de ne pas déplacer, ni de raser quoi que ce soit les réjouit d'avance. Et encore plus stupéfiant : l'armée non plus n'élimine pas la possibilité d'une colline qui lui permettrait, en cas de besoin, de barrer la route, voire de la camoufler. L'opposant farouche au tunnel, je te le donne en mille, est notre propre ministère, et cela, après l'inconscience dont il a fait preuve en pulvérisant des montagnes entières à Shaar Hagaï sur la route de Jérusalem. Ils prétendent qu'un tunnel augmenterait de beaucoup le coût et nécessiterait une maintenance. Ce sera le plat de résistance de la bataille de demain qui se déroulera surtout contre notre bureau. Si tu as déjà payé, en route ! »

Mais Louria demeure planté sur son siège.

« Demain ? Ce n'était pas prévu pour après-demain ?

— Exact, après-demain, aussi, pour qu'ils ne broient pas sa colline à Shibolèt, et que Yassour se dénonce en fin de compte, en entraînant avec lui son fils et sa fille…

— Minute, l'argent de la vente imaginaire se trouve toujours chez Shibolèt, non ?

— Consigné entre ses mains. Et crois-moi, je lui fais confiance pour garder loyalement chaque shekel. Il y a peut-être en lui de la cruauté et du désir, mais aucune corruption.

— Hanadi t'a cherché hier, se souvient Louria, la tête prise d'un vertige.

— Oui, répond Mimouni, la mine sombre, et elle m'a trouvé à la fin, mais, s'il te plaît, Zvi Louria, cesse de t'entêter à l'appeler Hanadi, elle aussi s'étonne que tu t'accroches à son ancien nom et, en outre, que tu la questionnes sur sa signification. "Qu'est-ce qu'il a dans le crâne, ton ami ?", me demande-t-elle, et je lui explique que, dans ta tête, il n'y a rien de diabolique, juste que tu n'es plus tout jeune, et que tu as parfois des difficultés avec les prénoms.

— Ayala… Ayala », marmonne Louria, qui sent que la gare routière bondée, avec ses espaces vides et ses méandres, coïncide à la perfection avec les cavités de son cerveau. Mais Mimouni souhaite savoir si Ayala s'est identifiée au téléphone ou si c'est lui-même qui l'a reconnue.

« J'ai compris de moi-même, car il y a une sorte de musique particulière dans son débit. Elle-même craignait de s'identifier, jusqu'à ce que je lui dise que je savais qui elle était, et qui j'étais.

— De quoi avez-vous discuté ? s'irrite Mimouni. Elle m'a raconté que tu as essayé de la sonder.

— La sonder ? Oh, oh, c'est très exagéré. J'ai compris qu'elle était très solitaire et j'ai essayé de me montrer gentil et plein d'attention, ainsi, je lui ai demandé si le Séminaire des kibboutzim lui avait déjà attribué un rôle dans une véritable représentation ou si elle se formait uniquement en classe.

— Pour le moment, on ne lui a donné que des rôles d'une Arabe ou d'un Arabe, répond Mimouni sur un ton aigre, parce qu'au Séminaire ils ont deviné la réalité à cause de son accent. C'est pourquoi je m'inquiète de ton obstination à revenir sur son prénom antérieur. Qu'est-ce que tu lui veux, en fait ? Explique-moi ce qui t'attire en elle.

— Qu'est-ce qui m'attire ? soupire le retraité. Seulement accorder, à cette jeune fille désemparée, un peu d'intérêt, un peu d'empathie, un peu de compassion. Parce que moi, en tout état de cause, j'ai toujours une seule femme, unique et spéciale, qui, dorénavant, sera aussi ma conductrice. »

Le fonds de coopération scientifique

Or, revenue chez elle de son service pédiatrique, la femme unique est préoccupée par ce qu'elle a appris de la bouche du directeur financier de l'hôpital. Dans son fonds destiné à la coopération internationale en matière de recherche, une somme rondelette s'est accumulée, mais dont elle ne pourra profiter qu'avant son départ à la retraite. Si la praticienne s'était davantage intéressée à ses avantages annexes, elle aurait pris conscience depuis longtemps que les congrès scientifiques ont vocation à être financés, dans un hôpital public, uniquement pour les médecins en activité. Les congrès scientifiques des retraités sont de leur responsabilité exclusive, et l'État n'a pas à pourvoir à leur financement. Pour cette raison, et par sympathie envers la médecin en chef qui ne s'est pas suffisamment enquise de ses droits et se voit donc en passe de perdre l'argent de son fonds, le responsable des subventions lui a suggéré de se hâter d'inventer quelque petite recherche et de dénicher, dans le monde, un congrès scientifique disposé à l'inclure dans l'une de ses sessions. « De toute façon, a-t-il ajouté sur un ton rigolard, 80 % des recherches que nous finançons, dit-on, sont soit erronées, soit superflues ou reproduisent des recherches antérieures. Je vous le demande, docteur Louria, est-il quelqu'un, qui puisse maîtriser le tsunami de l'univers scientifique ? Dans ces conditions, pourquoi ne profiteriez-vous pas des jours de congés que vous n'avez pas pris pour donner naissance à quelque étude qui ne fera de mal à personne et qui vous offrirait le privilège, à vous-même et à votre époux, d'une petite virée d'agrément à la veille de votre retraite ? »

« Mais suis-je capable d'inventer, en quelques mois, non plus une recherche mais l'idée d'une recherche ? se plaint-elle aux oreilles de son époux. En outre, au moment où je transfère la gestion du service, et où je dois particulièrement te surveiller afin que tu ne montes pas dans un autobus au hasard et que nous te perdions en route ? Après tout, je suis fondamentalement une praticienne clinique et pas du tout une chercheuse. Ce qui m'a toujours intéressée, c'est l'enfant malade, unique et singulier, sa guérison, mais aller chercher des données concordant avec une théorie établie d'avance, désolée, ce n'est pas pour moi.

— Quelle somme y a-t-il dans ton fonds ?

— Huit mille dollars.

— Ma petite Dina, ce n'est pas une somme négligeable ! Imagine un congrès médical dans un pays comme le Japon que nous n'avons jamais visité, quel voyage merveilleux nous pourrions faire en échange de vingt minutes de conférence que, de toute façon, personne n'écoutera.

— Une conférence sur quoi ?

— Tu ne peux pas inventer un sujet ?

— Je n'invente pas. Je te l'ai déjà dit, je soigne des enfants réels.

— Mais qui va se soucier au Japon si tu inventes je ne sais quelle théorie ?

— Je ne vais pas m'humilier.

— Dans ce cas, tu pourrais peut-être rédiger une conférence sur toi-même, sur ta maladie, sur le microbe qui t'a attaquée, comment il s'appelait déjà ?

— Méningocoque.

— Comment ?

— Méningocoque.

— Ce rapace…

— Non, pas rapace, uniquement : virulent.

— Eh bien, pourquoi n'écrirais-tu pas quelque chose de personnel sur ce microbe "uniquement virulent" ? Quels étaient les symptômes précoces, comment tu as sombré dans la confusion et dans un état inconscient, et pourquoi j'ai dû t'hospitaliser d'urgence, pourquoi les premiers antibiotiques n'ont rien donné et par quoi il a fallu les remplacer, et, aussi, pourquoi ils se sont obstinés à te garder à l'isolement plus longtemps qu'ils ne pensaient au début. Et tu peux aussi examiner de nouveau les analyses qui se trouvent dans ton dossier et bâtir une synthèse à partir de ton point de vue de praticienne soignant sa propre maladie et l'analysant de l'intérieur, une médecin qui puisse expliquer les erreurs de diagnostic d'autres médecins, mais aussi les siennes. Cela pourrait avoir de l'intérêt ou, du moins, ne pas être ennuyeux. Tu as affirmé toi-même que c'est un microbe connu et répandu, alors, pourquoi d'autres médecins ne le connaîtraient-ils pas d'un point de vue plus intime ? En outre, il te reste des jours de congé que l'administration sera trop heureuse de récupérer, si tu ne les prends pas. Suis mon conseil : vas-y, rédige des notes, et même s'il n'en sort pas quelque chose d'éminemment scientifique, au moins, nous bénéficierons de ce fonds et nous dégusterons nos repas et dormirons dans un bon hôtel, et, le matin, nous visiterons des musées réputés. »

La médecin dévisage son époux avec étonnement, comme si quelque chose se révélait en lui qui n'y avait jamais été, mais lui n'a pas encore terminé et il s'échauffe de plus en plus. « Ne crois pas que je sois naïf ou que je crois que, dans un congrès scientifique, on puisse transformer une maladie personnelle en vérité scientifique, mais une nouvelle approche est toujours accueillie avec intérêt. Tiens, notre tunnel, c'est aussi une affaire personnelle et non publique, et, pourtant, nous allons réussir à la valider en commission. »

Dina s'approche de son mari et lui enlace les épaules. « Cette idée, Zvi, tu l'as inventée à l'instant ou tu l'as entendue de quelqu'un de mon service ?

— Ni l'un ni l'autre. Cette idée, tu seras étonnée, vient de très loin, justement de cette… je veux dire de cette Hanadi…

— Je ne comprends pas, dit-elle en rougissant et en éclatant de rire, tu as commencé à discuter quotidiennement avec cette Palestinienne ? Voilà un tournant dramatique dans la démence.

— Pourquoi quotidiennement ? Une seule fois, dans la soirée, au bureau, avant l'accident. Elle cherchait

Mimouni, qui était absent, et alors elle a bavardé un peu avec moi et s'est intéressée à ton état, parce que Mimouni lui a raconté que tu avais été hospitalisée.

— Hospitalisée ? Quel intérêt Mimouni a-t-il à lui parler de moi ?

— J'essaie tout le temps de te fournir des allusions, mais tu ne saisis pas : ce gars, Mimouni, n'est ni simple ni candide. Il resserre son emprise sur elle sans se décourager, et c'est pourquoi, au lieu de lui trouver un endroit au foyer étudiant, il l'a installée, toute seule, dans l'appartement de son père défunt, et afin de mieux la contrôler, il lui rend visite, et va savoir ce qu'ils font d'autre, mais même s'ils ne font que bavarder, il est normal qu'ils parlent du tunnel et qu'ils m'évoquent, et, du coup, ils parlent aussi de toi. Une praticienne malade et hospitalisée intéresse cette jeune fille à cause de l'affection cardiaque de sa mère. Avant même la transaction extravagante de Shibolèt, ils erraient d'un médecin à l'autre, et elle a compris que les praticiens palestiniens ou israéliens ne saisissaient pas vraiment ce qui s'était détraqué dans le cœur de sa mère chérie. Dommage, m'a-t-elle dit, peut-être par plaisanterie, peut-être par désespoir, que les médecins qui ont mené en bateau sa famille, n'aient pas été eux-mêmes malades car à partir de leur propre maladie ils auraient peut-être pu expliquer la maladie à d'autres. Voilà, c'est toute l'histoire. Aucun mystère là-dedans. Alors ? Qu'est-ce que tu décides afin de ne pas perdre bêtement l'argent du fonds ?

— Je décide de réfléchir. »

Un semestre est passé depuis que Louria s'est esquivé du pot d'adieu somptueux et qu'il a remarqué, au septième étage des Voies d'Israël, un rai de lumière sous le seuil de son ancien bureau. Et qu'il a fait la connaissance du fils du conseiller juridique à l'agonie, le jeune ingénieur Mimouni, auquel Dina, avec son sens de l'à-propos, a réussi à adjoindre son époux en tant qu'assistant bénévole, afin qu'il puisse, suivant le conseil du neurologue, mieux lutter à l'aide de routes, d'échangeurs et de tunnels contre l'atrophie rongeant son cerveau.

Depuis, certes, Louria s'est rendu deux fois dans son ancien bureau, mais uniquement dans la soirée après que le bâtiment se fut vidé de ses employés, car Mimouni hésitait à dévoiler le recrutement d'un retraité, rayé des cadres, en tant que conseiller dans le projet militaire censé demeurer ultraconfidentiel. Mais, ce matin, dans le bâtiment bruissant de salariés, la Commission de validation du projet se réunit, aussi l'heure est-elle venue de montrer l'assistant caché, certes non comme membre de plein droit, titulaire d'un droit de vote, mais uniquement comme conseiller en cas de controverse ou d'impasse, et qui ne prendra pas place autour de la table ronde, il sera relégué dans un coin, près du mur.

Louria se montre tout ému par l'agitation matinale à l'étage où il a travaillé pendant de si nombreuses années. Bien sûr, tous les employés ne sont pas capables de le reconnaître, mais ceux qui s'en souviennent – ingénieurs, techniciens supérieurs, secrétaires, voire employés d'entretien – lui témoignent une affection manifeste, non seulement par des poignées de main mais encore par des tapes sur l'épaule, afin de se rendre compte que la rumeur sur sa démence est très exagérée.

Les participants à la réunion pénètrent lentement dans la salle de conférences. La vedette de la réunion, Mimouni, qui sera ce matin sur la sellette, portant cravate et veste neuve, a déjà déroulé un grand écran et préparé une démonstration diapos sur son ordinateur. Tôt arrivés, un représentant civil du ministère de la Défense et un officier en uniforme s'empressent d'étaler une carte et des documents, en vue de conforter leurs observations. Puis, la porte s'ouvre en grand, livrant passage à Yoël Drucker, le directeur financier de l'entreprise, dans son fauteuil roulant. Ingénieur de profession, invalide de guerre qui, pendant une certaine période, a travaillé sous les ordres de Louria, ses douleurs physiques l'ont contraint à renoncer au terrain et à se faire muter au service financier, et là, en un bref laps de temps, il a réussi à transformer son expertise d'ingénieur en une subtilité financière à même de découvrir des aberrations ou des erreurs dans n'importe quel calcul ou budget. Apercevant Louria dans son coin, il se rue vers lui dans son fauteuil. Ce n'est que la veille qu'il a appris que Mimouni avait embauché le cadre supérieur retraité comme conseiller et comme associé, et, aussitôt, Drucker s'est empressé de faire savoir autour de lui que, si Louria apposait sa signature sur le projet, ce dernier pouvait être validé les yeux fermés. Devant les éloges de cet homme inestimable, invalide de guerre qui plus est, Louria ne contient plus son émotion et se lève pour étreindre son ex-subordonné qui ne demandait jamais à être exempté quand on l'envoyait sur des montagnes ou des collines effectuer des relevés de cotes sur le terrain. « Mon cher, s'écrie le retraité, la gorge nouée, c'est vrai que je ne me suis jamais intéressé à ta blessure au combat, parce que je sentais que tu n'attendais pas de moi de la pitié, et maintenant, à mon tour, je ne te demande aucune compassion, mais si je te dis qu'on m'a déjà confisqué mon permis de conduire, tu comprendras à quel point je suis tombé bien bas. »

Une secrétaire pousse un petit chariot portant un pot de café et des tasses, des bouteilles d'eau minérale et des bâtonnets salés. « Une révolution a secoué l'entreprise, chuchote Drucker à l'oreille de Louria, adieu les bourékas, envolés, les gâteaux et les quiches qui engourdissaient la cervelle et attiraient aux réunions des ventres vides qui n'étaient pas censés y participer. On a décidé d'instaurer une collation symbolique, symbolique à ce point que je peux identifier des stickers salés qui ont connu déjà trois réunions sans que quiconque y touche. Et bientôt, tu vas avoir la preuve qu'une collation ascétique raccourcit aussi les réunions. »

Deux femmes, l'une jeune, l'autre âgée, déléguées de l'Office de protection de la nature dans le Sud, sont guidées à l'intérieur et s'installent à la grande table. À en juger par l'empressement de la femme âgée à l'égard de la plus jeune, les deux déléguées donnent l'impression d'entretenir des relations qui ne se limitent pas au seul plan professionnel. D'abord, elles se versent du café afin de se rafraîchir du long trajet mais, quand elles comprennent qu'elles ne doivent pas escompter des agapes plus plantureuses, elles commencent à liquider avec une élégance non moins systématique les bâtonnets salés et, peu avant la liquidation définitive des sticks, elles étalent une carte du cratère Ramon en plastique multicolore parsemée de figurines miniatures d'humains, de chameaux, de renards et d'oiseaux, ainsi que d'engins se déplaçant selon leur catégorie et leur capacité entre des sites, sur des sentiers signalés de différentes couleurs.

Bon dernier, le nouveau DG débarque, dans l'éclat de sa jeunesse énergique ; il se précipite d'abord vers Louria pour lui exprimer les remerciements de l'entreprise quant à son aide bénévole et, surtout, qui l'eût cru, son bref discours inoubliable lors de la réception de départ à la retraite africaine. Le principe de séparation entre le privé et le public qu'avait énoncé Louria, ce soir-là, est devenu son leitmotiv qui l'inspire dans sa lutte digne de Sisyphe contre la corruption. Outre les économies sur les rafraîchissements, il a décidé de réduire aussi les prétextes de maladies et autres malheurs familiaux aux absences ou aux retards pour cause de permanences dans les écoles ou des fêtes des petits-enfants. La nouvelle politique se veut radicale : une confiance absolue est accordée pour toute absence ou retard, sans nécessité de les justifier, mais ils sont notés et s'accumulent dans le dossier de chaque salarié afin d'en évaluer le poids en vue d'une augmentation de salaire ou de licenciement. Et malheur à la secrétaire qui poserait sur sa table des fleurs ou un gâteau pour son anniversaire. Et, poliment mais fermement, il repousse les invitations aux bar-mitsva, aux circoncisions ou aux mariages, et même, lors des funérailles d'employés, il envoie d'autres personnes pour prononcer un éloge funèbre ou présenter des condoléances. Ce n'est qu'aux enterrements de retraités comme Louria, si quelqu'un songe à le lui rappeler, qu'il est disposé à se rendre, mais en participant de manière totalement silencieuse. Les Voies d'Israël est une entreprise publique, ni un kibboutz ou une communauté religieuse, ni même une troupe théâtrale ou un peloton de réservistes incapables de se libérer de leurs souvenirs d'antan. Une entreprise publique n'est pas une société privée qui dédommage les salaires de misère par des séjours à la mer Morte ou à Eilat. Une entreprise publique n'appartient pas à ses employés mais à l'État, et, dans l'État, l'aspect privé est susceptible de verser facilement dans la mise à mal de l'éthique. « Or, nous, poursuit le DG, nous représentons une institution qui brasse des millions, voire des milliards, face à des entrepreneurs et des établissements pour qui la corruption incarne en quelque sorte le combustible spirituel. Et toi, Zvi Louria, qui m'as appris à me montrer totalement indifférent au privé, même mon épouse te bénit ! Puisque je m'abstiens de participer aux raouts privés des employés, elle se voit dispensée de se faire traîner à toutes sortes d'événements improbables au lieu de lire ses chers romans policiers traduits en hébreu. »

Tandis que Louria en est encore à s'étonner du compliment inattendu, le directeur général se présente aux participants à la réunion extérieurs à l'entreprise, puis invite Mimouni à baisser un peu l'éclairage de la salle avant de projeter sa présentation dans la pénombre. Une vue aérienne spectaculaire du cratère Ramon ouvre la présentation et, aussitôt, bondit la jeune représentante de l'Office de protection de la nature, en jeans déchirés et en chaussures de randonnée, qui interrompt la projection. D'une voix claire, animée d'une fureur sacrée, elle s'adresse aux représentants de l'armée pour s'étonner qu'ils aient pu avoir l'idée, sans consulter au préalable l'Office de protection de la nature, de passer commande d'une route au cœur d'une réserve de la nature de première catégorie, un véritable sanctuaire voué aux excursions et au tourisme. « Vous, à l'armée, vous avez l'habitude de croire que l'État est à votre service pour vous laisser jouer à votre guise. En fait, nous aurions dû exiger de vous que vous expliquiez au profit de qui sera tracée cette route surgie de nulle part, mais comme nous ne sommes pas nées de la dernière pluie, et que nous savions d'avance que vous brandiriez la sécurité nationale et la nécessité du secret, on peut donc abréger les débats. Nous sommes venues avec l'unique exigence *sine qua non* d'une modification, guère excessive mais fondamentale à nos yeux, et à laquelle nous ne renoncerons pas. » La jeune femme saisit la règle de la main de Mimouni et s'avance vers le cratère Ramon rayonnant sur l'écran. « Ici, fait-elle en frappant l'angle occidental du cratère, est situé le "Puits israélien", un site de visite adoré par nos randonneurs, bien qu'il n'y ait plus une seule goutte d'eau là-dedans, mais uniquement une hypothèse d'eau. Or, dans le projet que vous nous avez communiqué, c'est justement là que vous avez l'intention d'enfouir vos installations, ou je ne sais quoi d'autre, aussi, je vous en prie, détournez votre route irritante du côté sud-ouest, en direction du "Sentier géologique". Là, assène-t-elle de nouveau en frappant l'écran, et votre pseudo-installation, enterrez-la dans ce silo nabatéen, adjacent au flanc occidental de la falaise. C'est une sorte d'entrepôt servant à des idolâtres qui n'ont aucune signification dans notre histoire, et il peut accueillir en son sein n'importe quelle niaiserie militaire ou civile. »

Après avoir rendu sa règle à Mimouni, elle regagne sa place, sous les regards admiratifs de son amie.

« Et le tunnel ? » La voix du directeur financier s'élève de la pénombre. « Quelle est l'opinion de la protection de la nature à ce propos ?

— Ce tunnel nous convient parfaitement, et nous pourrons sûrement l'exploiter à d'autres fins.

— Comme quoi, par exemple ?

— Par exemple, comme un abri protégé pour soigner des animaux blessés. Ces derniers temps, il se passe une chose épouvantable dans le cratère, on trouve des animaux sauvages blessés par des balles de fusil de chasse. Quelqu'un se balade dans le cratère avec un fusil et tire sur des loups, des renards, des lièvres et des chamois. On pourrait utiliser ce tunnel comme une sorte de salle d'urgences temporaire pour des premiers secours. »

Ensuite, le directeur financier se tourne vers les représentants de l'armée pour connaître leur opinion sur le tunnel.

« Nous ne l'avons pas demandé, répond l'officier, et donc, nous n'y avons pas réfléchi, nous avons été surpris de le découvrir dans le projet que vous nous avez adressé. En outre, il est susceptible d'augmenter le coût du programme. Mais, dans l'hypothèse où vos planificateurs ont une raison pertinente pour creuser ce tunnel, l'armée s'efforcera d'appuyer son bien-fondé.

— Par exemple ?

— En cas de besoin, on pourrait établir un barrage à l'entrée afin de contrôler ceux qui l'empruntent ou camoufler l'entrée et, de ce fait, dissimuler la route qui en principe est censée rester secrète.

— Donc, vous nous préparez déjà une guerre ?

— Sinon, sourit le gradé, à quoi servons-nous ? »

La porte de la salle s'ouvre lentement, et un crâne blanc s'insinue dans la pénombre. « Oui, c'est ici », entend-on chuchoter. Et derrière, tel un fantôme bigarré, se glisse à l'intérieur, tête baissée, chevelure coupée ras, la délicate

Ayala qui, de tous les sièges vides de la salle, en choisit un à côté de Louria.

Mimouni a un mouvement de recul paniqué à la vue de son ex-commandant, qui se dresse de toute sa taille, le buste droit, devant la Commission. Il se présente comme membre volontaire de l'Association archéologique des monts du Néguev, et signale son dernier grade militaire, sans oublier de rappeler sa fonction à l'Administration civile des territoires palestiniens, et, sans demander la permission ou prier qu'on l'excuse pour sa présence, s'installe à la table de la Commission.

« Qu'est-il arrivé à ta chevelure ? murmure Louria à l'oreille de la jeune RSI, quel dommage !

— Oui, c'est dommage, confirme-t-elle avec une légère tristesse, mais qu'y puis-je ? Au Séminaire, on m'a donné à jouer le rôle d'un adolescent arabe, et je souhaitais qu'il me soit facile à moi-même et au public de l'aimer. »

Malgré la pénombre, Louria n'a aucun doute : sa beauté s'est encore accrue depuis qu'il l'a vue dénouer sa chevelure dans le véhicule tout-terrain de Mimouni. L'affection et le souci, et peut-être même le désir, que lui témoignent deux Israéliens adultes accentuent son éclat, et le regard de Louria est attiré par ses pieds minuscules sur lesquels des lanières de cuir s'entrecroisent. Est-ce que, là aussi, se demande le retraité, ce désir thérapeutique que le neurologue préconisait pourrait s'investir ?

« Comment se porte ton père ? lui chuchote-t-il. Comment va Rahman ?

— Yérouham, le corrige-t-elle avec un sourire étrange. Papa est désespéré. Il veut encore se dénoncer. Il est persuadé qu'il n'y a aucune chance que le tunnel soit validé ici.

— Ils vont le valider, ils vont le valider », murmure l'ingénieur expérimenté, tout ému, en posant sa main sur la nuque d'Ayala afin qu'elle apprécie l'étendue de son autorité.

Leurs chuchotis attirent brièvement les regards des présents qui suivent Mimouni en train de préciser les détails de sa route, une diapositive après l'autre. Bien vite, le DG perd patience, interrompt un instant la projection afin de faire ses adieux aux participants et transmet la présidence de la séance à son directeur financier, qui rapproche son fauteuil roulant afin d'observer l'écran de plus près.

Les représentants de l'armée et les déléguées de la protection de la nature écoutent attentivement les explications de Mimouni en les comparant avec les données des cartes qu'ils ont apportées, mais Shibolèt se passe de cartes, le cratère Ramon est gravé dans son cerveau, et il n'a rien d'autre à faire que fermer les yeux et incliner légèrement sa tête en arrière pour écouter les explications. Louria admire Mimouni, préparé à la perfection, équipé d'une abondance de photos, de plans, et même de simulations, au point que le tunnel a l'air d'exister déjà dans la réalité.

Vers la fin de la réunion, c'est au tour de l'évaluation du budget, la présentation est terminée, les rideaux sont ouverts, et un soleil amical perce à travers les nuages. L'Ayala palestinienne se consacre-t-elle uniquement à l'art dramatique au Séminaire des kibboutzim ou reste-t-elle fidèle à sa passion de la photo ? Car, si c'est le cas, elle pourrait peut-être dédoubler aussi le soleil de Tel-Aviv, et pas uniquement celui du désert.

Le moment de la conclusion est arrivé, et Yoël Drucker, en vertu des pouvoirs qui lui ont été conférés, regagne la tête de table. « De manière générale, je trouve ce projet bon et précis et, même, autant que faire se peut, il ne cause pas trop de dégâts à la nature. Certes, cette route ne pourra pas rester totalement secrète, mais, afin qu'elle dissimule son caractère ultraconfidentiel ou son objectif dans l'entrepôt nabatéen et non dans le Puits israélien, comme l'exige l'Office de protection de la nature, il n'y aura pas besoin de modifications compliquées. C'est pourquoi, un accord de principe est donné à la mise en œuvre de ce projet, mais à une condition : sans le tunnel. Il faut le retirer du programme. Il est inutile et il accroîtra non seulement le coût mais nécessitera, en outre, des dépenses de maintenance régulières. Aussi convient-il d'envoyer au cratère Ramon l'entrepreneur de BTP de Kfar Yassif, celui qui, dernièrement, a pulvérisé à Shaar Hagaï des montagnes entières qui passaient pour éternelles dans les annales du sionisme. Il saura trancher la colline récalcitrante en ligne droite. »

Les gens de l'armée replient leurs cartes. Les représentantes de l'Office de protection de la nature jettent des regards vers la porte avec l'espoir qu'arriveront quelques bâtonnets salés supplémentaires. Drucker commence déjà à remplir le formulaire de validation. Mais l'ex-officier au crâne chenu lève la main, avec le visage grave d'un élève discipliné, pour demander la permission de s'exprimer.

« Pourquoi ton père ne pourrait-il pas se trouver un autre endroit où se cacher ? chuchote Louria à la Palestinienne que la déception a tassée sur son siège.

— C'est comme ça, il ne peut pas, tranche-t-elle dans sa détresse têtue, c'est le seul endroit convenable qu'il lui faut, et, en plus, de là il lui est facile de communiquer avec son cousin de Jordanie. C'est pour ça qu'il va rendre l'argent et se livrer aux autorités, et alors, moi aussi, on va m'expédier de l'autre côté de la Ligne verte. »

Une heure plus tôt, alors que Louria, ému par le compliment inattendu, étreignait le crâne du directeur financier, invalide d'une guerre oubliée, il savait aussi qu'un homme à la riche expérience d'ingénieur et à la connaissance économique tel que lui ne se hâterait pas de valider un tunnel dénué de nécessité géologique. C'est pourquoi il ne se montre pas étonné que Shibolèt ait décidé de ne pas faire confiance à Mimouni et à son assistant bénévole, et de s'inviter à la séance de la Commission, dans une tentative pour sauver l'idée du tunnel. Mais, afin de ne pas provoquer d'animosité, Shibolèt se conduit avec une courtoisie extrême. Il attend patiemment que le directeur financier en train de signer les documents relève brièvement la tête et s'étonne au spectacle d'un haut gradé vétéran, à la tête chenue, levant la main tel un élève discipliné afin d'obtenir l'autorisation de prendre la parole.

Après l'avoir obtenue, et avec un sourire avenant, Shibolèt, d'une voix posée, met en garde de ne pas confier de manière précipitée la maîtrise d'œuvre à un entrepreneur qui a ravagé Shaar Hagaï, avant d'avoir réfléchi à la signification de la destruction d'une colline au sommet de laquelle trône un édifice nabatéen datant du IIIe siècle avant notre ère. Certes, il ne s'agit pas d'un vestige unique, ni même principal, de la grande civilisation nabatéenne, cependant, ce qui subsiste sur cette colline revêt une valeur insigne pour le patrimoine historique que nous a légué un peuple antique et industrieux qui, à l'instar de Ben Gourion, n'a pas prôné à tue-tête le peuplement du Néguev et son développement en se croisant les bras, mais a su subsister véritablement dans cette désolation, mettant au jour l'eau enfouie dans le désert, et même la collectant dans des citernes sur les routes caravanières d'un commerce international de grande ampleur.

« Intéressant », marmonne Drucker, tout en s'efforçant de refroidir la ferveur de l'ex-officier. « C'est sûr, ces Nabatéens sont dignes de respect, mais n'oublions tout de même pas que c'étaient des idolâtres.

— Primo, qu'y a-t-il de mal à ce qu'ils fussent des idolâtres ? réplique Shibolèt, d'un ton légèrement sarcastique. Après tout, la majorité des Israéliens, eux aussi sont aujourd'hui des idolâtres, sinon dans leur religion, du moins dans leur comportement. Il suffit de déambuler dans des centres commerciaux, des banques ou des restaurants, pour se rendre compte de leur respect et de leur adulation à l'égard des divinités matérielles.

— Tout de même, intervient au débotté le représentant de l'armée, aucun de nous ne se prosterne ou ne prie devant une statue ou une idole.

— Affirmatif, en tout cas, pas encore. Mais vous serez étonnés d'apprendre que, même chez les Nabatéens du Néguev, il y avait une interdiction explicite d'adorer une effigie ou une idole, et c'est pourquoi ils se sont contentés du culte de stèles funéraires en pierre, sans représentations d'anges ou d'êtres humains. Et les stèles et les tombeaux, si nous devions nous montrer un peu honnêtes, représentent de nos jours le dernier cri de la culture juive… »

De la poitrine de Shibolèt surgit maintenant un rire sauvage, morbide.

Mimouni, jusque-là affairé à remballer son matériel, s'approche d'un pas hésitant de l'officier agité par une inspiration prophétique. Hanadi rougit et frissonne, mais Louria a le sentiment qu'elle connaît déjà cette tirade.

« Pardon, le questionne Drucker avec une sympathie manifeste, pourrais-tu, s'il te plaît, me rappeler ton nom ?

— Shibolèt.

— Shibolèt quoi ?

— Shibolèt, Shibolèt tout court. À la fois patronyme et prénom.

— Et tu es vraiment venu ici au nom de l'Association archéologique des monts du Néguev ?

— Affirmatif. Elle a fait scission de la protection de la nature, car la protection de la nature est distincte de la protection de l'Histoire et de l'Archéologie.

— C'est évident. Et combien de membres y a-t-il, par exemple, dans cette association ?

— Pas beaucoup, je n'ai pas compté.

— Disons, à Mitspé Ramon…

— Pour le moment, deux. Mon épouse et moi.

— Et vous militez pour la mémoire d'une civilisation antique d'idoles, pardon, de tombeaux ?

— Pas seulement d'idoles, au ve siècle, les Nabatéens se sont convertis au christianisme et, avec l'arrivée de l'islam, ils sont devenus musulmans, et si les juifs n'avaient pas déserté le pays d'Israël, ils seraient sûrement devenus juifs en leur honneur. Car, en fin de compte, les Nabatéens, en leur essence profonde, sont des adorateurs du soleil.

— Du soleil ?

— Affirmatif.

— Uniquement ?

— Cela ne suffit pas ? Somme toute, le soleil se situe au-dessus de la religion, le soleil est la condition nécessaire à la religion. Et vous serez étonnés – Shibolèt hausse le ton avec emphase –, vous serez étonnés d'apprendre que les Nabatéens du Néguev entretenaient des relations étroites avec le royaume hasmonéen de Jérusalem. Et le roi Hérode, que nous devons particulièrement apprécier, lui qui a régné sur notre peuple pendant près de quarante années et qui, dans une certaine mesure, était le prédécesseur de Solel Boneh et des Voies d'Israël à la fois, en édifiant des forteresses et des tours de garde, en ouvrant des routes, en creusant des tunnels, fut le plus grand bâtisseur de l'histoire de notre peuple et, surtout, celui qui a reconstruit le Temple et toute l'esplanade du Temple – ce souverain original et retors qui avait ses entrées chez les empereurs romains, comme notre Bibi à la Maison-Blanche, était en fait, par sa mère, Cypros, écoutez bien, nabatéen. Sa mère était une princesse nabatéenne, et son origine nabatéenne n'a pas dissuadé les prêtres qui œuvraient chez lui dans le Temple rebâti. Imaginez que nous découvrions, chez notre Premier ministre, que, du côté de sa mère ou de son père, coule du sang nabatéen, comment réagirions-nous ? Par des rires ou par des larmes ? Il est à peu près certain que cela ne nous dérangerait pas, et que nous passerions outre sans nous émouvoir. »

Accompagnée d'un pâle sourire, la patience commence à s'épuiser dans le fauteuil roulant. « Pour autant, monsieur Shibolèt, que pouvons-nous faire en faveur de vos Nabatéens ?

— C'est simple, s'enflamme l'officier, ne pas araser une colline historique au profit d'une route militaire. Car, ce faisant, vous ne portez pas seulement atteinte au passé du Néguev, mais aussi à son avenir. Laissez les ingénieurs qui ont planifié un tunnel le réaliser. Et si, à cause de cela, le budget gonfle un peu, du moins, l'Histoire se souviendra de vous. »

À la fin de sa harangue, Shibolèt avale un peu d'eau, et le soleil de midi inonde soudain la salle de réunion. Louria est persuadé que la douce RSI, qui met la main en visière au-dessus de ses traits magnifiques, est à l'origine de l'étincelle nabatéenne qui a enflammé l'atmosphère de cette salle. Le combat que l'ancien officier de l'Administration civile mène l'est-il en faveur du père, susceptible de lui valoir des démêlés avec la justice, ou en faveur de la fille, invitée occasionnelle dans son logis de Mitspé Ramon, lorsque son épouse souffre moins de son asthme ?

Un soupir silencieux émane du fauteuil roulant. D'abord, Drucker reconnaît qu'on peut rendre hommage à un individu militant pour la mémoire d'un peuple disparu, voire d'accepter ses arguments, mais le malheur veut qu'en fin de processus de chaque projet des Voies d'Israël débarque un fonctionnaire du bureau du Contrôleur d'État dont le seul désir est de débusquer la moindre gabegie superflue. « Malgré toute ma bonne volonté, le budget de l'État n'est pas mon budget personnel », conclut-il.

À ce moment-là, le cerveau de Louria est secoué par un souvenir vague, et il se dresse de toute sa taille, à son propre étonnement, et s'écrie dans son coin : « Minute, Drucker, attends, Yoël, car je viens de me souvenir de la route d'Eïn Ziv, et comment et pourquoi nous avons frôlé le fiasco là-bas. »

Awad Awad

Le moteur de la démence fouine allègrement dans sa matière grise et, avec une lucidité de plus en plus affûtée, surgit des méandres une voie galiléenne montagneuse et verdoyante : une route rocheuse et très escarpée entre Tarshiha et Eïn Ziv. Une piste datant du Mandat britannique, une voie défoncée, laquelle, après la fondation de l'État, s'est vue enduite d'une couche de normalité modeste et chétive sous la forme d'une étroite bande asphaltée. Mais, dans les années quatre-vingt, à la suite d'accidents effroyables, on a éprouvé le besoin d'élargir un peu la route pour y aménager des accotements qui puissent retenir, ou du moins avertir, les roues entraînées vers l'abîme. Parmi les professionnels affectés à l'opération, il y avait un jeune ingénieur, amputé d'une jambe après la campagne « Paix en Galilée » que le gouvernement, qui l'avait envoyé à une guerre inutile, avait gratifié d'une prothèse neuve à l'élasticité stupéfiante, afin qu'il puisse gambader sur les routes et dans les champs avec ses instruments d'arpentage. « Eh oui, s'écrie un Louria s'approchant de la table tel un somnambule, pas seulement toi, Drucker, tu déboules en ce moment dans ce souvenir de plus en plus précis, mais il y en a d'autres avec toi, des géomètres, des conducteurs d'engins de chantier et des ouvriers, je ne me souviens pas de leurs noms, mais je les vois, en chair et en os, et, parmi eux, le voilà qui se pointe, un spécialiste important de terrassement de la ville de Sakhnin, qui nous a avertis à plusieurs reprises que, si nous tentions d'élargir cette chaussée étroite et escarpée, elle menacerait de s'effriter et de s'effondrer, entraînant la montagne qui se déverserait sur elle et l'engloutirait. Aussi valait-il mieux réfléchir autrement, plus simplement : enfoncer cette route problématique dans un tunnel.

« Mais le tunnel proposé, poursuit Louria avec amertume, a

provoqué une opposition, y compris de ta part, Drucker, et de la part d'autres. Trop cher, trop compliqué, et surtout, inutile : pourquoi la route tomberait-elle ? Pourquoi la montagne s'écroulerait-elle ? Et alors, lorsque les travaux ont débuté, la route s'est écroulée sous les morsures d'une pelle du bulldozer qui, lui-même, a chuté dans l'abîme emportant un morceau de la montagne. Nous avions dû apporter de loin une grue perfectionnée pour dégager le bulldozer et planifier un tracé entièrement nouveau pour la route perdue, avec un grand détour. Tu t'en souviens certainement, Drucker, tu étais là à courir de partout, sans ménager ta prothèse toute neuve, et tiens, je me rappelle maintenant le nom de cet entrepreneur, Awad Awad, Awad Awad, ses énormes camions et ses bétonnières portant son nom circulent encore aujourd'hui un peu partout, même si lui-même est décédé, car les clans réussissent à ne jamais disparaître de l'univers. »

Et la pensée que la Palestinienne attirante, assise à son côté, prie pour la réussite de son plaidoyer insuffle une énergie redoublée à Louria, et, d'un geste brusque et inattendu, il attire à lui le fauteuil roulant et le secoue un peu, comme s'il voulait rafraîchir la mémoire de l'invalide. Le directeur financier pourrait-il réellement adhérer au souvenir douteux d'un retraité, qui certes possède des titres de gloire et jouit d'une grande sympathie, mais dont le permis de conduire lui a déjà été confisqué ? Est-ce un souvenir authentique ou juste une bizarre manipulation au sujet d'une route qui s'est effondrée, d'un bulldozer tombé dans l'abîme et d'un entrepreneur qui les avait mis en garde et avait suggéré de creuser un tunnel ? Mais même si ce n'est qu'une billevesée, elle recèle pourtant une vérité minuscule, une pure vérité, incarnée par la prothèse neuve, stupéfiante d'élasticité dont Louria, malgré sa maladie, a gardé le souvenir, une prothèse qui a servi loyalement son propriétaire pendant de nombreuses années, jusqu'à ce que l'estropié ne puisse plus la supporter et la troque contre un fauteuil roulant.

« La montagne s'est écroulée ? » Drucker hésite, d'un air à la fois confus et encourageant : « Quelle montagne ?

— Tu ne t'en souviens pas ?

— Non, Louria, je te jure que non…

— Et le tunnel, tu te rappelles au moins ? »

Drucker tourne son regard en direction de Mimouni, comme s'il attendait que ce dernier le libère de l'exigence de son assistant bénévole, mais Mimouni se tait, et Shibolèt aussi, et les représentants qui ont déjà rangé leurs affaires demeurent pétrifiés à leur place.

« Mais Zvi, s'étonne Drucker avec un sourire humilié, tu me demandes de me souvenir d'un tunnel qui n'a jamais existé, ni même été planifié, et après tant d'années !

— Bien sûr que tu ne te souviens pas que le tunnel a été éliminé, le blâme Louria, et pourquoi t'en souviendrais-tu si, aujourd'hui, tu l'écartes encore, je veux dire, pas ce tunnel-là, mais son principe. »

À ce point, l'invalide d'une guerre vaine achevée en déroute mais dont les souffrances demeurent inoubliables, fût-ce dans un fauteuil roulant moderne et rembourré, est submergé par la compassion. Il reprend le projet de tunnel refusé, qui repose, orphelin, à côté du projet de route validé, et se tourne avec délicatesse vers son ex-chef de service et mentor dressé devant lui, le visage livide et torturé, et le questionne : « Quelle longueur lui as-tu prévue ?

— C'est écrit. Un modeste tunnel, pas grandiose pour un sou, pas plus de 185 mètres.

— Et la largeur ?

— Regarde, nous l'avons réduite. Six mètres seulement. Une seule voie dans chaque sens, nous avons rogné les dépenses de terrassement, de toute façon, il s'agit d'un trafic très clairsemé, et nous avons prévu un contrôle des entrées et des sorties. On peut même le fermer par un portail.

— La hauteur ?

— Quatre mètres trente centimètres uniquement.

— Et ça suffira ?

— Ce tunnel n'est pas prévu pour des véhicules lourds.

— Tout de même, comment ferez vous passer les installations ?

— Aucun problème. Ce sont des stations censées être sophistiquées, je veux dire, à la fois miniaturisées et démontables.

— Mais même un tunnel pas grandiose pour un sou, comme tu le décris, a besoin d'éclairage et de ventilation. Zvi, d'où va lui arriver l'électricité ?

— Pour quoi faire, des câbles, Yoël ? Nous venons d'entendre une homélie historique sur un peuple dont le soleil était la divinité. Il nous suffit de dresser face au soleil un capteur conséquent, et l'astre nous accordera tous ses bienfaits, et en plus, gratis. »

Les réponses fermes et claires apaisent l'esprit du directeur financier qui se convainc que, malgré le permis de conduire confisqué, le savoir-faire professionnel de Louria ne s'est pas dégradé, puisant sa fermeté dans la pure intelligence, et il laisse son regard errer sur tous les présents comme pour vérifier que leur mutisme prouve qu'ils ne regrettent pas leurs déclarations du début de séance, de sorte qu'il puisse, le cœur en paix, annuler son refus et annexer le plan du tunnel au projet global déjà avalisé.

La praticienne tire une étude de sa maladie

Louria attend un signe quelconque de gratitude de la part de la Palestinienne qui se voyait déjà expulsée de l'autre côté de la Ligne verte, mais c'est comme si la terre l'avait engloutie. En fait, c'est pour elle et non pour le veuf pleurant encore sa femme qu'il a creusé un bizarre tunnel privé dans son atrophie. La réunion se délite. Les deux amoureuses de l'Office de protection de la nature n'ont pas encore épuisé leur fureur contre l'armée et, avec une sorte d'allégresse, elles menacent de traîner le représentant du ministère de la Défense devant la Cour suprême de justice, qui leur renvoie un sourire débonnaire. Mimouni, sa présentation achevée, range ses documents dans un dossier spécial, puis aide en toute discrétion le directeur financier, qui agite la main pour saluer la compagnie, à rouler jusqu'à son bureau. Ensuite, le gradé et Shibolèt se reniflent comme deux chiens vérifiant si, dans le passé, ils ont eu l'occasion de se croiser sur les mêmes aires de chasse, mais comme ils ne trouvent pas de champ de bataille commun, ni un général, ni un lieutenant-général dont ils pourraient évaluer les qualités et les défauts, ils se séparent, et Shibolèt se dirige vers la fenêtre pour contempler le soleil. De dos, son crâne chenu paraît hirsute et négligé, comme s'il venait de s'imposer récemment un nouvel ascétisme. Louria s'approche de lui et se joint à sa contemplation du soleil brûlant au milieu du ciel. Il faudrait chercher sur Internet comment s'effectuait concrètement le culte nabatéen de ce soleil. Il murmure : « Eh bien, à la fin, nous l'avons fait plier. — C'est toi qui l'as fait plier, le corrige Shibolèt, Mimouni avait déjà renoncé, et mes Nabatéens ne l'ont pas convaincu jusqu'à ce que tu l'étourdisses avec l'histoire de sa prothèse, mais d'où l'as-tu sortie ? De ta mémoire ou de ton imagination ? Il y avait vraiment en Galilée une route escarpée qui s'est effondrée dans les années quatre-vingt ? Et Eïn Ziv existe vraiment ? — Pourquoi pas ? se défend Louria. Et même si une localité décide de changer de nom, sa route conserve toujours son numéro. » Shibolèt désire exprimer ses doutes, mais il se tait. « Maintenant, au moins, poursuit Louria, ton Rahman, le Yassour, va cesser de menacer de se rendre aux autorités. » Shibolèt semble inquiet par ce retraité qui en sait trop et se hâte de s'inscrire en faux : Il n'est pas sûr que la menace cesse, et la volonté de l'époux de se punir à cause de la mort de sa femme n'a pas disparu. Or, la somme qu'il s'apprête à restituer aux acheteurs grugés diminue à vue d'œil. Mimouni a multiplié les largesses en faveur du soldat druze et de la comédienne. « Mais elle a brusquement disparu, où est-elle passée ? l'interroge Louria d'une voix tremblante.

— Elle s'est dépêchée de retourner au Séminaire, elle a toujours une répétition ou une autre. En fait, j'étais opposé à l'amener ici, elle pouvait susciter de la méfiance, mais elle s'est obstinée pour te voir.

— Moi ? s'écrie Louria stupéfait. Pourquoi moi ?

— Parce qu'elle pensait que toi, davantage que nous deux, tu réussirais à emporter la validation du tunnel. Elle voulait te soutenir, elle pense que ta démence est une bonne démence.

— Bonne ? ricane Louria en rougissant. C'est quoi, une bonne démence ? La mienne n'agit pas de son plein gré.

— Interroge-la *elle*, l'officier coupe court à la discussion. En tout cas, c'est ce qu'elle croit. »

La salle s'est vidée. On a déjà ramassé dans un sac transparent tous les restes sur la table, qui serviront à la prochaine réunion. Ce n'est que maintenant que Louria se souvient qu'il n'a pas de voiture, et pas la moindre idée de l'endroit où trouver l'autobus qui le rapprochera de son domicile.

« Où te rends-tu d'ici ? Tu retournes à Mitspé Ramon ?

— Où dois-tu aller ?

— Chez moi. Ici, à Tel-Aviv.

— Eh bien, je vais t'y conduire, tu le mérites. Qu'est-ce qui est arrivé à ta voiture ?

— Il ne lui est rien arrivé, c'est à *moi* qu'il est arrivé quelque chose. J'ai fait allusion à ma démence devant un officier de police, et il m'a confisqué aussitôt mon permis de conduire, lui n'a pas compris que c'est la bonne démence.

— Quelle est ton adresse ? »

Louria craint de s'embrouiller encore une fois. Il suffit de le déposer devant la tombe de Rabin.

« Tu veux dire, la stèle à sa mémoire ?

— Bien sûr, juste, à sa mémoire. »

Il a bien fait de s'arrêter sur la place Rabin, car il se perd sur le chemin de sa maison, mais au moins sans s'humilier devant des étrangers. Il ne s'aperçoit de son erreur de parcours qu'au moment où il découvre la mer sous ses yeux, et, supposant que personne ne saurait où se trouve la rue Emden, il s'aide de la rue de Bâle, à partir de laquelle il retrouvera son chemin.

Revenu chez lui, il constate, surpris, que son épouse est

rentrée plus tôt. Assise au salon devant la grande table, elle a ouvert un cahier neuf et taille un crayon. Et tandis qu'il incline en avant, avec une extrême délicatesse, la tête de sa femme pour déposer des baisers sur sa nuque, elle s'intéresse au sort du tunnel.

« Ils l'ont validé. Peut-être grâce à moi, parce qu'un certain Drucker a présidé la réunion, un ancien subordonné, estropié pendant la première guerre du Liban, et qui, désormais, est le directeur financier de la société. »

Son épouse se souvient d'un ingénieur dont Louria ne cessait d'admirer les prouesses sur le terrain avec sa prothèse.

« Aujourd'hui, il est dans un fauteuil roulant, mais son esprit demeure solide.

— Bien, et maintenant ? Où va-t-on te trouver un nouveau tunnel ?

— Uniquement ici, à la maison, sous le plancher. Parce que je me suis encore trompé en chemin. Mais toi, pourquoi es-tu revenue au beau milieu de la journée ? J'espère que ce n'est pas encore ton microbe. Rappelle-moi son nom.

— Méningocoque.

— Comment ?

— Méningocoque.

— Le dévoreur.

— Il ne dévore pas, il est juste virulent.

— Qui a peut-être laissé quelques-uns de ses bébés dans ton système sanguin…

— Ne t'inquiète pas, répond-elle en riant, ses bébés se détruisent en même temps que lui.

— Alors, pourquoi es-tu rentrée plus tôt ?

— Parce que j'ai compris que tu avais vu juste. Offrir à un État corrompu mes jours de congés, et le fonds de coopération scientifique que je n'ai pas utilisé, ce n'est pas de la générosité mais une sottise vaniteuse. C'est pourquoi, aujourd'hui même, j'ai transmis à Boaz la direction du service et, pendant les jours de travail qui me restent, j'y fonctionnerai comme simple soldat. Entre-temps, selon l'idée de cette fille, comment elle s'appelle déjà ?

— Ayala…

— Ayala, c'est ça, je vais essayer de retirer de ma maladie quelque petite idée d'une étude, et toi, qui en fus quelque peu la cheville ouvrière, désormais, tu joueras le même rôle par écrit.

— Et pourquoi utilises-tu un cahier et non directement l'ordinateur ?

— Parce que c'est un tout premier brouillon, et je veux que mes réflexions coulent librement, l'une en face de l'autre, dans les pages de gauche et de droite, parce que je n'ai pas encore une idée claire de la manière dont, à partir de la description d'une maladie, on peut parvenir au cœur de ses complications. Je dois avancer à tâtons, prudemment, parsemer mes notes de points d'interrogation, et ce n'est possible qu'en écrivant à la main et non sur un ordinateur qui transforme l'écrit en une chose tangible et absolue. Mais, à la fin du brouillon, je le lirai, et toi, tu le taperas, et comme ça, tu auras toi aussi une activité avant qu'on te trouve un nouveau tunnel.

— N'essaie pas de me dicter des notions médicales et des résultats d'analyses, parce que je vais te commettre des erreurs qui échapperont à ton attention. De toute façon, tu exagères beaucoup quant à l'intelligence que j'ai conservée. Aujourd'hui, pendant la réunion, j'ai l'impression que j'ai halluciné une route en Galilée qui se serait effondrée, et un tunnel qui n'a jamais existé, et ce

Drucker, peut-être par pitié pour moi, a avalisé le projet de Mimouni. Toi, Dina, méfie-toi de moi. Ne tire aucun plan sur la comète avec moi. Je m'enfonce, je nage en pleine confusion, j'ignore même quel jour nous sommes. »

Le sourire qui, au début, éclairait le visage de son épouse, s'efface peu à peu, et dans ses paupières s'esquisse un élan de pitié pour l'être aimé dont la détresse n'est pas déraisonnable. Aussi se lève-t-elle et caresse-t-elle ses cuisses, puis elle attire fermement sa tête et lui écrase les lèvres d'un baiser fougueux et prolongé. Tandis qu'il hésite entre se dérober et s'abandonner, elle arrache sa chemise du pantalon, caresse et embrasse sa poitrine et ses bras, et chuchote : « Quelle importance le jour que nous sommes, l'amour est en chaque jour. » Et bien qu'il ne soit pas clair pour lui que son désir est réel ou pédagogique, son devoir, à cette heure, alors qu'elle est couchée devant lui, est de renoncer à la déprime et de s'agenouiller afin qu'il puisse donner du plaisir à la seule personne capable de ralentir sa déchéance.

En soirée, ils se rendent tôt au musée de Tel-Aviv pour un concert du quintette Caméri, car ils veulent avoir le temps de visiter deux nouvelles expositions. Et, à cause de l'acte d'amour plutôt réussi en plein milieu de la journée, leurs mains ne se quittent toujours pas. Les deux expositions sont présentées l'une dans le prolongement de l'autre, au même étage. La première est celle d'un peintre israélien, âgé de trente ans, demeurant à Amsterdam, et l'autre, d'un peintre finlandais âgé, toujours attaché à sa patrie. Le commun dénominateur aux deux expositions est l'aspect sériel de leur travail. La série de l'Israélien porte le titre « Début d'un tremblement de terre », celle du Finlandais « Résurrection des morts ». Sur les toiles de l'Israélien, de dimensions moyennes, dix dessins figurant des familles israéliennes de tribus et classes différentes à l'heure du dîner, au début d'un tremblement de terre dont les commensaux n'ont aucune conscience. Les couleurs du peintre finlandais septuagénaire, revenu en faveur récemment, sont plus douces et plus légères que le trait de l'Israélien, les toiles sont plus petites, sur lesquelles apparaissent de grands espaces blancs de neige ou de glace qui, parfois, semblent infinis. Les personnages sont minuscules, flous, mais innombrables, car, semble-t-il, nombreux sont les morts désireux de revenir à la vie pour s'en séparer de nouveau.

« Mais comment voit-on que ce sont des ex-défunts et non de simples êtres humains ? s'étonne Louria.

— Parce qu'ils n'ont pas d'yeux, lui explique son épouse. Regarde bien, ils sont aveugles. »

Néanmoins, ils n'ont pas le temps, à cette heure, de se pencher sur la résurrection des morts massive dans le Nord lointain, car ils se hâtent vers un concert en deux parties. La première se révèle comme une punition totale, une création suprêmement contemporaine, guère courte comme c'est l'usage dans ce genre de pièces honteuses d'elles-mêmes. Mais la deuxième partie offre une généreuse compensation sous la forme du *Quintette pour piano* de Brahms que, jadis, Louria savait chanter par cœur. Et, malgré la musique merveilleuse, il jette un œil, de temps à autre, sur ses deux portables pour vérifier si Mimouni a essayé de le contacter à l'oral ou à l'écrit. Mais aucune trace de Mimouni, comme si, lui aussi, la terre l'avait englouti en même temps que son Ayala. « Pourquoi ne l'appelles-tu pas toi-même ? lui suggère sa femme, qui a remarqué sa déception, à la fin du concert. — Parce qu'un beau jour, lui réplique Louria, une femme m'a averti que mon honneur était aussi le sien, et c'est pourquoi j'ai appris à patienter. »

Dès leur retour chez eux, Dina se plonge dans son cahier. Il s'avère que, justement, au fil de l'écoute de la première œuvre, insipide mais assourdissante, a surgi l'étincelle de sa recherche qui tentera d'élucider la raison pour laquelle les premiers antibiotiques non seulement n'ont pas réussi à éliminer le microbe mais l'ont même incité à aggraver son état. Ce sera la question qui appellera une réponse.

Le lendemain, Louria se rend de nouveau au musée de Tel-Aviv afin de vérifier si la cécité des morts ressuscités sous le pinceau du Finlandais est réelle. En effet, les yeux des minuscules personnages sont absents, ou clos, ou alors appartiennent à une race différente, nordique, au regard tourné vers l'intérieur. Comme il est trop tôt pour rentrer chez lui, Louria décide d'aller visiter le musée de la Terre d'Israël, et la carte de son portable lui suggère un itinéraire pédestre d'une heure passant le long de la rivière du Yarkon, dans le secteur ouest du parc du Yarkon.

Il obéit à son portable, car le second est du même avis que le premier, et il traverse la place de l'État en direction du fleuve, qui n'est rien d'autre qu'une rivière dont il est impossible de percevoir dans quel sens elle s'écoule. Çà et là, sur un banc ou un fauteuil roulant, sont assis des hommes et des femmes et, près d'eux, à distance pour les surveiller, et qui sait, peut-être par pitié, est installé un auxiliaire de vie étranger, à la peau mate, homme ou femme, parfois du même sexe que son protégé, et parfois de sexe opposé, il semble qu'il n'existe pas de convention agréée au royaume de la démence, et le regard des deux est le même, paisible, pensif, quelque peu curieux, dénué de souffrance mais aussi d'espérance. Mais lorsque l'étranger discute sur son portable dans une langue étrangère avec quelqu'un d'un pays lointain, il semble qu'un fossé infranchissable surgisse entre lui et l'autochtone.

Et alors, Louria se dit : Il est peut-être arrivé quelque chose à Mimouni, peut-être que le tunnel a été invalidé en fin de compte, par une autorité supérieure. Ici, au milieu des arbres et des pelouses, de la joie des marcheurs, du bruit des vélos et des rires des enfants gambadant, l'honneur de son épouse et le sien paraissent un peu excessifs, et donc, il téléphone à Mimouni qui, aussitôt, se lâche : « Mon cher, c'est ma faute, je suis coupable, pardonne-moi. Jusqu'à ce que je transmette tous les documents signés au service opérationnel, et toutes les explications sur les plans et les cartes, la nuit est tombée, et je ne voulais pas t'enquiquiner davantage, tu m'as paru suffisamment tendu et affolé par la réunion.

— Affolé ? Pourquoi ?

— Peu importe.

— Mais cette Hanadi, qui était assise à côté de moi, a disparu, elle aussi, et même Shibolèt ignorait où. À la fin, c'est toi qui l'as emmenée ?

— Non, elle m'a échappé à moi aussi, elle est sans doute retournée à ses répétitions, mais là aussi les problèmes commencent : sans une carte d'identité israélienne authentique, elle n'a aucune chance de monter sur scène dans une véritable représentation.

— Quel rapport ?

— Un rapport du point de vue des assurances que la loi exige concernant les accidents possibles dans les représentations réelles. Au fait, ça te concerne toi aussi, nous nous sommes montrés un peu négligents au sujet de l'assurance.

— Moi aussi ? Comment ça ? Je ne suis qu'un retraité travaillant de façon absolument bénévole.

— Absolue à tes yeux, mais non à ceux de Drucker, qui m'a passé un savon parce que je t'ai employé sans assurance, même si tu ne perçois aucun salaire, car si tu étais tombé et avais été blessé ou, pire, si tu t'étais égaré dans le cratère Ramon, l'État t'aurait ignoré, *toi*, mais nous, en tant que tes employeurs, il nous aurait assignés en justice.

— Il m'aurait ignoré ? Pourquoi ? Ne suis-je pas un citoyen avec une identité, couvert dans tous les sens ?

— Toi, c'est toi, mais *nous*, nous aurions été traînés en justice pour t'avoir employé sans assurance, même si nous ne t'avons pas versé de salaire.

— Eh bien, pourquoi ne souscrivez-vous pas une assurance pour moi ?

— Dans quel but ?

— Pour la prochaine fois.

— Et qui va financer ça ?

— Moi.

— Voies d'Israël te prélève encore une assurance-vie sur ta pension de retraite, mais comment pourras-tu virer une somme aux Voies d'Israël pour une assurance contre les accidents de travail de quelqu'un qui ne fait plus partie du personnel ?

— On peut trouver un arrangement.

— Pas question d'arrangement ! À mon avis, personne ne percevrait cette somme. Je te le dis : Drucker m'a mis en garde, bien qu'il t'aime beaucoup. Il ne se souvient pas de la route qui s'est effondrée en Galilée, ni du tunnel qui n'a jamais été creusé, mais il garde en mémoire ton attitude humaine à son égard, il y a trente ans, ta compassion, même si tu t'en cachais. »

Louria ne dit mot.

« Zvi, tu me suis ?

— Oui, quand les travaux de ta route vont-ils commencer ?

— Bientôt, l'armée fait pression.

— Au fait, concernant Ayala, si elle ne trouve pas un arrangement avec le Séminaire, je peux l'employer comme auxiliaire de vie, comme une sorte de travailleuse étrangère.

— L'employer à quoi ?

— Tu sais bien, quand ça empirera. Car, bientôt, ça va empirer. Je le sens.

— Qu'est-ce qui va empirer ?

— Les troubles, l'amnésie, dont il semble que tu y aies fait allusion devant elle. Mais elle a affirmé à Shibolèt que ma démence est une bonne démence, pas une mauvaise. »

Névo

L'étincelle qui a crépité pendant la première partie agaçante du concert du Caméri, concernant l'amitié étrange nouée entre les premiers antibiotiques et le microbe virulent, se transforme en une idée fructueuse produisant une recherche qui sauvera le fonds de Dina de l'avidité gouvernementale. Aussi, outre la lecture d'études sur Google Scholar, Dina consulte, à la bibliothèque de l'hôpital, des études qui confirmeraient ses hypothèses ou les remettraient en question. Entre-temps, le fonctionnaire cynique des ressources humaines, dédaigneux par principe des études qu'il est requis de financer, révèle à la pédiatre un congrès devant se dérouler au début de l'été, à Munich, dans un institut allemand spécialisé en épidémiologie et virologie. La conférence du docteur Louria est rédigée, traduite en anglais et éditée, son résumé est adressé aux organisateurs du congrès et bénéficie d'une réponse positive, et une date lui est donc fixée. La coordinatrice de la Commission du congrès appelle Dina pour lui confirmer oralement sa participation mais aussi pour lui glisser une petite mise en garde personnelle : les organisateurs attendent des participants qu'ils soient présents pendant les trois jours du congrès et non le seul jour où ils doivent donner leur conférence. De manière générale, les Allemands ont une expérience désagréable avec les chercheurs israéliens qui, après leur prestation, s'égaillent pour leurs achats ou pour des visites dans les environs.

Maintenant se pose la question de savoir si cela vaut la peine que Louria participe au voyage. Il ne pourra pas se promener seul dans Munich et sera obligé de rester enfermé dans la salle de conférences à subir des exposés en allemand ou en anglais qui, même s'ils avaient été prononcés en hébreu, l'auraient ennuyé. La décision se concocte peu à peu : la médecin s'y rendrait seule mais réduirait son séjour à quatre journées et, avec le reste important de la somme qu'elle recevrait, tous les deux partiraient en vacances en Toscane ou dans les montagnes suisses. Et bien que ce soit une solution logique, Dina y oppose une condition sine qua non, faute de quoi elle annulerait son voyage : les nuits où elle serait absente d'Israël, Louria serait obligé de les passer chez l'un de ses deux enfants. Le mieux serait de l'envoyer dans le Nord, chez Yoav, qui dispose d'une aile pour invités, splendide et confortable dans sa grande maison de village. Mais le malheur veut que sa demeure soit entourée de champs et, étant donné que Yoav et sa femme se trouvent au travail pendant la majeure partie de la journée, et que les petits-enfants sont inscrits dans des clubs d'activités innombrables, Louria est susceptible d'être tenté de se baguenauder dans les champs où on ne trouve pas de place Rabin qui puisse lui servir de repère pour se situer. Aussi n'y a-t-il pas d'autre solution que d'envoyer Louria chez sa fille, Avigaïl, dont le domicile est proche. Et comme son appartement est relativement exigu, et qu'il ne dispose pas de chambre d'ami, le grand-père devra passer la nuit dans la chambre d'enfants, près du petit-fils au sommeil paisible, ou de dormir dans la chambre de travail de son gendre, un jeune psychiatre qui, le plus souvent, prescrit des médicaments à ses patients et ne les installe que rarement sur son sofa.

Il va de soi qu'il est impossible d'esquiver la simple condition posée par une femme qui désire avoir l'esprit tranquille pendant son absence loin de son époux. Mais, malgré la promesse d'obéir à son exigence, la praticienne se rend à l'aéroport le cœur serré, et seule l'existence des deux portables la rassure un peu.

Entre-temps, comme neuf semaines se sont écoulées depuis la réunion de la Commission, il n'est pas inconvenant de s'enquérir auprès de Mimouni si la naissance de la route militaire s'annonce bien. Et Mimouni qui, depuis, est passé à un autre projet, promet de s'informer et, au bout d'un bref délai, annonce à Louria qu'une excavatrice a été transportée au cratère afin d'entamer le chantier du tunnel. Lorsque les travaux seront avancés, il emmènera son ex-assistant bénévole, même sans assurance contre les accidents de travail, pour qu'il constate, de ses propres yeux, ce qui a été déjà réalisé.

Selon la promesse donnée à sa mère, Avigaïl arrive dès 17 heures pour emmener son père à son domicile. Et Louria, qui s'est douché et rasé au préalable, se contente de prendre son pyjama, ses pantoufles et sa brosse à dents dans un sachet, enfouit ses deux portables dans la poche et sort, le cœur un peu lourd, pour passer la nuit dans la chambre d'enfants. Déjà, en chemin, lui parvient un appel téléphonique depuis Munich, afin de confirmer que la condition censée calmer l'inquiétude transportée jusqu'en Allemagne, est vraiment remplie. « Oui, Maman, répond Avigaïl, Papa est à côté de moi, et il a l'air calme et satisfait. »

Or, dans la chambre de Noam survient une petite surprise : l'enfant monoparental Névo se trouve là, lui aussi, non pour y dormir pendant la nuit, mais uniquement jusqu'à ce que la harpiste vienne le reprendre après sa répétition. Névo pâlit et se tait en voyant le vieillard qui lui avait promis que son père disparu non seulement réapparaîtrait mais lui rendrait aussi visite. Louria s'affole devant l'enfant végétarien, qui avait fait voler son assiette de chakchouka, hystérique, lorsque Noam avait annoncé, méchamment, qu'il n'avait pas de père. C'est cet enfant qui, lors de sa future bar-mitsva, devra gravir le sommet du mont Névo sur la rive orientale du Jourdain afin d'examiner si la Terre d'Israël occidentale conviendrait réellement à la poursuite de son existence ou s'il serait préférable de se chercher un pays moins incohérent. C'est pourquoi Louria s'abstient de tout contact et gagne le salon pour regarder les informations et s'étonner que trois journaux, sur trois chaînes, choisissent, sans entente préalable, exactement les mêmes sujets et dans le même ordre. Pourtant, Névo tout ému abandonne son ami et ses jeux, pénètre dans le salon et fixe Louria de ses yeux avec une nostalgie mélancolique si puissante que Louria l'invite à grimper sur ses genoux et à se lover dans son giron.

Et même lorsque Noga, sa mère, arrive, Névo ne veut pas se détacher de Louria, et, comme lors de ce fameux déjeuner, il se jette sur le sol et tressaille de tous ses membres. Et sa mère, qui connaît le motif de la mauvaise conduite de son fils, ne tente pas de le calmer, et malgré le fait qu'avec ses mains très robustes dus à sa pratique de la harpe elle puisse facilement soulever son fils et le transporter jusqu'à sa voiture, elle attend calmement que la douleur et la déception s'évanouissent d'elles-mêmes, espérant peut-être en secret de provoquer chez Louria un sentiment de culpabilité pour avoir proféré une assertion aussi superflue. De fait, le cœur de l'émissaire de l'annonce mensongère se serre devant l'enfant qui ne veut pas se séparer de lui et attend peut-être qu'il réitère sa promesse ancienne. Afin d'alléger la douleur de Névo, il propose de se joindre à un petit tour dans la voiture de sa mère, pour que la séparation ne soit pas trop brusque. À sa grande surprise, Noga accepte, et, dans la voiture, Louria boucle sa ceinture sur la banquette arrière à côté de l'enfant, pour le réchauffer par sa présence, prend sa petite main dans la sienne, puis s'adresse au reflet de la conductrice dans le rétroviseur : « Oui, je suis conscient d'avoir accru cette souffrance, mais je voulais lui donner un peu d'espoir car, après tout, en théorie, il est possible que lui pousse, un jour, un père quelconque, certes pas biologique, mais au moins paternel, pourquoi pas ? Mais qui pouvait imaginer qu'il se souviendrait de ma promesse insignifiante ? Eh bien, il s'en est souvenu. »

Avigaïl a-t-elle fait allusion devant son amie à la démence de son père pour excuser sa bévue ou alors, cette Noga, qui semble solide et intelligente, a-t-elle deviné sa confusion par ses propres moyens ? D'une façon ou d'une autre, cette femme lui témoigne une certaine indulgence, et, du coup, il s'autorise à jacasser :

« Lorsque vous m'avez parlé du mont Névo et de votre souhait qu'il examine lui-même, du haut du sommet, si ce pays lui convient, je me suis dit que j'avais bien fait de lui donner un espoir afin de renforcer le bon choix. Car si devait débarquer quelque père, il arriverait en Israël, et non à Amsterdam ou à Munich. Mais je vous prie, encore une fois, de m'excuser, je ne savais pas que c'était aussi important pour lui.

— Ce n'est pas grave, mais croyez-vous vraiment en ce pays ?

— J'ai le choix ?

— On a toujours le choix », tranche-t-elle avec l'assurance d'une harpiste pinçant parfois avec vigueur une seule corde, « et, entre-temps, je vais vous ramener chez Avigaïl, car je m'aperçois que l'enfant s'est calmé. »

Mais Louria ne veut pas coucher, cette nuit, dans la chambre d'enfants, ni même sur le sofa psychiatrique du cabinet de son gendre. Il dit à Noga : « Si cela ne vous dérange pas, arrêtez-moi sur la place Rabin, parce que j'ai oublié d'emporter mes somnifères. Je vais téléphoner à Avigaïl et essayer de me libérer de l'inquiétude exagérée de sa mère. De toute façon, j'ai deux portables, et je suis disponible à tout moment. Un vieillard aime par-dessus tout son lit. »

Parvenu rue Emden, il ne monte pas à son appartement mais descend au parking et regarde avec mélancolie le véhicule rouge désormais interdit. À la fin, il prend son courage à deux mains et informe Avigaïl que, cette nuit, il la passera tout de même dans son lit. « Ta mère nous fait une crise de nerfs, avec son inquiétude, peut-être parce qu'elle se sent coupable d'être partie seule en Allemagne. Écoute-moi, je n'ai aucune envie de me retourner sur un lit à cause de l'insomnie dans une chambre bourrée de jouets bizarres, et bien capables de m'embrouiller encore plus. J'ai deux portables, et je suis toujours joignable. Alors laisse-moi m'endormir dans mon lit, je le mérite. »

Il n'est guère surpris que sa fille accepte le changement, nul doute qu'il représente une charge, un souci superflu.

« D'accord, Papa, cette nuit, dors dans ton lit, et si Maman tente de vérifier que tu te trouves chez moi, je lui dirai que tu dors déjà, mais tout cela à condition que tu mettes tes deux portables sous ton oreiller, au cas où…

— Je les mettrai sous l'oreiller, mais seulement sur vibreur. »

Le soldat

Il enfile des chaussures de marche et, bien qu'il fasse chaud dehors, il revêt un blouson en cuir qui lui servait lorsqu'il était en activité sur le terrain. Après avoir pris les clés de sa voiture, il verrouille la porte et retourne avenue Ibn Gvirol. À la station d'autobus, il aperçoit un soldat avec son arme et son équipement individuel, un gros paquetage bourré à craquer à ses pieds. « Pardon, je peux te poser une question, demande-t-il au soldat, est-ce que tu comptes te rendre par hasard à la gare centrale ?

— Oui, il se trouve que oui, répond le soldat. — Et de là, tu poursuis vers le sud ou le nord ? — Le nord. — Aucune importance, dit Louria, va pour le nord mais, pour l'instant, je dois me rendre dans ma voiture à la gare centrale pour accueillir un étranger qui vient de loin, et j'ai perdu mes lunettes de conduite, je n'ai pas le droit de conduire sans elles, c'est inscrit sur mon permis, et sans elles, surtout quand la nuit tombe, je suis capable de me tromper d'itinéraire et, en outre, je crains qu'un policier ne me coince. Alors, peut-être pourrais-tu me conduire à la gare centrale, dans ma voiture, à condition, bien sûr, que tu aies ton permis. — Bien sûr que je l'ai ! » Louria poursuit : « La voiture est assurée, la carte grise est valide, juste, comme je t'ai dit…

— Mais où se trouve-t-elle ?

— Ici, pas très loin. Cent mètres, pas plus. Elle a une boîte automatique, et elle est en excellent état, tu auras même plaisir à la conduire. »

Le soldat hésite brièvement, jette un œil sur sa montre, mais, à la fin, il sourit et décide de répondre à cette demande surprenante. Louria le conduit jusque chez lui, descend avec lui au parking, et l'arme, l'équipement individuel et le paquetage sont jetés sur le siège arrière, tandis que tous les deux s'installent dans l'habitacle. Avant que Louria lui remette les clés, il demande au soldat de lui montrer son permis de conduire afin d'être sûr de sa validité. Puis, il jette un rapide regard sur son bras et dicte au soldat le code de démarrage, un chiffre après l'autre, et la voiture s'élance hors du parking.

« Tu sais comment arriver à la gare centrale, ou je te mets le GPS ?

— Je connais l'itinéraire. »

Ils échangent quelques phrases brèves sur la tension le long de la frontière nord, le soldat prédit le pire, mais Louria balaie ses noires prophéties : « Personne ne gagnerait à une nouvelle guerre, souviens-toi comment se sont terminées les précédentes. » Dans la gare centrale, le soldat cherche l'endroit de l'ascenseur montant directement du parking aux quais du sixième étage, qu'il a du mal à trouver au début, et il tourne en rond dans le parking désert et sinistre avant de le repérer, sans que Louria bougonne, se contentant de noter dans un calepin le numéro de l'étage et de l'emplacement.

Au sixième étage, en chemin vers les quais, Louria remercie le soldat, qui a bouclé son équipement et chargé son paquetage et, avec son arme automatique, il a l'air d'être prêt à se lancer au combat. Le soldat refuse les remerciements. « C'est moi qui dois te remercier, monsieur », tranche-t-il d'un air assuré, en s'éloignant.

Le couple d'Ashkelon

Mais avant que Louria parvienne aux quais supérieures, l'un de ses portables sonne, et Yoav lui demande de ses nouvelles. « Je suis revenu à la maison, déclare le père sur un ton solennel, et je suis déjà en pyjama, je vais me mettre au lit. Je me suis mis d'accord avec Avigaïl que votre mère a beaucoup exagéré son inquiétude, peut-être parce qu'elle se sent coupable d'avoir voyagé sans moi, cette fois, mais pourquoi, à cause d'une culpabilité qui n'est pas la mienne, devrais-je dormir quatre nuits de suite entouré de jouets et de jeux qui ne feront qu'aggraver mes délires ? Aussi, toi non plus, ne dis rien, et, s'il te plaît, ne m'appelle pas moi sur le téléphone fixe et pour me réveiller, en cas d'urgence, appelle-moi sur mes portables qui seront sur vibreur sous mon oreiller, uniquement sur vibreur, afin qu'une sonnerie n'interrompe pas un rêve que je souhaiterais tout de même tenter de comprendre. »

En cette heure crépusculaire, la gare centrale paraît encore plus chaotique. Quelques boutiques ont déjà fermé, mais deux nouveaux étals s'ouvrent pour la nuit, et la foule change d'âge et de couleur, davantage de jeunes, de soldats, d'Africains et aussi de policiers. Le quai pour la destination de Béer-Shéva est désert, quelqu'un l'informe que l'autobus a démarré quelques minutes plus tôt, le suivant n'arrivera que dans une demi-heure. Il lui faut donc chercher un autre autobus pour l'acheminer vers le sud. D'abord, il songe à Arad, comme étape sur son trajet vers le désert, mais il possède la carte routière dans sa tête, Arad risque d'aboutir à une impasse, aussi préfère-t-il se diriger vers le sud via Ashkelon, voire dans sa propre voiture. Aussi aborde-t-il un couple de sexagénaires, paraissant sensés et convenables. L'homme a une allure robuste, le visage sévère, la femme est délicate, mais ridée. Il réitère son histoire de lunettes de conduite perdues, et poursuit par l'éloge de sa voiture, une japonaise fiable, à la boîte automatique et à la conduite souple et agréable.

A priori, l'homme accepterait de lui porter secours mais, à son grand regret, on lui a retiré le permis, quelques mois plus tôt, et le retrait est toujours en cours. « Pourquoi ce retrait ? », s'intéresse Louria. Eh bien, cet homme a écrasé un motocycliste qui avait indubitablement franchi le carrefour au feu rouge, et comme la police ne pouvait pas s'en prendre au défunt, elle avait décidé d'offrir une compensation morale quelconque aux endeuillés en confisquant le permis du conducteur qui l'avait tué sans enfreindre la loi. « Et votre épouse ? s'obstine Louria. — Certes, ma femme a bien son permis, l'homme secoue tristement la tête, mais elle ne conduit que sur des courts trajets. Pour votre bien, monsieur, je ne me risquerais pas avec elle sur des routes interurbaines. — Quel est le problème, au juste ? » Pris de sympathie pour la femme au regard souriant, Louria n'en démord pas. « Comme beaucoup de femmes, répond l'époux avec une autorité totale, elle ne fait pas attention à rester sur sa voie, oublie de mettre ou d'ôter les clignotants, et elle a si peur de dépasser des voitures que les conducteurs derrière en perdent la boule. — Pas grave, dit Louria, c'est peut-être votre présence à côté d'elle qui la stresse, mais si, *moi*, je m'assois à côté d'elle, elle va se décontracter. Venez avec moi, j'en prends la responsabilité. Vous économiserez du temps et de l'argent. — C'est vous qui prenez la responsabilité », répond le mari qui saisit la valise, et ils descendent au parking, où il s'avère que la notation de Louria était exacte. La voiture rouge demeure solitaire dans le parking désert, tel un énorme abri nucléaire se préparant à une période redoutable.

Mais avant que sa femme s'installe au volant, son époux veut vérifier la carte grise et le certificat d'assurance du véhicule. Et après avoir retourné dans tous les sens les papiers, il demande qui est le docteur Dina Louria. « C'est mon épouse, explique Louria, elle dirige un service pédiatrique et, en ce moment, elle participe à un congrès à Munich, un congrès sur les microbes rapaces. — Et qu'est-ce qui vous amène à Ashkelon ?, demande l'époux en poursuivant son interrogatoire.

— Je dois aller voir ma sœur, à qui j'ai demandé de venir me retrouver à la gare centrale. »

L'époux se montre rassuré, et il couche la valise dans le coffre à bagages près de l'urne funéraire qui attend toujours là. La femme reçoit le code de démarrage de Louria, assis sur le siège passager, tandis que l'époux s'installe à l'arrière. La femme donne l'impression d'être émue par la confiance qui lui est accordée, et elle allume résolument le contact et dégage le véhicule avec adresse des profondeurs du parking puis s'oriente sans hésiter en direction de la nationale 20, avec l'espoir de découvrir la nationale 4 pour s'y engager.

La conduite est paisible. De temps à autre, le mari a la velléité de lancer une remarque de l'arrière, mais Louria le fait taire : « Laissez-moi la surveiller moi-même, elle se débrouille vraiment bien, faites-moi confiance, j'ai travaillé comme ingénieur des Ponts et Chaussées pendant de nombreuses années aux Voies d'Israël, des centaines de kilomètres sont engrangés dans mon cerveau. » Dans les derniers vingt kilomètres avant Ashkelon, l'époux s'autorise à piquer un somme profond, tant il est rassuré par la collaboration entre sa femme et l'ingénieur des Ponts et Chaussées assis à côté d'elle.

Sur le parking de la gare centrale d'Ashkelon, leur propre véhicule les attend qui les acheminera jusqu'à leur domicile près de la mer. « Voulez-vous que nous attendions avec vous jusqu'à l'arrivée de votre sœur ? s'enquièrent-ils par gratitude.

— Non, inutile, j'ai confiance en elle, elle va venir. Et mille mercis pour votre aide.

— Vous nous remerciez ? s'étonnent-ils tous les deux. C'est nous qui *vous* remercions. »

Il est près de 21 heures. La Suzuki rouge est garée sur le parking presque entièrement vide. La gare routière des autobus Dan du Sud comporte quatre quais, mais seuls deux comportent des autobus vides à l'arrêt. Il aperçoit des gens près d'un buffet éclairé, il s'y rend et commande une grande tasse de café. Puis, il va s'informer d'un autobus en partance pour Béer-Shéva, distante uniquement de soixante kilomètres d'Ashkelon, le trajet jusque là-bas ne devrait durer qu'une heure et demie, car l'autobus express se transforme en navette méticuleuse, dispersant et embarquant des passagers dans chaque localité possible. Me voilà donc coincé, se fustige Louria, j'ai menti, et me voilà coincé, je suis coincé et j'ai menti, et je n'ai pas d'autre solution que de défier la loi et de ramener la voiture à Tel-Aviv par mes propres moyens, en espérant que je n'aie pas un accident en route et que je ne me fasse pas prendre dans une infraction routière. Au lieu de me pelotonner, à cette heure, sous la couverture, je suis déterminé à rapprocher ce véhicule qui m'est interdit vers l'endroit où sera creusé le tunnel, car ce n'est qu'ainsi que je pourrai comprendre ce qu'il symbolise et où il me mène. Le temps me file entre les doigts et, dans quelques mois, lorsque Mimouni se rappellera de m'amener au cratère, la démence ne comprendra déjà plus pourquoi je me suis battu dans ces parages.

Peu à peu, les passagers pour Béer-Shéva se regroupent. Une jeune femme élancée, sac au dos, et un homme très âgé, portant le sac à main de la fille, rejoignent le groupe des passagers encore dispersés avant de former une queue. L'association de ces deux-là semble prometteuse à Louria, il les aborde donc avec son histoire de lunettes, qu'il renforce en signalant son métier, un ingénieur cadre supérieur à la retraite. À sa grande surprise, le vieillard a entendu parler de Louria du DETP, le Département de l'équipement et des travaux publics. Lui-même était un entrepreneur indépendant, et même la rumeur sur le bulldozer qui s'était retourné et avait chuté dans le lit d'un oued lui était parvenue jusque dans le Sud. Louria est tout ému, ainsi donc, il existe parfois des faits intangibles, et non uniquement des aspirations chimériques. « Dans ces conditions, conclut-il la discussion cordiale, venez, monsieur, et vous me conduirez jusqu'à Béer-Shéva et, en route, nous évoquerons d'autres souvenirs. » Mais le vieillard ne se rend pas à Béer-Shéva, c'est plutôt sa petite-fille, étudiante en cinquième année de médecine à l'université Ben-Gourion, qui a fait un saut de quelques heures pour rendre visite à sa grand-mère et, maintenant, elle doit rentrer à Béer-Shéva pour son service de nuit à l'hôpital Soroka. « Quelle spécialité médicale voulez-vous exercer à la fin de vos études ? », il s'adresse directement à l'étudiante qui le dévisage avec un regard sagace. Bien qu'elle ait encore le temps de décider, elle aurait plutôt tendance à participer à la lutte contre le cancer. Mais Louria a une autre suggestion, et si elle accepte de conduire à sa place jusqu'à Béer-Shéva, il essaiera de la convaincre de choisir la neurologie plutôt que l'oncologie car le cerveau, impossible à greffer, demeurera toujours plus complexe et plus stimulant que les énigmes du cancer. Le cerveau est rusé : lorsqu'on vient à étudier ses maladies et ses faiblesses, il est capable, parfois, de se travestir en cerveau sain et normal.

Et avec une confiance réciproque, sans vérification de

permis ni d'assurance, le sac de l'étudiante passe sur la banquette arrière et, pour les longues jambes de la future praticienne, il faut reculer le siège conducteur, et ce n'est qu'alors qu'il peut mettre sous son nez son bras tatoué avec le code de démarrage. Et sans s'informer des intentions de Louria concernant la capitale du Néguev, au beau milieu de la nuit, le véhicule vire en direction de l'est, de la nationale 35, afin de pouvoir se faufiler, après Kyriat Gat, dans l'échangeur de l'autoroute 6.

L'éclaireur bédouin

Pendant le trajet vers Béer-Shéva, Louria repère des vibrations insistantes sur ses deux portables, mais il évite de répondre tandis que le moteur ronfle. Mais maintenant que l'étudiante a pris son sac et s'est hâtée vers sa permanence de nuit et l'a laissé dans l'obscurité du parking de l'hôpital qui, même à cette heure tardive, n'est pas du tout désert, il s'éloigne de quelques pas de son véhicule garé près de l'entrée principale, et se poste à l'abri d'une énorme roue de camion, afin de relire le message qui a vibré en vain et répondre à son épouse avec une voix calme : « Oui, mon amour, c'est moi, qu'est-ce qui se passe ? Tu ne dors pas ?

— Où es-tu ? crie-t-elle en entendant sa voix. Pourquoi tu ne réponds pas ?

— Je suis là, sain et sauf, sous ma couverture, je suis sûr qu'Avigaïl a craqué et t'a informée que nous sommes convenus que je revienne dormir à la maison, parce qu'à mon âge et dans mon état j'ai du mal à dormir dans une chambre d'enfants entouré de jouets bizarres et effrayants. Alors, je suis là, dans notre chambre à coucher, couché dans le lit, et tout est familier mais triste parce que ton côté est vide.

— Mais pourquoi tu ne réponds pas ? J'ai téléphoné plusieurs fois.

— Mais j'ai bien dit à Avigaïl que je coupais la ligne fixe, et que je passais mes portables sur vibreur, et je devais être plongé dans les profondeurs de mes rêves dans lesquels ta vibration s'est absorbée. De tout façon, pourquoi me blâmes-tu, c'est déjà assez triste sans toi. Je suis à la maison, et il ne se passe rien, alors, puisque tu m'as réveillé, vas-y, parle. Rends-moi compte, raconte, comment s'est passée ta première journée ? Comment sont les conférences ? Quel est le niveau général ? »

Mais Dina ne rend pas encore les armes : « Explique-moi juste sincèrement de quel endroit de la maison tu me parles en ce moment ?

— Pourquoi ?

— Parce que ta voix semble lointaine, comme si tu étais dehors, comme s'il y avait comme des souffles autour de toi.

— Des souffles ? fait-il en riant. Quels souffles ? Ce doit être le froissement des fantômes qui vagabondent entre l'Allemagne et Israël… Assez, laisse-moi, c'est injuste, puisque c'est toi qui es partie en voyage et que moi, je suis resté, alors, s'il te plaît, toi, tu vas parler, et moi, je vais t'écouter. »

Elle s'apaise un peu. En effet, il existe des choses nouvelles qu'elle ignorait, de nouveaux progrès dans la recherche, des instruments et des remèdes dont elle entend parler pour la première fois. Au cours des dernières années, elle a trop négligé la lecture d'articles inédits et elle n'a pas suffisamment participé à des congrès. La routine du service et de l'administration l'ont trop accaparée.

« Mais, tout de même, se hâte-t-il pour remonter son moral entamé à l'étranger, tout de même, c'est *toi*, et non les articles que tu n'as pas lus, qui as réussi à guérir les enfants malades. »

Mais la droiture de sa femme refuse de s'accrocher à un encouragement envoyé de loin.

« Non, Zvi, pas tous les enfants, tu oublies que des enfants sont décédés dans mon service. »

Oui, elle sait désormais que des erreurs fatales ont été commises pendant les traitements, des erreurs irréparables, car, bientôt, elle va prendre sa retraite comme lui. « Mais, au moins, sans démence », la console son époux.

À ce moment-là, à quelques mètres de distance, une étincelle jaillit, une braise jetée, et une silhouette furtive qui, semble-t-il, écoutait la conversation, le croise et se dirige vers l'hôpital. Qui sait à qui cet individu est susceptible de rapporter la conversation qu'il épiait ? Il se hâte de clore la discussion avec son épouse et se précipite sur les traces de la silhouette avec l'espoir de pouvoir au moins bavarder avec elle. « Excusez-moi, ose-t-il en effleurant l'épaule d'un jeune homme, auriez-vous une cigarette pour moi ? »

À travers un léger brouillard dans son cerveau, épuisé par les aléas du trajet, il fixe droit dans les yeux un jeune Bédouin en chemise militaire de travail, portant le grade de sergent, mais son pantalon est civil – un jean avec le genre de rapiéçages que les collégiennes adorent.

« Une cigarette, pourquoi pas ? », répond le jeune homme

en tirant de sa poche de poitrine une longue cigarette épaisse. Mais, attention, c'est du tabac fort que je me roule moi-même. »

Saisi de peur, Louria est disposé à expérimenter un tabac plus puissant que d'habitude et, bien que de nombreuses années se soient écoulées depuis l'époque où il fumait, il introduit la cigarette entre ses lèvres et incline un visage soumis vers une haute flamme, et, aussitôt, son être est brusquement secoué par la brûlure âcre qui étourdit ses sens et obscurcit ses yeux. Certes, la cigarette est tombée de ses lèvres, mais il sent que la démence l'embrase et se transforme en une quinte de toux qui le fait se recroqueviller. Il tend la main vers le jeune homme pour trouver un appui, mais avant que ce dernier comprenne, l'étouffement plie Louria en deux et le fait tomber à genoux et, paniqué, il s'agrippe au jean en élargissant les déchirures.

« J'en étais sûr », lâche le jeune homme avec sang-froid à l'individu agenouillé devant lui et s'étouffant dans sa toux. « Cette cigarette n'était pas pour toi. »

Et comme les quintes de toux refusent de s'arrêter, et même semblent s'intensifier, le jeune homme lui suggère d'entrer aux urgences pour recevoir un calmant. Mais quelqu'un qui entrerait aux urgences, à minuit, doit s'attendre à ce qu'on lui diagnostique des maladies dont il ne supposait pas l'existence jusque-là. Non, il va surmonter la toux par ses propres moyens. Il a encore une longue route à faire, cette nuit, jusqu'à Mitspé Ramon, et, en outre, il doit encore trouver quelqu'un pour le convoyer là-bas, car le malheur veut que ses lunettes de conduite aient disparu. Et, pour la quatrième fois, Louria serine l'histoire des lunettes, y compris l'épilogue sur sa qualité d'ingénieur des Ponts et Chaussées à la retraite.

« Combien tu donnerais au conducteur ?

— Combien il pourrait demander ?

— Aller-retour ?

— Pour le moment, juste l'aller, mais peut-être aussi le retour.

— Cent cinquante shekels dans chaque direction, pas seulement à cause de la distance, mais aussi de la durée.

— D'accord. Mais, au fait, as-tu un permis de conduire ?

— Comment j'en aurais pas ? Tu ne vois pas que j'appartiens à l'armée en tant qu'éclaireur ?

— Nous avons encore besoin d'éclaireurs chez nous ? », ricane Louria, dont les quintes de toux sont devenues, entre-temps, légères, voire polies. « Je croyais que les soldates assises devant leurs écrans d'ordinateur voyaient mieux que tous vos reniflements auprès des traces fraîches sur des pistes brouillées.

— Nous, les éclaireurs, on voit des choses que ces filles ne pourront jamais voir, même pas en rêve. Bon, on est d'accord. Tu acceptes que je t'emmène dans ton auto à Mitspé Ramon.

— Pas en ville, dans le cratère.

— Le cratère est compris dans le prix. Mais donne-moi un instant pour que je voie si la naissance a commencé.

— Quelle naissance ?

— Celle de ma sœur, que j'ai amenée ici en ambulance, mais elle s'entête à ne pas accoucher avant de voir son mari débarquer du Nord.

— Et il va venir ?

— On va voir tout de suite. »

L'éclaireur est englouti par le service d'obstétrique, et Louria, débarrassé de ses quintes de toux, s'apprête avec une extrême fatigue à la poursuite de son expédition. Il extrait du coffre une vieille couverture et se montre une nouvelle fois surpris en découvrant l'urne funéraire toujours à sa place. Ensuite, il s'installe sur la banquette arrière, se pelotonne en position fœtale, se couvre, puis s'étend, bouleversé en songeant à quel point il s'est éloigné, cette nuit, de son domicile et de sa famille en faveur d'un tunnel inconnu, et que seuls deux portables le protègent. Et bien que la distance entre Béer-Shéva et le cratère ne soit pas longue, la nuit touche à sa fin, et le retour chez lui sera compliqué. Peut-être que ce genre d'éclaireur bédouin pourra le faire glisser jusqu'au centre du pays sans anicroche. Il faut juste se rappeler qu'il faut faire le plein à la première station-service.

Il se passe quelque temps avant que le Bédouin réveille son passager somnolent pour lui prendre les clés. « Qu'est-ce qu'il se passe ? L'accouchement a commencé ?

— Oui, le mari est arrivé, et ma sœur a accepté de dégoupiller.

— Et toi, s'intéresse Louria, de ton côté ? Marié ou non ?

— Un peu marié, sourit le jeune homme.

— C'est quoi, un peu, pour toi ?

— Un peu, c'est juste une seule femme.

— Et elle ne te suffit pas ?

— Elle me suffit, mais pas à elle-même. Elle veut qu'on amène une autre femme, pour qu'elle puisse l'asticoter.

— Et comment t'appelles-tu ?

— Hamid, comme mon père. Et toi, comment tu t'appelles ? questionne-t-il.

— Moi ? » Aussitôt, la panique le saisit car, durant le trajet depuis le centre du pays, une ombre plane de plus en plus autour de son propre prénom. « Je m'appelle Louria, tente-t-il de s'esquiver. Appelle-moi monsieur Louria, ça te suffira. » Mais le Bédouin n'en démord pas : « Non, ça suffit pas, moi, je t'ai donné mon prénom, et pourquoi tu ne me dirais pas le tien, et, comme ça, nous voyagerons en bons camarades ? » Mais Louria le repousse : « Non, monsieur Louria, appelle-moi comme ça. Cela te suffira. Je suis plus âgé que toi. »

L'éclaireur a l'air blessé, il cherche une complicité et se heurte à une fureur incompréhensible. Il s'installe au volant et demande le code de démarrage. Louria allume la lampe au-dessus de sa tête afin de lire les chiffres sur son bras. « Et alors ? plaisante l'éclaireur, toi aussi tu dois te rappeler des choses avec tes tatouages ? — Comment ça, moi aussi ? s'insurge Louria. — Parce que chez nous aussi, dans notre tribu, il y a des vieux qui font des tatouages pour ce qu'ils oublient, si tu veux, on peut faire un saut pour les rencontrer sur le chemin du retour. » La terreur s'empare de Louria : je me suis pris un fou comme chauffeur. Et dans le cliquètement du démarrage, il entend de nouveau le murmure de la jeune fille japonaise. Très bien, elle ne m'a pas encore laissé tomber, tant mieux que l'éclaireur ne s'en aperçoive pas.

Dans la première station-service, Louria est trop épuisé pour quitter le véhicule, et il tend son portefeuille à l'éclaireur qui lui demande la permission de payer en espèces et non avec la carte de crédit afin de pouvoir laisser un pourboire généreux au pompiste, qui se trouve être son cousin. « À la fin des fins, d'où êtes-vous, vous tous ? le questionne Louria. — Du carrefour Tlalim, répond Hamid, mais, de là aussi, parfois, nous nous déplaçons. »

Bien que la banquette arrière du véhicule rouge soit plutôt confortable, Louria a du mal psychologiquement à rester étendu sur le dos dans sa voiture personnelle pendant qu'un autre la conduit. Aussi se redresse-t-il et suit-il des yeux le désert venant à sa rencontre. Voici les énormes prisons et, derrière elles, Guivat Hablanim, et, au bout de quelques kilomètres, ils passent au large de la forêt obscure de Ramat Béka. « Carrefour du Néguev, annonce le conducteur sur un ton solennel. Alors ? On continue par la 40 ? — Évidemment, aboie Louria, je n'ai pas d'autre route. »

Le kibboutz Mashabé Sadé est plongé dans une obscurité totale, hormis l'éclairage de la barrière de sécurité qui l'entoure. Comme il est précis et authentique le nom que ce kibboutz s'est choisi : « Ressources », songe Louria, je devrais peut-être me joindre à ce kibboutz avant de devenir complètement débile.

Du carrefour Tlalim, ils bifurquent en direction du carrefour Haloukim, et sur les collines à droite et à gauche se dissimulent des fermes privées. La voiture accélère car la chaussée est entièrement libre. Au carrefour Haloukim, ils virent légèrement à l'ouest, puis continuent vers Hadarim. « Tu es toujours réveillé ? demande Louria à son chauffeur. — Comme un démon tombé dans le puits », réplique l'éclaireur en augmentant la vitesse.

Trois heures du matin et, à Sdé Boker et au Collège Ben-Gourion, il fait nuit noire. « C'est quoi, ça ? Il n'y a pas là-dedans un seul insomniaque, ou quelqu'un qui lit un livre ou regarde un film ?

— Dis-moi, vous, les Bédouins, vous vous rendez parfois sur la tombe de Ben Gourion ?

— Pour quoi faire ?

— Parce que quelqu'un m'a dit que Ben Gourion pensait que vous, les Bédouins, vous étiez des juifs qui aviez oublié que vous étiez juifs.

— Et si nous avons oublié, qu'est-ce que ça peut faire ? C'est une raison pour nous pourchasser tout le temps ? »

La chaussée est étroite, à droite et à gauche, le désert s'étend, recouvert d'une pureté bleuâtre, et de nouvelles étoiles scintillent au fond des cieux et exaltent l'univers de leur splendeur. Une bise nouvelle s'élève de la vallée de Tsin, gronde au-dessus de la désolation et aspire du sable et le fait voltiger en spirales élevées en direction d'un horizon occulté. La mélancolie immémoriale d'êtres humains antiques passés dans ces parages et qui ne reviendront plus au monde serre le cœur du passager assis à l'arrière qui tâtonne encore, avec une frayeur secrète, à la recherche de son prénom qui ne lui a laissé ne serait-ce qu'une seule consonne.

« Bientôt, proclame Hamid, nous allons arriver à l'hôtel de luxe appelé Genèse, comme dans votre livre, dans la Bible, et, dans le hall, il y a un coin-café et du thé pour ceux qui ne réussissent pas à s'endormir dans l'hôtel. Peut-être que tu voudrais par hasard que nous aussi, on se réveille un peu, avant de descendre dans le cratère ?

— Mais ce café n'est pas pour nous, il est réservé aux clients de l'hôtel.

— Pour nous aussi, parce que j'ai là-dedans une

cousine qui nettoie les chambres, la nuit, pour ceux qui viendront demain, et elle va s'occuper de nous. »

Une pensée bizarre surgit sur le siège arrière : Peut-être que Mimouni est en train de dormir à l'hôtel Genèse afin de surveiller son tunnel, et, ainsi, il pourrait lui soutirer, délicatement, le prénom occulté. Aussi dit-il à l'éclaireur : « D'accord, on s'arrête, mais pas longtemps, car tu te souviens que nous nous sommes mis d'accord que tu me ramènes dans le centre du pays.

— Pas de souci. »

Au comptoir de l'hôtel, nulle âme qui vive mais, dans l'entrée de la salle à manger, se trouve une table sur laquelle sont posés des carafes de café, de thé et de lait, et des plats contenant des dattes de différentes espèces. L'éclaireur verse du café et du lait à son passager, puis ramasse quelques dattes et les met dans sa poche.

« Je ne vois aucune cousine ici.

— Comment pourrais-tu la voir si elle est en train de faire le ménage dans les bungalows ?

— Eh bien, appelle-la, car, bien que je sois venu ici plusieurs fois, je n'ai jamais vu à quoi ressemblaient les chambres. Et, justement, je désire voir une chambre en désordre. »

L'éclaireur prend son portable et envoie un texto à sa cousine, et, au bout d'un long moment, arrive une Bédouine souriante en tenue de femme de chambre. Hamid lui dit : « Je te présente monsieur Louria, qui veut voir comment c'est une chambre en désordre.

— Vous aussi, vous appelez ça une chambre en désordre ? s'étonne Louria.

— Et comment tu veux qu'on l'appelle ? »

La femme de chambre les conduit à l'extérieur de la

terrasse et les guide vers un bungalow en pierres, avec, sur le seuil, une petite piscine dont l'eau scintille. Elle ouvre la porte, et Louria pénètre dans une chambre sens dessus dessous, avec des couvertures roulées, des serviettes jetées dans la salle de bains et, sur la table, des verres sales, des noyaux séchés et des monceaux de journaux dans la poubelle. Une chambre en désordre parfaite, mais sans aucune trace d'objet personnel.

« Tu vas avoir énormément de travail pour remettre de l'ordre, dit Louria à la femme de chambre.

— Pas grave, répond l'éclaireur à sa place, elle a l'habitude. »

De nouveau, Maalé Haatsmaout, et Louria se souvient de tous les virages que Mimouni a dû négocier avec son américaine. Maintenant, sa japonaise aussi serpente, mais ce n'est pas lui le conducteur qui doit veiller à ce qu'elle ne tombe pas dans le ravin. Il demande à l'éclaireur de s'arrêter au sommet du précipice pour pouvoir passer sur le siège avant. De là, il lui sera plus facile de repérer la colline qui attend un tunnel. La lune a achevé son service et laisse derrière elle une nuit noire, mais il reste des étoiles fidèles au cratère et elles aideront à s'orienter correctement. Voilà que s'esquissent déjà les silhouettes d'un camion et d'une pelleteuse brandissant sa pelle dentée, à côté desquels se dresse une grande tente où dorment les ouvriers et peut-être aussi l'entrepreneur, avec un chien poilu et apathique somnolant sur le seuil. « Nous y sommes », annonce Louria à son éclaireur. Dès qu'ils sortent du véhicule, le chien se lève paresseusement et s'approche d'eux en remuant la queue et commence à se contorsionner, soumis, aux pieds de Hamid. « Pourquoi ce chien n'aboie-t-il pas devant nous ? s'étonne Louria. — Pourquoi devrait-il aboyer s'il renifle que moi, je suis musulman, et que toi, le juif, tu es sous ma protection ? » Louria ne réplique pas. Sur le camion est inscrit en grosses lettres « Shafik Shafik, Kfar Yassif ». Mais de la tente émane un silence absolu, nul ne se réveille pour aller à leur rencontre. Et n'ayant personne à saluer, Louria commence à marcher en direction de la colline et, de loin, il repère dans l'obscurité les rubans jaunes agités par le vent signalant l'entrée du tunnel. De l'œil d'un expert au long savoir-faire, il se confirme à lui-même que les cotes rapportées sur papier se concrétisent dans la réalité.

Le pays de la gazelle

Mais l'examen de l'entrée du tunnel n'est pas l'objectif réel de l'expédition qui le brûle de l'intérieur, aussi n'est-il pas encore temps de remonter dans le centre du pays. Quatre heures et demie du matin. Est-ce que dans cette obscurité, qui s'épaissit maintenant comme pour se protéger de l'aube qui va bientôt poindre, il pourrait repérer la trajectoire du quad de Shibolèt ? Il grimpe de quelques mètres et attend que le soleil annonce que, aujourd'hui encore, il n'oublie pas son rôle. D'en haut, il observe l'éclaireur en train d'attacher une corde au cou du chien qui le suit et refuse de le quitter, tandis qu'il noue l'extrémité de la corde à la pelle du bulldozer. Ensuite, l'éclaireur monte dans la voiture rouge, pour s'y reposer un peu. J'ai bien fait de choisir un éclaireur comme chauffeur, se dit Louria, car ceux-là ont une patience infinie par rapport au temps et à l'espace. Mais c'est aussi bien que je porte le code de démarrage sur moi, ainsi, je peux être certain de retrouver ma voiture à mon retour. Il progresse encore de quelques mètres dans le noir, mais ses pieds butent sur des cailloux, aussi décide-t-il d'attendre tout de même le premier rayon de soleil. Et comme il est sûr que ni son épouse ni ses enfants n'oseraient lui téléphoner à pareille heure, il éteint ses deux portables, ce n'est qu'ainsi qu'il pourra prouver que sa virée dans le désert était un rêve et non la réalité. Il s'assoit sur un rocher, sommeillant peut-être, car une lueur née à l'Orient, au-dessus de la vallée de Mahmal, lui fait ouvrir les yeux, et tandis qu'il attend que la lueur se transforme en un véritable rayon, une deuxième lueur apparaît, à une certaine distance de la première, au-dessus de la vallée d'Ardon. Est-ce que, ce matin, un soleil particulièrement enflé va briller au-dessus du cratère ? se demande Louria, et peut-être que deux soleils distincts vont darder leurs rayons ? Animé par cette idée, il ose gravir un raidillon très escarpé qui, la fois précédente, lui paraissait impitoyable pour son âge, tandis que, ce matin, malgré son épuisement, il lui semble adapté à sa démence. Et alors, à la lumière de plus en plus forte des deux soleils possibles, il repère les traces de pneus du quad de Shibolèt qui, à en juger par leur netteté, laissent penser que l'ex-officier est récemment passé par là.

Les antiques marches en pierre brisées, ces marches bienfaisantes lors de sa visite avec Mimouni, signalent la proximité des vestiges nabatéens, et, bien vite, il se retrouve à marcher entre les deux bosses du sommet.

Voici l'instituteur de village, le Rahman, le Yassour, qui ne s'est pas encore rendu aux autorités, peut-être parce que Shibolèt a pris soin de le revêtir d'une chemise bleue munie du badge de la protection de la nature, escomptant que la nature accorderait sa protection au Palestinien. L'instituteur ne semble pas étonné outre mesure de rencontrer Louria à une heure si matinale près de sa ruine, peut-être parce qu'il suppose que le retraité a grimpé jusqu'au sommet non pour lui, mais pour sa fille Hanadi, qu'il pointe du doigt en silence. Elle dort au pied de la table en pierre, au milieu d'un amas de couvertures en patchwork multicolores dont, à en juger par son rebondi, Louria non seulement sent mais sait, comme lors de la nuit où il a hospitalisé son épouse et qu'il s'est écroulé à côté du lit d'une inconnue, que la jeune endormie n'est déjà plus solitaire, car elle abrite un fœtus dans son ventre.

Serait-ce l'unique moyen de Mimouni, ou de Shibolèt, de lui octroyer l'identité israélienne qui lui fait défaut ?

« Zvi », l'instituteur appelle par son prénom le retraité qui a escaladé cette colline de nombreux mois auparavant, « c'est bien toi, Zvi ?

— Oui, c'est bien moi, Zvi. »

Louria récupère avec émotion et gratitude son prénom, et la peur le saisit.

« Eh bien, voici un autre *zvi* », dit l'enseignant, agrippant fortement l'épaule de Louria et le faisant pivoter en direction du sud, vers un monticule proche. Là, en effet, se dresse une gazelle qui semble comme planer, et dont Mimouni, lors de la dernière visite au cratère, pensait que ce n'était qu'une illusion de Louria, et là, ce n'est pas un mirage, c'est une gazelle bien vivante, énorme, et il semble que toute la lumière du monde se soit concentrée entre ses cornes. L'instituteur de village pénètre dans la ruine et en rapporte un fusil hors d'âge, une arme façonnée de bric et de broc à la nature et à la composition indémêlables, et il vise la gazelle contemplant les alentours et irradiant tranquillement sa lumière. Louria n'a pas le temps de crier que l'enseignant tire une seule cartouche, mais ajustée, sur le cerveau de la gazelle qui refuse de se résoudre à sa mort et veut s'échapper, mais la balle fichée dans la splendeur réfugiée entre ses cornes l'abat, et lentement la gazelle se traîne dans une crevasse et disparaît.

Guivatayim, 2015-2018.

Cet ouvrage a été achevé d'imprimer sur Roto-Page
par l'Imprimerie Floch à Mayenne
pour le compte des Éditions Grasset
en janvier 2019

Mise en pages
PCA 44400 Rezé

PAPIER À BASE DE FIBRES CERTIFIÉES

Grasset s'engage pour l'environnement en réduisant l'empreinte carbone de ses livres.
Celle de cet exemplaire est de :
1,2 kg éq. CO_2
Rendez-vous sur
www.grasset-durable.fr

N° d'édition : 20807 – N° d'impression : 93850
Dépôt légal : février 2019
Imprimé en France